Nowar Laav

leicht zu haben

Bibliografische Information der Deutschen Nationalbibliothek
Die Deutsche Nationalbibliothek verzeichnet diese Publikation in der Deutschen Nationalbibliografie; detaillierte bibliografische Daten sind im Internet über http://dnb.d-nb.de abrufbar.

Nowar Laav
leicht zu haben

Berlin: Pro BUSINESS 2011

ISBN 978-3-86805-036-3

1. Auflage 2011

Produktion und Herstellung: Pro BUSINESS GmbH
Gedruckt auf alterungsbeständigem Papier
Printed in Germany
www.book-on-demand.de

---

bald vorbei ...

Ich stand am Strand bei Antibes und hielt den Blick auf das große Frachtschiff gerichtet, das kurz zuvor noch selbstbewusst durch das Mittelmeer gepflügt war und seit ungefähr einer Stunde ohne Fahrt im Wasser lag. So, wie *die Besatzung* – ein in Frankreich sorgsam vermiedener Begriff – das Beiboot klarmachte, hätte es sich um eine vor Anker liegende Luxusyacht handeln können, deren Eigner seine Crew zum Landgang vorausschickte, um mit dem Hubschrauber und ausschweifenden Shoppingvorsätzen zu folgen. Luxusyachten haben aber normalerweise keine grüngrauen Rümpfe, keine grauen Ladekräne, keine plumpen Schiffskörper und, vor allem, keine riesigen zylinderförmigen Lasten an Bord.

Der Frachter hatte nicht freiwillig seine Fahrt gestoppt – so viel war klar – und mittlerweile hatte sich am Strand ein Menschenauflauf gebildet. In mir setzte sich der Gedanke fest, dass ich als erste Person vor Ort Anspruch auf die Prise haben könnte, wenn das Schiff, begünstigt durch die derzeitigen Strömungsverhältnisse, an unserem Strandabschnitt aufträfe. Da »Anspruch« und »Prise« deutsche Wörter sind, deren naheliegende Übersetzung in »Anspruüch« und »Priehsé« bei meinen Nebenleuten nur Schulterzucken auslöste, verwarf ich den Gedanken so schnell, wie er gekommen war und versank in nachdenkliche Trübsal, die auch dadurch nicht gemildert wurde, dass draußen auf See Leute waren, denen es viel schlechter ging als mir. Ich war in Südfrankreich, die Sonne schien hell und warm auf das azurblaue Meer und die heutige Fügung bot ein unterhaltsames Stück Abwechslung mit denkbar geringer Gefährdung von Menschenleben, da bei so kurzer Distanz zur Küste keine ernsthaften Probleme zu erwarten waren. Am Strand kreisten jetzt mehrere Flaschen Wein und französisch formulierte Theorien über die Ladung des Frachters. »Partie d'une centrale atomique« bildete sich als Mehrheitsmeinung heraus und half mir nicht weiter.

»Sie meinen, es handele sich um Teile eines Atomkraftwerkes«, übersetzte ein älterer Herr neben mir, der meine Ratlosigkeit bemerkt hatte. Seine Kleidung wirkte gepflegt und kostspielig und unterstrich damit die Details einer ansonsten kaum auffälligen Ungepflegtheit von Fingernägeln und Schuhwerk.

»Zu naheliegend«, antwortete ich.

»Warum meinen Sie?«

»Weil das Schiff unter libyscher Flagge fährt.«

»Da gebe ich Ihnen recht.« Er legte die Art Pause ein, die dem Nachfolgenden Gewicht geben sollte. »Tatsächlich ist das eher das Gerüstbein eines Jack-Up Rigs«, ließ er mich wissen und erläuterte umgehend, dass Jack-Ups die spezielle Bauform von Hubbohrinseln seien.

»Was wissen Sie denn über Bohrinseln?«, fragte ich schärfer als beabsichtigt, weil mir der oberlehrerhafte Ton seines Vortrages missfiel.

»Eigentlich weiß ich so gut wie nichts über Jack-Ups oder Tension-Legs. *Meine* ist schließlich eine ganz normale Plattform. Fest verankert, Sockel auf Meeresgrund, fertig.«

»Was meinen Sie mit ›Ihre‹?«, wurde ich neugierig. »Ich meine, *meine* Plattform vor Suffolk, England. Meinen Geschützturm, der auch gleichzeitig mein Staat *Sealand* ist.«

»Ich habe davon gelesen, glaube ich«, entgegnete ich schwach. »Und Sie sind dann Herr …?«

»Yates, Roy Yates«, antwortete er und deutete eine Verbeugung an.

»Roy? So, wie Siegfried und Roy?«

»Nein, Roy, wie das französische ›Roi‹, was König oder Herrscher bedeutet«, antwortete er lächelnd und ein wenig zu selbstgefällig.

Unser Blick richtete sich wieder auf den Frachter, dem nun mehrere Rettungsboote und Schlepper aus dem nahen Port Vauban zu Hilfe gekommen waren und ihn ratlos umkreisten.

»Franzosen können nicht retten«, kommentierte der ältere Herr, »ich würde mir jetzt ernsthaft Sorgen machen, wenn ich auf dem Frachter wäre.«

»Ich würde mir jetzt eher Sorgen machen, wenn ich der Reeder des Schiffes wäre. Zum Beispiel darüber, wie ich die Angelegenheit den Libyern beibrächte. ›*Entschuldigung, Herr Gaddafi, aber ich fürchte, diese Weltauslöschsache muss noch ein wenig verschoben werden. Wir haben leider Ihren Reaktor wegen eines Motorproblems verloren.*‹ ist nichts, was man sich im Leben sagen hören möchte.«

Der ältere Herr nickte leicht mit dem Kopf und sah mir dann direkt in die Augen. »Noch schwieriger wäre es aber, Herrn Gaddafi zu erklären, dass man seinen Atomreaktor bei der Verladung mit dem Gerüstbein einer Bohrplattform verwechselt hat. Denn genau das ist es, was der Frachter geladen hat«, wiederholte er seine Erklärung von vorhin.

Es verging eine weitere Stunde, ehe die Rettungskräfte die Lage soweit im Griff hatten, dass keine gegenseitigen Havarien mehr drohten und sie den Frachter in das tiefere Fahrwasser zurückgeschleppt hatten. Die Menschenmenge am Strand löste sich schnell gruppenweise auf, als die Gefahr gebannt schien. Den Rest der ausstehenden Informationen würde man morgen im Café aus der Zeitung erfahren. Übrig blieben Herr Yates und ich, die noch immer das Geschehen um den kleiner werdenden Frachter und seine Entourage aus hektisch die Positionen wechselnden Hilfsbooten beobachteten.

»Ihre Ölbohrinsel …«, hob ich an, ohne ihn anzusehen.

»… Sie meinen, meine Seefestung«, unterbrach er mich, »denn genau das war sie früher. Betonsäulen mit innen liegenden Räumen und einer Stahlplattform darüber, für die Geschütze. Installiert 1942 außerhalb der Dreimeilenzone für den Einsatz im zweiten Weltkrieg, aufgegeben im Jahre 1956 und von mir und meinen Männern 1967 erobert und besetzt.«

»Also keine Ölbohrinsel«, sagte ich, um das Gespräch am Laufen zu halten.

»Genau. Keine Ölbohrinsel. Ein Staat, seit ich ihn proklamiert habe. Mit eigenen Gesetzen, eigener Armee, eigenen Pässen, eigenen Briefmarken und einem Fürsten, der die Regierungsgeschäfte leitet.«

»Und dieser Fürst sind Sie?«

»Ganz genau. Der Fürst bin ich!«

»Müssten Sie dann nicht ein bisschen ...«, mir fehlten die Worte für eine höflichere Umschreibung, »... beschäftigter sein? Ich meine, sollte es dann nicht ein wenig hektischer zugehen bei Ihnen? Also, hektischer, als es ein zweieinhalbstündiges Schiffebeobachten vermuten lässt?«

»Ich kann meine Regierungsgeschäfte zurzeit nicht ausführen«, antwortete er, plötzlich kurz angebunden.

»Wieso nicht?«

»Putsch«, flüsterte er jetzt beinahe. Er erklärte mir, dass eine Handvoll Aufständischer die Kontrolle über sein Reich übernommen hätte, während er, dem Wunsch seiner Ehefrau folgend, auf Einkaufstour in Frankreich weile. Neben dem nachvollziehbaren Anliegen der Briten, die Plattform wieder unter Kontrolle zu bekommen, hatten sich mit den Jahren auch andere Gruppierungen mit vordergründig wirtschaftlichen Interessen für seinen Staat im ansonsten rechtsfreien Raum interessiert. Glücksspielbetreiber, Steuerflüchtlinge und andere halbseidene Geschäftemacher hatten ihr Auge auf den kleinen Staat im Meer geworfen. Aber auch mehrere Rückeroberungsversuche durch Kräfte der Royal Navy waren jeweils am hartnäckigen Widerstand der Besetzer um den Ex-Major Yates gescheitert. Ebenso erfolglos verlief der Versuch der britischen Regierung, das Ärgernis auf juristischem Wege vor dem örtlichen Gericht in Essex zu beseitigen. Das Gericht erklärte sich nicht zuständig für Vorgänge außerhalb der britischen Hoheitsgewässer. So blieb es über Jahrzehnte dabei, dass viele das haben wollten, was Herr Yates geschaffen hatte, und auf die kleinste Chance lauerten, es auch tatsächlich zu bekommen. Nie hätte er damit gerechnet, dass ausgerechnet sein Anwalt und Geschäftspartner, dem er sogar eine eigene Unterkunft auf Sealand hatte einrichten lassen, der Verräter werden würde, der seinen Traum und seine Arbeit mit einem Handstreich an sich riss. Er, der Fürst, wurde von ihm in seiner Abwesenheit per Deklaration abgesetzt und zur unerwünschten Person erklärt. Sein Land war verloren.

Nachdem mir Herr Yates seine Geschichte erzählt hatte, verlangte er – wohl um der fürstlichen Verpflichtung zur Höflichkeit zu genügen – nach der meinen. Ich zierte mich und so verlangte er, zumindest meinen Namen zu erfahren, was nach einer so netten Unterhaltung wohl mehr als angemessen sei, wie er sagte.

»Mein Name ist Cord Andreesen. Und es ist nicht auszuschließen, dass auch Sie meine Geschichte bereits aus der einen oder anderen Veröffentlichung kennen«, formulierte ich deutlich zu geschwollen.

Nach einem kurzen Moment nachdenklichen Schweigens begann er, über das ganze Gesicht zu strahlen.

»Mein lieber Junge, ja! Cord Andreesen! Natürlich kenne ich Sie und Ihr Camp der Liebe, mit dem Sie europaweit das diesjährige Sommerloch gefüllt haben!«

Er dachte erneut einen Moment daran herum, ehe er fortfuhr: »Und wenn ich es richtig sehe, haben Sie Ihren Traum gelebt und am Ende verloren, genauso wie ich!«

»Nur, dass ich das Ganze noch nicht als beendet ansehe«, warf ich ein, »noch lange nicht beendet. Streng genommen, fange ich gerade erst an!«

Natürlich habe ich Herrn Yates nicht mit allen Details zum Camp der Liebe belästigt. Auch später nicht, als wir uns schon besser kannten und die Rückeroberung von Sealand planten. Obwohl ihn das Leben auf einer Miniatur-Plattform mitten im Meer in Langeweile geübt haben sollte, glaube ich nicht, dass er mit ausreichender Geduld der Geschichte meines Werdegangs, meiner Liebschaften, Freunde und Gegner gelauscht hätte, um die Dinge so zu würdigen, wie sie es verdienten. Ich will damit nicht sagen, dass diese Details zwanghaft langweilig sind. Für diejenigen, die Interesse an Sex, gesprengten Bordelltüren, gescheiterten Paartherapien, eifersuchtsbedingten Todesfällen und inkontinenten Iberern haben und genügend Zeit mitbringen, könnte es sogar recht interessant werden. Herr Yates war aber seit der Nennung meines Namens von einer derart nervösen Aufgeregtheit erfüllt, dass es mir schwerfiel, ihn für etwas anderes als die Planung der *militärischen Operation,* wie er es nannte, zu interessieren. Nun geht es aber nicht ausschließlich um Herrn Yates, auch wenn er das gerne so hätte, sondern um das Camp der Liebe. Und um das zu verstehen, müssen wir zuerst ein ganzes Stück zurückgehen. Sehr weit zurück …

der unliebsame anatole

Dass Hakan Yüziak in unsere Klasse kam, verdankten wir den Lehrkräften der beiden Parallelklassen, die beschlossen hatten, ganzheitliche Lehransätze zu verfolgen. Bei Herrn Wilms schlug sich dies in regelmäßigen Freibadbesuchen nieder, während Frau Schulz ihre Klasse verstärkt auf das Sammeln und Entsorgen von Zigarettenkippen auf dem angrenzenden Parkgelände ansetzte. Um es kurz zu machen: Als Hakans Vater seinen Sohn außerhalb der üblichen Fristen und Verfahren zum Schulunterricht anmelden wollte, war keine andere Klasse des passenden Jahrganges anwesend, als unsere. Hakans Vater war kein Mann großer Worte. Zumindest nicht großer deutscher Worte, und so war sein Gestikulieren kaum anders zu verstehen als »Die Klasse ist okay.«. Auch unser Schulleiter verstand dies genauso und Hakan Yüziak wurde unser Mitschüler. Dass dies etwas war, was nicht nur meine Schulzeit, sondern mein gesamtes Leben verändern sollte, war mir damals nicht bewusst.

Die Eigenschaft der Sprachlosigkeit war bei den Yüziaks vom Vater auf den Sohn übergegangen. Im Gegensatz zu seinem Vater mangelte es Hakan aber schon an der Fähigkeit, durch eindeutiges Gestikulieren eine zumindest einfache Form der Verständigung aufzunehmen. Fragen, die mit »ja« oder »nein« beziehungsweise Kopfschütteln oder Kopfnicken, hätten beantwortet werden können, führten bei ihm zu rotierenden Armbewegungen oder Aufstampfen mit dem Fuß – je nach Gemütslage. Weder Vater noch Sohn vermochten Hakans Alter plausibel und vor allem eindeutig zu benennen. Es blieb der Restverdacht, dass Hakan ein bis drei Jahre älter war als wir übrigen, wobei diese Theorie dadurch genährt wurde, dass Hakan auch ungefähr doppelt so groß und kräftig war. Diese erkennbare Fehlbesetzung, zusammen mit seiner Sprachlosigkeit, bereitete Hakan wenig Vergnügen. Umso mehr davon fand er im Quälen seiner Mitschüler. Bis zu dem Zeitpunkt als

Hakan die Bildfläche betrat, wurden mein Freund Michael und ich von anderen Gruppen des Jahrganges umworben. Wir trugen die richtigen Klamotten, durften zu Hause die richtigen Filme sehen und behandelten die Mädchen korrekt. In unserem damaligen Alter hieß das, dass wir ihnen niederträchtige Sprüche in ihre Poesiealben schrieben, ihre Ungeschicklichkeit im Sport belachten und jeder Möglichkeit nachjagten, unbeeinträchtigte Sicht auf Po, Busen und das, was zwischen ihren Beinen lag, zu erhaschen. Hakan sprengte die bestehende soziale Rangfolge in kürzester Zeit. Sein grimmiges Schweigen, seine Art Zigaretten zu rauchen, sein muskulöser Körper und der sich bereits verdichtende Oberlippenflaum wirkten so viel erwachsener als wir übrigen Jungen. Selbst wenn er auf Gewaltanwendung genauso verzichtet hätte wie auf Gesprächsführung, wäre die neue Rangfolge in der Klasse klar gewesen, so aber wurde unsere Niederlage vernichtend. In der ersten Woche nahm ich kaum Notiz von ihm. Michael meinte sogar, dass Hakan eigentlich ganz nett aussähe und wir ihn vielleicht fragen sollten, ob er Fußballspielersammelbilder mit uns tauschen wolle. Ich hielt das für eine schlechte Idee, da bei einem, der bereits »Hallo« nicht verstand, »Fußballspielersammelbilder« ein nicht zu vermittelnder Begriff wäre. Wir kümmerten uns also nicht weiter um ihn, höchstens, indem wir ihm zunickten und er daraufhin die Schultern kreisen ließ. Mit der Gleichgültigkeit sollte es aber bereits in der zweiten Woche vorbei sein, als ich Hakan zusammen mit Ingrid und Mona eine Gruppe im Schulhof bilden sah, die derartige Vibrationen aus gleichzeitigem Vergnügen und Ernsthaftigkeit aussendete, dass keiner der anderen seinen begehrlichen Zugehörigkeitswunsch verbergen konnte. Es war, als würde ein Scheinwerfer auf sie gerichtet, der uns übrige zu stummen Voyeuren degradierte. Für Michael und mich hatte man bestenfalls müde gemurmelte »Hallos« parat, anstelle der sonst überschwänglichen Begrüßungsrituale. Und das allein wäre schwer genug zu ertragen gewesen. Nun lag aber ausgerechnet in der Person von Ingrid die schmerzhafte Besonderheit, daß sie seit einem Monat quasi *mein Mädchen* war. Damals, auf der ersten durch uns Schüler organisierten Klassenfeier, forderte sie mich zum Spaziergang im Blumenpark – gleich hinter dem Schulgebäude – auf. Wir gingen schweigend nebeneinander, rauchten bedeutungsvoll eine gemeinsame Zigarette und wurden somit Mann und Frau. Den Rest des Abends verbrachten wir Hand in Hand, ein sichtbares Zeichen gebend, nunmehr einen bedeutenden Schritt in Richtung Erwachsensein gemacht zu haben. Unsere Klassenkameraden betrachteten wir danach als »Küken«, ihr Gekicher, welches wir noch zwei Stunden vorher teilten, als Zeichen ihrer Unreife.

Ingrid nun mit Hakan zu sehen, empfand ich als doppelte Niederlage. Es stufte mich zum Kind zurück. Nebenher würde ich mein Ansehen in der Klasse verlieren, wenn ich Hakan nicht in seine Schranken wiese. Um dieser Aufgabe nachzukommen, bedurfte es bei dem gegebenen Größenunterschied aber gehörigen Selbstvertrauens, dessen mich wiederum Ingrid gerade beraubt hatte. Auch überlegte ich mir, wie ich Hakan stellen sollte. Ihn anzusprechen oder gar zu beschimpfen, hatte wenig Sinn und hätte höchstens zu verständnislosem Schulterkreisen geführt. Einfach zuschlagen war erst recht nicht mein Stil. Nebenher fragte ich mich, woraus Ingrid und Mona solchen Spaß zogen, da es unwahrscheinlich war, dass Hakan über Nacht Deutsch gelernt hatte. Die Chance zum Kampf kam dann aber schneller als erwartet. In Ermangelung einer besseren Idee schenkte ich Hakan im Vorübergehen ein Kopfnicken und den Gruß »Hallo Hakan«.

Im Türkischen muss »Hallo Hakan« irgendetwas heißen, wie »Ich vögele deine Mutter, weil ich deiner Schwester überdrüssig bin.«. Auf jeden Fall verfärbte sich sein Gesicht rot und er stürmte, Wutgeschrei ausstoßend, auf mich zu. Kurz darauf fand ich mich in seinem Schwitzkasten wieder, wo ich auch für die nächsten zwanzig Minuten blieb. Hakan beruhigte sich kurze Zeit später, deutlich vor Ablauf meiner Gefangenschaft.

Er begnügte sich danach, mich mit einer Hand zu würgen und mit der anderen eine Zigarette zu rauchen. Ab und zu verpasste er mir mit der freien Hand, die Zigarette in den Lippen eingeklemmt, einen Schlag ins Gesicht oder blies mir den Rauch in die Nase. Während ich mit Tränen der Wut kämpfte, versuchte Michael, mich aus meiner misslichen Lage zu befreien.

»Hey, Hakan, sammelst du auch Fußballspielerbilder?«, hörte ich ihn fragen. Irgendwie ließ ihn das Thema damals nicht los. Trotzdem hätte er auf mich hören sollen, als ich ihm davon abriet. Im Türkischen muss nämlich »Fußballspielerbilder« die Bedeutung haben: »Ich vögele deinen Vater, weil ich deiner Mutter und deiner Schwester überdrüssig bin.«. Sofort ließ Hakan von mir ab und schnappte sich Michael, den er zwar weniger entwürdigte, dafür aber umso schmerzhafter zurichtete. Am Ende lagen wir beide alleine auf dem Schulhof, kamen heulend, dreckverschmutzt und zu spät in die nächste Unterrichtsstunde und waren seitdem deutlich mehr geächtet als geliebt.

Mit Ingrid hatte ich zwar später noch eine Art Beziehung, allerdings nach Hakan, wie dieser mir berichtete, als er schließlich Deutsch gelernt hatte. Doch dazu später mehr. Michael und ich zogen uns von den anderen zurück. Man kann auch sagen, wir wurden zurückgezogen, da uns keine andere Gruppe mehr aufnehmen wollte, außer den akneblühenden Mathefreaks, die Naturwissenschaften und die Geo-Zeitschrift sexy fanden und jeden, wirklich jeden, in ihre Mitte aufnahmen, der Verlierer genug war, um einer Zukunft als Jungfrau entgegenzusehen.

Die Isolation hatte aber auch ihr Gutes, wie sich herausstellen sollte, brachte sie doch Gespräche und Gedanken zwischen uns in Gang, die wir sonst nie geführt hätten. Unsere früheren Unterhaltungen waren immer auf ihre Wirkung auf andere ausgerichtet gewesen und hatten wenig Substanz. Nun aber konnten wir befreit diskutieren, fabulieren, fantasieren und die Welt entdecken.

anfangsschwierigkeiten

Seit der Schule waren mittlerweile gut fünfzehn Jahre vergangen. Ich war Anfang dreißig und arbeitete als Hausverwalter und Immobilienmakler in einem schicken Innenstadtbüro der Firma Rehberg & Cie. GmbH & Co. KG, der Firma meines Schwiegervaters Heinrich Rehberg, als die Geschichte, die ich erzählen möchte, Fahrt aufnahm. Heinrich führte die Gesellschaft seit seinem 30. Lebensjahr in dritter Generation und das Büro lag in einem handtuchbreiten Gebäude in bester City-Lage mit Blick auf die Alster. Ein Traum und nahezu unbezahlbar, wäre es nicht bereits mit der Beherbergung des Fahrstuhls überfordert gewesen. Fünf Stockwerke in Altbau-Deckenhöhe, aber jeweils nur vierzig Quadratmeter Grundfläche – und das vor dem Einbau des Fahrstuhls. Früher gehörte auch das wesentlich größere Nebengebäude, das jetzt von einer Privatbank bewohnt wurde, in das Familienimperium der Rehbergs. Zugang und Abgang dieser Filet-Immobilie in und aus dem familiären Vermögensbereich waren Themenbereiche, über die ungern gesprochen wurde. Der Großvater meines Schwiegervaters hatte es zu Zeiten von einem jüdischen Kaufmann übernommen, in denen es weniger auf das Gespür für Gelegenheiten und zukünftige Marktentwicklungen ankam, als vielmehr auf die eigene Herkunft und Skrupellosigkeit. Zumindest die Eigenschaft der Skrupellosigkeit hatte sich im Genpool der Rehbergs soweit verfestigt, dass sie auch noch in dritter Generation und – betrachtete ich meine Frau Sylvia – ansatzweise sogar in der vierten erhalten blieb. Kaufmännisches Geschick ist wohl weniger erblich, sodass mein Schwiegervater Heinrich sich ab und zu genötigt sah, ein Gebäude zur Aufrechterhaltung seines repräsentativen Lebensstils zu verkaufen. Man sagt, der Zyklus des Vermögensaufbaus wäre so, dass die erste Generation das Vermögen begründet, die zweite es erweitert und die dritte es verspielt. Zum ernsthaften Verspielen fehlten Heinrich aber die Raffinesse und Zügellosigkeit, die es angesichts des immer noch sehr großen Wertes der vorhandenen Immobilien und Geldanlagen gebraucht hätte. So blieb es dabei, dass die Hausverwaltung, die ich zusammen mit zwei älteren Damen zu verantworten hatte, ab und zu um ein Objekt erleichtert wurde.

Zur Rechtfertigung meines Gehaltes, das ja auf der Annahme eines durch mich erwirtschafteten hinreichenden Gegenwertes beruhte, hatte ich die Maklertätigkeit, sprich den Verkauf von Eigen- und Fremdimmobilien in unserem Hause aufgebaut. Wo mein Schwiegervater eigene Objekte in einzelne Wohneinheiten aufgeteilt hatte, um den Verkauf dieser Einheiten dann in fremde Hände zu geben, hatte ich mich darauf konzentriert, diese nun auch selbst zu vermarkten. Auch wenn es nur in Einzelfällen und mit juristischem Aufwand möglich war, für solche Eigenobjekte eine Maklercourtage vom Käufer zu kassieren, konnten wir auf diesem Wege doch die erzielten Verkaufspreise nach oben treiben und uns besser am Markt etablieren. Zur Überraschung meines Schwiegervaters bekamen wir bald einige Fremdaufträge, womit sich zum ersten Mal seit seiner Amtsübernahme ein Bereich in der Firma entwickelte, der steigende Umsätze und Gewinne ausweisen konnte und zu einem ernsthaften Standbein des Unternehmens heranreifte. Die Überraschung wog umso schwerer, da Heinrich mich bis dato lediglich als noch zu korrigierenden Fehler seiner Tochter angesehen hatte, der in einen Bereich abzuschieben war, in dem sich seine Unfähigkeit mit der Unflätigkeit seiner Mieter zu etwas wirtschaftlich Unschädlichem neutralisieren konnte. Gerade die Unflätigkeit und Maßlosigkeit unserer Mieter verleideten mir den Job der Hausverwaltung.

»Jetzt hören Sie mal zu, Sie verdammtes Arschloch, meine Heizung schafft keine Raumtemperaturen über 38 Grad. Das muss ich nicht akzeptieren. Sagt auch der Mieterverein. Ich kenne meine Rechte. Also, schicken Sie den beschissenen Klempner oder Sie haben 'ne fette Mietminderung am Hals, capice?«

Den Verdruss verstärkend war die offenkundige Verachtung, die mein Schwiegervater mir gegenüber empfand, weil ich nicht – so wie er – ein eigenes Geschäft aus dem Nichts eines millionenschweren Erbes aufgebaut hatte. Warum ich überhaupt in sein Geschäft eingestiegen war? Es war wohl der Mangel an anderen wirtschaftlichen Perspektiven, zumal solchen, die Sylvia den gewohnten Lebensstil ermöglicht hätten. Um zu verstehen, warum und wann meine Karriereleiter begann, ihre Ausschübe zu verlieren, müssen wir erneut ein Stück zurückgehen: Mit achtzehn Jahren erreichte ich ein solides, in den naturwissenschaftlichen Bereichen sogar sehr gutes Abitur. Mit Mitte zwanzig hatte ich auch mein Physikstudium mit zumindest noch durchschnittlichem Erfolg abgeschlossen. Von da an verlor sich meine Zielstrebigkeit.

Die Physik ist ein System von aus Experimenten gewonnenen Erkenntnissen, daraus abgeleiteten Gesetzen und Theorien zur Beschreibung der grundlegenden Wechselwirkungen der Natur. Sie ist eine Erfahrungswissenschaft, die sich auf zwei Säulen gründet: das Experiment und die mathematische Theorie.

Ich hatte die Sache zu wörtlich genommen und das Studium als Experiment angegangen, mit der daraus gewonnen Erkenntnis, dass Teilchenbeschleunigung am besten im Doppel-Looping erfahrbar ist und am schlechtesten als Projektleiter in der unterirdischen Versuchsanlage einer internationalen Forschungseinrichtung. Um es in der Sprache der zweiten Säule der Physik, der Mathematik, auszudrücken:

(E)insatz x (L)eistungsfähigkeit = Ein(K)ommen
… und …
Ein(K)ommen / (E)insatz = (S)paß
… dann aber ist …
(E)insatz x (L)eistungsfähigkeit = (S)paß + (E)insatz

Und damit ist das Einkommen aus der Gleichung verschwunden.

Eine der Eigenschaften, die zwar landläufig positiv gesehen wird, oft aber nur selbstzerstörend wirkt, ist *Konsequenz*. Mit ebendieser Konsequenz, die mich mein Studium bereits nach dem ersten Monat hätte beenden lassen müssen, begann ich mich nun auf Stellenausschreibungen zu bewerben, die die geringste Schnittmenge mit meinen erworbenen Fähigkeiten als Physiker aufwiesen. So bewarb ich mich als Hubschrauberpilot, Stadtarchivar oder Golf-Pro, ohne jemals Golf gespielt zu haben. Vom Hubschrauberfliegen ganz zu schweigen. Gerade die Golf-Pro Sache erregte das Missfallen meiner Mutter.

»Jahrelang studieren und dann hinterher bei PRO arbeiten? Willst du deine Mutter umbringen?«

Überraschend war eine dieser Bewerbungen erfolgreich und so konnte ich mich während der folgenden sechs Monate als Aufbauhelfer, Kartenabreißer und Animateur eines Jahrmarkt-Fahrgeschäftes namens »Krake« über Wasser halten. Irgendwann setzte man mich in das Steuerhäuschen, drückte mir das Mikrophon in die Hand und bedeutete mir mit osteuropäischen Tönen und Gesten, dass der Ansager ausgefallen wäre und nun ich an seiner statt die Kundenansprache übernehmen sollte. In der Nervosität des Augenblickes verfiel ich auf die gleichermaßen vertrauten, wie verhassten Erklärungsmuster der Physik für das, was die Krake und ihre baltischen Betreiber mit ihren Kunden vorhatten:

»Die reine Rotation, auch Rotationsbewegung, Drehung, Drehbewegung oder Kreisbewegung eines Körpers ist im Gegensatz zur reinen Translation keine Bewegung, die den Schwerpunkt des Körpers durch den Raum bewegt, sondern eine Bewegung des Körpers um eine Rotationsachse. Alle Punkte, die auf genau dieser Achse liegen, bleiben an der Stelle stehen, und alle anderen Punkte bewegen sich mit einer Geschwindigkeit, die proportional zur Entfernung von der Achse ist, auf einer idealen Kreisbahn. Hierbei kann sich die Achse im Körper selbst befinden, was zu einer Eigenrotation führt, oder vom Körper entfernt liegen, was man als Rotationssystem bezeichnet. Ursache für eine Rotation ist dabei jedoch immer die Wirkung eines Drehmomentes.«

Nach einigen Stunden spürte ich eine, wenngleich noch zarte, Vertrautheit mit dem Mikrophon, der Menge und meinem Text und begann zur Freude meiner Arbeitgeber, die kein Wort meiner Ansagen verstanden, einzelne Worte, wie *Rotationssystem* oder *Drehmoment* so zu betonen, wie es die anderen Fahrgeschäftbetreiber bei den Worten *Sensation* und *einmalig* taten. Als nach zwei Wochen der partiell deutschsprachige Sohn der Betreiber von etwas zurückkehrte, das er selbst Geschäftsreise nannte, die Polizei aber unter dem Begriff »Freiheitsberaubung zum Zwecke der Zwangsprostitution Minderjähriger« führt, ließ er mir etwas zukommen, das wir übereinstimmend als »Schelle« und »Taschenpfändung« verstanden. Meine erste richtige Arbeit war damit beendet.
Diese frühe Erfahrung mit der Schroffheit der Arbeitswelt ließ mich vorsichtiger werden und auch weniger spektakuläre Jobs ins Auge fassen. Physik kam aber noch lange nicht infrage. Als ich die Anzeige las

Zuverlässige, körperlich und geistig belastbare Persönlichkeit für Organisations- und Verwaltungsaufgaben gesucht,

schien mir das genau die Mischung zu sein, die für mich infrage kam. *Verwaltungsaufgaben* klangen doch schon mittelschichtorientierter als *Mitarbeiter im ambulanten Fahrgeschäft,* auf die meine letzte Stellenbeschreibung lautete. Und besondere Fähigkeiten waren auch nicht gefragt. Meinen neuen Arbeitgeber, Herrn Born, traf ich ein einziges Mal und das anlässlich eines Vorstellungsgespräches, das zufällig in der Bar eines Hotels in unmittelbarer Nachbarschaft zu meinem jetzigen Arbeitsplatz stattfand. Er war ein stattlicher, energiegeladener Mann Ende dreißig, dessen lange Haare und fahrlässige Manieren so überhaupt nicht zu seinem beeindruckenden Nadelstreifenanzug und der gediegenen Hotelatmosphäre passten. Ich fand ihn auf

Anhieb sympathisch, weil auch ich stets das Gefühl hatte, nicht so recht in meine Umgebung zu passen. Das Vorstellungsgespräch war, wie gesagt, der einzige persönliche Kontakt, der zwischen uns stattgefunden hat. Ich betone dies, weil ich in der Folge immerhin viereinhalb Jahre in seinen Diensten stand. Die späteren Anweisungen und Abstimmungen erfolgten postalisch oder telefonisch, je nachdem, was die Vollzugsanstalt ihm aufgrund seiner jeweiligen Führung in dem Moment zubilligte. Die genaue Höhe des Strafmaßes und den Grund seiner Verurteilung habe ich nie erfahren. Aus der Dauer seines Aufenthaltes konnte ich aber sehr wohl folgern, dass er entweder einen überragend unfähigen Anwalt oder etwas wirklich Unschönes angestellt hatte.

Eingearbeitet wurde ich von einem hageren Mann Ende fünfzig, den ich als farb- und haarlos in Erinnerung habe und den die Mädchen »Tütel« nannten. Unsere *Mieterinnen*, wie Tütel sie nannte, waren natürlich Freudenmädchen, doch weder dieser vergleichsweise harmlose Begriff noch die unfeinen Steigerungen wie *Prostituierte* oder *Nutten* kamen über seine Lippen. Für den alten Profi blieb es immer bei *Mieterinnen*. Ich versuchte es einmal bei ihm mit dem noch altmodischeren mittelalterlichen Begriff der *Hübschlerin*, doch auch da biss er nicht an. Ich weiß bis heute nicht, warum man diesen älteren und überkorrekt wirkenden Mann Tütel nannte, steht *tüttelig sein* im Norddeutschen doch für unkorrektes, konfuses Verhalten, und das konnte man ihm nun wirklich nicht vorwerfen. Manchmal drückt der Spitzname ja auch genau das Gegenteil dessen aus, was die Person wirklich auszeichnet oder ist überhaupt kein Spitz- sondern ein Eigenname.

Ich wusste also nichts über Tütel und nichts über das Geschäft, das er hingebungsvoll betrieb. Er hingegen wusste alles und hatte vier Wochen Zeit, um mich anzulernen. »Vier Wochen!«, betonte er immer wieder, »Nur vier Wochen!« Ständig betete er die verbleibende Zeit herunter wie ein Mantra, mir das Missverhältnis zwischen Einlernzeit und Aufgabenflut verdeutlichend. Dass er damit auch die Restspanne seiner diagnostizierten Lebenszeit herunterzählte, war mir damals nicht klar. Er hatte Lungenkrebs im Endstadium und seine Ärzte legten ihm nahe, seine Pläne nicht über das kommende Wochenende hinaus auszudehnen. Tütel hatte sich aber eben diese vier Wochen vorgenommen, um sein *Haus* und *seine Mieterinnen* vor dem Ärgsten zu bewahren. Sein Haus, oder genauer das Haus des sympathischen Hafteinsitzenden Herrn Born, war eine Villa aus der Jahrhundertwende mit den orts- und bauzeittypischen roten Klinkern und einrahmenden weißen Stuckelementen. Von außen wirkte es kleiner und auf keinen Fall so, als könnte es die 12 großzügigen Einzelzimmer plus Aufenthaltsraum mit Bar sowie eine Zwei-Zimmer-Einliegerwohnung für Tütel beherbergen. Und doch war es so. Es gab sogar einen Garten, der sich lieblich zu einem Ausläufer eines Nebenzuflusses der Außenalster erstreckte und an dessen nicht einsehbarem Ende ein kleiner Pavillon am Wasser stand. Und dann gab es auch noch einen »Concierge«, den man in weniger diskreten Betrieben dieser Art Rausschmeißer nannte. Meine Aufgabe sollte die kaufmännische Leitung des Betriebes und – nennen wir das Kind beim Namen – des Bordells sein.

Am Ende der ersten Woche wollte ich meine Mittagspause in diesem Pavillon verbringen. Mir fehlten die Souveränität im Umgang mit den Damen und die Härte im Umgang mit dem »Concierge«. Die Damen nahmen mich ständig auf den Arm, machten anzügliche Bemerkungen und erfreuten sich an der aufschießenden Röte in meinem Gesicht. Dem »Concierge« genügte es, mich abfällig anzustarren und mit minimalen Gesten und Pfiffen davon abzuhalten, die falschen Türen zu öffnen. Ich nutzte in dieser unbequemen Anfangszeit gerne jede Minute, die ich alleine und ohne Demütigung erleben konnte und dafür war der nur zur Wasserfläche hin offene Pavillon allererste Wahl. Als ich ihn betrat, fand ich dort eine der Damen vor. Es handelte sich um Anke Buschkamp, eine hübsche

Brünette Anfang dreißig, die bisher wenig gestichelt, mich aber auch kaum bemerkt hatte. Sie trug ein Negligé – das ich für ein durchsichtiges Sommerkleid hielt – und nichts darunter. In der rechten Hand hatte sie eine nahezu aufgerauchte Zigarette. Mit müden, unbeteiligt wirkenden Augen sah sie mich an und ihre offensichtliche Gleichgültigkeit verunsicherte mich. Ich stammelte eine Entschuldigungsfloskel herunter und versuchte eine möglichst schnelle Kehrtwende. Verunsicherung ist ein seltener Begleiter präziser Feinmotorik oder kommunikativer Raffinesse. In der Drehbewegung rutschte deshalb das Schinkensandwich »de luxe« aus meiner Umklammerung und schlug, sauber aufgeteilt in Schinken, Salatblätter und Tomaten, auf dem Rasen auf, begleitet von einem Schreckenslaut und einem kaum hörbaren Furz, als ich mich nach den Resten bückte.

»Das ist mir gestern auch passiert!«, hörte ich Anke hinter mir sagen. Ich kniete immer noch auf dem Rasen, dankbar dafür, ihr den Rücken zuwenden zu können.

»Ihnen ist auch Ihr Sandwich heruntergefallen?«

»Nein, du Dussel, das mit dem Furz.«

»Hören Sie, das tut mir wirklich leid. Ich weiß auch nicht, wie mir das passieren …«

»… Hey, du musst dich nicht entschuldigen. Mir ist das gestern mit einem Freier passiert. Das Leben geht weiter und der Typ hatte trotzdem noch seinen Spaß. Hat nur länger gedauert und mir meinen Schnitt kaputt gemacht.«

»Oh, das tut mir leid«, hörte ich mich murmeln. Mittlerweile pochte das Blut in meinen Wangen mit einer Übelkeit erzeugenden Gewalt.

»Komm, setz dich zu mir, Cord!«, hörte ich Anke sagen und wusste nicht, ob ich mehr erstaunt war über das Angebot oder darüber, dass sie meinen Namen kannte. Wir unterhielten uns in den folgenden dreißig Minuten, ohne dass ich weiß, worüber. Ich glaube, sie gab mir Tipps zum Umgang mit den anderen Mädchen und einen Teil ihres Pausenbrotes. Die nächsten gut vier Jahre verbrachte ich dann nahezu jede meiner Mittagspausen im Pavillon. Die meisten davon mit Anke. Wir wurden gute Freunde und unsere gemeinsamen Gespräche wurden intensiver und offener. Sie erzählte mir von ihren Tricks mit den Freiern. Wie sie ihren unerfahrenen Kunden den Beischlaf vorgaukelte, ohne ihn wirklich durchzuführen oder wie sie deren Leidenschaft unter Berücksichtigung ihres Potentials zum Stamm- oder Einmalkunden effizienzoptimal steuern konnte. Ich erzählte ihr im Gegenzug etwas über den Verlauf von Sinuskurven in den vier Quadranten und der Anwendung der Sinusfunktion im Rahmen einer komplexwertigen diskreten Fourier-Transformation. Natürlich erwartete ich nicht die gleiche gefesselte Spannung, mit der ich üblicherweise ihren Erzählungen lauschte. Es überraschte mich, dass Anke mir überhaupt zuhörte, mir bisweilen sogar Zwischenfragen stellte und so zeigte, dass sie einiges von dem behalten hatte, was ich von mir gab.

»Wieso hörst du dir überhaupt diesen langweiligen Mist an? Interessiert dich das wirklich?«, fragte ich sie an einem warmen Tag im August, an dem uns die Sonne in unserem kleinen Pavillon kitzelte und in uns das Gefühl weckte, dass alles erlaubt und möglich wäre.

»Mich interessiert es zu erfahren, was dich interessiert. Und ich finde es schön, wenn man sich gegenseitig Dinge erzählt und zuhört. Und noch schöner finde ich es, wenn die Unterhaltung keinerlei Vulgarität und gegenseitige Demütigung enthält. Glaub mir, Cord, ich genieße unsere Gespräche, auch wenn ich nicht alles verstehe, was du sagst.«

In einer anderen Mittagspause, nachdem wir uns schon gut genug kannten, um Interesse von Impertinenz unterscheiden zu können, fragte ich sie, ob der häufige Gebrauch ihre Geschlechtsteile irgendwie verändert hätte.

»Du willst wissen, ob meine Muschi ausgeleiert ist?«, fragte sie mich mit offensichtlichem Entsetzen. »Ihr verdammten Männer seid doch alle gleich!«

»Nein. Nein, das meinte ich nicht!«, entgegnete ich entrüstet. »Ich meinte eher so – na ja, also, ja, ist da was dran?«

»Cord, ich mag dich. Und ich weiß, dass du anders bist. Ich will jetzt nicht sagen *abnormal,* aber doch anders. Insofern glaube ich, dass deine Frage auch nicht so gemeint ist, wie ich es sonst von Männern gewohnt bin.«

»Hey, ich hab das nur so interessehalber ... also, eigentlich interessiert es mich gar nicht wirklich!«, versuchte ich mich herauszuwinden und fühlte mich wie ein täppischer Teenager.

Aber Anke hatte sich bereits in Rage geredet und wollte so schnell nicht davon ablassen.

»Weißt du, Cord, zufällig habe ich eine eineiige Zwillingsschwester, von der man ja wohl ausgehen kann, dass sie genauso gebaut ist, wie ich, und die einem normalen Beruf nachgeht. Einmal im Monat setzen wir uns zusammen und vergleichen unsere Vaginas. So können wir dann ganz toll sehen, ob meine anfängt auszuleiern. Aber bisher ... alles gut!«

Das war nun eine wirklich interessante Information, dachte ich. »Wow! Du hast 'ne Zwillingsschwester? Ist ja der Hammer! Und dass ihr vergleicht – das glaub ich ja echt nicht. Wahnsinn!«

»Musst du auch nicht, du verdammter Schwachkopf, weil es natürlich nicht stimmt!«

Es folgte eine ausgedehnte Pause, in der ich verzweifelt darüber nachdachte, warum sie es dann gesagt hatte und vor allem, wie ich das Gespräch wieder in andere Bahnen lenken konnte. Mit einer Stimme, aus der alle Aggressivität und Verärgerung verschwunden war, hörte ich Anke sagen:

»Ich weiß doch selbst nicht, was dieser Job alles bei mir anrichtet. Und was das Körperliche betrifft, da fehlt mir schlicht der Vergleich. Woher soll ich wissen, ob sich etwas unnormal verändert hat, wo ich doch gleichzeitig sowieso alt und schlaff werde.«

»Aber du bist nicht alt! Und du wirst niemals schlaff werden. Du bist so wunderschön!«, entfuhr es mir mit unbedachter Naivität.

»Cord, du bist wirklich so was von süß!«, erwiderte Anke und umarmte mich so fest und so lange, dass ich bald kaum mehr wusste, wie ich es in dieser unbequemen Position länger aushalten sollte. Aber natürlich hielt ich – denn da war noch diese andere Gefühl, tief aus der Seele kommend, dass den Körper anschrie, für immer so umschlungen bleiben zu wollen.

der andere

Nun wissen Sie schon ein wenig von mir und haben wahrscheinlich auch bemerkt, dass meine Lebensführung bis zu diesem Punkt nicht gerade von großer Zielgerichtetheit geprägt war. Beschäftigen wir uns nun aber ein wenig mit meinem großen Gegenspieler aus Schultagen, dessen Bekanntschaft die weitere Geschichte entscheidend prägen sollte. Sie haben Hakan als sprach- und kompromisslosen Jugendlichen in einer Klasse jüngerer Mitschüler kennengelernt. Doch um einen Menschen zu verstehen, bleibt es einem nicht erspart, sich mit seiner Vorgeschichte zu beschäftigen …

Das Licht der Welt, das Hakan Yüziak erblickte, war die künstliche Beleuchtung im Brutkasten auf der Säuglingsstation. Er war ein Frühchen, körperlich schwach und von nahezu bedeutungslosem Wuchs. Die Natur war nicht gerade verschwenderisch mit ihm umgegangen und hatte im wörtlichen Sinne auch an seinem Herzen gespart. Hakans Vater Aslan nahm damals von einem smarten Oberarzt die beunruhigende Nachricht entgegen, dass sein ohnehin wenig vorzeigbarer Neugeborener zusätzlich an einem Loch im Herzen krankte, das möglicherweise aber von allein zuwachsen würde. Für den gelernten Brunnenbauer Aslan war die Vorstellung eines sich selbst schließenden Loches vollkommen inakzeptabel, auch wenn er nur die Hälfte dessen verstand, was man ihm sagte. Der anschließend mit seinen Freunden, reichlich türkischem Schnaps und Herumreichen der Säuglingsfotos verbrachte Abend förderte die Erkenntnis, dass seine Frau Derya in irgendeiner Weise frevelhaft gewesen sein musste, einen Balg zu gebären, der so überhaupt gar nichts mit ihm gemein hatte.

Die aus dem Kreis seiner Freunde spontan zugesagte Unterstützung bei einer Wohnungssuche und Neuvermählung ließen kaum etwas anderes als die entschlossene, wenn auch einseitige Trennung von seiner Frau zu. Derya, ebenfalls nicht restlos von ihrem Nachwuchs überzeugt, erfuhr von ihrer eigenen Scheidung durch ihre Schwester Aysha, die ihr zum Kind gratulieren und gleichzeitig ihrer Schwester Segen für die bevorstehende Vermählung mit Aslan einholen wollte. Als gute muslimische Frau bat sich eine gefasste Derya Bedenkzeit aus, entschied sich aber unwesentlich später für gezielte Fausthiebe in Ayshas Gesicht. So eines beschützen Lebens im Kreise ihrer Familie beraubt und bar der Hoffnung, dass sich ihr Säugling doch noch als Verwechslung mit einem anderen Neugeborenen erweisen könnte, beschloss Derya, die Herausforderung anzunehmen und sich und ihrem Kind ein Leben frei der jetzt verhassten heimischen Traditionen und Gebräuche zu ermöglichen. Sie mühte sich durch die Instanzen des Sozialstaates, um Wohnung, Kleidung und Essen für sich und ihren ungewollten Sohn zu erkämpfen. Der Sprache noch weniger mächtig als ihr Ehemann und bis dato zur Unselbstständigkeit erzogen, kann diese Leistung gar nicht hoch genug geschätzt werden. Weder Freunde noch Verwandte waren ihr geblieben und nicht einmal ihr Kind beziehungsweise ihre Empfindungen für eben dieses waren dazu geeignet, diese unglaubliche Anstrengung durchzustehen. Was sie antrieb und am Leben hielt, waren Hass und Verbitterung. Und so nimmt es kaum Wunder, dass ihr erster fehlerfrei deutsch gesprochener Satz »Ihr-werdet-schon-sehen-was-ihr-davon-habt« war. Wenn sie die Worte nur mit genug Pathos und begleitendem Geifer ausspie, war auch die Wirkung auf ihr jeweiliges Gegenüber – nach ihren Maßstäben – erfreulich. Eine Mischung aus Angst, Beklemmung und Verunsicherung war das ihr seit Hakans Geburt stets innewohnende Gefühl gewesen und verband sie in diesen Momenten auf eine unrichtige Art mit ihrem Gegenüber.

Derya bekam ihr Leben – nach den bürgerlichen Maßstäben ihrer neuen Umgebung – wieder in den Griff. Sie zog in eine vierzig Quadratmeter kleine Zwei-Zimmer-Wohnung in der Nähe des Hauptbahnhofes, fand eine Anstellung als Reinigungskraft bei einer großen Gebäudereinigungsfirma und blieb alles in allem zutiefst unglücklich.

Wie jeder kleine Junge liebte auch Hakan seine Mutter abgöttisch. Es schien nichts zu geben, was sich der Konversationsminimalistik seiner Mutter in den Weg stellen konnte, nichts, was sie nicht mit purer Willenskraft und dem einen oder anderen »Ihr-werdet-schon-sehen-was-ihr-davon-habt« erreichen konnte. Die räumliche Enge ihrer Wohnung und das geteilte gemeinsame Bett ließen ihn aber auch beunruhigend früh die Defizite seiner Mutter bewusst werden. Ihr größtes – aus Sicht eines kleinen Jungen – war dabei sicher ihre totale Verweigerung gegenüber allen Vergnügungen des Lebens. Nun war es nicht so, dass sich ihr diese von selbst verschlossen hätten. Nein, es gab genug Angebote und Gelegenheiten. Es war aber Deryas fester Glaube, dass ein zugelassenes Vergnügen die bis dahin erlittene Ungerechtigkeit relativieren und den aufgestauten Hass und das Selbstmitleid dadurch entwerten könnte. Als Hakan acht Jahre alt wurde, konnte er weder richtig deutsch noch türkisch sprechen. Mögliche Spielkameraden fühlten sich abgeschreckt durch seine eindringlich formulierte Universalantwort »Du-wirst-schon-sehen-was-du-davon-hast«, und so hatten sie sich schnell von dem merkwürdigen Jungen abgewandt. Hakan besaß weder ein Fahrrad noch nennenswertes Spielzeug, abgesehen von seiner aus Toilettenrollen selbstgebastelten Laserkanone und einem aus dem Müll gefischten rosaroten Walross. Er kannte nicht die Vergnügungen eines Rummelplatzes, einer Eislaufbahn oder eines Tierparks. Und so fühlte er sich nicht nur wegen seiner Sprachunkenntnis isoliert, sondern mindestens ebenso durch sein Unverständnis gegenüber den kollektiven Erfahrungen seiner nächsten Umwelt. Hakan war nicht zum Einzelgänger geboren, sondern dazu gemacht worden. Soweit das typische Schicksal eines Gastarbeiterkindes, das üblicherweise in eine Kleinkriminellenkarriere mündet. Was Hakan aber von seinen verrohten, abgestumpften Leidensgenossen unterschied, war sein ausgeprägtes Einfühlungsvermögen, dessen unerwünschte Nebenwirkung – Mitleid – er mühsam zu unterdrücken versuchte. Er empfand es als feminine Allüren, deren Herkunft und Intensität nur demjenigen begreiflich werden, der die Jahre zwischen Kleinkinddasein und abgeschlossener Pubertät nächtens im gemeinsamen Bett mit seiner Mutter verbracht hat.

Mit dem Alter von 8 Jahren befand Derya ihren Sprössling für schulfähig. Derya war zwar, was man bei einem Briten *verschroben* nennen mag, doch war sie nicht dumm oder gänzlich weltentrückt. Dass Hakans schulischer Werdegang von ihrem Auftritt als Erziehungsberechtigter nicht unbedingt profitieren würde, war ihr absolut bewusst. Und so tat sie etwas, das sie die vergangenen sieben Jahre über tunlichst vermieden hatte. Sie rief Hakans Vater an, verabredete sich mit ihm, und das Schicksal, dessen übergeordneter Plan es war, Hakan und mich zusammenzuführen, nahm seinen Lauf.

Acht Jahre waren vergangen, seit Aslan Yüziak Frau und Sohn verlassen hatte. Acht Jahre, die Hakan an Jahren zählte, ohne seinen Vater jemals gesehen zu haben. Aber war es wirklich nur die Not, sich um die Einschulung ihres Sohnes kümmern zu müssen, die Derya dazu trieb, ihren Ex-Ehemann Aslan nach so langer Zeit um Hilfe zu bitten, oder war es das Gefühl einer offenen Rechnung, einer versprochenen, noch unverbrauchten Zukunft als Familie, die ihr bisher versagt geblieben war? Sie trafen sich auf neutralem Boden in einem Café in betont Pariser Aufmachung, das direkt an einem träge durch die Stadt fließenden Kanal gelegen war. Sie begrüßten sich unsicher, nach all den Jahren. Wie sollte die Begrüßung auch ausfallen. Herzlich und vertraut, wie es bei Menschen, die Leben und Bett miteinander geteilt hatten, normal sein müsste, oder eisig und distanziert, wie es die Ungerechtigkeit der Situation gebot. Aslan müsste es wissen, so wie Aslan immer wusste, was richtig war. Zumindest bis zu dem Tag, als Hakan geboren wurde.

Aslan sah gut aus. Sogar noch besser, als Derya ihn in Erinnerung hatte. Immer noch volles Haar, immer noch ungebeugt. Der Schnurrbart stärker ergraut als die Haare. Ein Bild souveräner Eleganz und Zufriedenheit. Derya ärgerte sich darüber, dass es ihm so gut zu gehen schien. Und noch mehr darüber, dass ihr das wichtig war. Sie fühlte sich immer noch zu ihm hingezogen. Sie konnte das Gefühl nicht unterdrücken, dass er immer noch *ihr* Mann war, der einzige, der sie je in ihrem Leben nackt gesehen hatte, der einzige, der sie je berührt und geliebt hatte. Morgens hatte Derya zum ersten Mal seit ihrer Trennung vor dem Spiegel gestanden und verschiedene Kleider probiert. Sie wollte schön sein. Aslan sollte wissen, was er damals so leichtfertig weggeworfen hatte. Ein gebrochener, gealterter Mann sollte er sein und sie die strahlende, ausgeschlagene Zukunft. Derya wollte feststellen dürfen, nichts versäumt zu haben in einem Leben mit einem ungepflegten, unansehnlichen Verlierer. Sie hätte wissen müssen, dass sich das Leben nicht unbedingt den Maßstäben der Fairness verpflichtet fühlt. Gerade sie hätte das wissen müssen. Und so war es deshalb Derya und nicht Aslan, die vorzeitig gealtert war. Der Spiegel zeigte ihr die unbarmherzige Wahrheit. Sie war es, der Gram und Last des Lebens ins Gesicht geschrieben standen. Sie war keine strahlende Schönheit mehr, das war zu erwarten. Sie war kein junges Mädchen mehr und älter geworden, ohne der Liste ihrer Attraktivität Eigenschaften wie Stil, Lebenslust oder Verruchtheit beigefügt zu haben. Nein, sie war nicht abstoßend oder gar unattraktiv, das beileibe nicht. Sie war lediglich eine normale Hausfrau und Aslan – ihr Aslan – war das Leben.

Heute Morgen, vor dem Spiegel, war Derya bewusst geworden, dass ihr Hass und ihre Wut die Jahre der Trennung nicht unbeschadet überstanden hatten. Irgendwann waren sie einfach verschwunden und nichts anderes als Rituale geworden, aus Ermangelung anderer Ziele und Perspektiven. Heute Morgen, als sich die kribbelnde Spannung in ihr breit gemacht hatte und jetzt, wo sie Aslan sah, seinen vertrauten Geruch wahrnahm und den Klang seiner Stimme hörte, erkannte sie, dass sie ihn immer noch liebte. Die Dauer der Trennung und das unterdrückte Sehnen nach ihm und einer Familie mit ihm als Mittelpunkt, hatten dieses Gefühl sogar noch verstärkt.

Sie fühlte sich unsicher und linkisch, als sie Aslan vortrug, was sie sich vorgenommen hatte. Zum ersten Mal seit so langer Zeit hatte sie dabei ihre Fassade aus Schroffheit und Ablehnung abgelegt. Genauer gesagt, hatte sich diese selbst abgelegt, ohne ihr die Wahl zu lassen. Ihre sonstige Schroffheit machte die Reaktionen eines Gegenübers berechenbar, bestand sie doch in zu erwartender Ablehnung. Das ersparte ihr die Qual der Einordnung und des Zweifels, ob diese Ablehnung ihrem vielleicht minderwertigen Äußeren geschuldet oder einfach nur die vorhersehbare Gegenreaktion auf ihr Verhalten war. Ihre äußere Schönheit stand nicht zur Diskussion, ihre innere gab sie nicht preis. Zweifel an sich oder diesem Verhalten konnte sie beiseiteschieben unter dem Eindruck der eindeutig erlittenen Ungerechtigkeit, die ihr Leben erfüllte. Aber nun sah die Sache anders aus. Derya wollte erstmals seit Jahren wieder gefallen, war darin aber komplett aus der Übung.

»Wie geht es dir?«, fragte Aslan, die Standarderöffnung gemäß den Spielregeln des vorsichtigen Abtastens verwendend.

»Besser als vor acht Jahren«, entgegnete Derya vorwurfsvoller als beabsichtigt.

Das Gespräch verstummte, geriet unter den Eindruck der Feindseligkeit, des Beleidigt-Seins, des Taktierens. Wie sollte Aslan darauf eingehen? Das Schweigen lastete unbehaglich auf ihnen.

»Du siehst gut aus«, log Aslan nach einer Weile.

Derya begann zu weinen. Zuerst zaghaft und als sie merkte, es nicht aufhalten zu können, immer stärker. Sieben Jahre Hass und Verzweiflung lösten sich in Rotz, Tränen und haltloses Schluchzen auf. Vorsichtig nahm Aslan Derya in den Arm, die ihn nach einem Augenblick mit tränenverschmiertem Gesicht ansah.

»Ich möchte, dass du mich da berührst, wo ich so kitzlig bin und immer so lachen muss.« Sie versuchte einen verruchten Gesichtsausdruck aufzusetzen.

Aslan war nicht wirklich verblüfft. Zumindest nicht mehr, als er sich geschmeichelt fühlte. Ja, es überraschte ihn, dass Deryas Wut sich so vollkommen aufgelöst hatte. Und nochmals ja, es überraschte ihn, mit welcher Offenheit sie ihre Wünsche formulierte. Vor zwanzig Jahren hätte ihn das abgestoßen. Wie vielen seiner Landsleute auch, war es ihm beim Sex wichtig, das Kommando zu haben. Gerade in einer fremden Umgebung, die es hauptsächlich darauf abgesehen hatte, das Selbstbewusstsein und den Stolz eines Mannes zu untergraben (»Hey Ali, wenn du die Schlachtabfälle weggespült hast, dann setz deine Hygienekappe auf und geh Futtermittel sortieren!«), machte es einen gut Teil der Befriedigung aus, dass die Frau sich folgsam und anspruchslos den eigenen Wünschen hingab. Auf gar keinen Fall durfte sie in das gleiche Horn stoßen und eigene Wünsche oder gar Forderungen äußern. Mittlerweile lebte Aslan aber schon das eine oder andere Jahr in Deutschland und hatte sich mit den hiesigen Gegebenheiten zumindest arrangiert. Streng genommen machte ihn Deryas Angebot sogar ziemlich an.

»Du willst, dass ich es die besorge, du schamlose Frau …«, brachte Aslan mit einem gepressten, anzüglichen Grinsen hervor und benutzte dabei exakt die Formulierung, die sich aus dem gestrigen Spielfilm bei ihm eingebrannt hatte. Gleichzeitig erregt und verunsichert, fehlten Derya die Worte der Erwiderung. Gerade rechtzeitig – bevor die Pause unangenehm wurde – besann sie sich auf ihren Standardsatz, diesmal jedoch im Tonfall deutlich variiert:

»Du wirst schon sehen, was du davon hast!«

Sie gingen in Deryas kleine Wohnung in der Aslan auch zum ersten Mal seinen bereits achtjährigen Sohn Hakan kennenlernte. Pflichtschuldig machte er Komplimente über die Sauberkeit der Wohnung und den guten körperlichen Zustand seines Sohnes. Fünf Minuten nachdem er seinen schweigend starrenden Sohn zum ersten Mal über die Haare gestreichelt hatte, schickte er ihn auch schon wieder fort. Wenn auch dieses Mal nur für eine Stunde zum Spielen auf die Straße.

Diesem ersten Besuch sollten viele weitere folgen und Derya und Aslan wurden wieder ein Paar. Nicht im Offiziellen zwar, hier stand die Ehe mit Deryas Schwester Aysha nicht zur Disposition, wohl aber im Stillen, aufregend Verborgenen. Die Besuche seines Vaters wurden dabei für Hakan zu einer höchst willkommenen Abwechslung. Jeden Mittwoch war der große strenge Mann nun für ein paar Stunden da und brachte kleine Geschenke für seine Mutter und ihn selbst mit. Auf diese Weise erhielt Hakan seine ersten richtigen Spielsachen, wenn sie auch, verglichen mit den Kampfwerkzeugen der anderen Kinder in der Straße, etwas unzeitgemäß wirkten und direkt aus Aslans Kinderzeit zu kommen schienen. Mal erhielt er eine silbern glänzende Mundharmonika, auf der er wochenlang einen aktuellen Sommerhit zu spielen übte, den er nur aus den unterschiedlichen und oft falsch interpretierten Versatzstücken kannte, die die anderen Kinder in der Straße pfiffen und summten. Ein anderes Mal brachte sein Vater ihm das große Klappmesser mit der gebogenen spitzen Klinge und dem handschmeichlerisch geformten Griff aus hellem Horn mit. Ein Messer, das nicht nur schnitzen, sondern töten konnte, wie Aslan Hakan in ruhigem Ton erklärte.

»Ein Mann muss ein Messer haben«, erläuterte er ihm, »und dies ist jetzt deines. Pass gut darauf auf und denke genau nach, bevor du es benutzt. Ein Messer will töten und es liegt an dir, es davon abzuhalten und gleichzeitig seine Bereitschaft zu erhalten. Schnitze Holzfiguren, zerschneide Äste und Bänder und lerne es kennen. Es wird dich dein Leben lang als guter

Freund begleiten!«

Das war kurz nach seiner Einschulung gewesen, zu der sein Vater ihn an einem Mittwochmorgen an die Hand genommen, in sein großes Auto gesetzt und zum Schulbüro gefahren hatte und der gute Freund war mittlerweile nur noch Begleiter seiner nächtlichen Träume, in denen er schweißnass darum kämpfte rechtzeitig aufzuwachen, um das verdammte Ding aus dem Fenster zu werfen, bevor seine Mutter es von dem Schubladenschrank nehmen konnte, auf dem er es jeden Abend ablegte, damit es nicht versehentlich in seiner Hosentasche blieb und in die Waschmaschine geriet, und bevor sie sich damit die Pulsadern aufschnitt und für immer aus seinem Leben verschwand.

freudenhaus

Meine ersten drei Monate im Bordell waren unglaublich schnell verflogen. Ich hatte keine Scheu mehr, die Art meiner Arbeitsstätte beim Namen zu nennen und auch mein Errötungsproblem in den Griff bekommen. Im Falle unbeabsichtigter Indiskretionen war die Errötung mein bisheriger Begleiter und Markenzeichen geworden. Hatten die Mädchen anfangs noch darüber gelacht, waren sie später über diesen Ausdruck meiner Unschuld gerührt und nun sogar traurig, als das Phänomen mehr und mehr verschwand. Es kam jetzt auch seltener vor, dass ich unbedarft eine Tür öffnete, ohne mir vorher Gewissheit darüber zu verschaffen, ob der Raum auch wirklich frei war. Trotzdem gab es immer noch Momente, in denen ich als Überraschungsgast in eine Kleinstparty hineinplatze, weil ich entweder gedankenlos meine Hörprobe verbummelt hatte oder die Aktiven im Zimmer eine Phase der Lautlosigkeit durchliefen. Übrigens kam diese verwirrende Lautlosigkeit zum weit überwiegenden Teil bei den Fesselfetisch-Typen vor, die mit stiller Konzentration ihrem Handwerk nachgingen, welches in seiner Geschäftsmäßigkeit jedem x-beliebigen Business-Meeting ähnelte. Zu meiner Entlastung kann gesagt werden, dass Fesselungen und Knebelungen in unserem Hause eigentlich untersagt waren, da sie es den Mädchen unmöglich machten, den Alarmknopf zu betätigen oder sich mit Rufen bemerkbar zu machen, wenn der Kunde anfing herumzuspinnen. Aus dem gleichen Grunde – also zum Schutz der Mädchen – waren die Türen unverschlossen. Es sollte sichergestellt sein, dass ich oder unser »Concierge« ungehindert und zügig Zugriff hatten, wenn der Alarmknopf in einem der Zimmer bedient wurde oder wir Geräusche vernahmen, die die von uns mit berufsbedingter Toleranz ausgelegte Normalitätsgrenze überstiegen. Nun ist das System schlüsselbasierten Absperrens seit Jahrhunderten erprobt und in die menschlichen Reflexe übergegangen. Für ein schildbasiertes Ersatzsystem, wie wir es betrieben, galt dies natürlich nicht. Ständig hatten die Damen – insbesondere die neu hinzugekommenen – vergessen, ihre Privatsphäre zu markieren. Tütel hatte mich in meiner damaligen Kurzeinweisung deshalb mit Nachdruck dazu verpflichtet, stets sorgfältig an der Tür zu lauschen, bevor ich ein Zimmer der Damen betrat, und so wurde ich oft genug noch rechtzeitig gebremst durch Sätze wie »Und jetzt gebe ich es dir, du verdammte Schlampe.« und im sicheren Wissen, dass hier nicht gerade die Putzfrauen ihre Wischlappen tauschten.

Die meisten Kunden, denen ich auf die eine oder andere unbeabsichtigte Art in den Weg kam, reagierten zurückhaltend und scheu. Es gab aber auch Ausnahmen. Kunden, denen es von Gestalt und Ausstrahlung unmöglich war, in verhuschter Anonymität ihren Absichten nachzugehen und denen bewusst war, dass jeder noch so flüchtige Kontakt mit ihnen ein unauslöschliches Abbild im Gedächtnis des Gegenübers hinterließ. Sie verhielten sich aggressiv und hatten keine Scheu ihre – wodurch auch immer ausgelösten – Verärgerungen auszudrücken. In diese Kategorie fiel einer unserer Stammkunden. Ein feister Typ von annähernd zwei Metern Größe. Mittelalt, weißblondes Haar, rotgesichtig und ein Bulle von einem Kerl. Bei seinen wöchentlichen Besuchen wählte er sich immer das gleiche Mädchen aus. Jasmin, unsere Halb-Asiatin, deren Zierlichkeit sich in einem Körpergewicht von kaum mehr als 45 Kilo ausdrückte. Man konnte Jasmin gegenüber nur die Position einnehmen, sie entweder retten oder die Winzigkeit ihrer körperlichen Präsenz mit einem Schlag auslöschen zu wollen. Ihre schleichende körperliche Verflüchtigung wurde unerträglich und ich machte mir stets Sorgen um sie. Der erwähnte Kunde gehörte zur Kategorie derjenigen, die eher auf Jasmins Auslöschung setzten und an ihrer demütigen Hingabe Gefallen fanden. Ich mochte ihn nicht und hatte den Fehler begangen, seine wie auch immer gearteten Aktivitäten mit Jasmin mit einer Zwischenfrage nach ihrem Befinden zu stören. Was mich

beruhigte war, dass dem zu erwartenden »Hau ab, du blödes Arschloch!« ein »Verdammter Wichser, jetzt dauert es noch länger!« in weiblicher Stimmlage folgte. Es ging ihr gut und ich konnte meine Besorgnis in die Wüste schicken.
Das war dann allerdings auch genau der Ort, an den mich der rotgesichtige Fettsack wünschte, als er aus Jasmins Zimmer an die Rezeption kam. Seine Wut war schon von Weitem zu erkennen. Nicht nur ließen die Färbung und Ausdruck seines Gesichtes keinen anderen Schluss zu, auch seine Kleidung gab einen deutlichen Hinweis darauf. Das Hemd war unordentlich und in sichtbarer Hast in die Hose gestopft worden, die Jacke nachlässig übergeworfen und seine Schuhbänder standen offen. In dieser Aufmachung stampften zwei Zentner Fleisch gewordener Zorn auf mich zu. Noch zwei Meter vom Empfangstresen entfernt, setzte seine Beschimpfung ein, die – immer zügelloser werdend – kein Ende fand. Ganz im Gegenteil wurde sie stetig schriller und zunehmend durchsetzt von obszönen oder rassistischen Ausdrücken. Resigniert zog ich mich in meine eigene Gedankenwelt zurück, die ich in passiver Einschüchterung besetzt hielt. Ich dachte einfach nur so vor mich hin, hörte der schreienden Rothaut nicht mehr zu und blieb nur lose, durch das Band der aufschlagenden Gischt seines Geifers in meinem Gesicht, mit der Realität verbunden. Irgendwann spürte ich dann noch etwas anderes. Ein tumbes Gefühl. Taub und träge schwappten die flüssig gelagerten Teile in meinem Kopf zurück, als mich sein Faustschlag traf. Die konzentrierte, starr nach innen gerichtete Sicht, die ich vor dem Schlag hatte, verfärbte sich für Sekunden – möglicherweise aber auch nur einen Bruchteil dessen – schwarz, das Innere wurde nach außen gekehrt und ich fühlte Schwindel und eine unbekannte Wut in mir aufsteigen. Ich war nicht wütend über die Behandlung Jasmins, die empfangene Demütigung oder die zugefügten Schmerzen. Ich war wütend darüber, mit welch verachtender Ignoranz meine innere Privatsphäre, mein privater Rückzugsraum aufgebrochen worden war. Nun hat mich

die Natur mit zwei gleich starken und in ihrer Verwendung gleich befähigten Händen ausgestattet. Bis zu diesem Moment war mir nicht klar, welch grandiosen Vorteil ich im Kampf aus dieser Fähigkeit ziehen konnte. Dem nicht endenden Trommelfeuer linker und rechter Faustschläge, die ich nun auf ihn einprasseln ließ, hatte mein Gegner nichts entgegenzusetzen. Er versuchte es auch gar nicht erst. So, wie mich seine ursprüngliche Aggressivität gelähmt hatte, war es nun umgekehrt. Und so, wie er nicht aufhören konnte sich in einen Wutrausch hineinzusteigern, ging es nun mir. Wir waren Brüder, Menschenkinder, vom selben Stamm. Nur, dass jetzt ich die Oberhand hatte. Möglicherweise hätte ich ihn umgebracht, wenn meine Kräfte dafür ausgereicht hätten. Ein Blutrausch aber vermag zwar die Empfindungen des Schmerzes auszublenden, nicht aber diejenigen der Erschöpfung. Es dauerte dann auch nicht allzu lange und ich musste vollkommen außer Atem von ihm ablassen, kaum mehr in der Lage meine Hände zu heben. Eingerollt in seiner defensiven Schutzhaltung und leise wimmernd lag der Kunde am Boden, während ich mit pumpendem Herzschlag und keuchendem Atem zu mir zu kommen versuchte. Der herbeigeeilte »Concierge« versuchte erst gar nicht anders als entsetzt auszusehen.

»Bist du nicht ganz dicht, Cord?«, schrie er mich an. »Du kannst doch nicht unsere Gäste umbringen! Herr Born wird ausrasten, wenn er das hört!«

Ich konnte noch immer kaum atmen, geschweige denn denken oder gar antworten, fand es aber merkwürdig, dass ausgerechnet unser »Concierge« kein Verständnis für die Situation entwickelte. Schließlich gab es in jeder Woche mindestens einen Vorfall, bei dem er sich vor einem unserer Gäste aufplustern musste. Ich fühlte mich leer und ausgepumpt und gänzlich außerstande, ein Gespräch zu führen. Zumal eines, in dem es um meine Rechtfertigung ging. Obwohl ich mich im Recht wähnte und auch nur wenig Mitgefühl mit der amöbenartig am Boden liegenden Gestalt unseres Kunden entwickeln konnte, fühlte ich doch Selbstzweifel aufsteigen und war froh, Anke zu sehen, die sich aus ihrer Schockstarre befreite, die sie in der Tür zum Empfangsraum festgehalten hatte. Sie bewegte sich auf den am Boden liegenden Kunden zu und trat ihm mit großem Schwung in Richtung seines Hinterns. Der Tritt fiel hart genug aus, ihr im Rückschwung den Schuh vom Fuß zu ziehen. Sie beachtete dies nicht weiter und wandte sich an den »Concierge«.

»Der Typ hat sich aufgeführt wie ein Irrer. Hat Naziparolen gebrüllt und Cord mit der Faust ins Gesicht geschlagen. Ich hätte die blöde Sau umgebracht, wenn ich Cord gewesen wäre. Und Herr Born wird erst einmal *ausbrechen* müssen, bevor er *ausrasten* kann!« Sie kam zu mir und legte ihren Arm um mich. »Ich werde mich jetzt um Cord kümmern, während ihr den Dreck beseitigt.«

Ihre Geste ließ keinen Zweifel daran, dass »Dreck« den am Boden liegenden Fettsack betraf.

Wir gingen auf ihr Zimmer und sie kümmerte sich um meine Nase, die ein wenig zu bluten angefangen hatte. Ich war ihr dankbar, dass sie mich aus dem Blickfeld der anderen und dem Mittelpunkt des Geschehens brachte. Mir war noch immer nicht klar, ob ich über meine Tat Scham oder Stolz empfinden sollte. Anke brachte – wie immer – Klarheit.

»Mensch Cord, ich bin ja so stolz auf dich!«

»Ähm, tja … äh«, presste ich heraus.

»Das war echt irre, wie du dem Mistkerl gezeigt hast, was Sache ist. Sogar Jasmin hat sich darüber gefreut – und dabei war es ihr Stammkunde, den sie jetzt verliert.«

»Meinst du?«, fragte ich zurück.

»Ja, klar. Das war ein ganz mieses Stück Scheiße, der Typ. Wir sind alle froh, den los zu sein. Und dann noch auf solche Weise … echt stark! Glaub mir, Cord, ab heute lacht dich keiner von uns mehr aus!«

Und so war es dann auch. Bereits am nächsten Morgen

begrüßte mich unser »Concierge« mit einem freundschaftlichen Schulterschlag, die ständigen Mädchen mit breitem Lächeln und die neuen Mädchen mit einem ausweichenden Blick, den ich als respektvolle Einschüchterung deutete. Ich war jetzt tatsächlich angekommen in der Welt der bezahlten Liebe. Und ich musste keine neuen Umschreibungen meines Jobs mehr erfinden, mich nicht mehr Hausverwalter, Veranstaltungsmanager oder Manager im Dienstleistungsbereich nennen. Fortan wollte ich meinen Beruf frank und frei so nennen, wie er war. Dummerweise fiel mir auf, dass es gar keine andere Bezeichnung für das gab, was ich tat.

Mitte Dezember hatte uns die Weihnachtsdepression erreicht, die mir Anke schon einen Monat vorher angekündigt hatte. Wir waren zu diesem Zeitpunkt seit ungefähr sechs Monaten zusammen und wohnten in ihrer Drei-Zimmer-Wohnung nahe der Alster. Wenn man sich ganz nach rechts auf den Balkon stellte sowie beweglich und risikobereit genug war, sich darüber hinauszubeugen, konnte man sogar die Segelboote am Alsteranleger sehen. Ankes Stimmung war so schlecht, dass ich mir ernsthaft Sorgen um sie machte.

»Bei uns ist es besonders schlimm«, hatte sie gesagt, »in der Weihnachtszeit spüren wir unsere Einsamkeit am meisten. Diejenigen von uns, die eine Familie haben, sind zerrissen zwischen dem Wunsch, sie zu sehen, und dem Wunsch, das gerade nicht zu tun. Zu viele Fragen und Vorwürfe, denen man besser aus dem Weg geht. Und wer von uns keine Familie hat, dem wird jetzt bewusst, dass das wohl auch immer so bleiben wird.«

Neben der Traurigkeit sah ich noch einen anderen Ausdruck in ihren Augen, den ich unterbewusst richtig deutete. Da die weihnachtliche Stimmung auch meine Gemütslage beeinflusst hatte, ich jung, unerfahren und eine Spur zu sentimental für mein Alter war, stellte ich die Frage, die Anke provoziert hatte.

»Warum meinst du, dass das für immer so bleiben muss? Ganz bestimmt wirst du eine Familie gründen!«

Die Vorhersehbarkeit des Dialoges konnte seiner Ernsthaftigkeit und Größe keinen Abbruch tun. Ich merkte, dass dies ein Wendepunkt in meinem Leben sein könnte, als Anke textsicher fortfuhr: »Wie könnte ich eine Familie haben? Welcher Mann bei Verstand würde eine wie mich nehmen. Eine Hure, die in ihrem Leben nie etwas anderes gemacht hat, als Männer auszunehmen, und deren Leben nichts als Lug und Betrug ist.«

Ich setzte mich neben sie auf ihr kleines Plüschsofa, nahm sie in den Arm und streichelte ihr über das Gesicht. Ich wusste, welches nun die richtigen Worte wären, fühlte sie bereits aus der Kehle aufsteigen und geformt durch Zunge und Lippen meinen Mund verlassen, doch etwas in mir, das reifer und unbestechlicher war als mein jugendlicher Eifer, ließ mich zögern.

»Anke, du weißt genau, wie sehr ich mich in dich verliebt habe. Du bist Schönheit, Klugheit, Gewissen und du weißt immer, was richtig und was gut ist. Ich dagegen treibe einfach nur durchs Leben und weiß überhaupt nichts. Ich weiß nicht, was ich beruflich machen will, ich weiß nicht, ob ich in diesem Land leben will, und wenn ja, in welcher Stadt. Ob auf dem Lande oder in der Stadt, ob ich T-Shirt oder Hemd tragen will, ob ich Tennis oder Tischtennis spielen, ob ich thailändisch oder italienisch essen will. Das Leben um mich herum hat Fahrt aufgenommen und ich komme nicht mit. Gelegenheiten rauschen an mir vorbei, bevor ich auch nur anfange, über sie nachzudenken. Jetzt und hier glaube ich zu wissen, was ich möchte. Mit dir zusammen sein, eine Familie gründen. Aber bin ich das wirklich oder ist das nur etwas, das ich für das Richtige halte, weil jeder es für richtig hält und es ein Ausweg aus meiner Unentschlossenheit wäre?«

Sie sah mich mit einem Ausdruck an, aus dem ich Erstaunen und Enttäuschung herauslas. Ich wollte sie nicht verschrecken und wollte nicht, dass sie traurig war.

»Anke, du bist meine Traumfrau und wenn ich Kinder haben möchte, dann nur mit dir! Aber, bitte, gib mir Zeit herauszufinden, ob ich diese Art Familienmensch wirklich bin, okay?«

Ich sah, dass meine Reaktion für Anke in Ordnung ging. Alles war offen, die Zukunft lag vor uns. Ihre Stimmung schlug innerhalb eines Sekundenbruchteils in Fröhlichkeit um und in ihren Augen blitzte der Schalk.

»Wieso glaubst du überhaupt, dass ich dich als Vater meiner Kinder in Betracht ziehen könnte. Spender gibt es genug. Und ich sitze da echt an der Quelle!«

labil

Zur selben Zeit, als ich mein Physikstudium antrat, musste sich auch Hakan entscheiden, wie es mit seinem beruflichen Werdegang weitergehen sollte. Dabei hatte prägenden Einfluss, dass die Natur ihm solche Startschwierigkeiten wie ein Loch im Herzen bereitete und nur die Wissenschaft und die künstliche Umgebung eines Brutkastens ihm seine Startchance eingeräumt hatten. Wissenschaft und Technologie erschienen ihm damit grundsätzlich sinnvoller als die Natur, deren viel zitierte Wunderhaftigkeit ausschließlich in ihrer Unberechenbarkeit lag. Nach der Tragödie, die seiner Familie widerfahren war, war Unberechenbarkeit so ziemlich das Letzte, was Hakan sich wünschte. Auch wenn er nicht darüber sprach, machte er sich selbst die größten Vorwürfe, nicht eher den versteckten Hilferuf in den harschen Aussprüchen seiner Mutter erkannt und ihrem »Ihr-werdet-schon-sehen-was-ihr-davon-habt« nicht den nötigen Ernst beigemessen zu haben. Hakan war schlau genug zu erkennen, dass einem 8-jährigen die geheimen Botschaften hinter den Worten eines Erwachsenen verborgen bleiben. Einem Volljährigen wäre dies aber unverzeihlich. Als Konsequenz seiner Sympathie für die Wissenschaft einerseits und seinem Unverständnis gegenüber menschlichem Verhalten andererseits, entschied sich Hakan für die Aufnahme eines Psychologiestudiums. Als Nebeneffekt versprach er sich hiervon auch einen deutlicheren Auftrieb für sein Sexualleben, als dies bei einem rein naturwissenschaftlich geprägten Fach der Fall gewesen wäre. Selbst wenn es seinem Interessenschwerpunkt nicht gänzlich treffen sollte, war doch ein Studiengang mit dem zu erwartenden höheren Anteil an weiblichen Kommilitonen einem anderen mit ausgeprägter Männerdominanz vorzuziehen. Möglicherweise spürte Hakan auch, dass seine angegriffene Kinderseele nur diese eine Heilungschance besaß, anderenfalls unwiderruflich ein Leben als Psychopath und Amokläufer auf ihn wartete.

In seiner Zeit an der Uni durchlebte Hakan eine Metamorphose vom Studenten zum Studienobjekt und vom Außenseiter zum beachteten Mittelpunkt. Anfangs wunderte er sich über die seinen Mitstudenten innewohnende Fähigkeit, sich ziellos treiben zu lassen. Sie schienen ihr Studium aus keinem anderen Grund zu bestreiten, als der abstrakten Idee, später irgendwie Gutes damit bewirken zu können. Ihm wollte nicht einleuchten, warum dies nicht auch durch ehrenamtliche Mitarbeit in einem Hilfswerk für Obdachlose und ohne langes Studieren gehen sollte. Auch Gutmenschen spüren aber bereits in jungen Jahren instinktiv, dass irgendwann eine Zeit für sie anbrechen wird, in der sich ihr Idealismus zu anderen, kostspieligeren Zielen hinwenden wird und ein Studium ihnen diese Tür weit offen hält. Hakan betrachtete seine Kommilitonen aus der Distanz desjenigen heraus, der als einziger genau wusste, warum er studierte, als jemand, bei dem Idealismus und Neugier purer Zweckorientierung und nüchterner Analyse gewichen waren. Da er seine Studienzeit nicht ohne die Erfahrung sexueller Ausschweifungen erleben wollte, bemühte er sich redlich, ihm unbekannte und unverständliche Verhaltensweisen seiner Kommilitonen zu kopieren und so einen Teil seiner Unnahbarkeit abzubauen. Genau genommen betrieb er damit ein Psychologiestudium neben seinem Psychologiestudium. Ein Umstand, der ihn ganz nebenher auch zu einem der besseren Absolventen seines Jahrgangs machen sollte.

Das Proseminar *Lesesozialisation und literarisches Lernen* brachte ihm seine erste studentische Sexerfahrung ein. Die Kommilitonin, die er etwa vierzehn Tage lang für die Liebe seines Lebens hielt, war eine etwas ungepflegte Brünette, die ihre natürliche Schönheit mit größter Entschlossenheit versteckte. Kleidung und Frisur, deren Konturen eher Installation denn Schnitt waren, schrien ihre Absicht heraus, nicht und in keinem Fall ihrer Äußerlichkeit wegen begehrt zu werden. Das gelang genau genommen so gut, dass sie zu diesem Zeitpunkt bereits seit drei Jahren keinen Freund mehr hatte. Ihr war entgangen, dass Männer, die »ernst-nehmen-ohne-auf-Äußerlichkeiten-zu-achten«, selten bis nie ihrer eigenen Idealvorstellung eines Freundes entsprachen. Sie selbst legte nämlich sehr wohl einen auf Äußerlichkeiten beruhenden Maßstab an, der sich auffallend mit demjenigen amerikanischer College-Filmchen deckte.

Im Seminar fand sich Hakan – als einziger schweigsam – in einer Gruppe wieder, die sich in ihrer hektischen Schwatzhaftigkeit zu ersticken drohte. Jeder der elf Teilnehmer war so beseelt davon, seine Gedanken ausgesprochen zu hören, dass er dem vorab Redenden kaum die Zeit einräumen mochte, seinen Satz zu beenden. Immer öfter wurde deshalb »der Gedanke« des gerade Sprechenden »aufgegriffen«, was nichts anderes hieß, als ihn abrupt zu unterbrechen, um eine völlig neue Idee in die Runde zu werfen. Die Geschwindigkeit der *Diskussionen* nahm dabei stetig zu. Hakan hatte schon öfter an solchen Gruppengesprächen teilgenommen. Anfangs fragte dabei ab und zu noch ein mitleidiger Mitstreiter nach seiner Meinung. Während er dann ebenso konzentriert wie langsam zu formulieren begann, wurde er meistens schon nach »Also, ich denke …« unterbrochen von irgendeinem anderen, der den »tollen Gedanken aufnehmen« wollte. Deshalb sagte Hakan bald gar nichts mehr, schmunzelte manchmal, wo es passte oder auch nicht, nie zu breit und auch nie zu süffisant. Auf die seltenen Fragen antwortete er mit souveränen Gesten, die sowohl das eine wie das andere heißen konnten und ihm mehr Gewicht eintrugen, als die hektisch formulierten und um Präzision ringenden Sätze der anderen. Es blieb ihm die Zeit zu analysieren, dass anfangs, wenn die Teilnehmer der Gruppe einander unbekannt und fremd sind, Scheu und Stille ihr Hauptproblem darstellen, weil Ziel, Rahmenbedingungen und Regeln noch unklar sind. Es sind die Alphatiere, die dann das Ruder übernehmen, Thesen formulieren, andere durch Fragen einbeziehen und die Sache allgemein in Schwung bringen. Mit zunehmender Klarheit werden dann auch die Betatiere aktiv. Ihrer größer werden Sicherheit wegen und dem daraus resultierenden Drang, mehr Raum in der Gruppe einzunehmen, stehen nun die Alphatiere im Weg, die ihr Anrecht auf die Gesprächsleitung durch ihre ursprüngliche Initiativleistung untermauert sehen und sich nicht kampflos zurückziehen wollen. Nach kurzer Konfrontation und in dem Moment, wo die Betatiere beginnen, sich zusammenzuschließen (»Ich finde, die Gaby hat recht, Thorben....«), zieht sich das schlaue Alphatier ohne beleidigt zu sein zurück, überlässt den Betas mehr Raum und greift nur noch selten, dann aber pointiert in die Gespräche ein. Während die Betas nun hektisch aufeinander losgehen, hält sich Alpha zurück. Seine Rolle ist nun diejenige des stillen, aber wachsamen Ratgebers, der gefragt wird wenn die Gruppe feststeckt. Hakan leitete für sich daraus die Taktik ab, von vornherein in die Endphase des Alphatierdaseins einzutreten, der im Stillen bereits weiß, wohin die Diskussion führen wird, wie die Ergebnisse ausfallen werden, und der den Betas um der lehrreichen Erkenntnis willen ihre Diskussionen lässt.

Die etwas ungepflegte Liebe seines Lebens, deren Namen Hakan schon kurze Zeit später vergessen haben sollte, war die erste Beute seiner neuen Taktik. In der Mensa sprach sie ihn an, während sie hinter ihm an der Essensausgabe anstand und er sich gerade für eine Portion Gyrosfleisch entschieden hatte. Sie fragte ihn, ob sie zusammen essen wollten und er antwortete ihr: »Einmal das Paprikagemüse, bitte sehr!«, weil es ihm schwerfiel, im Bruchteil einer Sekunde, zwei Formulierungen an unterschiedliche Empfänger korrekt zu adressieren und zwischenzeitlich noch taktische Essenskonfigurationen zu durchdenken.

»Ich meine … äh … ja! Und möchtest du auch das Paprikagemüse?«, korrigierte er sich.

Wenig später saßen sie sich gegenüber, der attraktive Südländer und die ungepflegte Schöne, getrennt durch eine kontur- und geschmacklose Masse, die auf den Namen »zweimal Paprikagemüse, bitte« getauft war und die für die scheinheilige Selbstaufgabe stand, mit der junge Männer versuchen, dem Attraktivitätsanspruch einer möglichen Bettpartnerin zu entsprechen.

Die Ungepflegte stocherte nervös in ihrer Gemüseinstallation herum, bevor sie sich ein Herz fasste.

»Du bist wirklich anders, als alle anderen hier, weißt du das?« Sie wartete nicht auf eine Antwort und hätte auch keine bekommen. »Alle anderen sind so aufgedreht. Wie Kinder. Quasseln die ganze Zeit und hören selbst nicht eine Sekunde zu.«

Hakan hörte zu.

»Du dagegen nicht. *Du* hörst dir alles genau an und bist so verdammt cool dabei!«

Hakans Handflächen fühlten sich an, als hätte er gerade einen gebrauchten Teebeutel zerquetscht.

»Und du bist nicht so verlogen, wie die anderen. Gewaltlosigkeit predigen und Tiere essen. Das geht doch nicht!«

Jäh verflüchtigte sich Hakans Vision einer gemischten Gyrospfanne mit Zwiebelringen und Tzaziki, dessen krosse Grillfärbung mit der rosigen Nacktheit einer etwas ungepflegten Tabletträgerin kontrastierte. Und doch war es dieser Moment im Leben Hakans, der ihn für immer veränderte. Dieser Moment der Erkenntnis, der ihm bewusst machte, dass Frauen, diese vergeistigten, sensiblen, betörend schönen und in jeder Weise überlegen wirkenden Geschöpfe, nichts anderes als Menschenwesen waren. So wie Männer eben auch. Es gab keine Abstufung zwischen den Geschlechtern und keinen Schutz des Weiblichen vor Verblendung, Irrtum und Peinlichkeit. Alle Hemmungen und jeder Selbstzweifel waren verflogen, als Hakan milde lächelnd zur etwas Ungepflegten aufblickte und »Ja« sagte.

Man könnte vermuten, dass der noch am selben Nachmittag folgende Sex Hakan für den anders gearteten fleischlichen

Genuss einer Portion Gyros mehr als entschädigte, würde dabei aber den Umstand ignorieren, dass eine zwanzigjährige Frau mit einer gerade absolvierten dreijährigen Zwangspause amouröser Tätlichkeiten auf einen nur sehr kurzen Erfahrungsschatz zurückblicken kann. Die unerfahrene Gehemmtheit der etwas Ungepflegten traf auf die unerfahrene Unerfahrenheit Hakans und verband sich in der Schnittmenge zu einer beidseitigen Enttäuschung. Sie blieben die drei Wochen zusammen, die jeder von ihnen benötigte, nicht länger die Schuld bei sich selbst zu suchen. Und obwohl es eher die etwas Ungepflegte war, die sich von Hakan trennte, war es auch sie, die nachtrat und bei jeder Gelegenheit Hakan als den Schuldigen ihres gemeinsamen Scheiterns vorführte. Ihre Gehemmtheit ließ sie aber auch dabei nur zu Umschreibungen ihrer Vorwürfe greifen (»Der Hakan, der ist einfach nicht beziehungsfähig. Macho pur. Außerdem handelt der mit Drogen, glaube ich.«), die ihn in den Kreisen, in denen sie sich bewegten nicht unbedingt abwerteten. Er selbst hatte seine neue Rolle zwischenzeitlich so verinnerlicht, dass er, auf ihre Vorwürfe angesprochen, nur milde lächelnd antwortete, dass die Ungepflegte – damals verwendete er noch ihren richtigen Namen – ihre Trennung zu ernst nähme, sie aber in kürzester Zeit sicher wieder tolle Freunde werden würden. Sein Stern stieg.

Vielleicht ist es nun an der Zeit, mit einer vermeintlichen Ungereimtheit aufzuräumen und die Dinge in ihrer zeitlichen Abfolge zu sortieren. Ich erwähnte soeben Hakans sexuelle Unerfahrenheit, die ein wenig stutzig machen sollte. Schließlich wissen wir von Hakan, dass er schon in früher Schulzeit mit meiner damaligen Quasi-Freundin Ingrid – sagen wir – intim geworden war. Sie merken, die Vorstellung, oder schlimmer noch – Beschreibung – von Schülersex bereitet mir größeres Unbehagen als zum Beispiel der Eindruck von Seniorenerotik, den ich in meiner damaligen Funktion als Zivildienstleistender im Seniorenheim »Waldheim« erfahren durfte.

Als zufälliger Beobachter, was mir wichtig zu erwähnen ist. Die Sache ist doch recht eindeutig. Während ich in Sachen Jugend von Sex rede, was auf einen eher frühen als späten, in jedem Fall aber vollzogenen Abschluss der Sache hindeutet, neige ich bei den Senioren eher dem Begriff der Erotik zu, der kuscheliges Zusammensein und unvollendete Fehlversuche zulässt. Doch zurück zu Hakans Sex-Expertise. Dem frühen Gastspiel mit Ingrid folgte lange Zeit nichts. Und bei Ingrid, so viel dokumentarische Präzision lässt mein oben erwähntes Unbehagen zu, lag die Frequenzzahl des Verkehrs bei drei und entsprach damit auch ungefähr der Gesamtzeit der darauf verwendeten Minuten bis zum Vollzug. Die einzige abzuleitende Erfahrung aus diesen drei Minuten war, dass Mädchen aus dieser Art Sex eine eklatant geringere Befriedigung ziehen als die beteiligten Jungen und man der Angelegenheit, wenn möglich, mehr Dauer zubilligen sollte.

Ein türkischer Junge, sei er noch so gut aussehend, hat es schwer in einer europäischen Kultur als ernst zu nehmender Kandidat für eine Beziehung wahrgenommen zu werden. In der Schule hatte noch die seiner Herkunft zugewiesene Drohung von Wildheit und Unberechenbarkeit ausgereicht, um sich trotzdem seinen Platz zu erkämpfen. In der Welt der Erwachsenen verlor dies aber schneller seinen Reiz als die Tätowierung eines Schmetterlings auf der Brust eines vierzigjährigen »Mädchens«. Bis zu seiner nächsten Freundin nach Ingrid vergingen deshalb zwei Jahre und es war ihm natürlich unmöglich, die Erfahrungen aus der ersten Beziehung über einen so langen Zeitraum zu erhalten. Er fing wieder bei Null an und, nehmen wir nun diese Null als Startpunkt eines Zeitnehmers, hörte bei ungefähr fünfundsiebzig wieder auf. Eine Verbesserung, ohne Frage, aber fernab von dem, was seine Partnerin als zufriedenstellend bezeichnet hätte. Kurze Zeit später ging auch diese, also seine zweite Beziehung, auseinander und nahm ihm die Möglichkeit weiteren Übens.

Die Liaison mit der Ungepflegten sollte sich als Zäsur erweisen. Bei aller Anzüglichkeit, die einer solchen Formulierung innewohnt, könnte man sagen, dass Hakan an einem Scheideweg angelangt war. Die Anzahl seiner Partnerinnen häufte sich ebenso wie sein Vertrauen in sich selbst. Er wurde erfahrener als Liebhaber und entwickelte – nicht nur als Folge seines Studiums – ein präzises Verständnis für die weibliche Psychologie. Gerade letzteres sollte sich für ihn als Stein der Weisen erweisen, mit dem es ihm gelang, statt Metall in Gold einen ausgegrenzten Osmanen in einen ausgesprochenen Casanova zu verwandeln. Seine Freundinnen folgten bald schneller aufeinander als die unerwünschte Zustellung von Anzeigeprospekten für Lotto-Tipp-Gemeinschaften. Trotz des atemberaubenden Wechsels gab es kaum eine darunter, die im Streit von ihm ging. Hakan mochte seine Frauen. Alle. Und er behandelte sie gut, begegnete ihnen mit Verständnis und liebte ihre Schwächen. Nie hinterging er sie, nie hatte er mehr als eine Freundin zur Zeit und nie wurde er verletzend, wenn es zur Trennung kam. Selbst diejenigen, die in der Hitze ihrer Emotionen Hakan verfluchten, erkannten nach kurzer Zeit und überwundenem Schmerz, dass er sich doch stets korrekt und loyal verhalten hatte und mehr Gentleman war, als es sein verwegenes Äußeres und der erste Eindruck vermuten ließen.

Die Zeit an der Uni verging somit wie im Flug und zu seiner vollen Zufriedenheit. Plötzlich und unerwartet hatte er dann sein Vordiplom in der Tasche und sah sich gezwungen, sich um eine Stelle für sein Pflichtpraktikum zu bemühen. Für die Hälfte der notwendigen Zeit wurde ihm dabei eine Mitarbeit am Forschungsprojekt *Untersuchungen zur perzeptuellen Verarbeitung chromatischer Kanteninformationen mit der haploskopischen Sehbedingung* angerechnet. Er hatte einen Teil der Einleitung beisteuern dürfen, die so lautete:

Eine möglicherweise störende Wirkung von stationär präsentierten haploskopischen Noniuslinien in den meisten mechanisch realisierten Tests lässt sich dadurch vermeiden, dass die Noniuslinien bei Monitoren nur tachistoskopisch eingeblendet werden: Wenn die Präsenta-

tionszeit kürzer als die Latenzzeit der Vergenz gewählt wird, so sind keine Vergenzänderungen zu erwarten. Allerdings steht für solche tachistoskopischen Noniustests eine vergleichende objektive Augenbewegungsmessung noch aus.

Selbstverständlich verstand Hakan kein Wort von dem Gewäsch und vermutete, dass es allen anderen ähnlich ging. Genauso selbstverständlich steuerte er auch nur die Begriffe *möglicherweise* und *allerdings* direkt bei, während ihm der Rest Stück für Stück von seinem Professor diktiert wurde. Er manipulierte ihn dabei so geschickt, dass es dem Professor, der gewohnt war in die leeren Augen seiner Studenten zu blicken, nicht auffiel, dass er selbst es war, der jede Woche mehr Feinschliff in die Formulierung brachte. Da es Hakan somit erspart blieb, sich ernsthaft in die Materie einarbeiten zu müssen, nutzte er die gewonnene Freizeit für seine eigene empirische Untersuchung, die Antwort auf die Fragestellung liefern sollte, wie viele seiner sechs Mitstreiterinnen er während der Dauer des Projektes herumkriegen konnte. Es wurden fünf. Die sechste bekam im letzten Moment Hemmungen, da ihre Hochzeit mit einem aufstrebenden Unternehmensberater ebenso kurz bevorstand, wie die Niederkunft des gemeinsamen Kindes. Hakan empfand keine erotische Attraktivität in ihrer Schwangerschaft und deren Auswirkung auf die menschliche Silhouette, er wollte sich aber gerne dafür verwenden, ihr darüber angegriffenes Selbstbewusstsein aufzuwerten. Als es nicht dazu kam, hielten sich Verdruss und Erleichterung die Waage.

Weniger gut konnte er damit leben, sich nicht rechtzeitig um einen Praktikumsplatz für die verbliebene Pflichtdauer gekümmert zu haben. Seine Herkunft machte es doppelt schwer, einen geeigneten Platz zu finden, da die norddeutsche Gesellschaft sich noch nicht ausreichend mit dem Gedanken an osmanische Diplom-Psychologen auseinandergesetzt hatte. Mit angehenden umso weniger. Nachdem seine schriftlichen Bewerbungen sämtlich gescheitert waren, versuchte er sich mit unangemeldeten persönlichen Besuchen einen Platz zu verschaffen. Doch auch das misslang. Im bestgelaufenen Fall, der Bewerbung bei einem kleineren Krankenhaus, händigte man ihm das ausgefüllte Bestellformular eines Pizzalieferdienstes aus und war ansonsten nicht bereit, ihn bei einer verantwortlichen Stelle vorsprechen zu lassen. Mittlerweile hatte er auch sämtliche Professoren und Dozenten der Fakultät angebettelt, sich für ihn einzusetzen, was dann auch endlich zum Erfolg führte. Eine ehemalige Absolventin und frühere Geliebte eines Professors, Heike Spatz, betrieb in Lübeck eine Praxis für Eheberatung und Paartherapie und war bereit, sich der Herausforderung zu stellen.

»Wie gut ist sein Deutsch?«, wollte sie in einem Anflug des Zweifels vom Professor wissen.

»Ich würde sagen, so gut, dass er die Frage an deiner statt richtig formuliert hätte«, antwortete der.

»Häh?«, fragte Heike.

»Na ja«, antwortete er, »die Frage müsste ja wohl eigentlich ›Wie gut sind seine Deutschkenntnisse‹ heißen und nicht ›Wie gut ist sein Deutsch‹, oder?«

Heike erinnerte sich daran, warum sie nicht mehr mit dem Professor zusammen war. »Und meinst du, er könnte durch sein Aussehen meine Patienten erschrecken?«, formulierte sie sorgfältig ein weiteres ihrer Bedenken.

»Das meine ich sogar unbedingt«, antwortete der Professor lässig.

Trotzdem hatte Heike Spatz an ihrer Zusage festgehalten und so hatte sie sich mit Hakan über das Telefon am Lübecker Hauptbahnhof verabredet. Heike hatte Hakan gefragt, wie sie ihn erkennen würde.

»Eine Freundin hat gesagt, ich sähe merkwürdig aus, ohne es zu wollen oder dass es mich stören würde und das würde als Beschreibung genügen, dass mich jeder erkennt. Meinen Sie, das hilft?«

Das war natürlich nicht dazu angetan, Heikes Befürchtungen zu zerstreuen. Weder diejenigen, die die kurzfristige Verabredung betrafen, noch diejenigen, die sich auf die mittelfristige Zukunft ihrer Praxis bezogen. Es war zehn nach eins an einem Montagnachmittag, als Hakan den Bahnhof verließ. Es war zehn nach eins und zehn Sekunden als Heike klar geworden war:

die Freundin Hakans hatte recht,
ihr Leben würde sich massiv verändern,
Winnetou lebt.

Mit zittrigen Fingern strich sie ihr Haar zurecht und ärgerte sich darüber, das braune Business-Kostüm angezogen zu haben, das ihrem Auftreten solch bürgerliche Strenge verlieh. Hätte sie doch etwas Lässigeres angezogen oder einfach gar nichts. Es gelang ihr, sich gerade noch rechtzeitig zu sammeln und die auf der Zunge liegenden Worte »Küss mich!« wie »Hakan, sind Sie es?« klingen zu lassen. Hakan begrüßte sie mit überschwänglicher und unbekümmerter Freude, als wären sie alte Bekannte und nicht Chefin und Praktikant. Mit seiner Widersprüchlichkeit aus kindlicher Offenheit und unbekümmerter Souveränität nahm er sie im Sturm. Sie stiegen in Heikes altes VW Cabriolet und fuhren die drei Kilometer, die es durch ein verwirrendes System von Einbahn-, Kopfsteinpflaster- und Umgehungsstraßen brauchte, um die eigentlich nur wenige hundert Meter vom Bahnhof entfernte Julius-Leber-Straße zu erreichen, in der sich Heikes Praxis befand. Hier, auf der Altstadtinsel, dem mittelalterlich geprägten und ca. zwei Quadratkilometer großen Innenstadtbereich mit seinen idyllischen Wasserwegen, bestand die Bebauung überwiegend aus uralten Ganghäusern mit verwinkelten, grün bepflanzten und öffentlich zugänglichen Hinterhöfen. Die ergänzende Neubebauung war durchweg liebevoll, kreativ und mit Augenmaß integriert worden. In einem dieser Neubauten lag die psychologische Praxis, nur etwa 200 Meter von Rathaus und Zentrum entfernt. Der Neubau mitsamt Praxis grenzte rückwärtig an ein aufwendig renoviertes Giebelhaus in Backstein-Gotik. Genauer gesagt, lag der Neubau in dessen ehemaligem Hinterhof, wo es ruhig und sonnig war. Eine geschützte Oase in der Stadt, die sich hier auf der Altstadtinsel anfühlte wie ein Dorf oder eine kleine Gemeinde, und dabei doch die Lebendigkeit versprühte, die man von einer ernsthaften Stadt erwarten darf. Heike hatte ihm eine Wohngelegenheit im Altbau vermittelt. Sie hatte das kleinste und günstigste der acht Fremdenzimmer und Ferienappartements im Haus ausgesucht und das Bett war – passend zur Größe der Wohnung – etwas klein geraten. Damit war es natürlich nicht für die amourösen Abenteuer ausgelegt, denen es in den nächsten zwei Monaten standhalten musste. Nachdem Hakan sein Zimmer bezogen hatte, trafen sie sich in der Praxis, wo Heike ihm seine Rolle für die nächsten sechs Wochen erläutern wollte.

»Was ich hier mache, ist in erster Linie Paartherapie«, eröffnete sie ihren Vortrag. »Meine Patienten sind Paare, die in ihrer Kommunikation oder ihrer Sexualität gestört sind oder sich nicht mehr wohl fühlen. Die meisten Probleme unserer Patienten lassen sich dabei auf sexuelle Inkompatibilitäten aufgrund mangelhafter bzw. unterlassener Kommunikation zurückführen«, erläuterte sie.

»Sie sprechen also nicht über ihre Vorlieben, oder?«, fragte Hakan.

»Genau, Untersuchungen zeigen, dass Partner ihre sexuellen Fantasien nur zu dreißig Prozent miteinander ausleben, obwohl sie, würden sie offen miteinander reden, eine Übereinstimmung ihrer Vorlieben von ca. fünfundsiebzig Prozent feststellen würden«, fuhr sie fort.

»Das heißt, sie leben fünfundvierzig Prozent von dem, was sie sich beide gleichermaßen wünschen, nicht aus, weil sie nicht miteinander reden?«, fasste Hakan zusammen.

»So ist es! Es leuchtet dann auch sehr schnell ein, dass, wenn man weniger als fünfzig Prozent von einer Sache bekommt, die man eigentlich zu einhundert Prozent haben möchte, eine große Unzufriedenheit eintritt«, führte Heike weiter aus.

»Das ist ja echt schräg«, befand Hakan.

»Aber wissenschaftlich belegt und auch verständlich. Sex ist ja immer noch ein Tabuthema in unserer Gesellschaft. Tatsächlich macht das – neben dem triebhaft angelegten Teil, auch einiges seiner Anziehungskraft auf uns aus. Unser Ziel ist es nun, die Kommunikation zwischen den Partnern in Gang zu bringen, ohne es dabei zu etwas Banalem zu degradieren. In Zusammenarbeit mit der Uniklinik haben *wir* hierzu ein Therapiemodul mit dem – zugegeben plakativen – Namen *Mehr Spaß am Sex* entwickelt, das ich in meiner Praxis einsetze.«

»Aha«, murmelte Hakan, in Gedanken darüber versunken, wie dieses »wir« gemeint war.

»Ja«, antwortete Heike, »die Partner beantworten jeweils separat einen umfassenden durch uns erstellten Fragenkatalog mit vielfältigen Verästelungen und interner Logik.«

»Das heißt am PC?«, unterbrach Hakan.

»Ja, genau. Für die gesteuerte Aufnahme der Daten haben wir ein eigenes Programm entwickelt, von dessen Technik ich allerdings keine Ahnung habe. Na ja, die beiden Teilnehmer werden als Behandlungsgruppe definiert und füllen nacheinander oder an zwei Stationen ihre Daten ein, bei denen es sich um sehr konkrete Fragen zu ihren Praktiken und Fantasien handelt. Dies dauert je Patient ungefähr ein bis zwei Stunden und bleibt vollkommen geschützt – sogar vor mir, was ein wichtiger Punkt ist, um die Patienten zu absoluter Ehrlichkeit zu ermuntern. Danach übernimmt der Computer die Auswertung der Behandlungsgruppe, also im Regelfall des Paares. Nach einem festgelegten Muster werden nun Überschneidungen in den Angaben des Paares ermittelt, wobei auch solche Überschneidungen berücksichtigt werden, die nur zu einem bestimmten Grade vorhanden sind. Dahinter steckt ein recht umfangreicher Algorithmus, der …«, dozierte Heike und wurde von Hakan unterbrochen: »Okay, und das Ergebnis wird dann ...«

Heike reagierte ein wenig beleidigt auf die Unterbrechung: »Die Details sind hier durchaus relevant, Hakan«, antwortete sie in eingeschnappten Tonfall.

»Entschuldige, aber ich kann kaum erwarten zu hören, wie es weitergeht. Ich finde das total spannend!«

»Okay, also noch mal. Der Computer ermittelt in einem – nennen wir es einfach – komplexen Verfahren die Übereinstimmungen und erzeugt eine druckbare Liste mit farblichen Markierungen für mittlere, starke und sehr starke Übereinstimmungen. Dinge, die nicht übereinstimmen, erscheinen nicht auf der Liste und bleiben somit Geheimnis des jeweiligen Patienten.«

»Cool«, erwiderte Hakan, »und wie geht es weiter?«

»Dann beginnt die therapeutische Phase. Wir eröffnen den Dialog zwischen den Partnern, indem ich behutsam auf die Punkte und Praktiken der Liste mit der größten Übereinstimmung eingehe. Oft sind die Partner dann total überrascht, fangen an, direkt miteinander darüber zu sprechen und mir bleibt nur die Rolle behutsamer Moderation. Bei Sitzungen mit für die Partner überraschenden Treffern, hat man meist die Situation, dass eine derartige erotische Spannung aufkommt, dass ich die Patienten kaum mehr in meiner Praxis halten kann, weil sie sich sofort an die Umsetzung machen wollen.«

»Und dann?«, wollte Hakan wissen.

»Dann liegt es an mir, die Partner am Tisch zu halten und die Aufmerksamkeit herzustellen. Schließlich liegt unser Ziel ja nicht allein in der Erfüllung der triebhaften Motive, sondern auch in der Verbesserung der gemeinsamen Kommunikation. Aber natürlich muss man da am Anfang eher tolerant sein«, erläuterte sie und genoss die Spannung, die sie bei Hakan erzeugt hatte, der zu ihr hin gebeugt zuhörte.

»Noch Fragen?«, wollte sie von ihm wissen.

»Ja! Was hat es mit dem ›wir‹ auf sich? Ich meine, das ›wir‹ aus ›In Zusammenarbeit mit der Uniklinik haben *wir* hierzu ein Therapiemodul mit dem – zugegeben plakativen – Namen *Mehr Spaß am Sex* entwickelt«, wollte Hakan nun endlich wissen.

»Ich bin verheiratet«, antwortete Heike und merkte, dass sie mit ihrer Antwort mehr preisgab, als sie eigentlich wollte. Es hätte genügt zu sagen, dass sie ihren Mann gemeint hatte. Beiläufig und so, als stünde die Arbeit im Mittelpunkt der Frage und nicht ihr Partnerschaftsstatus.

»Du wirst es ihm erklären können!«, antwortete Hakan. »Wer sonst, wenn nicht du?« Er befand sich nun so dicht an ihrem Ohr, dass er den letzten Satz flüstern konnte, wobei seine Lippen ihre Ohrläppchen ganz sanft berührten. Ohne Gegenwehr ließ sie sich von ihm in sein neues Appartement führen und dort einen Nachmittag in dem viel zu kleinen Bett verleben.

Nach diesem denkwürdigen ersten Tag und des abschließenden Verkehrs mit seiner Chefin, traf Hakan am nächsten Morgen best gelaunt in der Praxis ein, die ja nur wenige Schritte von seiner Wohnung entfernt lag. Heike war deutlich weniger in Hochstimmung, sah geradezu erschreckend deprimiert aus und weigerte sich mit einer recht ruppigen Abwehrgeste, von Hakan zur Begrüßung geküsst zu werden.

»Was gestern war, war gestern«, sagte sie, »heute ist alles anders!«

»Ich bin kein ausgesprochener Physiker, aber für mich klingt das korrekt. So, und jetzt lass dich küssen, wilde Bestie!« Er nahm sie nicht ernst.

»Nimm mich bitte ernst, Hakan. Ich bin verheiratet und habe gestern einen schweren Fehler begangen, lassen wir es dabei, okay?«

»Bis zum ›*nimm mich bitte*‹ war das ein wirklich guter Satz«, erwiderte er, »wie konntest du ihn danach so versauen? Ich meine, nach diesen drei Worten sollte ein Ausrufezeichen stehen, Satz zu Ende, fertig. Auf keinen Fall gehört da ein ›*ernst,*

Hakan, verheiratet, blabla‹ hin. Komm, lass uns in mein Zimmer gehen und uns vertragen!«

Heike reagierte zornig und barsch. Wie konnte er ihre Seelenqual, ihr schlechtes Gewissen, ihre Angst vor anstehenden Veränderungen so einfach ignorieren? Sie hatte sich mit einem Kindskopf eingelassen, der noch nicht wusste, was für eine ernste Angelegenheit das Leben war, auch wenn das genau das war, was sie an ihm anzog. Dies, sein Aussehen und die sanfte Aufrichtigkeit seiner Berührungen.

»Verstehe mich doch endlich, du verdammter Idiot. Ab heute bist du mein Praktikant und ich deine Chefin und sonst nichts!«

Hakan verstand, was er hörte, nicht aber die Botschaft dahinter. Er beschloss, ein wenig zu schmollen, hielt aber auch das naturellbedingt nicht lange durch und hatte innerhalb einer Stunde zu seiner üblichen Fröhlichkeit zurückgefunden. Gerade rechtzeitig, um die vorbereitenden Worte von Heike zu dem ersten Patientenpaar aufzunehmen, die an diesem Vormittag erscheinen sollten.

»Es ist die erste Gesprächsrunde zur Auswertung der Fragebögen innerhalb des Therapiemoduls. Hier muss man besonders aufpassen, da darin die größten Überraschungen lauern.«

»Wie meinst du das?«, wollte er wissen.

»Manchmal haben wir Patienten, die uns nur als Bügelhalter für ihre Spielchen benutzen. Die also eigentlich das Gegenteil derer sind, die wir mit unserem Therapieansatz erreichen wollen und sich daran erregen, vor fremden Dritten über ihre Praktiken zu sprechen«, erläuterte sie.

»Und was machen wir dann?«

»Wir spielen mit, gucken, ob sie anderweitige Hilfe brauchen, halten die Sache im Zaum und schreiben unsere Rechnung. Meist kommt es dann natürlich nicht zu einem Folgetermin«, berichtete sie.

»Meinst du, die Rehbergs sind solche Typen?«, wollte Hakan zu den erwarteten Patienten wissen.

»Ich glaube nicht, nein. Auch wenn die Auswertung ihrer Fragebögen Übereinstimmungen am eher oberen Ende der Durchschnittsskala zeigen.«

Die nächste Stunde verging mit weiteren Erläuterungen darüber, wie Hakan sich verhalten sollte und was alles passieren konnte während eines Therapiegespräches, und er machte sich Aufzeichnungen für seinen späteren Praktikumsbericht. Um kurz vor 11:00 Uhr erschienen die Rehbergs, ein gepflegtes Paar Anfang fünfzig. Beide waren genauso attraktiv, wie gut und teuer gekleidet. Sie war vielleicht ein klein wenig zu füllig, was er mit lichter werdenden Haaren kompensierte. Sie waren ein schön anzuschauendes und stimmiges Paar und bei so viel Vorbildhaftigkeit erwartete man natürlich auch keine Probleme im Sexualleben. Heike stellte Hakan den beiden vor und fragte, ob sie sein Beisein stören würde. Sie verneinten mit der Art unglücklicher Mine, die verriet, dass hierbei Höflichkeit über Unbehagen triumphiert hatte.

Heike eröffnete die Gesprächsrunde, indem sie allgemeine Gründe für Kommunikationsstörungen anführte und den sogenannten »Weg ins Vertrauen« erläuterte, der mit dieser ersten Sitzung beginnen sollte.

»Ich komme jetzt zum Fragebogen und zur ersten Überschneidung der Kategorie *Grün,* also der größten Übereinstimmung. Frau Rehberg, Sie wünschen sich, anal penetriert zu werden und Ihr Mann ...«, setzte Heike an.

»... was?«, fuhr Frau Rehberg dazwischen, »was soll ich mir wünschen?«

»Nun, Frau Rehberg, Sie haben – und das ist vollkommen okay und normal und deckt sich übrigens auch komplett mit den Interessen Ihres Mannes – den Wunsch, rektale Erotik zu praktizieren. Die Auswertung ist da ganz eindeutig!«

»Was soll denn das überhaupt sein?«, wollte Frau Rehberg wissen.

»Das ist, wenn der Mann der Frau sein Glied in den Po …«, begann Hakan zu erklären.

»… oder anders herum …«, warf Heike im irrtümlichen Bemühen ein, politisch korrekt zu bleiben, bemerkte ihren Fehler und verstummte.

»Und so etwas hast du angekreuzt, Heinrich?«, wollte Frau Rehberg wissen, »das kann doch nicht wahr sein, du Ferkel!«

Herr Rehberg rutschte unruhig und rotgesichtig auf seinem Stuhl hin und her, den Blick starr zu Boden gerichtet. »Tja, äh«, stammelte er in Richtung des Fußbodens. Irgendetwas war schiefgelaufen, so viel war klar. Ein Fehler in der Auswertungssoftware oder – wahrscheinlicher – ein Eingabefehler. Vielleicht waren auch die Fragen zu kompliziert und für Laien missverständlich formuliert gewesen. Was auch immer, es war ein Debakel und Heike versuchte sich an einer Rettungsmaßnahme.

»Vertrauen ist die Säule der Ehe«, fing sie an, »und dazu gehört, dass man einander alles sagt und sagen kann, ohne, dass …«

Das Telefon mit seinem sphärisch eingestellten Klingelton unterbrach sie mitten im Satz. Sie entschuldigte sich mit einem etwas hilflos wirkenden Achselzucken und dem Hinweis darauf, gleich erneut auf die Bedeutung des Vertrauens für eine Ehe zurückkommen zu wollen. »Mein Mann«, erläuterte sie, nach einem kurzen Blick auf die anrufende Nummer und nahm den Hörer ab. Obwohl keine Lauthörfunktion eingestellt war, konnten die Anwesenden doch einen Teil dessen mithören, was der Anrufer ins Telefon brüllte:

»… elende Hure … Türkenbraut … Ehebrecherin … Pension … Vermieter … Anruf … Schlampe …«

Heike wurde leichenblass, was nach dem vorhergegangenen Schock mit den Rehbergs nur noch eine geringfügig weitere Blutentleerung nötig machte, und ging mit dem Telefon in das Nebenzimmer. Die anderen blieben, starr vor Entsetzen, zurück.

»Tja, hmm, äh«, versuchte Hakan die drückende Sprachlosigkeit der Restgruppe zu überwinden und gleichzeitig das aus dem Nebenzimmer dringende Schreien, Schluchzen und Heulen zu überspielen. Beide Augenpaare der Rehbergs lagen jetzt erwartungsvoll auf ihrem Erlöser.

»Vielleicht sollten wir solange ein Spiel spielen. Können Sie Skat?«, fragte Hakan.

Die Rehbergs sahen ihn verständnislos an.

»Oder Kniffel?«, versuchte es Hakan erneut.

Herr Rehberg räusperte sich, sah Hakan direkt in die Augen und fragte ihn: »Meinen Sie, meine Frau und ich passen überhaupt zusammen?«

»Aber natürlich«, zögerte Hakan keine Sekunde, »sehr gut sogar! Man braucht Sie doch nur anzusehen und schon wird man neidisch. Ich meine, das ist doch überhaupt keine Frage, dass Sie sich gesucht und gefunden haben.«

»Tja«, begann Herr Rehberg, »dann verstehe ich nicht, warum wir kaum mehr Sex miteinander haben. Und warum er, wenn wir ihn denn mal haben, so langweilig geworden ist.«

»Was soll denn das jetzt, du … du Poficker …!«, schaltete sich Frau Rehberg beleidigt ein.

Hakan merkte, dass ihm die Sache aus der Hand glitt. Man hatte ihn ins kalte Wasser geworfen. Er, mit seinem Vordiplom in der Tasche, überfrachtet mit theoretischem und vollkommen nutzlosem Wissen und keinerlei praktischer Erfahrung, sollte nun diese Ehe retten, nachdem Heikes »Therapiemodul« auf so klägliche Weise gescheitert war und Gräben aufgerissen hatte, die vorher nicht existierten. Ruhe und Selbstsicherheit durchströmten ihn, wie so oft, wenn es eng wurde. Er würde es richten, so viel war klar.

»Frau Rehberg, Ihr Mann hat eine Vorliebe, die nicht so ungewöhnlich ist, wie Sie vielleicht denken. Wir haben hier ständig mit solchen Wünschen zu tun«, log er. »Sie sollten nicht verurteilen, sondern Verständnis entwickeln!«

»Verständnis? Für einen Arschficker? Soll er sich doch einen Homofreund zulegen, dann kann er das mit dem machen. Aber ohne mich, das sag ich dir!« Drohend wies sie mit ihrer Faust in Richtung Ehemann.

Hakan intervenierte erneut: »Wir haben ja nun über Herrn Rehberg gesprochen und hier gleich ein etwas unglückliches Thema erwischt. Wie steht es denn aber mit Ihnen, Frau Rehberg?« Er nahm sich die Auswertung der Fragebögen zur Hand und erntete sofortigen Protest von Frau Rehberg.

»Nicht wieder dieses Schmierblatt da. Sie sehen ja, wohin das führt.«

»In Gespräche, gegenseitige Öffnung und Vertrauen, denke ich«, erwiderte Hakan und studierte unbeirrt den Auswertungsbogen.

»Wohin das führt? In die Scheidung, du prüde, frigide Hexe!«, mischte sich nun auch Herr Rehberg ein, der jenseits der Scham und sichtlich wütend war.

»Bitte, Herrschaften, lassen Sie uns ruhig bleiben. Alles läuft gut, glauben Sie mir. Was wir hier erleben, ist völlig normal, wird Sie aber in eine vollkommen ungekannte Beziehungsebene führen«, versuchte Hakan erneut zu schlichten.

»Da haben Sie aber so was von recht«, sprang Herr Rehberg bei, »das wird für Corinna eine völlig neue Erfahrungsebene werden, ohne mein Geld und meine Organisation in der Gosse zu sitzen.«

Hakan ließ sich von dem einsetzenden Geschrei und Geheule, das nunmehr in Stereo von seinen Patienten und aus dem Nebenraum von Heike erschallte, nicht irritieren und trug mit fester Stimme aus dem Analysebogen vor:

»Frau Rehberg, ich sehe hier, dass Sie starkes Interesse an Fesselspielen mit ausgeprägter Herrschafts- und Unterwürfigkeitskomponente haben. Das stimmt doch jetzt so, oder?«

Nun war es an Frau Rehberg, zu erröten. »Ähm, ja … also Fesseln und so finde ich ganz okay ... ja …«, stammelte sie.

»Jetzt haben wir dich, Schlampe!«, spie ihr Mann aus.

»Ruhe, bitte, Herr Rehberg. Wie meinen Sie denn das jetzt wieder? Schließlich haben doch auch Sie Ihr diesbezügliches Interesse im Fragebogen angegeben. Sonst hätte ich hier ja keine grüne Übereinstimmung, oder?«, fragte Hakan.

»Oh doch!«, erwiderte Herr Rehberg, »ich habe nämlich taktisch ausgefüllt!«

»Was haben Sie?«, fragte Hakan entsetzt.

»Taktisch ausgefüllt, ja«, barst er förmlich vor Stolz und Genugtuung. »Ich habe einfach ganz viele Sachen angehakt, die mich einen Dreck interessieren. Nur um zu sehen, ob die Schlampe da was dafür übrig hat.«

»… bitte …?«, entwich es Frau Rehberg kläglich.

»Na ja, Sachen, die einer von uns nicht ausgewählt hat, wären nicht im Analysebogen aufgetaucht, stimmt's, Herr Hakan?«

Hakan merkte voller Furcht, worauf es hinauslief und nickte mechanisch. »Sie haben das Therapiemodul ausgenutzt, um einseitig die Vorlieben Ihrer Frau herauszufinden, ohne sich selbst preiszugeben!«

»Das ist korrekt. Ich würde sagen, das Testkonzept war zu simpel oder ich bin zu schlau!«, prahlte Herr Rehberg.

»Und ich würde sagen, Sie sind ein Arschloch!«, erwiderte Hakan.

»Und ein Arschficker«, ergänzte Frau Rehberg.

»Abgewrackte S/M-Schlampe!«, erwiderte Herr Rehberg, »sobald wir zu Hause sind, packst du deine Koffer!«

Nach einer ganzen Weile gegenseitiger Beleidigungen, gingen den Rehbergs dann irgendwann die Schimpfwörter aus, was Hakan zur allgemeinen Beschwichtigung nutzte. Er schaffte es sogar, die kurze Feuerpause zu nutzen, um einen neuen Termin auszumachen. Genau diese Harmonie der letzten Minuten, dieses Alles-wird-gut-Gefühl, verleitete ihn zum letzten Anfängerfehler dieses Tages.

»Sie wollen doch schließlich nicht fünfundzwanzig Jahre

Ehe mit all Ihren guten und schlechten Erfahrungen einfach wegwerfen, oder?«, versuchte er sich im versöhnlichen Tonfall.
»Und ob ich das will!«, schlug es ihm in perfekt zweistimmiger Harmonie entgegen.

sprengfalle

Meine Zeit im Bordell und mit Anke endete in einem Knall und einer splitternden Tür. Sollten Sie jemals in eine ähnliche Situation geraten, kann ich Ihnen schon heute verraten, dass der Toleranzgrad für ein solches Ereignis – zumal, wenn es sich um eine aus der Jahrhundertwende stammende und mit allerlei Zierrat beschwerte Vollholztür handelt – eng verknüpft ist mit der Seite, auf der Sie stehen. Doch gehen wir nochmals ein paar Minuten zurück vor den Zeitpunkt der Explosion und stellen uns die ausgelassenen Polizisten des Sondereinsatzkommandos vor, die, auf der richtigen Seite der Tür stehend, sich feixend der Gefahr versichern, die auf der anderen Seite lauert. Sie spüren diesen angenehmen Schauder einer abstrakten Gefahr, ein Gefühl, jetzt und in diesem Moment am Leben zu sein. Stellen wir uns weiter vor, wie sie sich gegenseitig auf die Schultern klopfen und sich wechselseitig versichern, die Familien des anderen zu unterstützen, wenn – und wir wollen es natürlich nicht beschwören, aber man weiß ja nie – wenn es einer von ihnen nicht schaffen sollte. Dann, und so könnte es durchaus gewesen sein, setzen sie sich die Helme auf, klappen die Visiere herunter und prüfen mit einem doppelten Schlag gegen die Brust den Sitz der schusssicheren Westen. Wahrscheinlich fragen sie noch einmal beim Sprengmeister nach, ob der endlich die Miniladung am Türrahmen befestigt hat und möglicherweise fällt ihr Blick, in dem Augenblick als dieser mit langatmiger Gründlichkeit die Abläufe der Sprengung erläutert, auf die reich verzierte Haustür und lässt sie Bedauern über deren bevorstehende Zerstörung empfinden.

Was auf der anderen Seite der Tür, der falschen, also derjenigen, in die gesplittert wurde, vor sich ging, kann ich – und hier verlasse ich den Pfad der Spekulation – sehr genau sagen. Sekunden vorher hörte ich ein untypisches, nicht forderndes, eher kratzendes Geräusch an eben dieser Tür und musste, katzengleich, meine Neugier befriedigt wissen. Anders als eine Katze verfüge ich aber nicht über ihr Reaktionsvermögen und ihre legendäre Fähigkeit, Knochenaufbau und Bandapparat vor größerer Gewalteinwirkung schützen zu können. Während mir das Türblatt mit großer Geschwindigkeit entgegenflog und sich der Holz-Messing-Türgriff den Weg in Richtung meines Gemächtes bahnte, hörte ich den ordnungsgemäßen Warnruf des verantwortlichen Beamten: »Treten Sie zur Seite! – Wir brechen jetzt die Tür auf!«

Bei allen tagfüllenden Ausbildungs- und Weiterbildungskursen der Polizei (Deeskalationsrhetorik bei Ausstellerstreitigkeiten auf dem Wochenmarkt, Angstbewältigung bei der Formularwahl) bleibt natürlich wenig Zeit, die wirklich wichtigen und praktischen Dinge zu vermitteln, die den Ablauf eines Einsatzes für alle Beteiligten, und insbesondere für die Partei der Nicht-Polizisten, so angenehm wie den Umständen entsprechend möglich machen. Wie könnte man im Beamtendeutsch auch einen Kurs nennen, der vermittelt, dass zwischen dem Ausruf »Wir brechen jetzt die Tür auf!« und dem tatsächlichen Aufbruch eine angemessene Reaktionszeit verbleiben sollte, die es jedem Beteiligten im Wortsinne ermöglicht, sein Gesicht zu wahren.

Zutrittsverschaffung: Anruf und Exekution etwa, oder Leitlinien zur Ermöglichung physischer Kontaktaufnahme.

Als ich, auf der falschen Seite der Tür stehend, deren Einzelteile auf mich zukommen sah, hatte ich genau drei Hundertstelsekunden Zeit, mir zu überlegen, ob ich meine Hände zum Schutz meines Gesichtes oder meines Unterkörpers verwenden wollte. Für mein Gesicht sprach, dass es meine Freundinnen bisher als ausreichend empfunden hatten. Ich entschied mich trotzdem dagegen. Drei Hundertstelsekunden sind nun aber nicht so lang, wie man vielleicht annehmen kann, wenn man gemütlich mit einem Glas Wein auf seinem Balkon sitzt und die nächsten Stunden nichts Weiteres vorhat als Trinken und Lesen. Hundert ist zwar eine große Zahl, aber die Verkleinerung *-stel* im Sinne von Hundertstel macht deutlich, dass es wohl doch eher eine sehr kleine, fast unbedeutende Zahl ist. Ich verbrauchte folgerichtig die verbliebenen drei Hundertstelsekunden mit der Entscheidung, was es zu schützen galt und hatte meine Hände immer noch nutzlos an den Oberschenkeln angelegt, als es zur Detonation kam. Die Tür traf mich mit voller Wucht, brach mir den Oberkiefer, perforierte Gesicht, Brust und Arme mit unzähligen Holzsplittern und war Startpunkt wochenlanger erotischer Enthaltsamkeit. Bevor mich Ohnmacht und Bewusstlosigkeit umfingen dachte ich noch, dass dies wohl die gerechte Strafe für meine wenig zielgerichtete Berufswahl war. Unterschwellig hatte ich mich immer gefragt, wie lange das wohl alles gut gehen konnte und wann mich die dünne Trennlinie, die zwischen *Kaufmännisch Verantwortlichem im Unterhaltungsbetrieb* und *Zuhälter* stand, nicht mehr schützen würde. Streng genommen bin ich in das Ganze nur irgendwie reingeschlittert und natürlich kein echter Zuhälter. Kein »geborener«, wenn man so will. Manchmal gibt es das ja, dass man bereits mit berufsspezifischen Merkmalen auf die Welt kommt. Ein Baby mit untypischer Rückenbehaarung, breiten Wangenknochen und einem bronzefarbenen, nach Goldschmuck gierendem Teint, und die Eltern wissen sofort, dass die Vorstellung, der Sohn würde dereinst Bundeskanzler oder Diplomat werden, erst einmal hintangestellt werden muss.

Ich aber war Physiker und sah nun wirklich nicht wie ein typischer Lude aus. Gut, ich hatte mir die Haare etwas wachsen lassen und natürlich hatte ich auch etwas für den Muskelaufbau getan, weil man als junger Mann mit langen Haaren ja sonst leicht feminin rüberkommt. Ein Zuhältertyp war ich aber wirklich nicht. Ein Physikertyp noch weniger.

»Scheiße, eine von den Nutten hat's erwischt!«, hörte ich einen der Polizisten rufen. »Hat wohl direkt hinter der Tür gestanden. Holt mir mal den Sani her!«

Ich wälzte mich wütend am Boden.

»Hey, Mann, das ist überhaupt keine Nutte. Das soll wohl ein Kerl sein! So 'ne Langhaarschwuchtel!«, sagte der Polizist, der nun neben mir kniete.

»Könnte vielleicht auch der Zuhälter von dem Laden sein«, brachte sich der eingetroffene Sanitäter ein.

»Quatsch! Das ist doch kein Lude. Eher so 'ne Art Mathe- oder Physikfreak, der hier ein letztes Mal ausprobieren wollte, ob er nicht doch mit Weibern vögeln kann. Hätte er sich sparen können, wenn du mich fragst.«

Ich versuchte, den Drecksack mit einem Kniestoß zu treffen, musste aber auf halber Strecke wegen massiver Unterleibsschmerzen abbrechen.

»Ruhig Blut, Kumpel, Papi muss ja nicht unbedingt erfahren, dass er 'ne Tunte zum Sohn hat. Erzähl ihm einfach, du wolltest hier ein bisschen Spaß mit den Weibern haben!«, faselte mein Angriffsziel.

»Ne, mal ehrlich«, mischte sich der Sani ein, »warum hängt so ein gut aussehender junger Typ hier herum, wenn er nicht der Zuhälter ist? Der kann doch genug Bräute haben, ohne Kohle dafür auszugeben!«

Ein guter Mann, dachte ich, ein Profi, mit Blick fürs Detail. Sympathisch, klug, ein Musterpolizist. Ganz anders, als der Drecksack neben ihm.

»Das lässt sich ja herausfinden«, meinte der Drecksack, »hey du, Waschlappen! Bist du ein Lude oder 'ne Schwuchtel?«

Während ich über die Antwort nachdachte, verlor ich das Bewusstsein.

Der Polizist der mich zwei Tage später in meinem Krankenhauszimmer besuchte, war weder der nette Sanitäter noch der Drecksack, sondern ein oberlippenbärtiger Bürokrat mit einem polnisch klingenden Namen. Es dauerte quälende 4 Minuten und 39 Sekunden, bis er den Besucherstuhl in eine für ihn befriedigende Position an mein Bett gerückt hatte und sich mit einem leichten Stöhnen darauf fallen ließ. Nach den unvermeidlichen Floskeln über meinen Gesundheitszustand und einem fünfminütigen Monolog über das ungeheuer verbesserte Erscheinungsbild der städtischen Krankenhäuser seit der letzten Gesundheitsreform, kam er zum Kern seines Besuches.

»Herr Andreesen, ich habe gehört, Sie würden über eine Klage gegen unsere Einsatzkräfte nachdenken?«

»Das ist korrekt, Herr Wachtmeister«, antwortete ich. »Eigentlich denke ich über wenig anderes nach, da die Vorbereitung einer Millionenklage ja nichts ist, wo man gerne Flüchtigkeitsfehler einbaut.«

Der Bürokrat belehrte mich, dass er nicht Wachtmeister, sondern Verwaltungsfachwirt im Range eines Kommissars – oder andersherum – wäre und eine Millionenklage die Dinge vielleicht etwas überdramatisieren würde.

»Mich würde interessieren, ob Sie das immer noch so sähen, wenn man versuchte, Ihnen mit einem Kilo Plastiksprengstoff den Bart von der Oberlippe zu sprengen«, maulte ich herum.

In geduldigem Beamtenton korrigierte er mich, dass es sich lediglich um wenige Gramm eines Atomsprengstoffes oder auch wenige Atome eines Plastiksprengstoffes gehandelt hatte, so genau mochte ich nicht zuhören und schon gar nicht auf den dichten Oberlippenbart starren, der jetzt mit kleinen Rinnsalen aus Schweiß durchzogen war, die sich auf der unbeatmeten Oberlippe gebildet hatten.

»Nebenbei sollten wir auch zunächst einmal die Ungereimtheiten klären, die dieser Fall noch aufweist«, schlug er vor.

»Ungereimtheiten? Zum Beispiel solche, wie: Warum Ihre Leute eine unverschlossene Tür aufsprengen müssen? Oder warum Sie einen Warnruf erst dann abgeben, wenn Ihr Sprengziel schon fern von den Zwängen der Erdanziehungskraft durch die Luft schwebt?«, warf ich ein.

»Nein, Herr Andreesen. Ich meine zum Beispiel Ungereimtheiten, Ihre Aussage betreffend.«

»Häh?«

»Sie haben den beiden Polizeibeamten, die am Unfallort die medizinische Erstbetreuung ...«

»... Unfallort? Medizinische Erstbetreuung?«, unterbrach ich ihn. »Das war kein Unfallort, sondern ein Tatort. Unfälle sind Ereignisse, die zufällig und ungewollt geschehen. Und von medizinischer Versorgung kann man wohl auch kaum sprechen. Beleidigt hat mich der eine Typ!«

»Tja, Herr Andreesen, also ich lese hier im Protokoll: ›Hinter der Eingangstür fanden wir einen jungen Mann, Alter ca. Mitte bis Ende Zwanzig‹, und ja, hier, etwas später im Text: ›Er gibt an, Besucher des Etablissements gewesen zu sein und homoerotische Dienstleistungen in Anspruch genommen zu haben.‹«

Mir wurde übel vor Wut und der Bürokrat fuhr fort:

»Und wie wir ja beide wissen, waren Sie kein einfacher Besucher des Bordells und sind wahrscheinlich noch nicht einmal schwul.«

»Bin ich nicht, nein«, antwortete ich. »Aber wenn ich es wäre, wäre ich stolz darauf. Im Gegensatz zu Ihren homophoben Nazi-Kollegen, macht es für mich nämlich keinerlei Unterschied, wie und mit wem ein anderer Sex hat und welche Vorlieben er dabei pflegt. Wenn Ihr Kollege vom »Tatort« zum Beispiel darauf stünde, stark behaarten Rumäninnen die Achselhaare abzurasieren, dann wäre das für mich auch schwer vorstellbar. Aber würde es mir etwas ausmachen? Nein! Dann gäbe es eben ein paar rasierte Rumäninnen mehr. Wäre doch toll!«

»Es geht hier aber nicht um Rumäninnen, sondern darum, dass Sie leitender Angestellter eines Bordells sind, in dem Waffen verkauft wurden, Herr Andreesen.«

Der Bürokrat erläuterte mir im Folgenden die Hintergründe der Razzia und warb im gleichen Maße um mein Verständnis, wie er unterschwellige Drohungen aussprach. Anscheinend hatte unser »Concierge« hinter unserem Rücken einen umfangreichen Waffenhandel aufgezogen, wobei er unsere Räumlichkeiten teilweise für deren Lagerung missbraucht hatte. Waffen aus rumänischen Beständen, für deren Pflege und Versand die Achselhaare zahlreicher rumänischer Frauen in Schweiß geraten waren, wie der Bürokrat mit einem unerwarteten Anflug von Humor anführte.

»Herr Andreesen – oder darf ich Sie Cord nennen? –, denken Sie einmal darüber nach, was unsere Beamten da gedacht haben müssen. Welche Ängste Sie ausgestanden haben. Waffenhandel! Wer weiß, was da auf der anderen Seite der Tür auf einen lauert, oder Cord? Da kann man dann vielleicht auch mal ein kleines bisschen über das Ziel hinausschießen, meinen Sie nicht?«

»Lautete die letzte Frage jetzt eben ›Meinen Sie nicht?‹ oder ›Weinen Sie nicht!‹? Weil, Letzteres müsste ich mit einem klaren ›Doch, schon.‹ beantworten. Ich weine sogar sehr viel in letzter Zeit. Besonders dann, wenn mein Schmerzmittelfüllstand bei weniger als 185 % der zugelassenen Höchstmenge steht und die aus Ihrer kleinen Spontansprengung resultierende Pein unerträglich wird.«

Wir beharkten uns noch eine Weile, tauschten Argumente, Drohungen und zunehmende Sympathie aus. Seine Taktik lag darin, mich kurzerhand zum Kopf der Waffenschmugglerbande zu machen, was in Anbetracht meiner »akademischen Ausbildung« naheliegend wäre.

Da eine Bande die Existenz von mindestens drei Mitgliedern nahelegt – bei zwei spräche man eher von »Pärchen« oder »Duo« – sollte auch der Bote des Erotikversandhauses beteiligt gewesen sein, der uns unsere wöchentlichen Kondomlieferungen zustellte. Die Fadenscheinigkeit seiner Ausführung war dem Bürokraten sichtlich bewusst und seine Worte weniger Anklage als Rechtfertigung. Immer unverhohlener wurde deutlich, dass er nicht zum Verhör gekommen war, sondern für Verhandlungen. Und meine goldene Regel bei Verhandlungen, in denen ich in aussichtsreicher Position

bin, lautet, den anderen kommen zu lassen. Sage nichts, bis das Angebot komplett auf dem Tisch liegt und zeige keine Reaktion auf eines der Worte deines Gegenübers. Er wird sich winden, drehen und anfangen zu faseln, nur für eine Reaktion deinerseits. Eine Reaktion, die ihm zeigt, ob er sich im grünen oder roten Bereich befindet.
Am Ende wird als Beleg seiner Verunsicherung das Maximalangebot auf dem Tisch liegen, ohne dass es mehr als ein bisschen Selbstdisziplin gekostet hätte.

»Fünfzigtausend!«, sagte schließlich der Bürokrat. »Fünfzigtausend sind 'ne Menge Geld für einen jungen Mann mit glänzenden Perspektiven, oder?«

Ich stimmte zu, ohne weitere Verhandlung. Fünfzigtausend sind eine Menge Geld, da hatte er zweifellos recht. Und mehr war natürlich nicht herauszuholen, wo ich doch bereits alle Register taktischer Verhandlungsführung gezogen hatte. Fünfzigtausend bei Verzicht auf jedwede weitere Ansprüche meinerseits, aber auch garantierter Einstellung aller Untersuchungen gegen mich. Das war doch etwas. Ich entließ den netten Bürokraten mit einem Lächeln und meiner Unterschrift auf der bereits vorbereiteten Verzichtserklärung.

Vor der Tür wartete ein anderer Kollege und ich konnte sie durch die sich langsam schließende Krankenzimmertür sprechen hören.

»Und, wie ist es gelaufen?«

»Fünfzigtausend«, antwortete der Bürokrat.

»Fünfzigtausend? Was für ein Idiot. Stanitzki, du bist echt der Beste!«

»Stimmt. Aber was zum Teufel machen wir jetzt mit der anderen Hälfte?«

Trotz dieses kleinen Rückschlages kann ich mit Fug und Recht behaupten, das Geld hätte mir Glück gebracht. Also, zumindest kurzfristig. Im längeren Zeitablauf betrachtet, ändern sich die persönlichen Gezeitenströme aus Behagen und

Unbehagen, Glück und Unglück in einem stetigen Wechseltakt und stets aufeinander aufbauend, sodass es irgendwann schwer wird zu sagen, ob ein Umstand tatsächlich glücksbringend war. Ich denke, man muss die Sichtweise akzeptieren, dass die Dinge nie *nur* Glück oder *nur* Unglück bringen, sondern stets beides, und dass Glück nun einmal noch flüchtiger ist, als Osama bin Laden. Ich nahm das Geld, kündigte im Bordell, quittierte ein paar private Beziehungsverträge und begann ein vollständig neues Leben.

der bereiter

Die härteste Veränderung meines bisherigen Lebens betraf Anke, die mich fast jeden Tag im Krankenhaus besucht hatte und sich auch sonst rührend um mich und meine Angelegenheiten kümmerte. Zupackend wie sie war, hatte sie sich auch beruflich nicht verkrochen, als der Club mit einem buchstäblichen Knall zusammengebrochen war. Sie hatte bereits ein neues Engagement angenommen. In »dem Club«, wie sie mir stolz berichtete. Alles vom Feinsten und nur wirklich hochkarätige Kunden. Anke wusste, dass unsere Beziehung nur im Umfeld der gemeinsam ausgeübten Arbeit funktionieren konnte. Partner, Freund und Liebhaber einer Prostituierten würde ich nur sein, solange meine eigene Branchenzugehörigkeit die Anflüge von Zweifel, Eifersucht und Abscheu aufheben würde. Aus dieser Einsicht heraus hatte sie sich mit allen Mitteln dafür eingesetzt, auch mir eine Stelle im neuen Club zu besorgen. Eine gute Stelle, wie sie voller Zuversicht betonte. Wenn auch nicht ganz mit der Verantwortungsfülle des vorherigen Jobs. Es handelte sich um die Position des »Concierges«, der im neuen Club eine noch größere Ausgewogenheit zwischen sicherem Auftreten und physischer Durchsetzungsfähigkeit verlangte und für den ich mich ideal eignen würde. Ich fühlte mich geschmeichelt von ihrer Einschätzung und begrüßte auch, dass sie mir Dinge abnahm und mich allen Aufwandes für die Organisation meines weiteren Lebens enthob. Auf der anderen Seite hatte ich aber auch den Entschluss gefasst, ein neues Leben zu beginnen und gerade *nicht* in der alten Branche hängen zu bleiben. In meinem damaligen Alter war Bequemlichkeit noch geringer priorisiert als Ambitionen und so fand ich Mut und Konsequenz genug, um Ankes Vorschlag abzulehnen. Sie kannte meine Gründe, bevor ich sie erklären konnte und sie wusste, dass die »Trennung auf Zeit«, wie ich sie nannte, nichts anderes als ein Abschied für immer war.

Ich stand wieder an meinem Ausgangspunkt. Keine Arbeit,

keine Freundin, keine Wohnung aber dieses Mal zumindest mit den Taschen voller Geld. Innerhalb einer Woche hatte ich mir eine winzige, möblierte Mietwohnung besorgt und saß auf meinem Balkon, der nur ein kleines bisschen größer als der Rest der Wohnung war. Ich hatte mich mit einer Flasche Weißwein und einer Auswahl von Tageszeitungen und lokalen Wochenblättern ausgestattet und studierte den Stellenmarkt. Dabei fiel mir eine seltsame Häufung von Angeboten für »Bereiter« oder »Gestütsleiter« auf, was spontan mein Interesse weckte. Ich recherchierte ein bisschen im Internet und verfiel in mein altes Jobwahl-Muster, als ich mich auf die erste der ausgeschriebenen Stellen bewarb. Ich erklärte der etwas bärbeißig wirkenden Frau unter der angegebenen Telefonnummer, dass ich den Bereiterjob annehmen würde und ihr gerne am heutigen Nachmittag zu einem Vorstellungstermin zur Verfügung stünde.

Auf dem Weg hielt ich an dem großen, nahe gelegenen Reitsportgeschäft an, das mir schon beim Einzug in die neue Wohnung aufgefallen war. Ich besorgte alles, was ich für eine professionelle Reitausrüstung hielt: eine hautenge Reithose, Lederreitstiefel, eine schwarze Reitkappe und Rädchensporen, wenn auch ohne Zackenrand, da das in Deutschland natürlich »nicht so gern gesehen« wird. Natürlich nicht, dachte ich mir. Und, dass das auch ganz gut so wäre. Und auch, dass Pferde eine bessere Lobbyarbeit betreiben würden als die Atomindustrie.

Ich behielt mein neues Outfit gleich an, ergänzte es um das Tweedsacko, das ich mir von zu Hause mitgebracht hatte, und stellte fest, das Autofahren mit unflexiblen oder – nennen wir die Sache beim Namen – stocksteifen Lederreitstiefeln schwierig ist.

Der Zustand der Hofanlage, die ich unter der angegebenen Adresse vorfand, stand der Wertigkeit meiner Ausrüstung diametral entgegen. Alles wirkte schmutzig und baulich fragwürdig. Hier herrschten nicht Glanz und Glamour, sondern eine gerade noch erträgliche Zweckmäßigkeit. Nur die Autos, eine Mischung aus großen Geländefahrzeugen und Sportwagen, kündete vom gesellschaftlichen Stellenwert der Sportart. Auf der Suche nach meiner Ansprechpartnerin und wie ich hoffte, zukünftigen Arbeitgeberin, sah ich eine Vielzahl junger Mädchen und Frauen, die mit größter Selbstverständlichkeit und Harmonie am partnerschaftlichen Umgang mit ihren Pferden übten. Manche putzten es, spülten es mit einem Wasserschlauch ab, sattelten, zäumten, ritten und tratschten mit- und übereinander. Ich tauchte ab in eine eigene Welt, einen Mikrokosmos, abgeschlossen von der restlichen Welt. Die Alltagsgeräusche waren verstummt und die Frauen entspannt. Eigentlich hatte ich Frauen noch nie so entspannt gesehen, wie hier. So, als hätten sie kollektiv die Verantwortungen des Lebens an der holprigen, mit Schlaglöchern versehenen Einfahrt oder bei ihren Pferden abgegeben. Wahrscheinlich Letzteres, wirkten die Pferde doch im Gegensatz auffällig nervös und unruhig. Womöglich hatten sie zu schwer an der Last zu tragen, ihre Reiterinnen so befreit wie gedankenlos bei ihnen auftauchen zu sehen, alle Zweifel und Alltagssorgen bei ihnen abladend. Ich war wie betäubt von den neuen Eindrücken, der Anzahl hübscher Frauen und der totalen Abwesenheit anderer Männer, sieht man einmal vom Stallburschen ab, der mit seinen annähernd sechzig Jahren dem Begriff des »Burschen« beleidigend entwachsen war. In diesem Durcheinander an Eindrücken gab es dann aber *den* einen, der sich mir für den Rest meines Lebens einprägen sollte. Die junge Frau, die mir auf meinem Weg durch die Stallgassen direkt entgegenkam, strahlte über das ganze Gesicht. Man benutzt diese Redewendung ja oft, ohne einen Gedanken daran zu verschwenden, dass zum Gesicht auch Nase, Ohren, Stirn und Kinn gehören, und wenn man wirklich alle diese Körperteile in sein Strahlen einbezieht, das Ganze bei den meisten Menschen wirklich merkwürdig aussähe. In diesem Fall stimmte aber alles, auch die Redewendung. Die junge Frau strahlte, war fröhlich, selbstbewusst und vollkommen zufrieden. Ohne diese sie umgebende Aura hätte ich sie vielleicht nur attraktiv gefunden, so aber war ich verliebt. Das stellte mich natürlich sofort vor eine ganze Reihe Probleme, die ich nicht vorhergesehen hatte. Sogar mir mit meiner Dickfelligkeit in Sachen unpassender Berufswahl stand überdeutlich die zu erwartende Reaktion vor Augen, wenn ich der Göttin erzählte, mich auf die offene Bereiterstelle zu bewerben, ohne irgendeine ernsthafte Qualifikation dafür aufzuweisen. Problematisch war auch, dass es mir die Sprache verschlagen hatte, was Erklärungen und Ausflüchte ebenso unmöglich machte, wie kennenlernen und heiraten. Als letztes meiner Probleme kam hinzu, dass ich ja streng genommen immer noch mit Anke liiert war und wir derzeit nur an einer zeitweiligen Trennung herumexperimentierten. So war es zumindest verabredet, auch wenn keiner von uns beiden ernsthaft mit einer Wiedervereinigung rechnete. Hatten die Deutschen, sagen wir einmal 1986, aber auch nicht und dennoch war sie Wirklichkeit geworden. Begleitet zwar durch eine erkaltete Liebe zwischen den Parteien und dem zunehmend unbehaglichen Gefühl auf beiden Seiten, dass das vielleicht nicht der ganz große Wurf gewesen war. Aber immerhin. Dieser Gedanke ermunterte mich, das letztgenannte Problem, also Anke, wenngleich ich Anke hier nicht als Problem im Wortsinne verstanden wissen will, sondern eher *situativ*, aus meiner Liste zu streichen. Diese Vielzahl an Gedanken kreiste in meinem Kopf und hinderte mich daran, mich auf das zu konzentrieren, was die Göttin gesagt hatte. Ich nahm einfach an, dass es so etwas wie »Kann ich dir helfen?« gewesen war und antwortete entsprechend: »Da bin ich mir noch nicht ganz sicher.«

»Doch, doch, ganz bestimmt!«, antwortete sie, »dein Hosenschlitz steht wirklich sperrangelweit offen!«

Ich schaute nach unten und sah die blau und rosafarbenen Streifen der mir verhasstesten Unterhose aus meiner Reithose drängen und erinnerte mich, die ungeheuer enge Reithose im

Auto etwas gelockert zu haben. Hektisch riss ich am Reißverschluss, verklemmte ihn sofort mit der Unterhose und brauchte weitere wertvolle Sekunden und mehrere Versuche, um den herauslugenden Hosenzipfel nach innen zu bugsieren.

»Kann ich dir sonst irgendwie helfen?«, hörte ich sie nun fragen. Darauf würde ich natürlich nicht noch einmal hereinfallen.

»Hast du mich gerade gefragt, ob du mir helfen kannst?«, vergewisserte ich mich.

»Äh, ja, wieso?«

»Nur, weil ich wissen wollte, ob du das wirklich gesagt hast und nicht irgendetwas total anderes und ich dir dann wiederum so antworte, dass du mich für – na ja – merkwürdig hältst oder so ...«, brabbelte ich und fuhr fort: »Weil, wenn du mir helfen willst, dann wäre ein Kaffee spitzenklasse. Und eine andere Boxershorts natürlich. Ohne rosa Streifen. Aber ich denke nicht, dass *du* da was machen kannst, oder?«

»So ein Zufall. Ich hab doch tatsächlich diese »Alles für den Boxer«-Boutique und da können Shorts natürlich nicht fehlen. Und, was soll ich sagen: Es gibt nur wenige Boxer, die sich für rosa entscheiden würden und deshalb hab ich quasi nur schwarze im Sortiment.«

»Glaube ich ja nicht!«

»Solltest du auch nicht. War nur ein Scherz.«

»Die rosa Sache?«

»Nein, die Sache mit der Boxer-Boutique.«

Ich brauchte einen weiteren Moment, um mich auch von diesem Schlag zu erholen, fragte sie nach der Möglichkeit, Reitunterricht zu nehmen, gemeinsam auszureiten und ihrer Telefonnummer und war überrascht, alles zu meiner Zufriedenheit beantwortet zu bekommen. Ich war offenbar nicht gänzlich abgeschrieben, würde sie wiedersehen und alle Fehler des ersten Anscheines korrigieren können. Die Welt war herrlich, das Leben gerecht. Zumindest für diesen kleinen Moment.

Genauer gesagt, für den klitzekleinen Moment, den es dauerte, bis die bärbeißige Frau, in der ich auch ohne weitere Erklärung die Chefin des Betriebes erkannte, um die Ecke bog. Ohne einleitende Begrüßung oder Beachtung meines laufenden Gespräches mit der Göttin, von der ich mittlerweile wusste, dass sie Sylvia Rehberg hieß, bedeutete sie mir, dass man sich das Geschwätz über meine Fähigkeiten, beruflichen Stationen und bisherigen Erfolge zunächst ersparen sollte und es ihr sowieso in erster Linie auf den Eindruck zu Pferde ankäme. Sie hätte dazu die Wilde Hilde satteln lassen, eine fünfjährige Lord Wahnfried-Tochter, die »maulig« auf die Hand reagieren würde und sich durch Schlagen mit dem Kopf oder »hinter dem Zügel verstecken« der reiterlichen Hilfengebung entzöge. Das Ganze war natürlich äußerst beunruhigend, wobei mich der Gedanke, dass sich das Pferd hinter dem Zügel verstecken konnte, wieder etwas erleichterte, legte er doch die Vermutung nahe, dass es sich um ein recht kleines Pferd handeln müsse. Sylvia hörte den Ausführungen verdutzt zu und ich versuchte ihren Gesichtsausdruck zu imitieren. Meine Taktik, einigermaßen sauber aus der Sache herauszukommen, sollte sein, das Ganze als totales Missverständnis aussehen zu lassen.
Doch die Bärbeißige ließ es nicht so weit kommen. Sie schleppte mich in die Reithalle, wo schon ein riesiges braunes Pferd ungeduldig auf seine Opfergabe wartete.

»Wollen Sie den Schemel?«, fragte die Bärbeißige.

»Ja, gerne den Schimmel. Also, wenn der vielleicht etwas kleiner ist, als der Braune da ...«, deutete ich auf das nervöse Tier an der Hand eines jungen Mädchens, das unzweifelhaft die Wilde Hilde war.

»Schemel! Zum Aufsteigen!«

Mir war sofort klar, dass es sich bei »Schemel« um den osteuropäischen Stallburschen handeln musste und so lehnte ich entrüstet ab, was sich in dem Moment als Fehler erwies, als die Bärbeißige auf eine Art Tritt deutete und erklärte, dass sie diese Aufstiegshilfe zwar für pferdegerechter – weil rückenschonender – hielt, aber nur zu gut mit dem männlichen Machismo vertraut wäre, dem solche Hilfsmittel fremd wären. Wir lachten beide ein wenig darüber, ich gezwungener als sie, und aus den Augenwinkeln sah ich Sylvia stirnrunzelnd hinter der Bande stehen.

Ein kurzer Hinweis für den Reitamateur: Wenn Sie noch niemals auf ein Pferd aufgestiegen sind, dann lassen Sie es am besten auch zukünftig. Wenn es sich aber partout nicht vermeiden lässt, so vergessen Sie alles, was Sie darüber im Fernsehen gesehen haben. Aufspringen auf einen Pferderücken, der einhundertsiebzig Zentimeter vom Boden entfernt ist, ist nur etwas für Topathleten. Statt dessen benutzt man den Steigbügel, nimmt hierfür das linke Bein, da der Körper ja noch die Drehbewegung über den Pferderücken vollziehen muss, stößt sich dann federnd vom Boden ab und drückt sich gleichzeitig am Sattelknopf mit den Händen nach oben. Weil das gesamte Gewicht während dieses Vorganges auf eine Seite des Sattels wirkt, bietet es sich an, diesen bereits so fest gegurtet zu haben, dass er Ihnen nicht entgegenrutscht. Man erkennt die korrekte Gurtung daran, dass das Pferd rotgesichtig wird und nach Luft schnappt beziehungsweise bei der Wilden Hilde, dass sie anfängt, an der Führhand herumzuspringen und vor dem Reiter zu fliehen.

»Hilde ist ein bisschen wild und kratzbürstig, wenn man sie besteigen will. So wie ich«, sagte die Bärbeißige und wieherte los, dass selbst die Wilde Hilde für einen Moment ihre Fred Astaire-Covernummer unterbrach und stillstand. Der Job war noch untragbarer, als schon vermutet. Ich spielte kurz alle Schwierigkeiten des Aufsteigens durch und entschied mich für den Tritt.

»Ich sollte vielleicht doch den Schwejk nehmen, wenn das Pferd es so gewohnt ist«, brachte ich mein Anliegen vor.

»Du meinst den Schemel, oder? Was ihr Springreiter euch immer so einfallen lasst!«

Das Pferd wurde nun an den Tritt geführt und stand erstaunlich ruhig daneben. Das Aufsteigen war jetzt überraschend einfach. Ich saß auf dem Sattel, nahm die Zügel auf, klopfte mit Unterschenkeln und Sporen gegen die Flanken des Pferdes und Hilde versteckte sich hinter dem Zügel …

Als Physiker bin ich es gewohnt, meine Experimente mit nüchterner Sachlichkeit zu analysieren und wie ein unbeteiligter Dritter zu beobachten. Was ich sah, war die Wilde Hilde, die mit zunehmender Geschwindigkeit durch die Halle stob und mich dabei mitnahm. Ich bemerkte, dass sich meine Unterschenkel immer fester an den Pferdeleib pressten, während meine Mittellage gefährlich ins Rutschen kam. Druck der Schenkel und Geschwindigkeit des Pferdes standen klar in einem Verhältnis zueinander, wobei ich den Druck aufgrund meines Rutschens nicht verringern konnte. Weiter beobachtete ich, dass »hinter dem Zügel verstecken« bedeutet, dass der Kopf des Pferdes nicht mehr zu sehen ist, weil es ihn zwischen die Vorderbeine gesteckt hat. Wenn ein Pferd so etwas in vollem Galopp macht, dann deshalb, weil ihm das ermöglicht, den Rücken nach oben zu wölben und anschließend katapultartig in die Luft zu springen. Wenn das Pferd aber in rasendem Galopp buckelnd in die Luft springt, dann greift eine eherne Regel des Reitsports, die besagt, dass der Reiter stets den Bewegungen des Pferdes zu folgen hat, man anderenfalls von »Herunterfallen« spricht. Das Wort »Herunterfallen« wiederum ist ein sogenannter Euphemismus, sprich eine Beschönigung des tatsächlichen Geschehens. Ich fiel nicht, ich wurde geschleudert. Und, als wäre das nicht schlimm genug, schlug ich zunächst gegen die Bande und von dort auf den braven Schwejk oder Schemel oder wie immer das Ding hieß. Ich durchschlug ihn glatt und zum zweiten Mal innerhalb der letzten drei Monate fand ein Holzsplittergeschwader sein Ziel in meinem Gesicht und Oberkörper.

»Geht auch ohne Explosion …«, hörte ich mich entfernt sagen und erfreute mich an dem Gedanken, dass, wenn die explodierte Tür im Bordell 50.000 gebracht hatte, hierfür locker 100.000 drin sein müssten. Dann wurde es mal wieder dunkel um mich.

Das Licht kam langsam und periodisch zurück. In warmes Gelb getauchte Szenen wechselten sich mit totaler Schwärze und wurden begleitet von einer schmeichelnd lockenden Trägheit, die mich immer wieder in den Schlaf zurückfallen ließ, wenn ich es gerade bis zur Oberfläche geschafft hatte. Als ich endlich erwachte, identifizierte ich meinen Aufenthaltsort als das alte Krankenhaus und vermutete mich sogar in meinem alten Zimmer, was sich später als Irrtum infolge der Schmerzmitteldosierung erweisen sollte.

Neben meinem Bett saßen Anke und die wundervolle Sylvia. Ankes Anwesenheit überraschte mich nicht. In meinem angeschlagenen Zustand nahm ich an, dass sie nach meinem ersten Unfall im Krankenhaus sitzen geblieben war und nur auf meine erneute Einlieferung gewartet hatte. Ich freute mich, Anke zu sehen, spürte die angenehme Vertrautheit zwischen uns und auch, dass außer der Vertrautheit nichts anderes mehr war. Das Kapitel Anke als Lebenspartner war abgeschlossen, dasjenige mit Sylvia hingegen lag weit geöffnet vor mir. Natürlich gab es da noch die kleine Hürde, dass ich Sylvia erst einmal für mich gewinnen musste obwohl sie mich – meinem bisherigen Auftritt zufolge – für einen Schwachkopf halten musste. Immerhin hatte sie mich in das Krankenhaus begleitet. Freiwillig!

»Renata hat gesagt, dass ich mitfahren und mich um deine Sachen kümmern soll«, reagierte Sylvia auf meinen verliebten Blick.

»Renata?«

»Ja. Die Inhaberin des Reitstalles. Den Namen musst du dir aber nicht merken, da ich mir nicht vorstellen kann, dass du noch mal in den Stall kommen willst. Nebenher solltest du dir auch erst einmal andere Sachen merken, die wichtiger sind. Zum Beispiel, dass man den Reißverschluss hochzieht, wenn man in eine Hose gestiegen ist oder, dass man sich auf eine Bereiterstelle nur dann bewirbt, wenn man Bereiter ist.«

»Also, das hört sich für mich ein bisschen fad und vorhersehbar an«, entgegnete ich.

»Du lebst aber nicht alleine auf diesem Planeten. Und Renata hast du damit bestimmt keinen Gefallen getan. Die hat jetzt richtig Angst, dass sie Ärger mit ihrer Versicherung oder der Berufsgenossenschaft oder sonst wem bekommt.«

»Grüß Renata und sag ihm …«

»… ihr«, unterbrach sie mich.

»Hm, ich hatte einen anderen Eindruck. Also gut, sag ihr, sie soll sich keine Sorgen machen, ich werde das regeln. Sie hat nichts zu befürchten. Und ja, ich werde wiederkommen und dieses verdammte Reiten lernen und nochmals ja, ich werde dich anrufen, sobald ich hier heraus bin.«

»Anrufen?« Sie wirkte ein kleines bisschen mehr entsetzt als erfreut.

»Yep!«

So hielt ich das lose Ende eines Freundschaftsbandes und die vage Hoffnung auf eine gemeinsame Zukunft mit Sylvia in der Hand, als sie mit den üblichen Genesungswünschen das Zimmer verließ. Ich blieb zurück mit Anke, die auf die unfairste Art erfahren hatte, dass es für uns keine Zukunft mehr gab. Sie machte mir keine Szene, dafür war sie zu erfahren, zu kultiviert und wohl auch zu traurig.

Sie verließ mein Zimmer nach wenigen Worten und lächelte mir in der Tür zu, den Daumen ihrer rechten Faust nach oben gestreckt.

»Werd gesund und flippe nicht immer so aus!«, war das Letzte, was ich für lange Zeit von ihr hören sollte …

Ich rief Sylvia an, sobald ich aus dem Krankenhaus entlassen worden war und überredete sie zu einem gemeinsamen Abendessen in der angesagtesten Tapas-Bar Hamburgs. Dieses Mal wollte ich alles richtig machen. Ich holte sie von ihrer Wohnung ab, wobei sie darauf bestand, vor dem Haus zu warten. Sie wohnte im gepflegten Winterhude, einem Stadtteil, der noch mit Gründerzeit- und Jugendstilbebauung aufwarten kann und sich mit einer Vielzahl an Bars und Restaurants dem Eindruck des Verschlafenseins entgegenstellt. Eine Gegend für junge Aufsteiger und etablierte Schnösel, die das durchgestylte Ambiente ihrer Gastronomiebetriebe zur Bestätigung ihrer Lebensführung brauchten.

Sylvia stand bereits am Hauseingang, als ich fünf Minuten vor der verabredeten Zeit vorfuhr. Da ich davon ausging, dass sie auch tatsächlich in dem Haus wohnte, vor dem sie stand, war ich beeindruckt. Es handelte sich um eines der schönsten Häuser der ganzen Gegend, versehen mit reichlich Stuck und französischen Balkonen und es erfüllte ganz und gar den vorgesehenen Zweck, den unvorbereiteten Besucher in Ehrfurcht zu versetzen.

»Du siehst gut aus«, sagte Sylvia zur Begrüßung, nachdem ich ausgestiegen war und ihr einen Wangenkuss gegeben hatte.

»Danke. Aber das ist eigentlich mein Text. Muss ich dafür jetzt deine Rolle übernehmen und mir die Nase pudern gehen?«

»Willst du damit sagen, meine Nase sähe ungepudert aus?«, fragte Sylvia amüsiert.

Ich konnte noch ein paar Komplimente loswerden und schon saßen wir in meinem Auto und waren unterwegs zu unserem ersten richtigen Date. Überraschend fand ich sofort einen Parkplatz und war jetzt sicher, der Abend würde sich in meine Richtung entwickeln. Am Eingang des Restaurants angekommen, standen wir in einer Menschenschlange. Der Laden war wirklich heiß, und es war gut, dass ich reserviert hatte. Drei Paare vor uns wurde derweil jemand herzlich vom Inhaber begrüßt und ich glaubte in Sylvias Reaktion so etwas wie Bewunderung für den attraktiven jungen Mann zu erkennen, der wichtig genug für einen persönlichen Empfang war. Als wir an die Reihe kamen, ging ich zielstrebig auf den Inhaber zu und umarmte ihn stürmisch. Selbst wenn er mich nicht kannte, konnte er ja wohl kaum einen Gast vor den Kopf stoßen und zurückweisen.

»Hey, Mann, wie geht's dir Alter?«, strahlte ich ihn an. Aber als ich ihn losließ, reagierte er unplanmäßig, musterte mich von oben bis unten und schüttelte mit sichtlicher Abscheu den Kopf.

»Ich glaube nicht, dass wir uns kennen, oder?«

Mir schoss das Blut ins Gesicht und ich reagierte wie ein in die Ecke gedrängtes Tier mit Gegenangriff. »Was soll der Scheiß, Mann. Ich bin es, Cord!«

»Okay, Cord. Nette Umarmung. Aber wenn wir uns kennen würden, dann hättest du sicher gewusst, dass ich immer meine Lesebrille in der Brusttasche trage.« Er machte eine Pause, bevor er weitersprach. »Das heißt, trug. Denn seit deiner Umarmung trage ich nur noch die Glassplitter meiner Lesebrille in der Brusttasche.«

»Das – äh, tut mir leid, äh, Enrico?«

»Helmut. Und jetzt verpiss dich, bevor ich dir in den Arsch trete, du Penner!«

Der Abend konnte unmöglich schlimmer werden und auch damit hatte ich mich wieder geirrt. Aus dem Hintergrund machte sich nämlich der Mann bemerkbar, der hinter dem Tresen stand und das Geschehen beobachtet hatte. »Mensch Helmut, lass doch den Jungen in Ruhe. Das ist Cord aus dem Ambrosia!«

»Ambrosia? Welchem Ambrosia? Doch nicht dem Puff, oder?«, fragte Helmut.

»Yeah, Cord aus dem Puff, den die Bullen neulich in die Luft gesprengt haben.«

Helmut brauchte nur wenige Sekunden, um von vernichtender Ablehnung auf herzliche Freundlichkeit umzuschalten, während ich in Sylvias Mimik den genau umgekehrten Verlauf beobachtete.

»Mann, Alter, warum sagst du das nicht gleich! Entschuldige, Cord, aber ohne Brille sehe ich nicht so gut. Tut mir leid, Mann. Komm, lass uns einen trinken auf den Blödsinn. Geile Schnalle übrigens, die du da mitgebracht hast. Du hast echt Geschmack!«

Sylvia erwachte aus ihrer Erstarrung, schloss den Mund und schüttelte den Kopf. »Was er auf jeden Fall hat, ist Erklärungsbedarf. Jede Menge Erklärungsbedarf.«

Das Fiasko hatte also mal wieder zielstrebig zu mir gefunden. Helmut, dem es für die positive Bewertung einer Person genügte, wenn diese im Bordell gearbeitet und in Ausübung ihrer Tätigkeit detoniert war, führte mich zur Bar und überschüttete mich mit einer ans Peinliche grenzenden Freundlichkeit. Ständig klopfte er mir auf die Schulter und störte sich auch nicht an meinen wenigen Redebeiträgen, die hauptsächlich aus »Mensch, lass doch mal« bestanden. Es war genau dieser Moment tiefster Niederlage und der verstohlene Blick in Sylvias enttäuschtes Gesicht, die mich mein Schicksal annehmen ließen. Ich wollte nicht mehr Gegenarbeiten, nicht mehr Dinge erzwingen, die sich nicht erzwingen ließen, nicht mehr lavieren, wo Konsequenz gefragt war, nicht mehr Eindruck schinden, wo es auf Persönlichkeit ankam. Ich würde ein anderer, besserer Mensch werden. Und ich würde genau hier und jetzt damit anfangen.

»Helmut, ich will jetzt nicht lange herumreden. Du bist bestimmt ein super Typ und es macht auch total viel Spaß mit dir herumzuhängen. Aber im Moment wäre es mir doch lieber, du würdest uns einfach unseren Tisch zeigen und in Ruhe ein paar Dinge zwischen uns klären lassen. Okay?«

»Zwischen dir und mir?«, fragte er nach und man merkte ihm die Furcht an, sich womöglich gegenüber einer Unterweltsgröße zu weit aus dem Fenster gelehnt zu haben.

»Ich meine zwischen Sylvia und mir«, korrigierte ich. »Und ich denke, dass das ein wenig dauern wird.«

Als wir unsere Plätze bezogen hatten, sah ich Sylvia mit zufriedenem Strahlen an, legte unsere gemeinsame Zukunft in Gottes Hand und erklärte ihr alles, so gut ich konnte. Ich ließ nichts aus und war entgegen meinen sonstigen Gewohnheiten total ehrlich. Weder versuchte ich die Schuld für meinen bisherigen Werdegang widrigen Umständen zuzuschreiben, noch das Gefühl des Stolzes zu verhehlen, das ich ob der professionellen Ausführung meiner jeweiligen Jobs empfunden hatte. Ich erzählte ihr auch von Anke, die sie ja bereits im Krankenhaus kennengelernt hatte, und wie wir unsere Beziehung zunächst auf Eis gelegt hatten. Als ich mit meiner Geschichte fertig war, hatte ich endgültig jedes Gefühl von Scham verloren. Eigentlich war mein bisheriges Leben doch gar nicht schlecht verlaufen. Konnte ich nicht sogar stolz darauf sein, gerade *nicht* Versuchsleiter in einem Teilchenbeschleunigungsprojekt geworden zu sein, *nicht* als Versicherungsspezialist alten Damen ihr Erspartes für eine Reiserücktrittsversicherung im Todesfall aufgedrängt zu haben und *nicht* Kellner mit Schauspielambitionen zu sein?

Sylvia sah das zum Glück ähnlich. Ihre bisherigen Bekanntschaften waren fast ausnahmslos im Windkanal modellierte Gewinner, die der Aufstiegskampf zu eigenschaftslosen Langweilern geformt hatte und deren einzig erkennbarer Charakterzug jene Art Selbstüberschätzung war, die beim ersten ernsthaften Gegenwind in jammernde Verzweiflung umschlug. Die anderen Männer ihres Lebens, die Verlierertypen, waren etwas effizienter vorgegangen, hatten sich die Mühe des Aufstiegs von vornherein erspart und waren lieber gleich zur jammernden Verzweiflung übergegangen. Dazwischen, so erläuterte Sylvia mir ihr Weltbild, gab es dann diejenigen, die nichts Besonderes vom Leben erwarteten und folglich auch nicht enttäuscht wurden. Irgendwann wurden dann aber auch die zu jammernden Zweiflern, weil sie »zu wenig aus ihrem Potential« gemacht hätten. In ihrer persönlichen Gleichung, so schloss sie ihren Vortrag, wären Männer gleich langweilige Jammerlappen und so wäre sie eigentlich total froh, mal jemanden wie mich getroffen zu haben. Jemanden, der so ziellos und dennoch entschlossen wäre. Voller Zutrauen zu sich selbst, ohne Borniertheit zu sein und vertrauensvoll in die Zukunft sehend, ohne ein Fantast zu sein. Das alles sagte sie mir, bevor sie mich küsste. Das, und dass ich der Polizei für die Narbe im Gesicht dankbar sein sollte, weil sie den Unterschied zwischen »ganz nett« und unwiderstehlich ausmachen würde.

Hatte ich nicht allen Grund, vertrauensvoll in die Zukunft zu sehen? Hatte ich nicht alles Glück, das man sich nur wünschen konnte und blieb mir irgendetwas anderes übrig, als diese wunderbarste aller Frauen zu heiraten?

familienbande

Vor das Heiraten hat der liebe Herrgott aber das Kennenlernen der neuen Verwandten gesetzt. Ihre Eltern würden eine harte Nuss werden, bereitete mich Sylvia vor.

»Insbesondere Vater ist vom alten Schlag und kann zu Fremden ein echter Kotzbrocken sein.«

»Aber als zukünftiger Schwiegersohn bin ich ja kein Fremder im Wortsinn, oder?«

»Ich denke, für Vater sogar mehr als das!«, machte sie mir wenig Hoffnung.

Sylvias Vater war aktiver Geschäftsführer und alleiniger Eigentümer eines Immobilienunternehmens, das er bereits von seinem Vater, Sylvias Großvater, geerbt hatte. Reich von Geburt und intolerant von Gemüts wegen, würde er eine schwer zu knackende Nuss werden. Wir waren für einen Sonntagmittag zum Essen bei den Rehbergs eingeladen und trotz der Furcht, bei ihnen durchzufallen, freute ich mich auf meine zukünftigen Schwiegereltern. Während Sylvia ihrer Mutter zur Hand ging, führte mich ihr Vater in das Herrenzimmer und goss uns beiden Cognac ein. Mir fiel auf, dass er mir deutlich mehr einschenkte als sich selbst.

»Tja«, sagte der wie ein Patriarch wirkende Patriarch und sah mir zum ersten Mal direkt in die Augen, »du bist also Sylvias Neuer.«

»Wenn Sie so wollen«, antwortete ich.

»Wenn ich was will?«

»Na ja, wenn Sie es so ausdrücken wollen …«, antwortete ich nervös.

»Was will ich ausdrücken?«, bohrte er weiter und ich wusste nicht, ob er einfach begriffsstutzig war oder ob das zu seiner Verunsicherungstaktik gehörte. Sturmreif schießen und dann mit Fragen wie »Und wie lange waren Sie im Gefängnis?« nachsetzen, bis jede Gegenwehr erloschen war.

»Na ja, das mit Ihrer Tochter. Dass ich mit ihr zusammen bin und so«, kam ich auf seine Frage zurück.

»Ach ja, meine Tochter … Sylvia.« Er beugte sich jetzt ein wenig vor, so als suche er Vertraulichkeit und konspiratives Miteinander. Ich kannte die Taktik aus diversen Agentenfilmen und war gewarnt. »Ist schon ein ganz schöner Wildfang, was?«

»Ja, Sir, das ist sie«, erwiderte ich das Naheliegende.

Er sah mich nun noch strenger an. »Da kann man dann natürlich schnell mal zu Heroin oder Kokain greifen, um das zu ertragen, nicht wahr, Junge?«

Meine Bestürzung ob dieser Anschuldigung war nicht gespielt, konnte aber genauso als Geste schlimmsten Ertapptseins gewertet werden. »Aber nein, Sir, Drogen lehne ich grundsätzlich ab. Also alle, bis auf Alkohol … und auch da nur wenig …«, fügte ich schnell an, und starrte unglücklich auf meinen schon halbleeren Cognacschwenker.

Rehbergs Augen ruhten betont auffällig auf meinen Armbeugen, die durch die darüber liegenden Hemdsärmel geschützt waren.

»Na, wenn du das sagst, Junge.« Er ließ eine Pause einfließen. »Aber jetzt einmal Hand aufs Herz. Wir alle haben schon mal einen Fehler gemacht, oder? Das gehört doch zum Jungsein dazu!«

»Ja, Sir! Ich denke schon. Wobei, natürlich immer in Maßen, Sir«, gab ich mich taktierend.

»Und, Junge?« Er machte eine kurze Pause zwischen den Sätzen. »Wie lange hast du dafür gesessen?«

Jetzt fühlte ich mich tatsächlich in die Defensive gedrängt. Und das, obwohl ich nicht im Gefängnis war, sondern nur dessen Androhung erfahren hatte. »Herr Rehberg, bei allem Respekt, ich habe nicht ›gesessen‹, wie Sie es nennen!«

»Das heißt dann also ›Freispruch‹, richtig? Aus Mangel an Beweisen, wie ich annehme?«, formulierte er mit vordergründig jovialer Geste, als wüssten wir doch beide, wie es so läuft in meinen Kleinkriminellenkreisen. Er hatte mich jetzt immerhin soweit provoziert, dass ich mich wieder an mein Versprechen erinnerte, von nun an den geradlinigen und offenen Weg zu gehen, ohne Rücksicht auf Verluste. Damit würde dann auch Rehberg das bekommen, was er beabsichtigt hatte.

»Herr Rehberg, was immer man – wenn nicht sogar Sylvia – Ihnen über mich erzählt hat, es ist im Wesentlichen wahr. Ich war Geschäftsführer eines Bordells – in Ihren Worten, ein ›Zuhälter‹ – und ich war mit einer Prostituierten liiert – in Ihren Worten, ein ›Idiot‹. Ich war nie im Gefängnis, nehme keine Drogen, habe eine absolut solide Ausbildung in einem Beruf, den ich nicht auszuüben gedenke und bin in Ihre Tochter verliebt. Wenn Sie sonst noch Fragen haben, dann stellen Sie sie mir am besten direkt und ohne Umschweife, damit wir die Angelegenheit noch vor dem Essen hinter uns bringen können, okay?«

Rehberg lehnte sich ruhig zurück, sah mir aufmerksam ins Gesicht und verschränkte seine Arme vor dem unmerklichen Bauch. »Ich sehe, Cord, wir verstehen uns und deshalb will ich deinen Wunsch respektieren. Weißt du, meine Tochter schleppt hier öfter mal Männer an, in die sie angeblich total verliebt ist und die jedes Mal ganz bestimmt der Richtige wären. Bisher waren das allerdings geschniegelte Yuppi-Typen mit mehr Ego als Verstand, deren Stärken auf dem Golfplatz an einem lauen Sommernachmittag auszumachen waren und nicht auf der stürmischen See der Geschäftswelt. Ich will dich mit dieser Vorrede nicht langweilen, aber du solltest dir bewusst sein, dass meine einzige Tochter so launisch ist, dass ich mir fast sicher bin, meine Zeit mit dir zu verschwenden. Aber gerade weil sie so launisch ist, ist ihr auch jede Überraschung zuzutrauen. Und damit auch eine Hochzeit mit dir. Und in diesem Fall läge es an ihrem Vater, sie vor einem Fehler zu bewahren.«

»Und Sie meinen, ich wäre so ein Fehler?«, fragte ich.

»Das würde ich gerne herausfinden.«

»Gut. Das halte ich für angemessen. Allerdings sollten Sie Ihren Einfluss nicht überschätzen.«

Rehberg wirkte überrascht. »Drohst du mir, Junge?«

»Hatte ich bisher nicht so gesehen. Ist aber ein amüsanter Gedanke. Fühlen Sie sich denn bedroht?«, versuchte ich den Spieß umzudrehen und das Gespräch in die Hand zu bekommen.

»Na ja, wenn ein Zuhälter und Waffenhändler in mein Haus kommt und mir sagt, ich hätte nichts zu bestimmen, dann ... ja ... also, dann fühle ich mich schon etwas bedroht.«

»Solltest du aber nicht, Papa. Ich darf doch Papa sagen, im Vorgriff auf unser baldiges Verwandtschaftsverhältnis?«, überzog ich ein bisschen.

»Ich würde doch lieber ...«, setzte er an und wurde von mir unterbrochen.

»Wie dem auch sei, lieber Schwiegerpapa. Wenn ich sehe, mit welcher Sorgfalt, du dieses Detail meiner Biographie, also die Sache mit dem Waffenhandel, recherchiert hast, dann kannst du das, was ich dir entgegenbringe, eher Respekt denn Drohung nennen.«

Rehberg fühlte sich zu einer Erklärung genötigt. »Ich habe da diesen Freund bei der Polizei«, erläuterte er, »Stanitzki. Der hat mit dir damals den Entschädigungsdeal im Krankenhaus ausgehandelt, wenn du dich erinnerst ...«

»Klar erinnere ich mich. So ein Bürokratentyp mit Bart. Der hat dann natürlich in den höchsten Tönen von mir gesprochen und auch sonst beim Datenschutz fünf gerade sein lassen, richtig?«

»Eigentlich hat er dich sogar entlastet und gesagt, die Geschichte mit dem Waffenhandel wäre totaler Blödsinn gewesen. Jedenfalls, soweit es deine Beteiligung betrifft.«

»Und was hat er noch so gesagt, der Stanitzki?«, wollte ich wissen.

»Dass du in geschäftlicher Hinsicht ein totaler Idiot seist.«

»Das hat er wirklich gesagt?«

»Na ja, Idiot, Trottel oder Schwachkopf. Irgendetwas in der Art. So genau kann ich das natürlich nicht …«

Wieder unterbrach ich ihn: »… mir war weniger an dem genauen Wortlaut gelegen, als an seiner Begründung.«

»Ach so. Klar. Er meinte, er hätte noch nie einen so schlechten Verhandlungspartner erlebt und war ermächtigt, dir glatt das Doppelte an Entschädigung zu zahlen, wenn du nur etwas gesagt hättest, wie ›Oh, meinen Sie nicht, es könnte vielleicht ein kleines bisschen mehr sein?‹ … Ich zitiere da nur Stanitzki«, fügte er an.

»Ich kann deine Bedenken allmählich besser verstehen«, gab ich mich einsichtig. »Du hattest dir sich sicher einen etwas ehrbareren Schwiegersohn vorgestellt.«

»Eigentlich nicht«, überraschte er mich erneut.

»Aber einen geschäftstüchtigeren?«, ergänzte ich.

»Das schon eher! Als selbstständiger Kaufmann weiß ich durchaus, dass im Geschäftsleben nicht nur mit Wattekugeln geworfen wird. Da ist deine Biographie vielleicht sogar nützlich. Aber Geld zu verschenken, ist ganz und gar nicht das, was ich mir für meinen Schwiegersohn und Nachfolger in der Firma vorstelle. Das nicht!«

»Erstens habe ich noch eine steile Lernkurve vor mir und bin – zweitens – nicht gewillt, deiner Firma beizutreten.«

»Natürlich willst du. Und ich will mich schließlich nicht ewig damit abmühen. Abgesehen davon, bekomme ich sowieso immer was ich will. Gesetzt des unwahrscheinlichen Falles, Sylvia würde dich tatsächlich heiraten, wäre ich schon heute bereit darauf zu wetten, dass du spätestens drei Monate später für mich arbeitest.«

»Um was?«

»Du würdest die erste Woche in meinem Büro in kurzen Hosen arbeiten. Lange Hosen muss man sich verdienen!«

»Und wenn ich gewinne?«

Rehberg lachte kurz auf, um die Absurdität dieses Gedankens zu betonen. »Dann würde ich etwas für die Familie tun und mit deiner Schwiegermutter zusammen diese vermaledeite Therapie machen, zu der sie mich schon so lange drängt.«

»Welche Therapie?«

»Du musst nicht alles wissen, wo es doch sowieso kaum dazu kommen wird. Aber ich kann dir verraten, dass meine Frau genauso launisch ist wie ihre Tochter, und das Zusammenleben mit ihr entsprechend schwer. Das sollte dir als Andeutung ja wohl reichen. Also, Hand drauf?«

»Hand drauf!«

ehe, wem ehe gebührt

Der alte Rehberg hatte sich in doppelter Hinsicht getäuscht. Natürlich hatten Sylvia und ich geheiratet. Wir hatten ein großes Fest und eine fantastische Hochzeitsreise organisiert und dabei nicht besonders auf die Kosten geachtet. Das Ganze verschlang einen großen Teil meiner verbliebenen Geldbestände und ich geriet jetzt deutlich unter Druck. Immerhin hatte ich die ersten drei Monate überlebt, ohne bei Rehberg vorstellig werden zu müssen. Er hatte – und das war sein zweiter Irrtum – auch die Wette um meine Mitarbeit verloren.

Ich vermochte keinen rechten Triumph über den Sieg zu empfinden. Einen Sieg, den ich so knapp eingefahren hatte, dass er eigentlich nicht zählte. Noch während Rehberg anrief, um mir zu meinem Wetterfolg zu gratulieren, hatte ich ihn bereits um den angebotenen Job angehauen. Sylvia hatte es mir leicht gemacht und eine Vielzahl von Brücken gebaut. Sie hatte mir vorgetragen, wie unsinnig es wäre, einen bezahlten Geschäftsführer den Betrieb ihres Vaters leiten zu lassen, nur weil der mögliche Nachfolger aus der Familie es vorzog, Kartenabreißer in einem ambulanten Fahrgeschäft zu werden. »Oder was sonst bei dir als nächstes anstünde«, wie sie etwas schnippisch anfügte. Und sie hatte gleichzeitig keine Gelegenheit ausgelassen, ihrem Vater von meinen angeblich so tollen Eigenschaften vorzuschwärmen.

»Vater hält viel von dir, jetzt, wo er dich besser kennengelernt hat«, sagte sie mir. »Er meint, du erinnerst ihn ein wenig an ihn selbst als er jung war.«

»Also, das kann ich mir jetzt eher weniger vorstellen«, antwortete ich überrascht.

»Versprich mir trotzdem, dass du dich mit ihm triffst und dir die Sache anhörst, okay?«

Und nun, nach drei Monaten und vier Tagen war es soweit, dass ich mich mit Rehberg in seinem Büro traf, um die Einzelheiten des Jobs zu besprechen. Ich hatte mir – aus Respekt vor ihm und der eigentlich verlorenen Wette – meine kurze Nadelstreifenhose sowie ein passendes Sakko dazu angezogen und sah damit aus, wie die Vorhut eines AC/DC Gedächtniskonzertes. Rehberg erkannte die Bedeutung sofort und nickte mir wohlwollend zu.

»Ich sehe, du besitzt Sportsgeist. Das gefällt mir. Ich wusste natürlich, dass ich de facto gewinnen würde. Nur sollte ich meinen Wetten nicht immer ein so enges Korsett verpassen. Andererseits liegt für denjenigen, der in der Sache sowieso gewinnt, das einzige Risiko und damit der einzige Reiz einer Wette in deren enger Begrenzung.«

»Aha«, antwortete ich mit geringer Begeisterung.

»Da ich weiß, dass du klare Worte schätzt, verrate ich dir als Erstes die Regeln, die für unsere Mitarbeiter gelten. Merksatz Nummer eins: Wir sind kein Bordell! Das heißt, hier gibt es keine langen Haare, keine Kleidung mit Pelzkragen, keine hohen Absätze an Männerschuhen, keine offenen amerikanischen Autos in auffälligen Farben und keinen sexuellen Verkehr unter den Angestellten.«

Ich empfand diese Aufführung als bösartige und überflüssige Spitze gegen meinen alten Arbeitsplatz und beklagte mich darüber.

»Lieber Heinrich, ich dachte, wir wären über diesen Punkt meiner Vita bereits hinweg. Wenn du mich nur eingeladen hast, um dir den Frust über die verlorene Wette von der Seele zu quatschen, dann sollte ich das vorher wissen. Dann hole ich mir nämlich einfach einen Drink aus deiner Minibar und versuche nicht mehr so bemüht, gut mit dir zurechtzukommen.«

Er schaute mich für einen Moment irritiert an, bevor er antwortete:

»Lass gut sein, Cord. Ich bin heute nicht gut drauf. Allerdings bist du daran mitschuldig.«

»Wie darf ich das verstehen?«

»Corinna und ich waren gestern bei dem Psycho-

Quacksalber und haben uns monströs in die Wolle gekriegt.«

»Psycho-Quacksalber?«

»Ja, der Eheberater. Mein Wetteinsatz, wie du dich vielleicht erinnerst.«

»Und?«

»Der war ein solcher Stümper, dass jetzt alles nur noch schlimmer zwischen uns geworden ist. Eigentlich ist es sogar erst dort schlimm geworden. Vorher war es noch leidlich in Ordnung, vielleicht ein bisschen eingerostet, aber in Ordnung. Und jetzt will sich Corinna plötzlich von mir scheiden lassen.«

»Wie bitte?«

»Du hast richtig gehört. Heute Morgen hat sie mir schon einmal die Nummer ihrer Rechtsanwältin gegeben, die sie vertreten soll.«

»Und du? Willst du dich denn auch von ihr scheiden lassen oder versuchen, es wieder einzurenken?«

»Weder noch. Zuerst, als wir noch bei dem Quacksalber waren, da dachte ich, ich will es auch beenden. Aber als die Wut verraucht war … tja, also eigentlich würde ich lieber mit ihr zusammenbleiben … Aber das werde ich ihr auf keinen Fall sagen, nicht, nachdem sie mich so behandelt hat.«

»Du willst also darauf warten, dass sie von alleine zur Vernunft und wieder zu dir zurückkommt?«

Heinrich überlegte kurz, bevor er antwortete, da ihm mein kritischer Unterton nicht verborgen geblieben war. »Genau. Sie wird zurückkommen! Und sie wird sich nicht scheiden lassen!«

»Okay, wenn du meinst«, reagierte ich wenig überzeugt.

»Du glaubst es also nicht?«, ereiferte sich Heinrich. »Willst du eine Wette?«

Und wieder – so, wie bei manisch spielsüchtigen Menschen üblich –erlebten wir, wie Heinrich seine Wette verlor. Leider – und ich sage das mit ernstem Bedauern – war nichts mehr zu machen zwischen Corinna und ihm. Wir hatten uns um Vermittlung und Ausgleich zwischen ihnen bemüht, waren aber an der unverrückbaren Position von Sylvias Mutter gescheitert. Corinna hatte umgehend nach der Trennung den Rehberg'schen Landsitz bei Blankenese für sich reklamiert und fühlte sich mit ihrer neuen Freiheit pudelwohl. So wohl, dass bereits wenige Wochen später ein deutlich jüngerer spanischer Liebhaber namens Juan bei ihr einzog, der sich bisher erfolglos als Flamenco-Tanzlehrer durchs Leben geschlagen hatte. Sie hatte ihn bei einem *Single-orientierten-Auffrischungskurs* lateinamerikanischer Tänze kennengelernt, für den er als Eintänzer und Aushilfspartner engagiert worden war. Mittels Auslobung einer großzügigen Apanage hatte sie ihn anschließend vom Witwen- und Ex-Ehefrauenmarkt genommen.

Die Wirkung eines jüngeren südländischen Liebhabers war für Corinnas Versöhnungsbereitschaft mit ihrem Mann natürlich wenig hilfreich, und entgegen unseren Erwartungen war Juan mehr als nur ein Strohfeuer und auch ein halbes Jahr später noch ihr Liebhaber und Mitbewohner. Resigniert gaben wir unsere Bemühungen Stück für Stück auf, vereinbarten, Juan gegenüber weniger kritisch zu sein und den Kontakt zu Sylvias Mutter wieder zu verbessern. Wir, und das heißt natürlich in erster Linie Sylvia, mussten lernen, die Gegebenheiten zu akzeptieren und durften nicht länger versuchen, die Geschicke ihrer Mutter lenken zu wollen. Nach all den Aufregungen der vergangenen Zeit mit Trennungen, Unfällen, Explosionen, Berufswechseln und unserer Vermählung nahmen wir nun unser normales Leben mit gemäßigtem Tempo auf. Genau das aber sollte sich als Fehler erweisen.

In den folgenden Jahren entdeckte ich die bürgerliche Seite in mir. Ich ging ins Büro, erlernte die Materie der Immobilienwirtschaft, erarbeitete Ideen zur Neugestaltung des Bürobetriebes, baute den neuen Geschäftszweig der Makelei auf und fühlte mich rundum wohl. Stück für Stück fing ich an, eine perverse Befriedigung daraus zu ziehen, ganze Tage im Büro zu verbringen, ohne das Tageslicht gesehen zu haben. Selbstkasteiung wurde der Gradmesser meiner Relevanz. Je mehr ich meine wahren Neigungen dieser zerstörerischen Disziplin unterwarf, desto besser fühlte ich mich. Arbeit fing an, mein Leben zu dominieren und meine Gewohnheiten zu verändern. Sport war fortan nur möglich, wenn er sich meinen Terminen unterordnete und mühelos zu verschieben war. Urlaube mussten kurz und spontan sein, am besten Städtetouren in Orte, die mit bautechnischen Innovationen aufwarten konnten oder Baumessen veranstalteten. Gemeinsame Hobbys opferte ich meiner neuen Besessenheit genauso bedenkenlos, wie die Pflege eines gemeinsamen Freundeskreises. Ich lernte durch Heinrich, dass man auch sogenannten Geschäftsfreunden mit Distanz und ständiger Suche nach einem eigenen Vorteil begegnen sollte und hatte die Lektion auf unser Privatleben übertragen.

Sylvia gefiel meine Veränderung überhaupt nicht. Schließlich hatte sie sich bewusst für einen Außenseiter und vermeintlichen Freigeist entschieden und gerade nicht für einen der zahllosen Karrieristen, die ihren Weg gekreuzt hatten. Sie kannte das Leben ihrer Eltern und hatte schon als Kind erlebt, was das Geschäft aus ihrem Vater gemacht hatte. Auch wenn ich in meinem Erfolgshunger sogar effektiver für das Unternehmen war, als es die meisten der aalglatten Yuppies, die sie früher kannte, wären, war sie nicht besonders stolz auf mich. Und auch wenn ich vielleicht ein Quäntchen weniger aalglatt als diese war, besänftigte sie das nicht. Sie wollte keinen erfolgreichen Manager, sondern einen vielseitig interessierten Abenteurer mit Bodenhaftung. Sie wollte keinen fremdgesteuerten

Spießer, dem das Wohl seiner Firma wichtiger war als das Funktionieren seiner Ehe.

Was mich aus diesem Verderben bringenden Kreislauf hätte retten können, wäre totaler wirtschaftlicher Misserfolg oder sein genaues Gegenteil gewesen. Überragender, Vergleiche sprengender Erfolg hätte mich genauso nach neuen Zielen suchen lassen, wie totales Scheitern. Leider war mir weder das eine noch das andere vergönnt. Mein Erfolg mag zwar ganz gut gewesen sein, aber eben nicht überragend. Meine Ehe wiederum verhielt sich spiegelbildlich dazu. Keiner von uns hätte gesagt, dass sie ausnehmend schlecht lief; dafür sahen wir uns einfach zu wenig, aber leicht angegriffen konnte man sie allemal nennen. Wir lebten nebeneinander her, erlebten Höhen und Tiefen und befanden uns alles in allem auf unserer traurigen Reise in den Abgrund. Für mich, der ich Sylvia nach wie vor liebte und der in Sylvia genau das bekommen hatte, was sie mir ursprünglich verhieß, wäre diese Erkenntnis besonders bitter gewesen, wenn ich sie denn schon gehabt hätte. Hatte ich aber nicht. Schließlich ließ mir die Arbeit keine Zeit, mich auch noch damit zu beschäftigen …

juan

Sylvia und ich waren an einem Punkt in unserer Beziehung angelangt, an dem ich überrascht aufmerkte, wenn ich sie einmal lächeln oder glücklich sah. Nüchtern betrachtet, kann ich gar nicht sagen, welche Aspekte unseres Zusammenseins sie überhaupt noch glücklich machten. Ihr normaler, mir vertrauter Ausdruck war sachlich und distanziert. In der vorangegangenen und bereits abgeschlossenen Phase unserer Beziehung, so erinnere ich mich, gab es zumindest noch den Ausdruck prüfenden Musterns, meist abgeschlossen mit einem einseitigen Hochziehen der linken Augenbraue. Die Augenbrauenaktion verkündete den für mich unehrenhaften Befund. Mit der Zeit wurden die prüfenden Blicke kürzer und verschwanden schließlich ganz. Übrig blieb zunächst noch das Augenbrauenhochziehen, nun aber beidseitig, und ein neu hinzugekommenes, für den ungeübten Blick kaum merkliches Kopfschütteln. Damit keine Missverständnisse aufkommen: Sylvia war die Liebe meines Lebens.

Das sind natürlich große Worte, ich weiß. Aber ein Leben ohne sie konnte ich mir nicht vorstellen. Allerdings auch keines mit ihr – oder zumindest nicht dieses. Es liegt in der Natur des Glücks, flüchtig zu sein und in der Natur des Menschen, Stetigkeit zu suchen. Wie wenig beides zusammengeht, bewies unsere Ehe. Indes gehört es ebenso zur Natur des Menschen, sich blind und verschlossen gegenüber der Erkenntnis zu zeigen und der vagen Hoffnung auf Verbesserung von *irgendwas durch irgendwen* den Vorzug zu geben. Würde es nicht Sinn ergeben, wütend auf das Glück oder vielmehr dessen Flüchtigkeit zu sein, wenn die Phase zügelloser, aufrichtiger Liebe der Ehe Platz macht, und nicht auf den Partner, der sein Versprechen auf ungebrochene Leidenschaft nicht einzulösen vermochte …

Sylvia hatte ihr *irgendwas durch irgendwen* soweit präzisiert, dass ein Kind und die gemeinsame Elternrolle die Sache richten sollten. Seit einigen Monaten lag sie mir nun damit in den Ohren. Schließlich würde sie auch »allmählich ein Alter erreichen«, das eine konsequente Entscheidung notwendig machte. Manchmal fragte ich mich, warum wir bisher noch keine Kinder hatten und redete mir ein, dass wir nicht wirklich bereit dazu waren, dass wir dem ungeplanten und nicht organisierten Augenblick mehr Bedeutung beimaßen als einem Kinderlachen. In meinen Vorstellungen war Kinderlachen stets die Folge vorhergegangener Tyrannei und in seiner Natur immer schadenfroh. Sylvia kannte natürlich meine Haltung gegenüber Kindern, mit der ich – wie stets mit meinen Meinungen – nicht hinter dem Berg hielt. Während ich mich oft genug an meinen altersweisen Theorien erfreute, blieb ihr kaum Platz oder Gelegenheit eine abweichende Meinung zu vertreten. Wie ein Rockstar sein Publikum, bezog ich sie in meine Vorträge ein, wenn wir mit Freunden oder Bekannten darüber diskutierten und ihr nur die Statistenrolle blieb. Ich glaube, dass ich von meiner miesen Antikindertheorie, die im Einzelnen zu lang und mittlerweile unbedeutend wäre, um sie hier auszubreiten, auch selbst nicht wirklich überzeugt war. Sie schien mir lediglich gut argumentierbar und exotisch genug, um nicht langweilig zu sein.

Mein Leben war anstrengend und unglaublich kontrolliert geworden, und nach fünf Jahren Ehe hatte mich Sylvia natürlich als den Blender erkannt, der ich war. Ihr kultivierter und geduldiger Charakter verbot es ihr, von ihrem Wissen Gebrauch zu machen und mich öffentlich oder privat zu demaskieren. Kein Streit, keine ihr von mir absichtlich oder unabsichtlich zugefügte Verletzung oder Demütigung ließ sie von dieser Haltung abweichen. Wie sehr Sylvia der Kinderwunsch tatsächlich nachhing, ließ sich daran ermessen, dass er der einzige Anlass in unserer Ehe war, der sie jemals ihr diesbezügliches Schweigen durchbrechen ließ.

»Cord, ich weiß, dass du deine Kleine-Kinder-Theorie nicht wirklich ernst meinst«, sprach sie mich offen an.

»Welche kleine Theorie?«, fragte ich, wissend, dass Übles auf mich zukam, und ein bisschen Zeit für mich herausschindend.

»Die kleine, unsinnige Theorie, dass Kinder lediglich freiheitsraubend sind«, entgegnete sie.

»Natürlich meine ich sie ernst, Baby. Warum sollte ich sie sonst wohl erzählen?«

»Vielleicht, weil sie leicht argumentierbar und exotisch genug ist, um nicht langweilig zu sein?«

Selbstverständlich konnte sie damit nicht durchkommen. Es ist schockierend, die eigenen Manöver als leicht durchschaubare Kindereien entlarvt zu sehen. Schock wiederum führt zu instinktiven Reflexen und zuzugeben, dass sie recht hatte, gehörte nicht zu ihrem Repertoire. Und selbst wenn sie recht damit hatte, dass meine Ablehnung nicht ernst gemeint war, hieß das noch lange nicht, dass ich nach echter Auseinandersetzung mit dem Thema zu einem anderen Ergebnis kommen würde. Ich wählte den Standardkompromiss zwischen Männern und Frauen im Sinne von *Ich werde darüber nachdenken*, was Frauen das gute Gefühl gibt, die Dinge in ihrem Sinne angeschoben zu haben, und Männern, die Angelegenheit als erledigt betrachten zu können. Mann wird darüber nachdenken, bestimmt. Aber erst nachdem er umfassend über Art und Zeitpunkt der nächsten warmen Mahlzeit, die beste Aufstellung des Lieblingsfußballvereines, die beste Aufstellung sämtlicher Vereine der 1., 2. und 3. Liga und die Favoritenliste aus den letzten zwanzig Playboy-Heften nachgedacht hat. In einem Wort – nie!

Mir war klar, dass unsere Ehe einen Zustand erreicht hatte, der nicht unbedingt deckungsgleich mit meinen Vorstellungen einer perfekten Beziehung war. Ich spürte die gleiche Unzufriedenheit, die auch Sylvia umtrieb, hatte aber keine Zweifel, dass wir das Ruder herumreißen könnten. Es würde Mühe und unangenehme Wahrheiten einer Selbstanalyse kosten, Ursachen zu erkennen und Gegenstrategien zu entwickeln. Mühen, die die Schwere der derzeitigen Probleme noch nicht rechtfertigte. Ich würde mir dazu Zeit nehmen, schwor ich. Natürlich nicht heute, klar, ein andermal ...

»Mama hat uns am Samstag zu sich eingeladen«, hörte ich sie aus dem Bad heraus sprechen.

»Aha«, war das Maximum an Begeisterung, das ich für diese Botschaft aufzubringen vermochte. Ich mochte Sylvias Mutter, daran lag es nicht. Corinna war cool, sah für ihr Alter erstaunlich gut aus und versagte sich Einmischungen oder Belehrungen darüber, wie wir unser Leben zu führen hatten. Wäre sie nicht Sylvias Mutter gewesen, hätte ich sie wahrscheinlich angebaggert. Nein, was mich störte, war nicht Corinna selbst, sondern der Umstand ihrer demonstrativ auf sexuellen Grundlagen beruhenden Beziehung zu dem nur halb so alten Spanier.

»Ich weiß, du magst Juan nicht«, hörte ich Sylvia aus dem Badezimmer sagen, »aber wahrscheinlich ist er überhaupt nicht da. Mama sagt, er wolle über das Wochenende seine Familie in Vigo besuchen gehen.«

»Es ist nicht so, dass ich Juan nicht mag«, maulte ich in ihre Richtung, »er spuckt mich nur dauernd an.«

»Da kann er doch nichts dafür!«, schalt mich Sylvia. »Du weißt doch, dass das ein Problem der spanischen Aussprache ist. Insbesondere dann, wenn man aus der Nähe der portugiesischen Grenze kommt.«

»Ja, ja, ich war dabei, als er die Geschichte erzählt hat. Trotzdem glaube ich, dass er euch weniger anspuckt als mich. Ich hab beobachtet, wie ...«

»... Ach, hör doch auf«, unterbrach sie mich, »jetzt kommen wieder diese Verschwörungstheorien. Juan mag dich genauso gern, wie mich!«

Ich hielt das für wenig wahrscheinlich. Hatte er mir doch beim letzten Mal anzüglich grinsend ins Ohr geflüstert, dass er

– noch bevor der Tag vorbei sei – einen *Dreier* gemacht haben würde. Die Art, wie er dabei in Richtung Corinna und Sylvia schielte, machte mir deutlich, dass ich in seinen Planungen keine Rolle spielte. Ich hatte Sylvia nichts davon erzählt, ehrlich gesagt deshalb, weil ich sie nicht auf dumme Ideen bringen wollte, und so stritten wir noch eine Weile leidenschaftslos herum, wie es bei uns üblich geworden war. Es war klar, dass ich mitfahren und gute Miene zum bösen Spiel machen würde, um den Streit kamen wir dennoch nicht herum.

Am folgenden Sonnabend fuhren wir also zu Corinna in ihr gemütliches Landhaus in Nienstedten. Es war ein ungewöhnlich warmer Tag Ende Mai. Blumen, Sträucher und Bäume standen in voller Blüte und der Hamburger Vorort hüllte uns mit seinem britisch-dörflichen Charme ein. Wir fuhren aus der Innenstadt an der Elbe entlang, vorbei an riesigen Gärten, Villen, reetgedeckten Fachwerkhäuschen und großzügigen Parks, und die sommerliche Atmosphäre hatte uns versöhnlich gestimmt. Immer wieder beugte sich Sylvia aufgeregt zu mir rüber, zeigte mit schnellen Bewegungen hierhin und dorthin und gab mir fröhliche Küsse auf die Wange. In dieser Hochstimmung erreichten wir unser Ziel und standen mit unserem Auto vor dem schmiedeeisernen Tor.

»Hola, corazon mia, Sylvia!«, knartschte es aus der Gegensprechanlage und machte meine Hoffnung auf ein friedliches Wochenende zunichte, »y mi distinguido amigo, Cord!«

Am Ende der mit Kieselsteinen belegten Auffahrt erwarteten uns bereits Corinna und Juan, der es irgendwie hinbekommen hatte, seinen Arm so um Corinnas Schulter zu lagen, dass seine Hand dabei fest und stabil auf ihrer rechten Brust lag. Unser Wagen knirschte noch ausrollend über die Kieselsteine, da war Sylvia bereits aus dem Auto gesprungen und auf ihre Mutter zugelaufen. Es folgte eine stürmische Umarmung der drei und ich fühlte mich schon jetzt, bevor ich auch nur einen Fuß auf Corinnas Grundstück gesetzt hatte, ausgeschlossen. Wann hatte Sylvia mich zuletzt so begrüßt? Da fiel es auch schon kaum mehr ins Gewicht, dass gerade Juans Hand, nun die Linke, wie zufällig die Brust meiner Frau gestreift hatte und eine Spur zu lange auf ihr liegen blieb. Als wir unsere kleine Reisetasche auf unser Zimmer brachten, nutzte ich die Gelegenheit, Sylvia nach Juan zu fragen. »Läuft da irgendetwas zwischen dir und Juan?«, fuhr ich sie an und konnte dann sehen, wie ihre Stimmung von Nachdenklichkeit in Zorn umschlug.

»Bist du jetzt vollkommen verrückt geworden! Juan ist der Freund meiner Mutter!«, blaffte sie mich an.

In dieser aufgebrachten Stimmung gingen wir in den Garten, wo Corinna und Juan schon mit einem massiven verspäteten Frühstück auf uns warteten. Corinnas mit Juan neu entdeckte Offenheit in sexuellen Dingen fand mit uns ihr erstes Tagesopfer.

»Ach, Kinder, wie gut ihr beide doch ausseht. Und beide so rotbackig. Habt ihr die Zeit auf eurem Zimmer für einen kleinen Quickie genutzt?«

»Nein, wir haben die Zeit für eine kleine Streiterei genutzt, wenn du es genau wissen willst«, antwortete ich ihr.

»Das solltet ihr nicht tun. Make love, not war!«, empfahl sie uns. »Wenn mein kleiner Schwanzlurch mich mit seinem Gerät bearbeitet, dann werde ich danach immer ganz friedlich und vergnügt für den Tag. Das solltet ihr auch mal ausprobieren.«

»Ich werde mich auf keinen Fall von Juan mit seinem Gerät bearbeiten lassen«, empörte ich mich. »Und wenn er es versuchen sollte, werden wir beide für den Rest des Tages garantiert keine gute Laune und *er* noch nicht einmal mehr Zähne haben!«

»Tranquillo, Hissekopfe«, mischte sich Juan ein. »Corinna meinte, dass ihr solle beide mehr mache Liebe sussamme, nicht, dasse isse ssoll mache mit die eine von euch!«

»Erinnerst du dich noch an die Zeit, als ich mich mit deinem Vater nicht so gut verstanden hatte?«, wollte Corinna nun von Sylvia wissen.

»Natürlich erinnere ich mich daran«, antwortet sie, »woran ich mich allerdings nicht erinnern kann, ist eine Zeit, in der ihr euch gut verstanden habt.«

»Ach was, Firlefanz. Es gab Zeiten, da haben wir sogar total toll harmoniert. Dein Vater ist ja eigentlich auch ein super Typ. Was ich dir sagen will ist, dass ich mittlerweile denke, wir hatten einfach zu wenig Sex. Okay, sicher waren wir darin auch nicht so extrem kompatibel, wie Juan und ich. Vielleicht haben wir aber auch einfach nur zu wenig darüber gesprochen.«

»Wie meinst du denn das jetzt?«, wollte Sylvia wissen, und es war ihr deutlich anzumerken, dass sie hin- und hergerissen war, zwischen dem Wunsch, eine vielleicht verwertbare Lebensweisheit ihrer Mutter aufzunehmen und der Abscheu, Details aus dem Sexleben ihrer Eltern zu erfahren. Doch nun gab es kein Zurück mehr.

»Na ja, zum Beispiel wollte dein Vater gerne Analsex praktizieren und ich war damals einfach noch nicht bereit dafür.«

»Oh Gott, oh Gott«, hörte ich jemanden wiederholt klagen und stellte fest, dass ich es selbst war.

»Es un flojo, deine Sswiehersson!«, brachte sich Juan in das Gespräch ein, »eine Waschelappe, muy femenino, más corto que las mangas de un chaleco!«

»Und du bist ein parasitäres Arschloch, Juan!«, bemühte ich mich um Deeskalation.

»Iss niss war in organissasion paramilitaria – iss alles große Missverständeniss! Gericht hat geklärt!«

»Parasitär, nicht Paramilitär, du Idiot!«, schrie ich ihn an.

»No hay rosa sin espinas«, antwortete Juan rätselhaft, »gibt keine Rose ohne Dornen …«

»Das liebe ich so an Juan«, schaltete Corinna sich ein, »er ist so sensibel, so poetisch. Das und natürlich seinen großen Schwanz!«

»Mama!«, entsetzte sich Sylvia. »Wir haben gerade über Papa geredet. Das gehört sich einfach nicht, dass du jetzt so etwas sagst. Und überhaupt will ich solche Sachen gar nicht hören.«

Eine kurze Nachdenklichkeit überfiel Corinna und verdüsterte ihre sonst so fröhlichen und ausgeglichenen Züge. »Ich denke, das Gegenteil ist richtig. Wenn ich es genau bedenke, war es nämlich sogar dein Vater, der mich damals dazu ermutigt hatte, so frei über Sex zu sprechen, wie ich es heute tue. Damit hat er die Grundlage gelegt für das große Glück und die Erfüllung, die ich jetzt mit Juan erlebe.«

Sie blickte in das fragende Gesicht ihrer Tochter und fuhr fort: »Als es besonders schlecht zwischen uns lief, besonders im Bett, hat dein Vater uns einen Termin in einer psychologischen Praxis besorgt, die auf so etwas spezialisiert war. Paartherapie, *Mehr Spaß am Sex* und solche Sachen.«

»Und?«, wollte Sylvia wissen.

»Na ja, die hatten da ein echt cooles System zur Kommunikationsförderung von Paaren. Wissenschaft gepaart mit Hightech. Das war damals aber leider noch nicht ganz ausgereift und der junge Arzt oder Psychologe war auch nicht richtig sattelfest. Aber es war tatsächlich der Anfang meiner Befreiung, wie sich hinterher herausstellte. Danach erst war es mir möglich, Männern zu sagen, wie sie ihre Zunge … «

»… Ich muss mal dringend austreten«, unterbrach ich Corinna gerade noch rechtzeitig.

»Yo también. Iss werde diss begleite!«, hörte ich Juan sagen und war mir nicht mehr sicher, ob das jetzt meine Rettung oder meine Verdammnis werden würde. Wir spazierten still Seite an Seite in Richtung des Hauses, als Juan mich ansprach: »Hey, el femenino, du willse gehe in Hauss mache mear? Wossu Garte da?«

Wir stoppten an einer Buchsbaumhecke und standen nun Seite an Seite, jeder damit beschäftigt, sein Gemächt aus der Hose zu bekommen. Ich verzögerte den Vorgang, um den Eindruck zu erwecken, quasi *ein Kamel durch ein Nadelöhr* ziehen zu müssen. Juan versuchte mit unverhohlenem Seitenblick Maß zu nehmen.

»Weissst du, warum ssie mich Ssswanzlurch nennt?«, schickte er ein Jagdgeschwader Speichelfäden in meine Richtung.

»Vielleicht, weil deren Schwanz – nach artsystematischer Zugehörigkeit und jahreszeitlicher Lebensphase – im Querschnitt rundlich oder seitlich abgeflacht und mit Hautsäumen versehen ist?«, freute ich mich über meine spontan abrufbaren Biokenntnisse.

»Nein, ess isse, weile meine Ssswanz isse sssooo grosss und sssich gerne halte auf in feuchte Gebiete, eh!«

»Dann steckst du ihn dir am besten unter die Achselhöhle, verdammter Olivenbauer!«, erboste ich mich.

»Du biste nur sssauer, weil ich habe deine Frau gevögelt letzte Mal, eh, el femenino? Und ssie war muy sorprendida, dasss kann mache ssooo viel Spasss.«

Ohne meine Tätigkeit zu unterbrechen, drehte ich mich zu ihm hin, seine Hosenbeine und Schuhe mit festem Strahl durchtränkend.

»Unbenommen der Tatsache, dass *vielleicht gleich groß* eine schmeichelhafte Aussage für dich wäre, gilt der Rat, seinen Gegner niemals aus den Augen zu lassen. Hättest du auch nur diese eine Weisheit in deinem blöden Bauernschädel gespeichert, hättest du gemerkt, dass ich eben am Tisch ungefähr eineinhalb Liter Wasser getrunken und damit noch ausreichend Nachschub habe, dich den gesamten Elbhang herunter zu spülen«, wies ich ihn jetzt wieder einigermaßen glücklich zurecht. Juan löste sich aus seiner Erstarrung, sprang von einem Bein aufs andere und außerhalb meiner Reichweite. »Du verdammte Dreckssau! Que porcaria! Bisse du verrückte?« Mit hochgezogenen Hosenbeinen flitzte er in Richtung des Hauses davon und ich machte mich auf den Weg zurück zu den Frauen.

»Wo ist Juan?«, wollte Corinna von mir wissen.

»Der hat sich aus Versehen vollgepisst«, antwortete ich möglichst lässig. »Ist aber auch schwierig, mit so einem kleinen

Schwanz an Hose und Schuhen vorbeizukommen. Ich denke, er sollte zukünftig einfach im Sitzen pinkeln.«

»Wieso kleiner Schwanz?«, fragte Corinna nach, den Rest der Geschichte offenbar für weniger wichtig haltend.

»Ach«, antwortete ich ihr, »hat er einen anderen Eindruck auf dich gemacht?«

Der Rest des Tages war von der unterschwelligen Feindschaft getrübt, die sich zwischen mir und allen anderen aufgebaut hatte. Erleichterung brachten mir nur die kritischen Seitenblicke, die Corinna jetzt immer öfter auf Juan warf. Doch auch das schlimmste Martyrium geht irgendwann vorbei und so war ich froh, am nächsten Tag an derselben Stelle der Auffahrt zu stehen, an der vor einem Tag mein Unbehagen begonnen hatte.

Wieder versuchte Juan seinen Arm so um Corinna zu legen, dass er eine maximale Busen-greif-Effizienz erzielte. Befriedigt sah ich, wie Corinna ihn abwehrte. Wir bemühten uns beim Abschied um politisch korrektes Verhalten und nahmen uns gegenseitig in die Arme. Als ich mit Juan an der Reihe war, flüsterte er mir ins Ohr:

»Iss mache diss fertig, el femenino, denke daran!«

»Spuck mich noch einmal an und du bist tot!«, erwiderte ich, nicht weniger hasserfüllt. »Und sag jetzt auf keinen Fall ›Tschüß‹. Sag irgendetwas zum Abschied, aber nicht ›Tschüß‹!«

Wir schlugen uns gegenseitig auf die Schultern, beide deutlich stärker, als dass es noch als Kumpelhaftigkeit hätte durchgehen können. Ich drehte mich um und machte mich auf den Weg in Richtung unseres Autos und war erst einen Schritt weit gekommen, als ich ihn sagen hört: »Ache, und el femenino …« Ich drehte mich zu ihm um.

»… Ssschüß …«

Eine volle Ladung schaumigen Speichels traf mich mitten im Gesicht. Juan wandte sich achselzuckend zu Corinna um.

»Disculpa, soy Español!«

Wir fuhren bereits einige Minuten schweigsam, bevor Sylvia anfing zu sprechen. »Dass du dich wie ein kompletter Idiot benommen hast, muss ich dir nicht extra sagen, oder?«

»Stimmt, musst du nicht!«, antwortete ich ihr. »Ich finde aber, dass das nicht meine Schuld war. Dieser Juan ist ein intrigantes Schwein. Einer, dem nichts heilig ist. Du kannst dir nicht vorstellen, was er mir gesagt hat, als ihr nicht dabei wart.«

Ich erzählte ihr von Juans Verfehlungen und erntete Ungläubigkeit. Sylvia meinte, ich würde mit dieser Art Lügengeschichte die Vertrauensbasis unserer Ehe zerstören und je mehr ich mich bemühte, die Fakten gerade zu rücken, desto jämmerlicher fiel mein Vortrag aus. Die Wahrheit lässt sich oft weniger elegant formulieren als ihr Gegenteil. Irgendwann beendete Sylvia meinen aufgeregter werdenden Vortrag mit herrischer Geste und zog einen kleinen quadratischen Notizzettel aus ihrer Tasche, auf dem in Corinnas präziser kleiner Handschrift ein Name und eine Telefonnummer notiert waren. »Das ist die Nummer des Psychologen aus Lübeck, bei dem Mama und Papa gewesen sind«, erläuterte sie mir. »Ich will, dass wir da hingehen, wenn unsere Ehe eine Chance haben soll. Wenn du jetzt nicht dazu bereit bist, dann werde ich mich sofort von dir trennen. Wie sieht es aus?«

Ohne Wahl nickte ich nur leicht mit dem Kopf, den Blick starr geradeaus gerichtet.

sehr labil

Es war Dienstagmorgen, 7:30 Uhr, als Hakan bereits einen bedeutenden Teil seines Tagwerkes hinter sich gebracht hatte. Er hatte *sie* gestern Abend in einer Musikkneipe am Hafen aufgetan, die hauptsächlich von dunkel und ledrig gekleideten Menschen besucht war und sich für den unfassbaren Lärm seiner Musikanlage rühmte. Man verständigte sich mit Händen und Füßen und schnell fand Hakan heraus, dass ein leicht schräg gelegter Kopf zusammen mit geöffneten Handflächen als humorige Einladung für *mehr* verstanden wurde. Leider kostete es ihn weitere zwanzig Minuten, den stämmigen Bartträger, den er unbeabsichtigt mit seinem neuen Wissen erobert hatte, wieder loszuwerden. Danach versuchte er es erneut, diesmal aber bewusst in Richtung einer attraktiven Brünetten mit auffällig bestickter Jeansweste über der Lederjacke. Sie schüttelte kurz den Kopf und deutete mit entschuldigender Geste in Richtung des dicken Bartträgers oder einem seiner Zwillingsbrüder, was wohl bedeutete, dass sie bereits für den Abend versprochen war.

Die Natur und seine Biographie hatten es so eingerichtet, dass sich Hakan von Misserfolgen nicht abschrecken ließ. Allerdings zeigte die Fieberkurve seines Erfolges eindeutig nach unten, als er vom Bartträger über die Brünette nun auf die deutlich abgewohnte Mittvierzigerin mit den schwarz gefärbten Haaren stieß, die sein Preis für die Nacht werden sollte. Sie verstand ihn auf Anhieb, obwohl er seine Anmachgeste eher zufällig beim Anstecken einer Zigarette ausgeführt hatte: Wenn er noch öfter hierher kommen wollte, musste er sparsamer mit seinen Gesten umzugehen lernen. Ihren strähnigen Haare und der weich werdende Körper waren ihr unbehaglich bewusst und ihr zur Schau gestelltes Selbstvertrauen recht brüchig, ergab Hakans professionelle Spontandiagnose, bevor überhaupt nur ein Wort gewechselt war. Und auch wenn sie nicht sein Typ war, würde er doch die Gelegenheit nutzen, ihr

Selbstvertrauen aufzubauen. Sie bestellte Getränke für beide und er lernte dabei, dass man Bier mit Wodka trinken und sogar als ›Zwei Bodka!‹ bestellen kann. Zumindest hier. Er entledigte sich des widerlichen Gesöffs mit drei großen Schlucken und fühlte sich bereit für die Nacht. Nachdem er sie vor die Tür gelotst hatte, wollte sie wissen, wo *sein Bock* stünde.

»Hey Baby, das hier ist *funky Lübeck*, die Stadt der kurzen Wege, der Einbahnstraßen und Kopfsteinpflaster. Hier kann man nicht Motorrad fahren! Meine Wohnung ist nur 5 Minuten Fußweg entfernt.«

Sie wirkte ein wenig enttäuscht, wollte sich aber den Abend nicht so kurz vor Schluss noch kaputtmachen lassen. Schließlich war Hakan einer der attraktivsten Männer, die sie in den letzten Jahren zu Gesicht bekommen hatte und ganz sicher der attraktivste, bei dem sie eine Chance hatte, ihn ins Bett zu bekommen. Sie machten sich auf in Richtung Hüxstraße, in der Hakans Wohnung lag, seit er sich fest in Lübeck niedergelassen hatte. Die Schwarzgefärbte plapperte über Motorradtouren, die sie unternommen und Open-Air-Festivals, die sie besucht hatte. Hakan gab sich aufgeschlossen, konnte aber nicht viel zu der Unterhaltung beitragen. Sie hielten sich auf der Engelsgrube in Richtung Koberg, als sie anfing ob seiner Ahnungslosigkeit misstrauisch zu werden. »Du bist kein Biker, oder?«

»Nein, bin ich nicht. Ich wollte eigentlich nur irgendwo ein Bier trinken und Musik hören und hab dann dich getroffen. Wenn ich ehrlich bin, hab ich dich auch nicht angesprochen, um mit dir über Motorräder zu sprechen oder überhaupt zu reden. Das muss ich sowieso viel zu viel.«

»Wieso das denn?«, wollte sie wissen.

»Weil ich Psychologe bin. Aber angesprochen habe ich dich …«

»Du hast mich nicht angesprochen!«

»Also gut, angegestikt habe ich dich, weil du so außergewöhnlich schön bist und ich mir dachte, du hättest Lust, mal was anderes zu machen«, versuchte er sie zu beruhigen.

»Was meinst du mit ›was anderes machen‹? Irgendwas Perverses, oder so?«

»Nein«, antwortete er knapp.

»Schade«, erwiderte sie ebenso.

Am Morgen danach, wir haben Dienstag, 7:30 Uhr, klingelte Hakans Wecker. Er fühlte sich zerschlagen und unausgeruht, was nicht weiter verwunderte, wo er doch genau das war. Erst zwei Stunden zuvor hatte er sich von den Fesseln befreien können, die die Schwarzgefärbte ihm angelegt hatte. Und das mit dem ›zerschlagen fühlen‹ war auch nicht so weit hergeholt, wenn man sich die Striemen an seinen Oberschenkeln besah. Erfreulich hingegen war ihr zwischenzeitlicher Abgang aus der Wohnung.

»Möchtest du auch einen Kaffee, Rock?«, hörte er sie aus der Küche rufen und revidierte sich augenblicklich. War das Miststück doch nicht abgezogen, sondern hatte nur Teile seiner Einrichtung weggeschafft, dachte er missmutig und konzentrierte sich auf den vor ihm liegenden Tag. *Vertraue keinem Fremden, gehe nicht mit ihm mit. Und wenn es schon sein muss, dann sag einer guten Freundin wo du bist, und wie sie dich erreichen kann*. Das hatte man ihnen schon im Aufklärungsunterricht der Schule beigebracht. Allerdings den Mädchen! Immerhin war er jetzt frei und konnte sich auf seinen 9:00 Uhr Termin in der Praxis vorbereiten.

Ein Paar mit Eheproblemen. Wie spannend, dachte er. Er würde ihnen ein wenig die Augen über einander öffnen, sie würden die wahre Natur ihres Partners besser verstehen, sich daraufhin noch mehr hassen und in kürzester Zeit scheiden lassen. Der größtmögliche Erfolg wäre es, zwischen den Zeitpunkt der ersten Besuches und des Scheidungsantrages noch ca. acht Termine in seine Praxis pressen zu können. Spätestens seit seiner gestrigen Fehleinschätzung mit der Schwarzgefärbten gab es für ihn sowieso keinen Zweifel mehr daran, dass er ein wirklich mieser Psychologe war.

»Yep, Kaffee wäre super. Ich glaube nur nicht, dass ich mich bewegen kann. Könnte sein, dass du mir was gebrochen hast …«, jammerte er in Richtung Küche und hörte sie wohlig schauern. Er musste sie dringend loswerden.

»Ich werde dich begleiten, Rock. Ich hab heute frei und wollte immer schon wissen, was ein Psychologe so macht«, hörte er sie sagen und sah sich einem Alptraum ausgesetzt.

Endlich hatte er humpelnd die Küche erreicht und sein Alptraum gewann an Intensität. Bei einem Haus, das so weit von seinem Neuzustand entfernt wäre, wie sie von dem ihren, hätte man fraglos ein *Betreten verboten*-Schild vor den Eingang gehängt. In ihrem jetzigen Zustand und bei den gegebenen Lichtverhältnissen schätzte er sie eher auf Ende vierzig.

»Ich denke, dass das keine so gute Idee ist. Meine Kunden legen Wert auf Diskretion und Vertraulichkeit, weißt du?«, versuchte er sie von ihrer Idee abzubringen und hielt den Blick dabei starr auf den Kaffee gerichtet. Was er im Hereinkommen gesehen hatte, genügte ihm vollauf, obwohl er noch nicht genau wusste, ob sie nackt oder mit einem unglaublich großen, weich fallenden rosa Strickpullover bekleidet war. Er hoffte auf Letzteres und wurde enttäuscht.

»Natürlich ist das eine gute Idee. Und jetzt halt die Klappe und mach Mami noch ein bisschen Spaß! Ich kann hier nicht ewig nackt in der kalten Bude herumhocken, ohne dass etwas passiert!«

Um 8:30 Uhr betraten Hakan und die Schwarzgefärbte seine Praxisräume in der Dr.-Julius-Leber-Straße. Es handelte sich um die Praxis, die er von Heike Spatz, seiner ehemaligen Praktikums-Chefin, übernommen hatte, nachdem sie ihrem Ehemann die Art Luftveränderung versprochen hatte, die ihre Ehe irgendwo im warmen Mittelmeerklima sanieren sollte. Zuletzt hatte er eine Karte aus einem Ort mit unleserlichem Namen irgendwo in Italien erhalten. Die Karte war selbstgebastelt und bestand aus einer Fotocollage, wobei eines der Bilder ein glückliches Ehepaar Spatz an einem etwas unsauber wirkenden Strand zeigte, ein anderes das Ehepaar vor einem kleinen Steinhäuschen in einem Atomwaffentestgebiet und ein letztes die Kleinfamilie Spatz, wieder vor dem Steinhaus, wobei Heike ein Neugeborenes im Arm hielt. Auf der Rückseite fand er die Worte: »Uns geht es wieder gut. Wir werden es schaffen. Bitte versuche nicht, mich zu finden …«

Darunter hatte sie ihren Namen und die genaue Anschrift des Ortes gesetzt. Da traf es sich natürlich ganz gut, dass Hakan seit ungefähr einem Jahr nicht mehr an Heike gedacht hatte. Nicht einmal, wenn er, so wie gerade jetzt, den Schlüssel in das Schloss der Praxisräume steckte. Den Schlüssel, an dem immer noch der kleine Plastikanhänger hing, auf dem in Heikes runder Handschrift *Praxis Spatz* geschrieben stand. Nein, er vermisste sie nicht, auch wenn er sie gemocht hatte. Er hatte auch kein sonderlich schlechtes Gewissen, obwohl er doch fast ihre Ehe zerstört hatte und darüber hinaus Profiteur ihrer Berufsaufgabe geworden war, indem er günstig die Räumlichkeiten und den Kundenstamm übernehmen konnte. Die Dinge geschahen einfach so, wie sie wollten und er fuhr mit. *Gegen Karma kann man sich nicht auflehnen* hatte er schon als Kind gelernt, dachte damals aber noch, dass damit der dickliche Schläger griechischer Herkunft namens Karmaiotouglus aus der 6c gemeint war.

Mit demselben Gleichmut hatte er mittlerweile die Präsenz der Schwarzgefärbten akzeptiert, die sich mit einem Stapel Patientenakten auf einen der Polstersessel vor dem Fenster zum Innenhof zurückgezogen hatte. »Scheiße, den kenn ich!«, kreischte sie auf, bevor er ihr sagen konnte, dass streng vertrauliche Patienteninformationen deshalb *streng vertrauliche Patienteninformationen* genannt werden, weil es sich um Informationen streng vertraulichen Inhaltes über Patienten handelt.

»Der Typ, der das mit Schafen gemacht hat. Ey, mit dem war ich echt mal zusammen. Scheiße, Alter!«

»Du solltest das wirklich nicht …«, wandte er ein und wurde unterbrochen.

»Alter, wenn ich das im Club erzähle. Schafe, ey … der Hammer!«, schrie sie ihm völlig aufgedreht zu.

Noch bevor er sie daran hindern konnte, einzelne Seiten aus der Patientenakte zu reißen und in ihre Bluse zu stecken, klingelten wir, Sylvia und ich, an der Tür. Der Typ, der uns öffnete kam mir vage bekannt vor, aber ich konnte mich beim besten Willen nicht erinnern, woher.

»Wir haben einen Termin mit Herrn Yüziak«, sagte Sylvia und auch bei der Nennung des Namens, den sie mir gegenüber vorher nicht erwähnt hatte, klingelte etwas, wollte sich aber nicht greifen lassen. Der Typ an der Tür begrüßte uns herzlich und stellte sich als Herr Yüziak, unser Psychologe für die nächsten »na, sagen wir einmal, acht Sitzungen?«, vor und führte uns in einen Raum, den er Behandlungszimmer nannte. In dem hellen und mit großen Fenstern zum Hofgarten versehenen Raum befanden sich eine moderne Sitzgruppe aus hellem Leder, ein flauschig weicher Teppich, Bodenmatten und ein Alien. Sylvia zuckte zurück und auch ich brachte mich in eine abwehrbereite Position, als sich das Alien bewegte und »Hi« sagte.

»Das ist meine … ähm, Freundin. Meine Freundin, äh …«, stammelte der Psychologe.

»Babsie! Du Wichser! Du wirst dich doch noch an meinen Namen erinnern können.«

»Auf jeden Fall, klar. Logisch«, versuchte er sie zu beruhigen und einen Krieg der Welten zu verhindern. »Das hier sind die Andreesens, meine Patienten für den heutigen Morgen. Und jetzt, wo wir uns alle schon mal so ein bisschen kennengelernt haben, wäre es nett, wenn du uns allein lassen würdest, damit wir anfangen können.«

»Ich würde gerne bei der Behandlung dabei sein«, sagte das Alien.

»Und ich würde gerne einen Film mit Drew Barrymore gedreht haben, als sie noch unverdorben und clean, aber schon nicht mehr minderjährig war. Beides ist leider unmöglich. Pech für uns und doppelt Pech für dich. Raus jetzt!«, fuhr sie der Psychologe an.

Sylvia guckte betreten nach unten und es war offensichtlich, dass sie sich deutlich mehr souveräne Entspanntheit des Praxisleiters gewünscht hätte. Dieser war ihr auf den ersten Eindruck hin eindeutig zu jung, zu gut aussehend und zu aufgeregt für die Art Therapie, die sie sich vorstellte. Und das Alien im Zimmer machte es ihr auch nicht besser.

»Willst du Mami wirklich rauswerfen, du böser Junge?«, hörten wir das Alien zischeln.

»Yep. Das hier ist eine vertrauliche Unterhaltung, die ich mit den Herrschaften führen möchte. Und ›Mami‹ hat da eindeutig keinen Platz!«, erwiderte Hakan.

»Es wird ja wohl kaum vertraulicher sein, als der Bericht, den ich aus der anderen Patientenakte genommen und mir unter die Bluse gesteckt habe. Und jetzt sei ein braver Junge, sonst muss Mami wieder böse werden. Und du willst doch nicht, dass Mami böse wird, oder?«

Die nächsten Worte des Psychologen waren an uns gerichtet und so konnte ich in seinem mir zugewandten Gesicht deutlich die Mischung aus Zweifel und Scham erkennen, als er zu uns sprach. Und zusätzlich noch etwas anderes, merkwürdig Vertrautes, das ich aber immer noch nicht einordnen konnte.

»Natürlich macht sie nur Spaß und hat nicht wirklich einen Auszug aus der Patientenakte bei sich. Die Unterlagen sind bei mir gut und sicher aufgehoben. Niemand – und damit meine ich alle meine Patienten – muss sich Sorgen machen. Ich würde mich ja sogar strafbar machen, wenn ich einfach so …«

»Und was ist dann das hier, häh?« Das Alien hatte ein Bündel Papiere aus der Bluse gezogen und wedelte damit auffordernd in unsere Richtung.

Sylvia und ich blieben wie angewurzelt in unseren Stühlen sitzen, entsetzt über die offensichtliche Indiskretion in der Praxis, aber auch gespannt darauf, wie das professionelle Konfliktmanagement eines ausgebildeten Psychologen die Situation bereinigen würde. Unsere Erwartungen wurden übererfüllt, als sich der Psychologe mit einem Hechtsprung quer durch den Raum auf das Alien stürzte.

»Er wird es töten und dafür werden die anderen Raumschiffe die Erde atomisieren …«, hörte ich Sylvia neben mir wispern, während der Psychologe das Alien in den Schwitzkasten nahm. In dem Moment, als es sich der unbequemen Situation – wie es mir vorkam – wohlig hingab und ich den Psychologen in der mir nur zu vertrauten Position, jemandes Hals umklammernd, sah, kam die Erinnerung.

»Hakan?«, entlud sich meine vollkommene Überraschung in einem Namen. »Hakan Yüziak?«

»Äh, ja, wieso?«, erwiderte dieser, den Schwitzkasten anziehend. Das Alien wand sich nun eindeutig und unverkennbar in freudig, orgiastischen Zuckungen.

»Ieh … och an … U … Au!«, sagte das Alien.

»Wie bitte?«, erwiderte Hakan und lockerte ein wenig die Umklammerung.

»Zieh doch an, du Sau!«, bettelte das Alien.

Ich brauchte noch etwa zehn Minuten, um mich von der Überraschung des Wiedersehens zu erholen. Genau die zehn Minuten brauchten auch Sylvia, um ihre nahende Ohnmacht zu überwinden, und Hakan, um das Alien endgültig loszuwerden.

»War Mami böse? Mami will nicht böse sein. Bestraf mich! Und danach bestraf ich dich! Und dann bestrafen wir alle anderen, wir werden sie bestrafen und wir werden sie …«, hörten wir sie leiser werden, als Hakan sie hinausschleifte. Die danach einsetzende Ruhe war keine wirkliche Erleichterung und lastete drückend auf uns. Das Problem einsetzender Stille nach einer unangenehmen Situation ist, dass sich jeder der Schweigenden verantwortlich fühlt, aus diesem Loch herauszukommen, die jeweils anderen aber nicht den Eindruck machen, dieser Pflicht auch gewachsen zu sein.

»Hakan, verdammt Mann, ich glaub es nicht!«, versuchte ich mich, wenig originell.

»Ja, Hakan, Herr Andreesen. Super, nennen wir uns bei den Vornamen. Finde ich gut. Von wegen Spannung auflösen und so. Macht alles viel einfacher und angenehmer. Wie ist denn dein Vorname, Herr Andreesen?«

»Cord. Cord Andreesen! Klingelt es jetzt bei dir?«

»Nein, das kann nicht sein, da klingelt nichts. Weil, immer wenn ich Behandlung habe und keine Sekretärin da ist, dann schalt ich das blöde Ding ab und das Band ein, das ist ... Cord Andreesen?«, sah er mich jetzt genauer an. »Der Schauspieler aus ›Als sie in die Ecke gedrängt wurden, hörte der Spaß auf‹, diesem coolen Gangsterfilm aus dem deutschen Avantgardekino?«

»Nein, Cord Andreesen, dein Klassenkamerad aus dem Gymnasium in Hamburg«, erinnerte ich ihn. »Natürlich kennst du mein Gesicht nicht so gut, wie meinen Nacken, den du immer von oben gesehen hast, als du mich im Schwitzkasten hattest. Streng genommen glaube ich, dass ich jetzt eher so einen eingewachsenen oder direkt auf dem Rumpf aufgesetzten Kopf hätte ohne dich. Wie bei diesem Zulu-Stamm, der mit Ringen so merkwürdige Halsverlängerungen anrichtet, nur andersherum. Das musst du doch noch wissen!«

Hakan erinnerte sich und lief rot an. »Das war eine schwere Zeit für mich damals.«

»Und das ist ja wohl auch so geblieben, wenn ich mir den Auftritt von heute Morgen ansehe«, sagte Sylvia.

»Ich möchte mal daran erinnern, dass ich es war, der in den Schwitzkasten genommen wurde. Wie kann das also für *dich* eine schlechte Zeit gewesen sein?«, empörte ich mich.

»Ich meine ja nur so *Täter ist das Opfer* und so Zeug«, stammelte Hakan.

»Toller Psychologe, wow!«, ätzte Sylvia. »Hast du noch mehr von diesen Standardfloskeln drauf oder war es das jetzt?

Ist da für uns noch *Vertrauen ist der Anfang von allem* drin oder müssen wir uns mit *Zusammen können wir es schaffen* zufrieden geben?«

Wir beschimpften uns eine Weile, ließen so die aufgestaute Spannung entweichen und ich fühlte mich nach kürzester Zeit viel besser, als noch heute Morgen, wo der Psycho-Termin ein düster drohendes Ungemach am Morgenhimmel war. Ich hatte einen alten Kumpel wiedergetroffen. Okay, Kumpel war vielleicht ein wenig überzogen, aber einen alten Bekannten, mit dem ich eine in der Rückschau harmonisch bewertete Vergangenheit teilte. Am Ende dieses denkwürdigen Tages stand ein Ergebnis, das ich niemals – und am wenigsten am Morgen – für möglich gehalten hätte. Während Sylvia auf einem Abbruch der Behandlung bestand, hatte ich mich freudig für einen Folgetermin mit Hakan verabredet. Zugegeben, nicht in seiner Praxis und nicht als abrechenbaren Behandlungstermin, aber selbst bei der gebotenen Strenge in der Beurteilung meiner Person sollten wir nicht übersehen, dass ich dem Rat meiner Frau zumindest gefolgt bin, als ich mit meinem wiedergefundenen Freund und Psychologen Hakan am nächsten Abend in der Schifferklause auf ein Fass Wein einlief.

»Wie bist du ausgerechnet auf Psychologie gekommen?«, wollte ich wissen.

»Meine Mutter hat sich selbst umgebracht, nachdem mein Vater sie verlassen und ihre Schwester geheiratet hat«, antwortete er betont emotionslos.

Ich verschluckte mich an meinem Wein. »Verdammt, ich erinnere mich, dass da irgendetwas bei euch los war … aber so ein Mist?«

»Yeah, mich hat es dazu gebracht, verstehen zu wollen, was die Menschen bewegt und wie man ihnen helfen kann. Aber wie steht es mit dir? Was hast du nach der Schule gemacht?«

»Also erst habe ich Physik studiert, dann war ich Schnacker bei einem Karussell namens ›Krake‹, danach Bordellmanager, selbstständiger Pferdebereiter in Ausbildung und nun bin ich im Immobiliengeschäft tätig«, fasste ich zusammen.

»Warum bist du nicht im Bordell geblieben?«, war Hakans einzige Frage zu meinem Werdegang.

»Wäre ich vielleicht«, sinnierte ich, »aber da war so eine unschöne Waffenhandels-Geschichte, die in unserem Club stattfand und in einen Sprengstoffanschlag des Sondereinsatzkommandos der Polizei mündete. Danach war ich froh, in einem Stück und ohne Gerichtsstress aus der ganzen Sache herauszukommen.«

»Hört sich so an, als hätte ich bisher ein langweiliges Leben gelebt«, sagte Hakan in sich gekehrt und bestellte beiläufig bei der vorbeikommenden Kellnerin zwei Bodka.

Wir schwiegen eine Weile, beide in unser jeweiliges Glas starrend und in Erinnerungen versunken. Nachdem unsere Bodkas eingetroffen waren, brach Hakan das Schweigen.

»Du hattest doch damals einen Kumpel in unserer Klasse. So 'n Typ, der ständig Markenklamotten trug und vergeblich versucht hat, die Mädchen anzubaggern?«

»Du meinst Michael.«

»Yeah, genau, Michael. Ihr habt doch ständig zusammengehangen und versponnene Ideen rausgelassen. Also, versteh mich nicht falsch, schon auch coole Sachen …«

»Michael ist tot«, unterbrach ich ihn knapp. »Motorradunfall.«

Hakan wirkte geschockt. So wie man geschockt ist, wenn man erkennt, dass der Tod nicht nur Leuten einer anderen Generation drohte, sondern man selbst ganz unmittelbar auf der Kandidatenliste steht.

»Scheiß Motorräder. Bringen nur Unglück! Er hätte die Finger davon lassen sollen«, meinte er und dachte dabei wohl auch an das motorradgeile Alien, das ihm die gestrige Nacht versaut hatte.

»Hat er auch«, erwiderte ich, »das war ein etwas komplizierter Unfall. Der Motorradfahrer – und das war nicht Michael – ist ungebremst auf eine Kreuzung gefahren und dort von einem Kleinlaster getroffen worden. Dabei wurde sein Motorrad in die eine Richtung und er selbst in die andere geschleudert. Der Fahrer hat überlebt, aber sein Motorrad hat Michael erschlagen, während der gerade im Straßencafé seinen dritten Absinth in sich reinleerte«

»Oh, Scheiße. Das gibt es doch nicht!«, sagte Hakan schockiert. Nach einer Weile wollte er wissen, woher ich das mit dem Absinth wusste.

»Erstens, weil man zu der Uhrzeit des Unfalles bei Michael mit einiger Verlässlichkeit davon ausgehen konnte und zweitens, weil ich direkt neben ihm saß, als es passierte.«

»Himmelherrgott!«, entfuhr es ihm. Abermals benötigte er eine Pause, bevor er fortfuhr: »Und wie bist du damit klargekommen?«

»Sag du es mir. Du bist der Psychologe.«

Hakans hartnäckiges Schweigen bestätigte den Eindruck, dass seine beruflichen Fähigkeiten limitiert waren. Ohne auf meine Frage weiter einzugehen, wollte er wissen, wieso mir nichts passiert war, als der Unfall geschah.

»Weißt du, das war schon ein wenig bizarr. Während Michael mitsamt seinem Stuhl und dem Tisch mitgerissen und gegen die Wand des Cafés geschleudert wurde, passierte mir überhaupt nichts. Ich blieb sogar auf meinem Stuhl sitzen. Und da ich meine Beine nicht unter den Tisch gestellt hatte, sondern übergeschlagen, trug ich nicht die kleinste Schramme davon. Nicht einmal mein Kaffee wurde mitgerissen, da ich ihn gerade in der Hand hielt. Es war absolut unglaublich. Ich saß da, zusammen mit meinem besten Freund. Wir trinken und reden und – Bang – liegt er tot unter einem Motorrad und ich sitze einfach nur da und halte meine Kaffeetasse …«

»Was hast du dann gemacht?«

»Meinen Kaffee weggeschüttet und geflennt, du Idiot. Was sollte ich sonst gemacht haben?«

»Hast du versucht, Erste Hilfe zu leisten, ihn zu retten? Das ist durchaus wichtig für die Einschätzung deines Falles«, erklärte Hakan.

»Erstens, bin ich nicht dein Patient, und zweitens …«

»… Dann denk über heute Morgen nach«, unterbrach er mich. »Da bist du als Patient in meine Praxis gekommen. Schon vergessen?«

»Sagen wir, ich habe mir dort ein Bild über deine Fähigkeiten gemacht und mich entschieden, untherapiert zu bleiben.«

»Also hast du jetzt Erste Hilfe geleistet oder nicht?«, bohrte Hakan weiter.

»Nein, verdammt noch mal. Keine Erste Hilfe. Das war auch nicht mehr nötig. Wenn du Michael gesehen hättest, wüsstest du, warum. Das Scheißding hat ihn total zerquetscht. Ich bin dann nur noch rumgelaufen und hab seine Sachen eingesammelt. Total bekloppt. Sein Mobiltelefon, das nur einen Meter vor meinen Füßen lag und seine Einkäufe, die er bei sich hatte. Unter anderem zwei Beutel Kartoffeln. Welcher Schwachkopf isst heute noch Kartoffeln, in Zeiten von Pasta, Reis und Ciabattabrot?«

»Und was hast du mit den Sachen angestellt?«

»Weggeworfen, glaube ich. Hat das auch schon wieder etwas zu bedeuten? Bin ich jetzt gefährdet, in eine Exhibitionistenkarriere abzugleiten? Das ist doch sowieso totaler Mist, sich mit einem Psychologen zu unterhalten, der alles, was man sagt, analysieren will. Wärest du nicht so ein totaler Pfuscher ohne jede Ahnung, würde ich jetzt gar nicht weiter mit dir reden«, beleidigte ich ihn.

»Hey, hey, easy Tiger. Ich will dir nur helfen.«

»Könntest du viel besser, indem du noch mal dieses Ostblockzeug bestellst. Wie heißt der Dreck noch gleich?«

»Bodka, Cord. Die nennen das hier Bodka.«

Es dauerte eine Weile, bis die Getränke geordert, eingetroffen und soweit geleert waren, dass der einsetzende Gewöhnungseffekt seine Abscheulichkeit verdrängte und die Fortsetzung unseres Gespräches ermöglichte.

»Hast du irgendetwas von ihm aufbewahrt?«, wollte Hakan wissen.

»Erinnerungen«, antwortete ich lakonisch.

»Ich meine etwas, das dich davon ablenkt, ständig das Bild von Michael unter dem Motorrad zu sehen. Eine positive Erinnerung, die das traumatische Bild in seiner Bedeutung überlagern kann.«

»Nöh«, antwortete ich. »Denke ich an Michael, sehe ich den Unfall vor mir und sonst nichts mehr.«

»Ich vermute einmal, dass du dich schuldig fühlst, oder? Schuldig, ihn nicht gewarnt zu haben, schuldig, ihn nicht zur Seite gestoßen zu haben, schuldig, ihn mit eurem Gespräch abgelenkt zu …«

»Schluss!«, unterbrach ich ihn. »Diese Schuldig-Sache habe ich jetzt verstanden, okay?«

»Ich denke, du hast eine komplexe posttraumatische Belastungsstörung davongetragen. Julian Reithman hat einen sehr ähnlichen Fall in seinem fantastischen Buch über polymorphe Aspekte der posttraumatischen und dissoziativen …«

»Was soll das Gewäsch?«, unterbrach ich ihn barsch.

»Ich meine einfach, dass da etwas hängen geblieben ist, was du besser behandeln ließest«, erwiderte Hakan.

»Und wie meinst du, könnte so eine Behandlung aussehen?«

»Na ja. Entweder du trinkst mehr Alkohol, was, soweit du bei diesem Bodka-Zeug bleibst, zumindest deine irdische Leidenszeit verkürzen würde, du vereinbarst einen Sitzungsmarathon bei einem Psychologen, was mir am liebsten wäre oder …«

»… oder was?«, fuhr ich ungeduldig dazwischen.

»Na ja, ein erster Schritt – wenn auch nur der Verdrängung und nicht der Aufarbeitung – wäre es, wenn du dir eine positive Erinnerung an Michael zurechtlegen würdest und dich darauf konzentriertest, diese jedes Mal, wenn du an den Unfall denkst, über dein inneres Bild von Michael unter dem Motorrad zu legen«, schlug Hakan vor.

»Was denn für ein positives Bild?«, wollte ich, etwas begriffsstutzig, wissen.

»Das kann doch wohl so schwer nicht sein. Lass mich einmal überlegen. Denke ich an Michael, dann denke ich an euch beide und eure Idee vom Camp der Liebe, das ihr immer einrichten wolltet, als wir noch zur Schule gingen. Das hat mich damals ziemlich angemacht.«

»Ach ja, das Camp ...«, entsann ich mich. »Daran erinnerst du dich noch?«.

»Klar!«, erwiderte Hakan. »Ihr hattet das ja damals unglaublich genau ausgearbeitet. Mit einem Modell der gesamten Anlage, der Bauten, der Satzung und den verschiedenen Gremien.«

»Wir waren totale Spinner, oder?«

»Yeah, aber sympathische Spinner mit sehr genauen Vorstellungen. Und wenn du dir das dänische Christiania ansiehst, dann sieht man doch, dass das gar nicht mal so eine Spinnerei war, sondern sogar funktionieren kann«, redete Hakan sich in Rage.

»Christiania?«

»Yeah, diese Alternativgemeinde in Kopenhagen, die sich selbst als *Freistadt* bezeichnet, eine eigene Verwaltung und eigene Gesetze hat und von den Dänen mangels Alternative als soziales Experiment toleriert wird.«

»Nie gehört.«

»Gibt es aber seit 30 oder 40 Jahren und war zur Hippiezeit total angesagt. Rechtsfreier Raum aus Sicht der Dänen, freier Drogenhandel, freie Liebe usw.«

»Cool! So wie unser Camp der Liebe, das Michael und ich geplant hatten.«

»Ja, genau. Ich dachte immer, ihr hättet die Idee deshalb gehabt. War doch so ungefähr die Hochzeit von Christiania, als ihr damit angefangen habt.«

»Wer weiß das schon noch so genau. Vielleicht hatten wir das ja am Rande mitbekommen, im Unterbewusstsein gespeichert und dann später vergessen, wo die Idee wirklich herkam. Meistens hält man sich ja für origineller, als man tatsächlich ist«, folgerte ich selbstkritisch. »Aber erzähl mir mehr von diesem Christiania. Hört sich cool an.«

»Tja, ich denke, so etwas können nur die Dänen. Christiania ist ein riesiges Gebiet in Kopenhagen. Es ist so groß, dass es selbst eigene Stadtteile hat. Insgesamt über dreißig Hektar! Darin befinden sich auch Seen und Wälder. Das Areal wurde früher einmal militärisch genutzt und später aufgegeben. Die Hippies haben es sich dann Ende der Sechziger unter den Nagel gerissen.«

»Und das ging einfach so?«, fragte ich nach.

»Nö, sicher nicht. Da gab es natürlich erst einmal ein großes Hin und Her. Vertreibung, Besetzung, Vertreibung, Wiederbesetzung und so weiter. Die Dänen sind aber große Freigeister und stolz darauf, Andersdenkende zu tolerieren. Da war es natürlich undenkbar, die Typen mit Gewalt zu vertreiben. Schließlich wurden es auch immer mehr Besetzer, Christiania hatte einmal mehrere tausend illegale Bewohner«, erläuterte Hakan.

»Echt?«

»Yep. Das war bei den jungen Leuten in ganz Europa höllisch angesagt. Die Welt guckte auf Dänemark und darauf, wie der Staat mit dieser Bedrohung von innen umgehen würde. Du musst dir in Erinnerung rufen, dass wir damals in einer Make-love-not-war-Zeit lebten und es überall auf der Welt Proteste gegen militärische Gewalt gab. Die Dänen mussten also irgendwie ihr Gesicht und ihren Rechtsstaat wahren, ohne konsequent durchgreifen zu können. Als dann auch noch das Plenum, die offizielle Vertretung der Freistadt Christiania, den Dänen Zugeständnisse machte, was die Bezahlung von Betriebskosten – Strom, Wasser und so weiter – betraf, entschieden sich die dänischen Kontrollorgane, die Angelegenheit als soziales Experiment und Christiania als autonome Kommune vorläufig zu akzeptieren.«

»Diese Dänen! Total stressfrei.«

»Na ja, stressfrei auch nicht unbedingt. Das gab und gibt noch immer Ärger. Zum Beispiel finden die Kopenhagener das überhaupt nicht lustig, dass ständig alle Touristen nach Christiania spazieren und da in Cafés und Kneipen herumhängen, die frei von den Zwängen gesetzlicher Vorschriften und Steuerabgaben einen immensen Wettbewerbsvorteil hatten. Die Dänen haben den Restaurants dann die Konzession entzogen, sofern sie eine hatten, und die Läden zwangsweise geschlossen«, berichtete Hakan.

»Und dann?«

»Annäherung und Kompromiss. Ständig wurde und wird in Christiania gegen Gesetze des Staates Dänemarks verstoßen. Und ständig haben sich die Dänen dagegen zur Wehr gesetzt. So ging das hin und her, bis Christiania sich so sehr zum Inbegriff dänischer Liberalität entwickelt hatte, dass sowohl die ausländischen Touristen als auch das dänische Selbstverständnis eine Schließung nicht mehr zuließen. Heute streitet man noch ein bisschen vor sich hin – dürfen Drogen offen verkauft werden oder nicht, und wenn ja, welche –, aber ernsthaft daran, Christiania aufzugeben, denkt heute keiner mehr.«

Es war ein wenig so, wie Hakan gesagt hatte. Die Beschäftigung mit Christiania und die damit verbundene Assoziation an Michaels und meine frühen Gedankenspiele zum Camp der Liebe, erlaubten es mir erstmals wieder, an Michael zu denken, ohne innerlich zusammenzuzucken und die Bilder des Unfalles vor meinem inneren Auge zu sehen. Ich nahm mir vor, Hakans Ratschlag zu befolgen und mich auf Christiania und das Camp zu konzentrieren, wann immer ich an Michael dachte. Und das war häufig ...

freundschaft

»Ich bin auf einen Bodka bei Hakan!«, hörte mich Sylvia nun immer öfter sagen, wenn ich ihr zu Hause begegnete, die Jacke schon in der Hand und auf dem Sprung in die Schifferklause, Hakans Lübecker Praxis oder unsere Stamm-Bar in Hamburg. Mein ehemaliger Gegner Hakan hatte sich angeschickt, die Rolle meines besten Freundes einzunehmen und Lübeck war mit dem Zug in weniger als vierzig Minuten erreichbar. Wenn ich oder er das Auto benutzten, waren es sogar nur dreißig Minuten. Jeder für sich hatte nach dem ersten Treffen festgestellt, dass er derzeit keinen besten Freund in seinem Leben hatte. Hakan, weil er bisher fast nur weibliche Bekanntschaften gepflegt hatte, und ich, weil es das Schicksal mit Michaels Tod und der Konzentration auf meinen Beruf so für mich eingerichtet hatte. Es ist genauso schwierig, einen neuen besten Freund zu finden, wie eine Ehefrau. Mit beiden will man schließlich den Rest des Lebens verbringen und muss entsprechend sorgfältig bei der Auswahl sein.

Wir redeten in den nächsten Wochen und Monaten viel über unsere jeweilige Arbeit, deutsche Politik und den Zustand der Welt im Allgemeinen. Mit dem war es heute nicht mehr so gut bestellt wie früher, wie jeder weiß. Anfangs bewegten wir uns auf einem Niveau, bei dem man nichts falsch machen, sich aber doch ein wenig abtasten konnte. Ich merkte schnell, dass dies zu wenig war, um unseren Bodka-Abenden den notwendigen intellektuellen Anspruch zu geben, der den Unterschied zwischen *Philosophierclub* und *Alkoholexzess* ausmacht, und so beschlossen wir, ohne dass es einer echten Absprache bedurfte, den Dingen etwas mehr auf den Grund zu gehen.

Auch dabei gingen wir behutsam vor und ich erinnere mich noch gut an den Abend, den Hakan mit der Einleitung startete, die Welt im Allgemeinen wäre *ein kleines bisschen* schlechter als früher. Die zunehmende Vereinsamung der Menschen war etwas, das Hakan sehr am Herzen lag und uns einen ganzen

Abend und eine halbe Nacht beschäftigte. Obwohl wir heute einfacher miteinander kommunizieren könnten als jemals zuvor, würden sich immer mehr Menschen einsam und ausgeschlossen fühlen, meinte Hakan. Die ständige Verfügbarkeit erhöhe den Druck, jederzeit Inspirierendes von sich geben zu können und diejenigen, die man für den Freundeskreis hielte, in angemessener Schlagzahl mit Informationen und launigen Geschichten über das eigene Leben zu versorgen. Eigentlich passiert im Leben eines jeden einzelnen aber nicht oder nur unwesentlich mehr als früher, wo man sich alle paar Monate bei irgendwelchen dörflichen Ereignissen begegnete und schon dabei Schwierigkeiten hatte, einen ganzen Abend damit auszufüllen, sich wieder auf den aktuellen Stand zu bringen. Aber heute soll das ja mindestens wöchentlich passieren, egal, ob sich die anderen gerade in Singapur, Australien oder Mönchengladbach aufhalten. Regelmäßige Kontaktpflege ist das Gift der Neuzeit, das über kurz oder lang auch den interessantesten Abenteurer als langweiligen Phrasendrescher entlarvt. Was bliebe einem da anderes übrig, als sich diesem Mechanismus von vornherein zu entziehen, und damit als unnahbar abgetan zu werden, oder über kurz oder lang als bedeutungsloser Langweiler aus der Sozialstruktur ausgestoßen zu werden. Vereinsamung ist kein Phänomen trotz der neuen Kommunikationsformen, sondern die Folge daraus, beschlossen wir den genannten Abend und gaben uns zufrieden dem Alkohol hin.

Natürlich wussten wir, dass unsere Diskussion keine Tiefgründigkeit erreichte oder bahnbrechend neue Erkenntnisse hervorbrachte. Es reichte aber, sich ohne schlechtes Gewissen volllaufen lassen zu können und die einsetzende Vernebelung als notwendige Voraussetzung für unseren *Debattierclub* zu betrachten. Unsere unterschiedliche kulturelle Herkunft und Glaubenszugehörigkeit war dabei ein erstaunlich geringes Problem. Eigentlich sogar überhaupt keines, da weder Hakan noch ich eine irgendwie geartete Verbissenheit an den Tag legten. An einem unserer Abende sprach ich das Thema aus schierer Neugierde an.

»Sag mal Hakan, bist du eigentlich Moslem?«

»Nicht wirklich, würde ich sagen. Warum fragst du?«

»Na ja, Kampf der Kulturen und so. Ich bin einfach neugierig, ob du regelmäßig in die Moschee gehst, gen Mekka betest und ich dich überhaupt zum Alkoholkonsum überreden darf, wie bisher.«

»Was soll denn jetzt der Scheiß?«, entrüstete sich Hakan.

»Ist kein Scheiß. Interessiert mich einfach. Ich meine, Muslime sind ja dafür bekannt, auf Fehler oder Versäumnisse anderer mit geringstmöglicher Toleranz zu reagieren.«

»Was?«

»Na ja, wenn eine andere, möglicherweise als überlegen empfundene, Religion vermeintlich zu geringen Respekt gegenüber ...«

»Bist du jetzt total verrückt geworden, Cord? Erstens bin ich quasi unreligiös, so wie du ja wohl auch. Und zweitens empfinden Moslems die Christenheit in keiner Weise als überlegen. Das wäre ja auch absurd.«

»Wieso denn das? Nicht, dass ich besonders stolz darauf bin, was im Namen der Christenheit über die Menschen gebracht wurde, aber am Erfolg der christianisierten Regionen gegenüber allen anderen gibt es ja wohl keinen Zweifel.«

»Wenn wir es auf das rein Materielle oder Militärische beziehen, vielleicht. Aber spirituell kann man das durchaus anders sehen. Nebenher finde ich eine Religion, die ihren religiösen Führer ›Messias‹ nennt zumindest fragwürdig.«

»Das sind aber eher die Juden, oder? Und was ist so schlecht an ›Messias‹?«

Hakan grinste mich an, als er fortfuhr: »Juden, Christen, alles dasselbe. ›Messias‹ setzt sich aus den Wörtern ›Messi‹ und ›Ass‹ zusammen. Nicht sehr positiv, möchte ich meinen. Und in keiner Weise überlegen. Könntest du dir zum Beispiel ein Indianervolk vorstellen, das seine höchste Gottheit ›Das-

Arschloch-dessen-Wigwam-aussieht-als-wäre-eine-Herde-Büffel-durchgezogen‹ nennt und darauf auch noch stolz ist?«

»Ich sehe deinen Punkt«, gab ich zu. »Auch wenn ich die Wortherkunft bezweifele und den Begriff nicht dem Christentum zuordne, bin ich gegenüber jeder Religion misstrauisch, die andere Ziele als ›Lass-die-anderen-mal-machen-wie-sie-wollen ... Prost!‹ verfolgt. Hat bisher nur Mieses bewirkt und war dabei auch noch teuer.«

Wir einigten uns auf Bodka als unsere gemeinsame Religion und hatten auch dieses mögliche Minenfeld zwischen uns aus dem Weg geräumt. Und so war es auch bald egal, ob wir an diesen Abenden gleicher oder unterschiedlicher Ansicht waren, sondern wir hatten immer Spaß dabei und wurden schnell echte Freunde.

So schwierig unser früherer Start auch war und so unterschiedlich unsere Herkunft, hatte ich doch endlich einen neuen besten Freund gefunden. Und so wusste Hakan bald besser darüber Bescheid, wie es in meiner Ehe lief als jeder andere und vielleicht sogar ich selbst. Und ich wiederum war die einzige Person in seinem Umfeld, die den Namen seiner jeweiligen Freundin kannte oder den Grund, warum er sich mal wieder unsterblich verliebt – und dieses Mal ganz sicher die Frau fürs Leben gefunden hatte …

walpurgis

Anke sah den Speichelfaden, der wie in Zeitlupe aus dem Mundwinkel der aktuellen Referentin geschleudert wurde, so als handele es sich um ein besonders leichtes und transparentes Kaugummi, bevor er sich den Gesetzen der Physik ergab und mit sanft gekrümmter Flugkurve in Richtung der zufrieden lächelnden Organisatorin des heutigen Treffens davonmachte. Anke glaubte sogar, das gedämpfte Geräusch des Aufpralls in dem strohigen Haarnest zu hören und fragte sich zum wiederholten Mal, warum sie heute hier saß, umgeben von alten und jungen Schachteln, die sich die allergrößte Mühe gaben, möglichst wenig aus ihrem Typ herauszuholen.

Nicht lange nach ihrem Besuch im Krankenhaus und dem Zerplatzen ihrer Hoffnung auf ein geregeltes Familienleben hatte sie eine Abscheu vor sich und ihren Lebensumständen entwickelt, die ein weiteres Leben als normale, nicht sadomaso-orientierte Prostituierte ausschloss. Und dann war da plötzlich dieses Plakat gewesen. Direkt vor die Tür des neuen Bordells, in dem sie arbeitete, hatte es jemand geklebt. Es war, als hätte dieser jemand in ihre Seele geblickt und gesehen, dass sie ohne fremde Hilfe nicht mehr weiterleben konnte.

Die *Walpurgis-Feministinnengruppe* pries auf dem Plakat an, Wege zu kennen, wie frau sich aus einem fremdbestimmten Leben befreien konnte. Anke wusste zwar, dass damit die normale Hausfrau gemeint war, die unter dem Joch eines tyrannischen Alleinverdieners litt und nicht eine selbstständige Geschäftsfrau wie sie, die sich die Schwächen und Begierden der Männer für den eigenen Broterwerb zunutze machte. Gleichzeitig wusste sie aber auch, dass Feministinnen die Personengruppe in unserer Gesellschaft waren, die einer Prostituierten das meiste Wohlwollen entgegenbrachten, sahen sie doch deren Situation einzig durch die männliche Ignoranz und Brutalität erzwungen. *Wohlwollen* und *Mitleid* waren genau die Dinge, die Anke in ihrer Situation am meisten wünschte, egal von wem sie kamen.

Am angekündigten Abend fand sich Anke deshalb ein wenig aufgeregt im Hinterzimmer des örtlichen Kulturladens ein, der kostenloser Jugendtreff, soziale Begegnungsstätte und Veranstaltungsmöglichkeit für Kleingruppen mit sozialen Anliegen war. Sie hatte Schwierigkeiten, sich zu orientieren, dachte sogar, sie hätte sich im Termin geirrt, als sie einen Raum mit tischkickerspielenden Jugendlichen betrat. Sie sah sich um, bereit zum spontanen Rückzug, als ihr Blick auf eine ungeschminkte Frau mit raspelkurzen rotgefärbten Haaren fiel, die an der Bestelltheke lautstark auf einen überfordert wirkenden Jugendlichen einredete.

»Sie müssen doch wissen, ob der Mate-Tee von wildwachsenden Bäumen oder einer Pflanzkultur stammt! So ignorant können Sie doch gar nicht sein!«

Anke wusste jetzt, dass sie am richtigen Ort war. Und auch, dass sie dem armen Jungen gegenüber der Eiferin zur Seite springen musste. Lässig schlenderte sie auf die beiden zu und verschaffte sich mit einer königlich anmutenden Geste Gehör.

»Wussten Sie, dass die Keimlinge des Mate-Baumes erst den Verdauungstrakt eines speziellen Vogels passieren mussten, um ihre harte Schale durchbrechen und ausschlagen zu können. Das dürfte dann auch der Grund dafür sein, dass wildwachsend geernteter Mate-Tee wie ausgeschissen schmeckt. Unser junger Freund hier wollte Sie wahrscheinlich nur vor dieser deprimierenden Erfahrung bewahren.«

»Oh«, sagte die Raspelkurze, bevor sich Anke bei ihr unterhakte und in Richtung des Veranstaltungsraumes führen ließ. Darin wartete bereits die kleine Gruppe der örtlichen Feministinnen, denen sich Anke innerhalb der nächsten zwei Stunden anvertrauen wollte. Eine Gruppe, die ihr Trost und Familie werden sollte, seit sich ihr eigener Familienwunsch wohl endgültig erledigt hatte. Sie setzte sich auf einen der brettharten Stühle, warf einen wohlwollenden Blick in die ungeschminkten Gesichter um sich herum, und nickte den Anwesenden hier und dort milde zu. Beruhigt und seltsam entspannt, lehnte sie sich zurück, als die Vortragende vorgestellt wurde und mit den Sätzen begann:

»Ich möchte heute mit euch den Weg von der dreifachen Unterdrückung zur Intersektionalität nachgehen und anschließend eine Gesprächsrunde zum Thema Politik am Frauenkörper eröffnen.«

Am Ende hatte man weder das eine noch das andere gemacht, sondern sich um Anke versammelt und ihrer mitreißenden Geschichte aus dem Zentrum männlichen Fehlverhaltens gelauscht. Und wie erhofft, hatten ihr alle ein Übermaß an Verständnis und Mitleid entgegengebracht. Egal, was sie gefragt wurde und egal, wie wenig durchdacht ihre Antwort darauf ausfiel, am Ende gab es immer jemanden, der sie in den Armen wiegte und ihr Trost spendete. Und wenn sie sich nur ein wenig anstrengte, und davon bedurfte es wirklich nicht viel, dann konnte sie sich sogar einreden, es handele sich dabei um einen Mann, der sich so aufmerksam um sie sorgte.

Natürlich gab es auch die eine oder andere kritische Stelle in ihren Offenbarungen. Doch immer wurde Ankes aufweichende Konzentration durch den bornierten Blickwinkel der Gruppe ausgeglichen. So zum Beispiel, als die raspelkurze Rothaarige oder eine ihrer Zwillingsschwestern fragte, warum Anke in die Prostitution geraten war.

»Wegen des Geldes natürlich«, gab sie unüberlegt zurück.

Nach einer kurzen, bedrückten Pause meldete sich eine plump gekleidete, grauhaarige Frau zu Wort: »Und das Geld haben die Männer erfunden, war ja klar!«

Da alle anderen eifrig nickten, war auch diese Klippe schnell umschifft. Am Ende des Abends war Anke Mitglied in der Gruppe geworden, hatte sich verpflichtet, zukünftig auf alle Mittel und Maßnahmen zu verzichten, die darauf abzielten, ihre eigene Attraktivität auf Männer zu erhöhen und sich dadurch deren Idealen und Vorstellungen zu unterwerfen und sich bereit erklärt eine Vortragsveranstaltung zum Thema *Wege in die und Wege aus der Prostitution* abzuhalten. Im Gegenzug erklärte sich die Frau mit den Pluderhosen und schlichten Sandalen, die ihr schon anfangs aufgefallen war und die sich jetzt als Mitarbeiterin der Kultursenatorin und Gleichstellungsbeauftragten erwies, bereit, ihr bei der Suche nach einer neuen beruflichen Perspektive unter die Arme zu greifen.

»Nichts mit Waffen und nichts mit Männern. Am besten eine Umschulung im pädagogischen Bereich oder so«, sagte sie und versprach, sich bei Anke zu melden.

Und jetzt saß sie heute wieder hier. Beobachtete Speichelfäden, die geschossartig den Mund der aufgebrachten Rednerin verließen und hörte sich diesen komplett sinnlosen Vortrag an. »Wir brauchen Feministinnen«, sprach sie sich vor, »wir brauchen Extreme, um zumindest Mittelmäßiges zu erreichen ...«
Aber wirklich sympathisch in ihrem übertriebenen Eifer und der Unterdrückung aller Sinnlichkeit waren ihr diese Frauen nicht. Dieser unterschwellige Vorbehalt und ihre, trotz aller Zugeständnisse, verbliebene Andersartigkeit, machten sie bald zu derjenigen, die von den anderen gehasst und geliebt wurde. Mit anderen Worten: zu ihrer Vorsitzenden.

die erbschaft

Die Geschichte des Camps kam erst mit einer Erbschaft ins Rollen. Einer Erbschaft, die ich nicht gewollt hatte und die mir eigentlich auch nicht zustand. Es handelte sich um die Hinterlassenschaft meines Opas Theo, die den weiteren Fortgang der Geschichte prägen sollte und die doch eigentlich meinen Eltern hätte zukommen müssen. Opa Theos Rolle in dieser Angelegenheit beschränkt sich auf die des Erblassers und auch wenn sich eine Geschichte auf wenige Personen und das Wesentliche konzentrieren sollte, wäre es doch sehr undankbar, ihn gänzlich unter den Tisch fallen zu lassen. Ich belasse es bei dem Hinweis, dass Sie ihn nicht so intensiv in Erinnerung behalten müssen, wie ich es tue ...

Ich erinnere mich noch an den Moment, als ich herausfand, dass *Opa Bahn* gar nicht Bahn mit Nachnamen hieß. Auch nicht mit Vornamen. Ich muss bereits zehn oder elf Jahre alt gewesen sein, als ich bemerkte, dass ich der einzige war, der ihn so nannte. Meine Oma sagte Theo zu ihm, Nachbarn nannten ihn Theobald, meine Mutter sagte Papa und ich, nur ich, nannte ihn Opa Bahn. Immerhin blieb ich, was die Benennung meiner Oma betraf, innerhalb des einmal gewählten Schemas, was sie zu Oma Bahn machte. Erst spät stellte sich bei mir die Erkenntnis ein, dass nicht alles, was meine Eltern mir sagten, auch wahr oder ernst gemeint sein musste. Opa Bahn hatte seinen Namen deshalb, weil wir einige Male die U-Bahn nahmen, wenn wir meine Großeltern besuchten. Ich glaube nicht, dass wir öfter als fünfmal auf diese Art reisten, aber in meinem damaligen Alter war es prägend.
Eine Richtigstellung hielt man elterlicherseits für unnötig. Überhaupt zieht sich die Belustigung an kindlichen Unfertigkeiten wie ein roter Faden durch meine Familie. So gesehen hatte ich noch Glück. Nehmen wir zum Beispiel die Kinder meines Cousins. Die sagen zu ihrer Großmutter *Oma*

Gartenhandschuhn, was deren Lieblingsbeschäftigung Rechnung trägt. Natürlich hielt meine Familie auch hier keine Aufklärung für nötig. Auch nicht derart, dass der Plural von Handschuh Handschuhe und nicht Handschuhn ist.

Zweimal verbrachte ich die Sommerferien bei meinen Großeltern. Es waren schöne Tage auf dem Land. Mein Großvater stellte das Fahrrad meiner Großmutter so weit es ging auf meine bescheidene Größe ein und ließ mich vollkommen frei die Gegend erkunden. Ein nahe gelegener See mit Sandstrand und öffentlichem Badebetrieb sorgte für ständige Abkühlung, ansonsten streifte ich mit Omas Rad durch Wald und Felder, beobachtete die Bauern und bewunderte ihre riesigen Landmaschinen. Manchmal begleitete mich Opa auf diesen Touren und erklärte mir die verschiedenen Feldfrüchte, Baum- und Vogelarten. Opa war ein lässiger Typ mit Blick fürs Detail, was es mir leicht machte, seine Begeisterung für die Schönheit der Natur zu meiner eigenen werden zu lassen. Er erklärte mir alles und blühte selbst dabei auf.

»Mit deiner Oma kann ich diese Momente nicht teilen, Cord. Frauen sehen die Dinge nicht so wie wir. Frauen genießen die *Atmosphäre* der Natur, die Begleitung, das gemeinsame Erleben. Ihre Wahrnehmung ist unspezifisch. Wir dagegen interessieren uns fürs Detail.«

Opa sah sich dabei nicht als Frauenfeind. Ich kannte eigentlich niemanden seiner Generation, der sich als frauenfeindlich verstand oder überhaupt nur den Begriff ernst nahm.

»Ich habe es nicht aufgegeben, Frauen verstehen zu wollen, nein. Ich habe lediglich aufgegeben, mich ihnen und ihren Erwartungen anzupassen. Und glaub mir, Cord, ich fahre gut damit.«

Auch wenn ich meistens nicht verstand, wovon Opa sprach, bewunderte ich ihn doch sehr. Vielleicht sogar gerade deshalb. Er war der Prototyp des distinguierten, allwissenden und gütigen Herrn. Stets überkorrekt gekleidet und akkurat frisiert, hatte er sich eine Figur und Haltung bewahrt, die von disziplinierter Lebensführung zeugte. Er war frei und unbekümmert im Geist, keineswegs aber in seinen Äußerlichkeiten. Unsere Ausflüge per Fahrrad bestritt er im Anzug. Bei kühler Witterung im schwarzen Einreiher mit Weste, bei höheren Temperaturen im hellgrauen Sommeranzug mit weißem Hemd und Pullunder. Stets führte er einen passenden Hut mit sich, den er zum Grüßen uns begegnender Bekannter oder Unbekannter – also quasi dauernd – vom Kopf zog.

»Wie meinst du das, Opa?«

»Solange *ich* versuchte, es den Frauen recht zu machen, erhöhten sie fortwährend den Anspruch, das Ziel blieb unerreichbar. Seit ich aber ihre Wünsche den meinen unterordne, versuchen sie, mich zu erobern. Es ist erstaunlich wie sehr Entgegenkommen die Toleranzschwelle von Frauen senkt. Man darf ihnen einfach keinen Zentimeter schenken, Cord!«

Es gab Zeiten, da wollte ich so sein, wie mein Opa. Wollte den gleichen Anzug tragen, seine Galanterie und feinen Humor besitzen, die einer fernen, vergessenen Zeit entsprangen und wohl schon zu seiner eigenen Jugend altmodisch waren. Meine Beziehung zu Opa Theo war wesentlich intensiver als zu meiner Oma Martha. Ich mochte sie so, wie man seine Großeltern mag. Per Definitionem vertraut und doch fremd. Unbekannt und unerklärlich in ihrem Verhalten und ihren Einstellungen. Aus heutiger Sicht würde ich Oma als wesentlich handfester, zupackender und zynischer als Opa beschreiben. Ausgestattet mit loser Zunge und übergroßer Kritikfähigkeit, Wort und Herz in scheinbarem Widerspruch stehend. Sie war herzensgut und hilfsbereit, konnte aber dem Charme und der Leichtigkeit Opas nichts entgegensetzen, sodass der Eindruck einer Eheschließung aus Unbedachtheit ihr ständiger unsichtbarer Begleiter und Makel war. Opas Charme glich ihren Zynismus mehr als aus und demjenigen, der ihrer scharfen Zunge ohne Opas Beisein ausgesetzt war, fiel das Ertragen umso leichter, als er die Aura altmodischer Höflichkeit erinnerte, die von Oma und Opa als Ehepaar ausging.

Das Leben mag so seine Fehler haben und es bisweilen am Gespür für richtiges Timing missen lassen. In diesem Fall konnte man ihm aber keinen Vorwurf machen, als es Oma einige Jahre vor Opa abberief und es ihr so ersparte, sich alleine durchschlagen zu müssen. Ich liebte Oma so, wie man es von einem Enkel erwarten kann. Aber Opa vergötterte ich. Wäre es nach mir gegangen, wäre ich häufiger bei meinen Großeltern gewesen. Meine damalige Eigenart, weiblichen Besuch meiner Großeltern grundsätzlich heiraten zu wollen, ließen sie aber davor zurückschrecken. Rückblickend halte ich es für durchaus segensreich, meine verstärkten Heiratsabsichten in einem Alter ausgelebt zu haben, in dem die Anträge zwar hochgeschätzt, aber keineswegs ernst genommen wurden.

Außerhalb der Ferienerlebnisse war ich deshalb nur sehr selten zu Besuch bei meinen Großeltern, die sich mit meiner Mutter über die Wahl ihres Ehemannes, also meines Vaters, zerstritten hatten und darüber nie wieder ganz zueinander fanden. Mein Vater, den Opa Zeit seines Lebens den »Taugenichts« rufen sollte, hatte wenig Verlangen, die sonst in Familien üblichen Höflichkeitsbesuche abzustatten. Obwohl Opas Einschätzung von der Realität und dem beruflichen Erfolg meines Vaters Lügen gestraft wurde, weigerte er sich in seiner konsequenten Art, sein Urteil zu revidieren und so blieb es bei den atmosphärischen Störungen innerhalb unserer Familie. Als Opa starb, war es deshalb nicht überraschend, dass er mich als seinen Haupterben eingesetzt hatte. Hätte er mich besser gekannt, wäre ihm aufgefallen, dass er damit ausgerechnet den wirklichen »Taugenichts« zu seinem Erben gemacht und den Erfolgsmenschen unserer Familie, meinen Vater, ein letztes Mal brüskiert hatte.

Die Erbschaft bestand zu einem Teil aus Sichteinlagen bei Banken, Tagesgeld, Sparbuch und Guthaben auf dem Girokonto. Daneben hatte Opa auch in Aktien investiert und dabei die Urteilsfähigkeit bewiesen, die er bei der Bewertung meines

Vaters gezeigt hatte. Kurz gesagt, war sein Depot eines der wenigen, das selbst in den vergangen Boom-Jahren keinen Wertzuwachs erzielt hatte. Opa hatte diesen Misserfolg aber durch verstärkte Enthaltsamkeit und eisernen Sparwillen ausgeglichen, sodass das Depot trotzdem mehr als einen Achtungsbetrag aufwies. Zusätzlich vererbte mir Opa sein Haus mit Garten, das nun nicht mehr der Landsitz war, den ich als Kindheitserinnerung in mir trug, sondern ein eher modernisierungsbedürftiges Häuschen, das am Rande der stark gewachsenen Stadt stand. »Im Speckgürtel Hamburgs «, wie wir im Maklerjargon sagen. Den Erlös aus dem Verkauf des Hauses sowie das übrige Geld wollte ich mit meinen Eltern teilen, auch wenn dies nicht dem Willen des Erblassers entsprach. Die überraschendste Position der Erbmasse war aber weder das Depot noch das Haus, sondern ein fast fünf Hektar großes Grundstück am Rande Hamburgs. Keiner von uns hatte vorher etwas von seiner Existenz geahnt. Wir fragten uns, wie ein so bodenständiger und ansonsten nicht unbedingt als Immobilientycoon aufgefallener älterer Herr wie Opa an das Grundstück herangekommen war. Nach einiger Grübelei berichtete meine Mutter von früheren Gerüchten, Opa hätte nach dem Krieg eine Zeit lang mit Beutekunst gehandelt.

»Bedruckte Einkaufstaschen?«, fragte ich verblüfft.

Mutter korrigierte mich: »Nicht *Beutelkunst*, Junge. Beutekunst! Kunstwerke, die Opa im Krieg … tja … zugetragen wurden und die er später verkauft hat. Du weißt doch, dass er in Russland war.«

»Und du meinst, Opa hätte da Kunst geklaut?«

Der Notar mischte sich ein. »Ach, Herrschaften, das sind jetzt aber wirklich Dinge, die mich nichts angehen. Nebenher wissen wir zurzeit doch nicht einmal, ob das Grundstück überhaupt einen besonderen Wert darstellt. Wenn ich das richtig sehe, liegt es direkt am oder sogar im Duvenstedter Brook. Und das ist ein Naturschutzgebiet. Wenn es sich nur um nicht bebaubare Fläche handelt, können Sie von einem Quadratmeterpreis von vielleicht sechs bis acht Euro ausgehen. Das wären dann so um die Zweihunderttausend Euro.«

»Und das nennen Sie keinen besonderen Wert?«, entrüstete sich Vater.

»Na ja«, wand sich der Notar, »ich meinte, im Vergleich dazu, wenn es bebaubar wäre.«

»Und wenn es das wäre?«, fragte Mutter.

Jetzt war eindeutig ich als der Immobilienfachmann unserer Familie gefragt. »Dann, Mama, könntest du demnächst in der Zeitung lesen, dass ein kauziger Superreicher ein Angebot für Kuba abgegeben hat.«

»Wow!«, sagte Mutter. »Wow!«, sagte Vater.

»Tja, ähm«, sagte der Notar.

Bevor ich die Sache mit dem Erbe weiterverfolgen konnte, musste ich mich erst einmal richtig betrinken. Als Begleiter kam da natürlich nur Hakan in Frage und so verabredeten wir uns in einer Cocktailbar in Eppendorf. Wir bestellten zwei Bodka und atmeten erleichtert auf, als die Kellnerin entnervt »Was 'n das sein?« zurücknuschelte. Offenbar war das Zeug eine rein Lübecker Angelegenheit.

»Sollen wir dann Bier und Wodka separat bestellen?«, fragte Hakan.

»Bist du verrückt geworden? Ich mag überhaupt kein Bier und bin froh, wenn ich den Dreck nicht trinken muss. Ist eine reine Traditionssache, wenn ich mit dir zusammen bin.«

»Geht mir genauso«, pflichtete Hakan bei, während die Kellnerin ungeduldig wurde. »Dann also Bier mit Wodka, Baby. Und dein bestes Lächeln, wenn du es bringst. Geht das?«, wandte er sich an sie und erntete, anders als jeder andere, der eine so miese Anmache versucht hätte, ein Lächeln. Als die Kellnerin unseren Tisch verlassen hatte, beugte sich Hakan zu mir.

»Also, Cord, was gibt es so Geheimnisvolles, was du mir

nicht am Telefon erzählen kannst, das aber so wichtig ist, dass wir uns unbedingt noch heute Abend betrinken müssen?«

»Ich sehe nicht, was daran verkehrt sein sollte …«, gab ich zu bedenken.

»Eigentlich nichts. Einzig, dass ich morgen Früh um sieben die alte Rehberg bei mir auf der Couch habe und einen, wenn auch nicht ausgeschlafenen, so doch zumindest nüchternen Eindruck auf sie machen sollte.«

»Corinna kommt zu dir? Meine Schwiegermutter Corinna Rehberg?«

»Ja, sie hat im Moment Probleme, Juans sexuelle Fantasie nach …«

»Halt, stopp!«, unterbrach ich ihn, »du solltest endlich lernen, deine ärztliche Verschwiegenheitspflicht ernst zu nehmen. Ich kann mir das wirklich nicht anhören.«

»Ach, ich dachte, in der Familie wäret ihr nicht so empfindlich«, gab sich Hakan ohne Schuldbewusstsein.

»Glaubst du das wirklich? Erzählst du denen etwa auch etwas über mich? Gott, Hakan, wenn du irgendjemanden aus dieser Familie irgendetwas über mich erzählst, dann reiße ich dir den Kopf ab!«

Hakan starrte betreten zu Boden, erkennbar in die Vorstellung versunken, zukünftig ein Leben ohne Kopf führen zu müssen.

»Oh, mein Gott, du hast ihnen bereits etwas erzählt!«, bahnte sich die Erkenntnis ihren Weg. »Was hast du Penner wem erzählt?«

»Na ja, Sylvia war da.«

»Sylvia?«

»Ja, Sylvia. Deine Frau.«

»Ich weiß, dass Sylvia meine Frau ist. Aber wieso war sie bei dir?«, fragte ich entsetzt.

»Na ja, nach der Sache mit diesem Seitensprung, war sie ein bisschen durcheinander und …«

»… Seitensprung?«, unterbrach ich ihn in einer hysterischeren Tonlage als beabsichtigt.

»Reingelegt!«, triumphierte Hakan jetzt mit strahlendem Lächeln.

»Du verdammtes Arschloch«, erwiderte ich halb wütend und halb erleichtert. »Wieso sitze ich hier mit einem solchen Penner zusammen und trinke ein Zeug, das ich mindestens ekelerregend finde.«

»Fragst du mich das jetzt als Psychologe oder ist das nur so dahingequasselt?«

Wir alberten noch ein wenig herum, tranken zwei weitere Bodkas, die nun auch die Kellnerin als solche akzeptierte und schließlich erzählte ich Hakan von meiner Erbschaft. Mein plötzlicher Reichtum faszinierte ihn weniger als das mysteriöse Grundstück. »Reich warst du doch vorher schon«, spielte er auf mein angeheiratetes Vermögen an. Nachgerade neidisch war er allerdings auf meinen kriminellen Hehler-Opa, der einen Teil seiner *Freibeuter-Gene* an mich weitergereicht haben könnte.

»Opa war nach dem Krieg Postbeamter. Weiter weg von *Freibeuter* geht es doch eigentlich nicht mehr«, gab ich zu bedenken.

»Tja, dann eben Freibeuter im Geiste«, ließ sich Hakan nicht von dem einmal lieb gewonnen Bild abbringen.

Ich tat, als würde ich darüber nachdenken: »Tatsächlich hat er das Meer und das Segeln sehr geliebt. Und das eine Bein, das linke, das hat er auch leicht nachgezogen.«

»Siehst du. Merkst du was? Dein Opa war ein richtiger Pirat!«, ließ sich Hakan von seiner Euphorie und den diversen Bodkas mitreißen.

»Mein Opa war ein Hehler, der aus den damaligen Umständen skrupellos seinen Vorteil gezogen hat.«

»Tja, so wie du ihn mir beschrieben hast, hat er nicht gerade auf großem Fuß gelebt nach dem Krieg.«

»Und?«

»Dann hat er das wohl kaum für sich gemacht, oder? Eher

hat er da doch wohl an seine Kinder und Enkel gedacht und die auf diesem Wege zu versorgen versucht, in einer Zeit, als nichts mehr Bestand hatte. Schon gar nicht das Gesetz.«

Ich nickte anerkennend und nahm noch einen Schluck aus meinem Glas, als Hakan fortfuhr: »Dein Opa war ein großer Mann!«

»Ein sehr großer Mann«, pflichtete ich bei, »wenn auch körperlich eher …«

»… ein sehr, sehr großer Mann«, bestand Hakan auf der Aussage.

Wir nickten uns eine Weile still zu und tranken dabei schweigend weiter, ehe Hakan erneut anhob: »Und er verdient es, dass man sein Erbe respektvoll behandelt.«

»Respektvoll und mit … ähm …«, mir fehlten die Worte.

»Respektvoll und mit Würde«, half Hakan aus, der noch etwas weniger angeschlagen wirkte, »und im Geiste des Abenteurers, der in dem alten Freibeuter steckte, Gott hab ihn selig …«

»Worauf willst du hinaus?«, erlebte ich einen letzten klaren Moment, bevor mich der Alkohol wieder benebelte.

»Ach herrje, Cord, was ist das große Abenteuer, das du seit Kindertagen mit dir herumträgst, das dein Leben als Ärmelschonerprobeträger und Schreibtischplattenbelastungstester aufmischen und gleichzeitig deinem Großvater und Michael ein Denkmal setzen könnte?«

»Du meinst das Camp der Liebe?«

»Klar meine ich das Camp. Du hast das Geld, du hast den Ort, du hast die Inspiration. Worauf wartest du noch?«

»Schnapsidee«, murmelte ich, wenig überzeugt. Aber Hakan ließ nicht locker.

»Warum eigentlich? Diese Erbschaft gibt dir noch einmal die Chance zur Veränderung. Was glaubst du, wie viele davon noch auf dich warten? Willst du ewig weitermachen mit deinem Bürojob? Morgens hin, abends zurück. Du hasst die Arbeit und die Arbeit hasst dich. Du warst mal ein Zuhälter und jetzt guck an, was aus dir geworden ist!«

»Ich war kein Zuhälter!«, entrüstete ich mich. »Ich hab nur in einem Bordell gearbeitet. Das ist ein Unterschied.«

»Tja, in jedem Fall aufregender als das, was du jetzt machst. Und denk doch mal daran zurück, wie du dich mit dem Sondereinsatzkommando angelegt hattest. Das waren noch Abenteuer!«

»Ich hab mich nicht mit denen angelegt. Meine Rolle war total passiv. Die haben mich weggesprengt und dann ins Krankenhaus gebracht. Das war alles. Wenn ich heute mit der Stadt um die Baugenehmigung für ein Parkhaus verhandele, dann ist das spannender und …«

»… Papperlapapp«, unterbrach Hakan, »das ist nicht spannender als eine irische Stepptanzveranstaltung. Das ist sogar noch weniger spannend als eine Diskussion der Vorbereitungskommission zur Haushaltsdebatte im Bundestag. Das ist absolut überhaupt gar nichts!«

Die nächsten drei Minuten schwiegen wir uns an, verblüfft ob der Heftigkeit seines Ausbruchs. Wie immer war es an mir, uns da wieder herauszuholen. »Kann es sein …«, fragte ich ihn, »… dass du überhaupt nicht von mir und meinem Leben redest, sondern von dir und dem deinen? Kann es sein, dass dich dein Leben als erfolgloser Psychologe und Permanent-Verführer derzeit unterfordert?«

Entwaffnend zuckte Hakan mit den Schultern, die Handflächen offen in meine Richtung weisend. »Was soll ich sagen, Herr Kollege: Erwischt!«

Ich brauchte eine Weile, um zu prüfen, ob das jetzt ein uneingeschränkter Triumph für mich war oder eine Falle. Ich bestellte noch zwei Bodkas, um mir Zeit zu verschaffen, und war endlich bereit einzuräumen, dass auch er nicht ganz falsch lag, was mich und mein Leben betraf. Dass auch ich ein wenig Abwechslung und Abenteuer gebrauchen konnte.

»Okay, Hakan. Lass es uns im Auge behalten«, schloss ich das Thema für den Abend.

Am nächsten Morgen setzte ich Sylvia über die Erbschaft ins Bild. Wir hatten am Tage der Testamentsvollstreckung nur kurz telefoniert und uns für den folgenden Morgen auf ein gemeinsames Frühstück verabredet. Normalerweise war ich in der Woche schon lange im Büro, wenn Sylvia noch im Bett lag und so war es ein fremdes Gefühl, untätig und frei von Aktenordnern mit ihr am Frühstückstisch zu sitzen. Sylvia hatte Opa noch zu Lebzeiten kennengelernt, aber doch nicht gut genug, um im Angesicht seines Todes die Schwelle von Bedauern zu ernsthafter Trauer zu übertreten. Deshalb, und da sie meine untypische Aufgeregtheit erkannte, war sie in erster Linie neugierig, worin meine Erbschaft bestand. Wie auch Hakan interessierte sie sich nicht für diejenigen Teile des Erbes, deren Wert und Verwendung bereits feststanden. Auch sie empfand eine Erregung, die aus dem Ungewissen resultierte, das das merkwürdige, mir bisher unbekannte Grundstück versprach.

»Du hast es dir doch bestimmt gleich gestern angesehen?«, wollte sie von mir wissen.

»Ich bin doch nicht verrückt!«, entgegnete ich. »Erst einmal will ich es genießen zu träumen, was es alles sein oder werden könnte. Erst wenn ich alles im Gedanken durchgespielt habe, werde ich der Realität ihren Platz lassen.«

Sylvia war überrascht: »Das hört sich aber mehr nach Träumer denn nach knallhartem Immobilienmanager an, der du doch sonst immer sein willst.«

Ich erläuterte ihr, dass ich genau das nicht mehr war. Dass ich spätestens gestern erkannt hatte, mein Leben nicht so weiterführen zu wollen wie bisher. Erstaunlich dabei war, dass Sylvia total entspannt, ja sogar erfreut reagierte. Eigentlich hatte ich Einwände erwartet. Hatte gedacht, sie würde mehr an unserem bürgerlichen Leben und der Idee von mir als Firmennachfolger ihres Vaters hängen. Doch ihre Reaktion drückte etwas ganz anderes aus und so fuhr ich fort, indem ich Hakans Worte vom Vorabend wiederholte.

»Weißt du, früher war ich mal ein Zuhälter. Und jetzt guck

mal, was für ein Spießer ich geworden bin!«

»Ach Liebling, du warst kein Zuhälter, sondern eine Fachkraft in der Administrative eines Vergnügungsbetriebes. Aber ich finde auch, dass wir noch mal etwas Neues beginnen sollten«, überraschte sie mich zum wiederholten Mal.

»Und doch meine ich, dass wir auch in diesem neuen Leben ein Mindestmaß an Realitätssinn bewahren sollten. Und insofern müssen wir uns das Grundstück jetzt sofort ansehen.«

»Weil du meine Träumereien für eine spinnerte Idee hältst?«, wollte ich wissen.

»Nein. Weil ich es sonst nicht mehr aushalte vor Neugierde.«

Höchstens fünf Minuten später saßen wir im Auto und waren in Richtung des Grundstückes unterwegs. Ich nutzte die Fahrzeit, um die Idee des *Camps der freien Liebe* bei ihr einzuführen. Natürlich vermied ich dabei den Begriff der freien Liebe und stellte den Gedanken der unabhängigen Alternativgemeinde mit eigenen Sozial- und Rechtsstrukturen in den Vordergrund. Zurückblickend denke ich, dass dies genau der Zeitpunkt war, der über das Camp und seine Realisierung entschied. Hätte sie auch nur ein bisschen so reagiert, wie es auf diese kindische Fantasie angemessen war, dann hätte ich wohl nie mehr darüber geredet. Doch Sylvia erwies sich von Beginn an als leidenschaftlicher Unterstützer der Idee. Stärker gar als Hakan, soweit das überhaupt möglich war. Und natürlich kannte sie das dänische Christiania, das unser Vorbild werden sollte. Sie war sogar schon da gewesen und hatte – das Leben spielt die erstaunlichsten Streiche – als Jugendliche sogar Protestbriefe an die dänische Regierung geschrieben, als diese sich mal wieder in der Zwangsräumung Christianias übte. Sie war kein Hippie. Hippies tragen nicht Gucci oder Sander. Und doch steckte in ihr eine Portion Freigeist und Abenteuerlust. Es gibt Momente, in denen einem besonders klar wird, warum man mit jemandem zusammen ist. Dies war eindeutig eine dieser Gelegenheiten.

Es dauerte eine ganze Weile, ehe wir den Stadtrand und das Naturschutzgebiet erreicht hatten. Bei solcher Art Grundstück ist das Problem des Auffindens größer, als man glaubt. Man sollte meinen, je größer ein Grundstück ist, desto leichter wäre es zu finden. Das Gegenteil ist der Fall. Den Umfang eines normal kleinen Grundstückes erkennt man an der umlaufenden Umzäunung, die einem mittig platzierten Baukörper die Anmutung einer Festung verleiht. Bei der vorliegenden Größe gab es aber keine Zäune und Umfriedungen und auch keine beziehungsweise nur sporadische Bebauung. Ich hatte vom Notar zwar Lageplan und Flurkarte bekommen, aber trotzdem keine Ahnung, wo die Grenzen verliefen. Klar war, dass ein Randbereich des gesamten Grundstückes die Hamburger Stadtgrenze überlagerte und an genau dieser Stelle auch eine Bausubstanz aus mehreren kleinen Einheiten existierte. Allerdings setzte diese Annahme voraus, dass die zig Jahre alte Flurkarte noch Bestand hatte. Möglicherweise war von den eingezeichneten Gebäuden auch gar nichts mehr übrig. Abgerissen, verfallen und vergessen. Ob sie dann wieder aufgebaut werden dürften, wäre eine aus Bewertungsgründen elementare Frage, nicht aber, um hier und jetzt einen ersten Eindruck zu gewinnen. Trotzdem beschlossen wir, genau dort, wo wir die Häuser vermuteten, mit unserer Suche zu beginnen.

Der letzte Teil des Weges, den uns unser Navigationsgerät vorgab, war ein fast zweihundert Meter langer Feldweg, der die einzige Verbindung zum öffentlichen Straßennetz darstellte. Er endete an einer Wegsperrung mit Rundholzauflage, die den öffentlichen Wanderweg vom Autoverkehr trennte. Wir befanden uns im Naherholungsgebiet, kannten diesen beliebten Wanderpfad sogar von einem unserer Spaziergänge, als wir noch frisch verliebt waren und die Natur zweitrangige Kulisse.

Aufgeregt parkten wir unser Auto am Wegesrand und genossen die Frühjahrssonne, die uns durch die sprießenden

Blätter erreichte, und den typischen Geruch des Frühjahres, in dem sich der erdige Fäulnisgeruch des vergangenen Winters mit dem Gras- und Blütenduft des kommenden Sommers mischte. Die naturgegebene Atmosphäre aus Aufbruch und Veränderung passte perfekt zu unserer eigenen Stimmung. Alles schien möglich und die freudige Anspannung verstärkte sich noch. Wo aber war das Grundstück? Genau an der Wegsperre teilte sich der Wanderweg links und rechts auf, wobei die linke Seite in Richtung der Stadtgrenze zurückführte. In unseren Unterlagen, war dieser Weg eingetragen und führte in einem Bogen um das Grundstück herum, sodass wir zumindest für diese Seite eine perfekte Grenzmarkierung gefunden hatten. So, wie es aussah, standen wir also bereits auf unserem Land. Wir fielen wir uns in die Arme und drehten uns im Kreis bis Sylvia schwindelig wurde.

»Mein Gott, ist das schön hier«, keuchte sie nach kurzer Verschnaufpause.

Ich wagte einen erneuten Rundblick. Rechts vor mir lag eine leicht hügelige Landschaft mit lichtem Baumbewuchs und einem kleinen Birkenwäldchen. Auf der linken, an den Wanderweg angrenzenden Seite eine Streuobstwiese, deren Bäume die ruinösen Reste vierer Landarbeiterhäuschen halbwegs verdeckten. In einer Senke, ungefähr zweihundert Meter von meiner jetzigen Position entfernt, fügte sich ein kleiner See in die wildgewachsene Wiesenlandschaft. Es war alles in allem eine unerwartete Idylle am Rande der Großstadt. Das ganze Areal sollte eine Fläche von gut fünf Hektar aufweisen, von denen wir maximal einen Hektar übersehen konnten. Zum Wanderweg bestand durch den dichten Knickbewuchs ein natürlicher Blickschutz.

Bis zum späten Nachmittag hatten wir die die genauen Grenzen des Grundstücks erkundet. Wir hatten fünf Hektar Land unterschiedlichster Anmutung geerbt! Ein kleiner See, Wiesen, Wäldchen und einen Bereich, der tief in eine landwirtschaftlich genutzte Fläche hineinreichte, die vom verantwortlichen Bauern wohl einfach mitverwendet wurde. Niemals hätte ich eine solche Begeisterungsfähigkeit bei Sylvia vermutet, wie ich sie an diesem und an den folgenden Tagen erlebte. Es bereitete mir allergrößte Mühe, sie bei aufziehender Dämmerung von diesem Ort weg zu bewegen, der unsere Zukunft entscheidend beeinflussen sollte.

Als ich am nächsten Morgen aufwachte, war Sylvia schon seit Stunden auf den Beinen und hatte sich mit einer Tasse Kaffee an den Schreibtisch gesetzt, wo sie eifrig über DIN A3 Zeichenpapier gebeugt, Planungen und Skizzen für die Gestaltung des Camps anfertigte. Ich beobachtete eine Weile, wie sie ungeduldig ihre blonden Locken aus dem Gesicht strich, die jedes Mal zurückfielen, wenn sie sich für einen weiteren Zeichenstrich nach vorne beugte. Ab und zu wandte sie sich zu mir um, lächelte mich an oder übertrug mir kleinere Aufgaben, wie Kaffee holen oder Bleistifte anspitzen. Ich war auf meine eigene Art ebenso konzentriert wie sie. Nur war meine Aufmerksamkeit ausschließlich auf sie und ihre Anmut gerichtet und so nickte ich zwar jedes Mal, vergaß aber sofort wieder, worum sie mich gebeten hatte. Ich empfand einen der seltenen Momente totalen Glücks und Zufriedenheit und im gleichen Augenblick, als mir das klar wurde, war er auch schon wieder vergangen, weil die Gedanken nun unaufhörlich darum kreisten, wie viele dieser unbeschwerten Glücksmomente ich bisher schon erlebt hatte, in welchem Verhältnis diese Zeitspanne zur meiner bisherigen Lebenszeit stand und ob sie sich im Nachhinein auch als genauso glücklich herausgestellt hatten, wie sie im jeweiligen Moment erschienen waren. Als mein wandernder, schwermütiger Geist den Moment endgültig kaputtgemacht hatte, verabschiedete ich mich von Sylvia mit einem langen Kuss und fuhr ins Büro, wo meine Gedanken kaum zur Ruhe kamen und pausenlos um das Grundstück kreisten. Nach zwei Stunden rief ich Hakan in seiner Praxis an und berichtete ihm von unserer gestrigen Besichtigung.

»Ihr wart da?«

»Yep, waren wir. Und es war absolute Weltklasse.«

»Okay, dazu will ich nachher mehr hören, aber zuerst will ich wissen, wieso du Sylvia mitgenommen hast.«

»Na ja, sie ist meine Frau, weißt du. Und wenn ich etwas erbe, dann erbt sie es doch quasi auch. Mit wem sollte ich sonst dahin fahren?«

»Mit mir, zum Beispiel«, antwortete er maulend, »ich meine ja nur, solange du noch nicht genau weißt, ob du vielleicht das Camp der Liebe errichtest, könnte es eher hinderlich sein, Sylvia ...«

»Sylvia weiß davon«, unterbrach ich ihn.

»Sie weiß, dass du ein Camp der *freien Liebe* einrichten willst?«, fragte Hakan ungläubig.

»So genau jetzt auch wieder nicht. Sie weiß, dass ich möglicherweise eine Alternativgemeinde gründen möchte; so wie Christiania. Das mit der freien Liebe habe ich erst einmal weggelassen.«

Hakan pfiff leise durch die Zähne. »Da bin ich jetzt allerdings gespannt, wie du *die* Kurve später kriegen willst. Aber egal, kommen wir zum Grundstück.«

Ich berichtete ihm in allen Einzelheiten, was ich am gestrigen Tage alles gesehen hatte. Besonders interessierten ihn die verfallenen Häuser und die Lage und Beschaffenheit des kleinen Sees. Nach einer Weile schlug er vor, gemeinsam zum Bauamt zu gehen, um Grund in die Sache zu bekommen. Da er damit nur meine eigenen Gedanken aussprach, stimmte ich zu und machte mich sogleich an die Terminvereinbarung.

Entgegen der landläufigen Meinung war ein persönliches Gespräch im Bauamt schnell und unbürokratisch zu bekommen, vermutlich, weil die Mitarbeiter sich über jede Abwechslung ihrer täglichen Formulararbeit freuten. Ein Gespräch ermöglicht ihnen, der demütigen Kreatur – dem sogenannten *Antragsvieh* – Kompetenz zu beweisen und so manchen sonst fälligen Papierantrag bereits im Vorfeld zu unterbinden. Die zuständige Dame antwortete mit einem für einen Mitarbeiter des öffentlichen Dienstes quasi begeisterten »Tja, wenn Sie unbedingt kommen wollen, dann kommen Sie halt um 9:17 Uhr. Und seien Sie pünktlich!«

Hakan und ich trafen uns folglich um 9:20 Uhr vor dem Verwaltungsgebäude, wobei er mit einer vor Sauberkeit blitzenden, neu aussehenden Limousine vorfuhr, die ich bisher nicht kannte.

»Mein Gott, fährst du jetzt etwa Mercedes?«, rief ich entgeistert.

»Logisch, ich bin schließlich so etwas wie ein Arzt!«

»Du bist kein Arzt, du bist Türke!«, stammelte ich konfus.

»Umso mehr ein Grund Mercedes zu fahren«, gab er abwinkend zurück.

Wir gingen in das Gebäude, das aus der Jahrhundertwende stammte, prunkvoll auf einem fast parkähnlichen Grundstück stand und den Herrschaftsanspruch der staatsdienenden Klasse auf eine selten gewordene Weise unterstrich. Im Zimmer 204 erwartete uns unwirsch und übellaunig Frau Ingrid Rindchen, die mir am Telefon unwirsch und übellaunig vorgekommen war.

»Ich hatte 9:17 Uhr gesagt!«, bellte sie uns an.

»Und ich ›Guten Morgen‹, worauf ›Ich hatte 9:17 Uhr gesagt.‹ keine wirklich gute Antwort ist«, erwiderte ich lächelnd.

Während Frau Rindchen sich aus ihrem Stuhl emporschraubte, um sich in eine wutgerechtere Position zu bringen, betrat Hakan das Zimmer, der sich etwas hinter mir gehalten hatte. Frau Rindchen sackte wie vom Blitz getroffen in sich zusammen. Aller Missmut war aus ihrem Gesicht gewichen. »Oh Gott, Oh Gott«, stammelte sie, den Blick auf Hakan gerichtet.

Ich versuchte sie zu beruhigen. »Klar, ist Herr Yüziak eine beeindruckende Erscheinung, aber jetzt reißen Sie sich bitte etwas zusammen!«

»Das ist es nicht«, stammelte sie, »es ist, weil … na ja, schon du … also Sie, Cord Andreesen, waren eine Überraschung. Aber Hakan Yüziak noch im Schlepptau dabei – also das ist dann doch *eine* Überraschung zu viel!«

Hakan guckte sie nicht minder verdutzt an, als ich. Wir schwiegen beide in der sicheren Annahme, dass die fällige Erklärung auch von alleine aus ihr heraussprudeln würde, wenn sie sich ausreichend gesammelt hätte. Als Frau Rindchen unsere aufmerksamen, aber unwissenden Gesichter las, stellte sich wieder die vertraute Grimmigkeit ein.

»Verdammt noch mal, ihr blöden Arschlöcher«, fuhr sie uns in einem für eine Amtsstube unerwarteten Tonfall an, »ich war mit beiden von euch im Bett – okay, Cord, mit dir nur im Bett und nicht so richtig …, aber egal, wo war ich?«

»Sie waren mit uns beiden im Bett, Ma'am«, soufflierte Hakan und ich stieß ihm meinen Ellenbogen in die Seite.

»Richtig! Mit beiden von euch. Und ihr Saukerle könnt euch nicht an mich erinnern?«, schrie sie uns an.

Eine unschöne Stille erfüllte den Raum, nachdem Frau Rindchen gesagt hatte, was sie zu sagen hatte. Hakan räusperte sich und ging offensichtlich die Liste seiner vergangenen Eroberungen durch. Mir war klar, dass das eine Ewigkeit dauern würde. Zeit, die wir in einer solchen Situation nicht hatten. Meine eigene Liste war zwar deutlich kürzer, aber Frau Rindchen löste auch bei mir keine greifbare Erinnerung aus. Ich musterte sie erneut von oben bis unten, ihre ein wenig untersetzten Beine, die üppige Oberweite, das leicht rundliche Gesicht mit den hellwachen braunen Augen, die eher eine ungewöhnliche, wenngleich attraktive Kombination mit den glatten blonden Haaren darstellten.

»Ich will ehrlich sein, Frau Rindchen«, mühte ich mich, als Hakan keinerlei Bereitschaft erkennen ließ, die verrückte Sachbearbeiterin zu beruhigen, »aber ich fürchte, es handelt sich um ein – zugegeben pikantes – Missverständnis. Wir sind hier, wegen eines Grundstückes im Duvenstedter Brook …«

»Ingrid Rindchen!«, schrie Hakan auf einmal heraus. »Ingrid, du Depp. Ingrid aus der Schule am Blumenpark. Unsere Schule, unsere Klasse!«

Nun traf auch mich die Erinnerung mit Vehemenz. Ingrid, meine Ingrid. Meine erste Liebe und das erste, wenngleich missliebige Band, das zwischen Hakan und mir gespannt worden war. Ingrid, mein Mädchen, das Hakan mir genommen hatte!

»Ingrid«, stammelte ich, »Ingrid. Das ist jetzt schon ein wenig …«

»… peinlich?«, bot sie an.

»Ja, peinlich«, nahm Hakan den Ball auf, »und auch total schön, wenn man die peinlichen Elemente herausrechnet.«

»Da hat man dann allerdings reichlich zu tun«, ätzte sie zurück.

»Womit bitte?«, unterstrich ich meine Begriffsstutzigkeit.

»Mit dem Herausrechnen der Peinlichkeit«, erläuterte sie geduldig.

»Ah, ja, damit …«, stimmte ich zu. »Du siehst toll aus, Ingrid. Besser sogar als früher. Und schon da warst du ein Kracher.«

»Auf der Straße …«, stimmte Hakan ein, »… da hätte ich dich zwar auch nicht erkannt. Aber angemacht hätte ich dich ganz sicher!«

Ingrid schaute uns gerührt an, bevor sie antwortete: »Aus dem größten Träumer und dem wildesten Raufbold sind zwei echte Gentlemen geworden. Ihr glaubt nicht, wie ich mich freue, euch zu sehen.«

Wir nickten artig und hatten in der nächsten halben Stunde reichlich damit zu tun, Ingrid alles über unsere Lebenswege seit der gemeinsamen Schulzeit zu erzählen. Ich hatte dabei große Mühe, meine Arbeit im Bordell zu einer bürgerlichen Anstellung in der Unterhaltungsbranche umzuformulieren, als Ingrid mich unterbrach: »Meinst du damit das ehemalige Ambrosia? Das Bordell, das die Bullen gesprengt haben?«

»Äh … ja, das Ambrosia, richtig«, gab ich zu.

»Ich hab in der Zeitung darüber gelesen und mich schwer gewundert, dass ausgerechnet du, der Unflippigste von uns allen, Zuhälter geworden bist.«

»Also, Zuhälter stimmt jetzt streng genommen nicht«, korrigierte ich sie, »ich war mehr in der Verwaltung.«

Doch da hatte sich Ingrid schon auf das nächste Gebiet ihrer Neugier gestürzt. Brennend interessierte es sie, wie Hakan und ich, zwei Rivalen aus der Schulzeit, zueinander gefunden hatten. Und auch da hatte ich Mühe, eine geeignete, aber entschärfte Erklärung zu geben. Hakan kam mir zuvor.

»Tja, Cord und seine Frau hatten ein Sexproblem und sind damit zufällig zu mir in die Praxis gekommen.«

»Wir hatten kein Sexproblem!«, fiel ich empört ein. »Das waren meine Schwiegereltern.«

»Okay, da hast du recht, Cord. Hatte ich vergessen. Es waren deine Schwiegereltern, die das Sexproblem hatten, ihr beide seid zu mir gekommen, weil eure Ehe schlecht lief.«

»Ich halte diese Quatscherei für genauso illegal wie uninteressant für Ingrid.«

»Aber nein«, beharrte Hakan, »sie hat doch extra gefragt. Stimmt es nicht, Ingrid?«

Nach einer Stunde hatten wir dann die Meilensteine meiner privaten Verfehlungen soweit durchgearbeitet, dass wir uns dem eigentlichen Grund unseres Besuches zuwenden konnten. Theoretisch zumindest, denn praktisch hatten wir dazu überhaupt keine Zeit mehr. Ein anderer Herr mit abgestimmtem Besuchstermin hatte bereits zweimal angeklopft und gefragt, wann er denn endlich an der Reihe sei. Beide Male, als unser Gelächter über eine erinnerte Episode Ausmaße annahm, das klar über aller Art Amüsement lag, die man in einem geschäftsmotivierten Gespräch auf dem Bauamt erwarten konnte. Es war überdeutlich, dass wir ein privates Gespräch führten und nur eine Frage der Zeit, bis auch der Amtsleiter aufgeschreckt würde. Hakan und Ingrid klärten deshalb noch rasch die Details ihrer Mittagsverabredung und gemeinsam vereinbarten wir einen Folgetermin am nächsten Wochenende in Ingrids Volksdorfer Mietwohnung. Ingrid würde alle Unterlagen mit nach Hause nehmen und wir könnten dort ungestört reden und arbeiten, wie sie uns vorschlug. Ich unterließ es, die genaue Anschrift in meinen Notizblock zu schreiben, da ich ahnte, dass Hakan den Weg zur Wohnung bis dahin schon kennen würde.

In den nächsten Wochen kamen wir dann auch ein paar Mal in Ingrids Wohnung zusammen. So, wie zuerst Hakan und Sylvia, fing auch Ingrid schnell Feuer für unsere Idee und es war lehrreich zu sehen, wie sich die Menschen für eine absurde Idee begeistern ließen, wenn diese durch eine klitzekleine Prise Realisierungsmöglichkeit auch nur ein Fünkchen unmöglicher gemacht wurde. Mein Realisierungspotenzial lag in dem Grundstück, das mittlerweile unzweifelhaft bebaubar und damit genauso unzweifelhaft wertvoll war. Ingrid brachte sich mit immensem Einsatz ein, als es darum ging, die optimale Bebauungsmöglichkeit zu erreichen, ohne dabei langwierige Lärmschutz- oder Umweltverträglichkeitsgutachten durchführen zu müssen. Auch eine Änderung des bestehenden Bebauungsplanes brachte sie durch die zuständigen Gremien des Bauamtes und des letztendlich beschließenden Bauausschusses. Die Dinge wurden mir fast vollständig aus der Hand genommen und verselbstständigten sich mit zunehmender Geschwindigkeit. Ich nahm die Entwurfszeichnungen von Sylvia und reichte sie an Ingrid weiter, die sie wiederum mit geringen Änderungen in das Amt mitnahm. Ich schaute zu, wie sich die Dinge entwickelten. Ein Zurück wurde allein aufgrund der Anzahl beteiligter Person immer unwahrscheinlicher. Es gab keine Zweifel an dem Projekt, zumal – außer mir selbst – ja auch keiner ein größeres finanzielles Wagnis damit einging. Der Spaß der Planung und das einsetzende Gemeinschaftsgefühl unter den Beteiligten alleine waren es wert weiterzumachen.

Doch wer waren die Beteiligten des Anfangs? Zunächst einmal wir vier, Sylvia, Ingrid, Hakan und ich. Etwas später, aber immer noch früh am Anfang, stieg Herr Born, mein ehemaliger Chef und Bordellbetreiber ein. Die Presse hat die Gründung des Camps später ausschließlich mir zugeschrieben, obwohl ich mich selbst nicht als die treibende Kraft hinter dem Ganzen verstand. Vielleicht ist es im Leben so, dass man bereits dann Handelnder ist, wenn man, mal hierhin mal dorthin geworfen, sich zur einen Seite weniger festhält als zur anderen. Ein Fernsehbericht nannte mich sogar einmal den »Macher des Camps«. Das – und dieser Gewissenerleichterung soll mein vorliegender Bericht dienen – war ich nun auf keinen Fall. Ich war der »Zulasser« des Projektes. Ohne die anderen Mitgründer, und das schließt Michael Born mit ein, hätte es das Camp nie gegeben.

Mein Bürotelefon zeigte eine unbekannte Nummer an, was in einem Maklerbüro nicht unbedingt verwunderlich ist. Die Kundenbeziehungen sind meistens: Anruf, Besichtigung, Kauf oder Miete und danach der Nächste. Ich war früh im Büro und unser Sekretariat noch lange nicht besetzt. Ich nahm den Hörer ab und hörte eine vage bekannte, aber schwer einzuordnende Baritonstimme, als ich mich korrekt meldete mit: »Rehberg & Cie. GmbH & Co. KG, Cord Andreesen, was kann ich für Sie tun?«

»Hi, Cord, schön dich zu hören. Born hier.«

Ich konnte den Namen nicht einordnen, zögerte aber mit der Rückfrage, da der Anrufer durch Ton und Anrede anklingen ließ, dass wir uns einigermaßen gut kannten. »Hallo, Herr Born, toll, dass Sie anrufen«, suchte ich den Kompromiss.

»Du hast keine Ahnung, wer ich bin, oder?«, tönte es mir entgegen.

»Was soll ich sagen? Nein, hab ich nicht. Aber Sie klingen nett. Geben Sie mir ein Stichwort.«

»Ambrosia. Whuuumm«, ahmte der Anrufer ein Explosionsgeräusch nach.

Ich brauchte nur einen kleinen Moment, um die Dinge zu sortieren. Welch Überraschung! Herr Born, mein ehemaliger Arbeitgeber. »Born, mein lieber Herr Born, das freut mich aber sehr, von Ihnen zu hören. Sind Sie – wie soll ich sagen – entlassen?«

»Nee, ausgebrochen. Deshalb ruf ich auch an.«

Mir sackte das Blut in die Knie. »Was meinen Sie mit ausgebrochen?«

»War ein Witz. Ein Knastwitz, sozusagen.«

»So, wie wenn ich fragen würde, wie es Ihre Verlobte Günther aufgenommen hat, alleine im Gefängnis zurückzubleiben?«, revanchierte ich mich.

»Hey, Moment mal, lass Günther da raus! Ist 'ne Schweinerei, dass der gleich mit Rocky zusammengegangen ist!«, empörte sich Born.

»Oh, ich wollte nur einen Scherz machen. Ich wusste nicht, dass Sie wirklich mit einem Günther … und Rocky kenn ich auch nicht!«, stammelte ich.

»Ich auch nicht«, antwortete Born, »wie hast du bloß die Zeit in meinem Laden überlebt?«, überging er höflich den Umstand, mich zum zweiten Mal innerhalb eines zwei Minuten währenden Gespräches auf den Arm genommen zu haben. Nach diesem etwas anstrengenden Auftakt brachten wir uns gegenseitig auf den Stand, der übliche Warm-up, bis es zum eigentlichen Grund des Anrufs kam. Herr Born, Michael, wie ich ihn nennen sollte, noch bevor das Gespräch beendet war, hatte unglaublich viel erlebt und zu erzählen, obwohl er die Zwischenzeit ausschließlich im Gefängnis verbracht hatte. Mehr als ich ihm im Gegenzug anbieten konnte, wie ich frustriert feststellte. Er erzählte mir von der albanischen Waffenschieberbande, die ihre Geschäfte mit dem Vorteil der Unantastbarkeit aus dem Gefängnis deutlich ausweitete – ›expandieren‹, wie er es nannte. Oder von der blühenden Knastprostitution, die er, was Wunder, nach kurzer Zeit fest unter Kontrolle hatte. So positiv und lebenslustig, wie ich ihn schon bei unseren wenigen früheren Kontakten erlebt hatte, schloss er seinen Bericht mit den Worten:

»War alles in allem eine geile Zeit im Knast. Aber jetzt freue ich mich auch auf das Draußensein!«

»Wir sollten uns mal auf einen Bodka treffen«, schlug ich vor, »aber ich nehme an, dass das nicht der einzige Grund für deinen Anruf ist, oder?«

»Nein, Cord, da hast du recht. Ich ruf an, weil ich deine Hilfe brauche. Nicht so, wie du denkst, also nicht finanziell. Oder zumindest nicht direkt. Geld habe ich nämlich genug. Ich bin mit Kohle in den Knast gegangen und komme mit noch mehr Kohle wieder heraus. Knastprostitution ist fast genauso lukrativ wie draußen. Überleg mal! Die ganzen Kosten für Personal, Räume, Ausstattung fallen weg und das Schmiergeld ist auch nicht höher, als …«

Ich unterbrach seinen Vortrag: »Okay, verstehe, aber was kann ich dann für dich tun?«

»Also, was mir wirklich fehlt, ist eine Beschäftigungsperspektive. Ich muss irgendetwas machen, was zumindest einen Teil meines Lebensunterhaltes einbringt und mich davon abhält, wieder in die Szene hineinzurutschen. Wenn ich nichts halbwegs Seriöses und gleichzeitig ein bisschen Halbseidenes finde, werde ich bestimmt über kurz oder lang wieder Probleme bekommen.«

»Wie meinst du das?«, fragte ich.

»Mein alter Beruf ist doch so was wie eine Knastgarantie. Und in den Knast will ich nicht mehr zurück, auch wenn es keine schlechte Zeit war. Ich bin jetzt in einem Alter, wo man an Familie und Kinder denken muss, wenn das überhaupt noch mal in Frage kommen soll. Ich will bürgerlich werden!«, beendete er seinen Vortrag. »Aber nicht zu sehr!«

»Und dabei soll ich dir helfen?«

»Yep! Wäre doch klasse, oder?«

Es entstand eine etwas zu lange Pause am Telefon, während ich über das Gesagte und die verschiedenen Möglichkeiten nachdachte. Eine Pause, die man genauso gut als stimmlose Ablehnung deuten konnte. Born blieb ruhig. Ich aber benötigte diese Zeit, in der mir klar wurde, dass ich erstens mit dem Camp auch kommerzielle Interessen verfolgen konnte, zweitens dann einen professionellen Vollzeit-Manager bräuchte und drittens Borns Vorname so etwas wie ein Zeichen war. Schließlich sollte das Camp auch eine Würdigung meines verstorbenen Freundes Michael sein und da war es nur recht und billig, wenn ein anderer Michael maßgeblich an dessen Entstehung beteiligt wäre. Als die Gesprächspause schon mehr als schmerzhaft wurde, antwortete ich ihm:

»Okay, Michael, ich denke ich habe da genau das Richtige für dich. Es bleibt bei meinem ursprünglichen Vorschlag. Lass uns heute oder morgen auf einen Bodka im Dock 7 treffen und die Sache besprechen.«

»Super, das ist doch mal etwas anderes als das sonstige Rumgeseiere. Ich hab mich nicht in dir getäuscht, mein Junge. Bleibt allerdings noch eine Frage offen …«

»Und?«

» Was ist *Bodka*?«

Wir trafen uns am nächsten Abend, wie besprochen. Nicht besprochen war, dass sich Hakan unserer Verabredung anschloss, nachdem ich ihm von dem Telefonat berichtet hatte. Er ließ sich partout nicht davon abbringen, einen echten Zuhälter und Knastbruder kennenzulernen.

Es bereitete keine Mühe, den federnden Schrittes einlaufenden Born zu erkennen, obwohl er jetzt keine langen Haare mehr trug. Die von ihm ausgehende Energie machte ihn unverkennbar. Ein sehr gut geschnittener grauer Nadelstreifenanzug und mit Gel zurückgekämmte Haare hätten die meisten anderen Menschen in unsympathische Anlageberater verwandelt. Borns offenes Strahlen drängte diesen Eindruck aber sofort zurück. Nachdem er uns gefunden hatte, umarmte er den ihm unbekannten Hakan überschwänglich und machte deutlich, dass es schwierig werden würde, ihn nicht zu mögen. Bald hatten wir die obligatorischen unbeholfenen Floskeln ausgetauscht und unsere erste Runde Bodka vor uns stehen. Ich erläuterte ihm unseren Plan zum Camp der Liebe und schloss meinen Vortrag damit ab, dass wir für Umsetzung und Betrieb des Camps professionelle Hilfe benötigten und uns dafür seine Mitarbeit vorstellen könnten.

»Was hältst du von der Sache, Michael?«, fragte Hakan zuletzt.

Born räusperte sich. »Zunächst einmal ein Wort zu diesem Bodka- Gesöff. Das ist wirklich total widerlich, Jungs! Wie könnt ihr so was trinken?«

»Haben wir auch zuerst gedacht«, räumte ich ein.

»Denk ich eigentlich immer noch …«, ergänzte Hakan.

»Ja, aber wenn man ein paar davon getrunken hat, dann schmeckt das irgendwie …«

»… übel«, unterbrach mich Hakan, »übel, aber eigen und cool!«

»Heißt das, ihr wollt das Zeug weiter trinken?«, fragte Born.

Nun war es an mir, mich zu räuspern. »Also eigentlich schon, ja. Du etwa nicht?«

»Eher würde ich zurück in den Knast gehen!«

»Das heißt dann wohl ›Drei Bodka, Fräulein‹«, gab Hakan unsere Bestellung auf.

Nach der dritten Runde hatte sich Born, wie vorhergesagt, an die Bodkas gewöhnt und seinen Brechreflex eine Toleranzstufe nach oben gehoben. Als das erledigt war, ging er dazu über, unsere Pläne zu hinterfragen. Er behauptete, dass es ihm beileibe nicht um Seriosität ginge, was bei einem ehemaligen Bordellbetreiber auch wenig glaubwürdig gewesen wäre. Er wollte aber in jedem Fall wissen, ob wir nur spätpubertäre Fantasien ausplauderten oder ernste Absichten verfolgten. Da wir uns da selbst nicht so sicher waren, konnte er uns mit seiner direkten Art nicht vor den Kopf stoßen.

»Weißt du, Michael, diese Freie-Liebe-Sache ist eigentlich nicht unser Leitmotiv«, erläuterte ich.

»Nicht ...?«, unterbrach mich Hakan überrascht.

»Nein! Vordergründig geht es um eine alternative Lebensführung mit größeren Freiheiten und weniger Zwang. Ich sehe das andere eher als Möglichkeit, die Leute schnell und unmittelbar für uns zu interessieren, um die Sache anzuschieben. Sex sells. Aber natürlich sollte zu einem freien Leben auch ein ungezwungener Umgang mit Sex gehören.«

»Und das ist alles?«, forschte Born nach.

»Nein, nicht ganz. Irgendwie sollte sich das Ganze natürlich auch ein wenig rechnen«, ergänzte ich, »es sollte sich mindestens selbst finanzieren und nicht noch weitere Mittel binden. Also weitere Mittel als das Grundstück selbst.«

»Für mich ist aber auch einfach Abenteuerlust ein Motiv«,

meldete sich Hakan zu Wort. »Uns reizt auch die Herausforderung, so ein Projekt aufzuziehen. Zu sehen, ob man etwas hinbekommen kann, das nicht nur uns, sondern auch andere mitreißt. Etwas, das vielleicht ein klein wenig neues Denken in unsere Umwelt bringt.«

Born überlegte sorgfältig, bevor er sich erneut äußerte: »Das sind natürlich reichlich viele Ziele«, sagte er schließlich. »Ziele und Motive, die sich – nehmt es mir nicht übel – wie Ausgeburten weltfremder Spinner anhören.« Er machte eine Pause und gab uns Gelegenheit unbehaglich und verärgert auf unseren Stühlen herumzurutschen. Endlich fuhr er fort: »Mit anderen Worten: Ich bin dabei!«

Hakans eben noch ins Dunkelrote tendierende Gesichtsfarbe hellte sich genauso auf, wie meine Laune. Ich bestellte flugs noch eine Runde Bodka, bevor wir unsere Planungen weitertrieben. Born ergriff erneut das Wort.

»Okay, zum Finanziellen: Das wird nicht ganz einfach werden. Will sagen: Wird die Faktura direkt durch den GV ausgelöst, wird man seitens der Behörden von ›Förderung der Prostitution‹ ausgehen. Das wäre in jedem Fall schlecht.«

»Wovon redet der Typ?«, wandte sich Hakan hilfesuchend an mich.

»GV steht für Geschlechtsverkehr, Hakan. Das solltest du wissen. Was schreibst du eigentlich in deine Patientenberichte? ›Haben Probleme beim Ficken‹?«

»Nein, nicht das mit dem GV. Das ist klar. Ich meinte das restliche Gequatsche!«

Born blieb erstaunlich ruhig, als er für Hakan verständlicher fortfuhr: »Übrigens steht GV im Gastronomiebereich auch für Großverbraucher. Und es fahren ernsthaft Auslieferungsfahrzeuge einer Großmarktkette durch die Gegend auf denen *Ihr GV-Partner* steht. Aber, Hakan, um auf das Camp und sein Finanzierungskonzept zurückzukommen, wir sollten in jedem Fall vermeiden, als Bordell eingestuft zu werden. Das würde eine Vielzahl von Problemen nach sich ziehen und wäre auch imagemäßig kein Gewinn. Aus genau dem gleichen Grund würde ich auch nicht zur Vereins- respektive Clublösung raten. Das würde zwar die juristischen Probleme entschärfen, hätte aber schwer was von einem Swingerclub.«

»Da hast du recht«, stimmte Hakan zu. »Auch wenn ich einmal in einem Swingerclub in der Gröpelgrube war, der echt Klasse hatte. Da war diese absolute Traumfrau. Die hatte zwar nur vier Zehen am rechten ...«

»Okay, Hakan, das ist jetzt aber gerade nicht das Thema«, unterbrach ich ihn.

»Nee, lass ihn ausreden!«, fuhr mir Born in die Parade.

Der Rest des Abends verging größtenteils mit Hakans Berichterstattung über den Swingerclub, einer genauen Wegbeschreibung sowie weiteren Bodka-Runden. Als zählbares Ergebnis konnten wir aber immerhin noch die Einigung auf ein spendenbasiertes Einnahmesystem verbuchen sowie die Terminvereinbarung eines Folgetreffens im erweiterten Vorstand der zukünftigen Camp-der-freien-Liebe-Stiftung.

Eine Stiftung zu gründen ist gar nicht so schwer, wie man denkt. Es braucht in erster Linie eine Satzung, die den Zweck klar definiert und vorgegebenen formalen Ansprüchen genügt. Soll die Stiftung als gemeinnützig anerkannt werden, empfiehlt es sich, im Stiftungszweck mit Begriffen wie mildtätig, begünstigt, Umwelt, Natur, Forschung relativ großzügig umzugehen. Aber Achtung: Alles, was im ersten Wahn im Stiftungszweck angeführt wird, muss auch jährlich bedacht beziehungsweise umgesetzt werden. Hierüber ist ein ausführlicher Rechenschaftsbericht für die Stiftungsaufsichtsbehörde und das Finanzamt anzufertigen, die dann über den weiteren Gemeinnützigkeitsstatus befinden.

Natürlich benötigt eine Stiftung, um in dieser Weise anerkannt zu werden, eine gewisse Kapitalausstattung. Hier ist es ähnlich wie mit dem Camp selbst. Ohne eine Spur belegter Ernsthaftigkeit erteilen die Genehmigungsbehörden nicht den gewünschten Status. Während der Stiftungszweck also noch relativ einfach zu formulieren war, gab es bei der Kapitalausstattung schwerwiegendere Entscheidungen zu treffen. Unser erstes Treffen im zukünftigen Vorstand brachte für den Stiftungszweck gleich das passende Ergebnis:

Der Stiftungszweck besteht in der
Erforschung der Auswirkungen von Deregulierung und freiheitlicher Lebensweise auf den menschlichen Gemütszustand sowie der Förderung des allgemeinen Demokratieverständnisses

Die Umsetzung des Stiftungszweckes soll insbesondere erfolgen durch
Die Einrichtung, Erprobung und Erforschung eines alternativen Wohn- und Zusammenlebensprojektes und die daraus abgeleiteten Empfehlungen für und Förderung von anderen Projekten und Einrichtungen ähnlichen Zweckes.

Es war eher die Mittelausstattung, die größere Probleme verursachte. Soweit es meine Recherchen ergaben, musste sie in dem Maße höher ausfallen, wie der Stiftungszweck ungewöhnlich war. Wir waren Willens und – glückliche Fügung – auch in der Lage, Mittel beizusteuern. Bei mir stand da natürlich in erster Linie das Grundstück selbst zur Disposition und hätte die Ernsthaftigkeit des Projektes einem jeden noch so sturschädeligen Beamten verdeutlicht. Aber so einfach war es dann doch nicht. Wären das Grundstück oder auch andere Geldmittel erst einmal als Stiftungsgrundkapital eingebracht, verlöre der jeweilige Mittelgeber sämtliche Rechte und Zugriffsmöglichkeiten daran. Natürlich kann man im Rahmen seiner Vorstandstätigkeit noch darüber verfügen, unterwirft es aber doch zu großen Teilen der Willkür von Behördenmitarbeitern, die darüber befinden, ob der Stiftungszweck ausreichend erfüllt wird. Im schlechtesten Fall kann ein behördlicher Sachbearbeiter per Federstrich den Vorstand absetzen, die Gemeinnützigkeit aberkennen und sogar Zusammenlegungen von Stiftungsvermögen erzwingen. Das Geld beziehungsweise

Grundstück wäre dann einfach weg. Um das zu vermeiden, muss die Behörde bei jeder etwas weitgehenderen Entscheidung einbezogen werden. Gerät man an den falschen Sachbearbeiter, ist der Spaß schnell vorbei, auch wenn man noch so hehre Absichten hatte. Die Lösung des Problems sah deshalb so aus, dass ich das Grundstück nicht direkt in das Stiftungsvermögen einbrachte, sondern lediglich einen an Auflagen gebundenen Pachtvertrag, auf dessen Pachtzins ich zunächst zehn Jahre lang vertraglich verzichtete. Ein unabhängiger Gutachter sollte bestätigen, dass die Pachthöhe angemessen wäre. Die so erlassene Pacht wurde Teil des Grundkapitals. Zusätzlich wollten wir die Stiftung mit weiteren 100.000 Euro Barmitteln ausstatten, die durch die Mitglieder des Vorstandes erbracht werden sollten. 20.000 für jeden von uns. Eine Menge Geld für eine Idee, aber nicht zu viel für die Erfüllung eines Traumes.

Michael Born hatte mit großem Elan die Rolle des Moderators für unser erstes Vorstandstreffen übernommen. Genau genommen waren wir noch keine Vorstände, es gab ja noch keine Stiftung, aber solche Feinheiten konnten unserer Aufbruchsstimmung nichts anhaben. Born musterte unsere Runde und verharrte bei Ingrid, als er nun einzeln unsere Spendenbereitschaft abfragte. Es war offensichtlich, dass er ihr am wenigsten zutraute, eine solche Summe aufzubringen.

»Und, Ingrid? Fangen wir mit dir an. Bist du willens und in der Lage, ein solches Engagement einzugehen?«, wandte er sich an sie.

»Direkt: nein, indirekt: ja«, gab sie zurück und ließ uns eine Weile im Ungewissen, was sie damit meinte. Als sie fortfuhr, hatte sich ein abfälliges Grinsen in ihr Gesicht geschlichen. »Mein Ex-Mann wird mir den Spaß bezahlen!«

Ich räusperte mich unbehaglich. »Dein Ex-Mann? Ich wusste nicht, dass du verheiratet warst.«

»Nöh, ich hab ja auch wieder meinen Mädchennamen angenommen.« Ihr Blick fixierte sich auf einen belanglosen Punkt an der Zimmerwand. »War auch nicht der Rede wert. Der Typ ist ein Arsch und Perversling. Strittig ist bloß, ob mehr Arsch oder Perversling. Ich will euch nicht langweilen ... insofern genügt es, wenn ich euch sage, dass er lieber bezahlen wird, als zu riskieren, dass ich mit der langen Liste seiner Verfehlungen hausieren gehe.«

»Das tut mir echt leid, Ingrid«, bemühte ich mich um ein wenig Trost.

»Muss es nicht«, antwortete sie, jetzt schon wieder deutlich gefasst. »War ja meine eigene Blödheit. Schließlich hätte ich ja auch einen von euch beiden heiraten können.«

Hakan und ich schauten uns betreten an und nickten dann brav.

»Ach, ja«, hörten wir Ingrid sagen, »und vielleicht kann er uns auch noch an anderer Stelle nützlich werden. Der Mistkerl ist Chefredakteur eines Lifestyle-Magazins, ***New Life!***, wenn euch das etwas sagt. Vielleicht kann ich ja noch einen Bericht für das Camp rausleiern.«

»Und du meinst, man kann dem Typen auch trauen? Also, zumindest so weit, dass er nicht einen totalen Verriss bringt, bloß, weil du am Vortag der Veröffentlichung eine falsche Kette getragen hast?«, fragte Sylvia nach, die offenbar eigene Erfahrungen mit psychopathischen Ex-Freunden hatte.

»Man kann ihm so sehr trauen wie jedem anderen, der zwischen Euphorie und Depression hin und her oszilliert«, erläuterte Ingrid.

»Dann sollte ich wahrscheinlich dabei sein, wenn du mit ihm sprichst«, bot Hakan an und alle anderen nickten erfreut. Alle, außer mir, der einen ziemlich genauen Eindruck von Hakans Fähigkeiten als Psychologe hatte.

engels

Vier Wochen nach unserer Gründungssitzung waren die Vorarbeiten so weit abgeschlossen, dass wir uns der nächsten Herausforderung stellen konnten: der Öffentlichkeitsarbeit. Ingrid hatte zwischenzeitlich ihren Ex-Mann kontaktiert und das versprochene Gründungskapital aus ihm herausgequetscht. Jetzt war sie wild entschlossen, auch den zweiten Teil ihres Planes umzusetzen und ihn zu einer Berichterstattung über das Camp zu bewegen. Frank Engels, Ingrids Ex-Mann, residierte im fünften Stock eines Verlagsgebäudes in der Hamburger Innenstadt am Rande der Hafencity. Nicht die Art supermodernen Gebäudes, bei dem man spontan ahnt, dass dort ein ultrazeitgeistiges Blatt verlegt wird, das schneller wieder untergeht als die Deutsche Eishockey-Nationalmannschaft in einem WM-Qualifikationsspiel gegen Kanada. Ganz im Gegenteil dokumentierte der Sechzigerjahre-Chic die traditionelle Bescheidenheit hanseatischer Verlegerdynastien, die das Auf und Ab medialer Zyklen interessiert von der Bande aus betrachten.

New Life! *Magazin – Redaktionsleitung* lautete der Aufdruck auf der Bürotür von Frank Engels, an die Ingrid klopfte. Wie versprochen, wurde sie von Hakan begleitet, der überrascht von dem Mann war, den er sah. In seinem Kopf hatte er einen diabolisch grinsenden, ausgezehrten großen Mann mit grauen Schläfen und einem militärischen Kurzhaarschnitt vor sich gesehen. Der Typ, dem er nun gegenübersaß war aber eher klein, etwas korpulent und sah ansonsten rundweg sympathisch aus. Hakan, der sich gerne auf sein professionelles Ersturteil verließ, lehnte sich entspannt zurück.

»Und, Ingrid, ist das Arschloch da dein neuer Stecher?«, hörte er Engels sagen und vergaß vor lauter Entspannung sein Lächeln zurückzunehmen. »War nur so ein Ölauge für dich drin oder findest du es einfach gut, dass der Typ dir nicht widersprechen kann … zumindest nicht in einer kultivierten, verständlichen Sprache?«

Ingrid wirkte nicht geschockt durch die rüde Eröffnung. »Woran man sehen kann, dass es möglich ist, sich zu ändern, Frank. Du zumindest scheinst aber immer noch das gleiche Miststück zu sein, das du während unserer Ehe warst. Ich nehme an, auch noch mit den gleichen Vorlieben wie damals?«

Die rosige Farbe wich aus Engels' Gesicht. »Was willst du? Und warum bringst du diesen Ziegenhirten mit in mein Büro?«

Hakan, der wie immer in seiner eigenen Welt lebte und auf eine Ausbildung zurückgreifen konnte, die in solchen Situationen zur Deeskalation riet, antwortete gelassen:

»Okay, Herr Engels, ich spreche Ihre Sprache und ich bin kein Ziegenhirte. Streng genommen ist Ziegenhirte auch in der Türkei ein aussterbender Beruf, der allerdings einige Vorteile mit sich bringt. Man hat immer Milch und Käse, ist in der freien Natur und …«

»Ist der Typ nicht ganz dicht?«, wandte sich Engels an seine Ex-Frau und unterbrach Hakan damit.

»Da bin ich mir noch nicht ganz sicher. Ich hatte lange keinen Kontakt mehr zu ihm«, gab sie müde zurück. »Er ist Psychologe. Ich denke, die sind so.«

»Scheiße, du hast einen anatolischen Psycho-Freund! Erst bumst er seine Ziegen, dann dich und hinterher analysiert ihr gemeinsam, warum die Ziegen besser waren als du?«

Endlich schaltete sich Hakan ein. »Herr Engels, ich bin ein Freund und nicht der Liebhaber von Ingrid. Und ich bin mitgekommen, um für ein wenig Deeskalation zwischen Ihnen beiden zu sorgen, was ja auch ganz gut geklappt hat. Schließlich wüten Sie derzeit gegen mich und nicht gegen Ihre Ex-Frau.«

»Was mich daran erinnert:«, nahm Engels dankbar den Ball auf, »Von mir gibt es keinen Pfennig mehr. Hast du gehört, verdammtes Miststück?«

»Gute Arbeit, Hakan«, murmelte Ingrid, als dieser erneut anhob.

»Ich denke, wir sollten jetzt aufhören herumzulavieren und

zum Thema kommen. Vorausschicken möchte ich aber noch, dass Ingrid mich informiert hat über Ihre – nun, nennen wir es ›Andersartigkeit‹.«

Engels blickte ihm offen ins Gesicht. »Was zum Teufel meinst du damit, Ziegenhirte?«

»Na ja, diese Sachen halt, die Sie gerne machen«, stammelte Hakan.

»Etwas genauer bitte!«, forderte Engels, der Hakans Unsicherheit spürte wie ein Wolf die Verwundung eines Rehkitzes. Hakan fühlte sich schwer in die Ecke gedrängt und sah flehentlich in Ingrids Richtung, die ihren Blick teilnahmslos durch das Büro wandern ließ.

»Na, die Sache mit den Fesseln …«

»Häh?«

»Ich meine natürlich, Ihre Affinität zu jungen Knaben …?«

»Wie bitte?«

»… Ihr Lack- und Lederfetisch...?«

Wieder wandte Engels sich an Ingrid: »Was nimmt der Typ? Und warum schleppst du so einen Penner hierher?«

Ingrid straffte sich auf ihrem Stuhl, schlug die Beine übereinander und lächelte ihren Ex-Mann an. »Dieser Penner ist ein Psychologe. Nicht mein Psychologe, so weit hast du mich nicht gebracht. Aber wenn er mein Psychologe wäre, dann hätte ich ihm sicher auch en detail von deiner Perversität erzählt. So habe ich es dabei belassen zu erwähnen, dass du nicht normal bist. Und da sind wir uns ja wohl beide einig, oder?«

Zum ersten Mal im Laufe des Gespräches brach Engels' aggressive Grundhaltung ein, während er betreten zu Boden blickte.

»Und nun zum Grund unseres Besuches: Wir wollen kein weiteres Geld von dir. Wir wollen lediglich einen Bericht in deinem Schmierblatt.«

Engels lachte überrascht auf. »Aaaah, verstehe. Ihr wollt eine Homestory im Sinne von Westliche Kulturtussi heiratet anatolischen Ziegenhirten und lebt fortan glücklich und ohne Wahlrecht in einem kurdischen Erdloch. Ja, das wird sicher ein toller Erfolg werden!«

Ingrid erklärte ihm in der folgenden halben Stunde das Konzept des Camps, das wir nun offen, um des medialen Erfolges willen, ›Das Camp der freien Liebe‹ nannten. Auf unserer zweiten Vorstandssitzung hatten wir auch Sylvia davon überzeugt, dass uns nur so die Aufmerksamkeit geschenkt werden würde, die wir benötigten. Natürlich musste ich Sylvia versprechen, dieses Motto geringer zu achten als das ihr gegebene Treuegelöbnis.

Als Ingrid ihren Vortrag über das Camp beendet hatte, saß Engels kerzengerade in seinem Stuhl und starrte sie an wie ein exotisches Tier, das sich die Fußgängerzone verirrt hat.

»Ich nehme das von vorhin zurück«, sagte er schließlich. »Nicht der Eseltreiber ist verrückt, ihr *beide* seid es! Und nicht nur verrückt, sondern vollkommen irre, plemplem, der menschlichen Ratio entrissen! Ich weiß nicht, wie man es besser sagen kann – aber ich denke, ich fürchte mich vor euch!«

Ingrid seufzte und erhob sich dann aus ihrem Stuhl. »Das heißt, du wirst uns nicht helfen?«

»Euch helfen? Meiner fettleibigen, komplett irre gewordenen Ex-Frau, deren ausgedörrtes Hirn auf sonderbare Weise mit ihren aufgeschwemmten Beinen kontrastiert? Nein, ich helfe der verdammten Schlampe und ihrem kurdischen Eisenbieger natürlich nicht! Und jetzt verschwindet, bevor ich den Werkschutz rufen lasse!«

Schweigend verließen Ingrid und Hakan das Verlagsgebäude und auf dem Weg zum Auto erkannte sie endgültig, warum ich mich so wenig begeistert gezeigt hatte, sie von Hakan begleiten zu lassen.

»Gar nicht mal schlecht gelaufen, oder?«, grinste der und entließ Ingrid in die drohende Depression.

Unser Vorstandstreffen des nächsten Tages stand ganz unter dem Eindruck dieses ersten Rückschlages und Ingrids nicht enden wollendem Tränenfluss. Von Weinkrämpfen unterbrochen, schilderte sie uns den Gesprächsverlauf und ließ auch Hakans Rolle nicht aus, der erstaunlich zufrieden mit sich wirkte. Wirklich aufgewühlt und mitfühlend zeigte sich Michael Born, der immer wieder tröstend seinen Arm um Ingrid legte, insbesondere, als sie erzählte, dass ihr Ex-Mann sie für fett, verrückt und unattraktiv erklärt hatte. Hätte ich ihn damals besser gekannt, hätte ich den harten und unversöhnlichen Zug bemerkt, der sich während des Berichtes in sein Gesicht geschlichen hatte. Er widersprach Engels' Einschätzung und beteuerte ein ums andere Mal, wie ausgesprochen anziehend gerade Ingrids Rundungen wären und welche optischen Vorzüge er noch bei ihr sah, benutzte dabei so überraschende wie zutreffende Beschreibungen, dass auch wir anderen begannen, Ingrid mit anderen Augen zu sehen. Vielleicht kannte ich sie schon zu lange, um ihren Reizen die verdiente Würdigung entgegenzubringen, aber in jedem Fall bewirkte Born, dass auch mir auffiel, dass Ingrids vordergründigen Defizite das Gesamtpaket attraktiver machten, als es vollständige Makellosigkeit jemals vollbrachte. Das Thema Engels und dessen Schmähungen war eigentlich lange abgehandelt, als wir an diesem Abend noch ausführlich die baulichen Gestaltungsoptionen der Bungalows besprachen, die bereits im Entstehen waren. Wir hatten uns für eine naturnahe und dennoch moderne, glasgeprägte Variante entschieden. Schick, sonnig und mit umlaufenden Holzdecks jeweils in Süd- und Seerichtung ausgerichtet. In der Kürze der Planungszeit, die uns unsere Euphorie diktiert hatte, waren uns natürlich einige Fehler unterlaufen, die man jetzt noch korrigieren konnte. So hatte einer der Bungalows vom Schlafzimmer direkten Einblick in das Bad des Nebenhauses und umgekehrt. Jetzt kann man natürlich einwenden, dass einer Alternativgemeinde, die sich der freien Liebe verschreibt, so etwas herzlich egal sein sollte. Für eine

Gemeinde dieses Mottos waren wir Gründungsmitglieder aber doch beinharte Spießer, und freie Liebe würde keiner von uns praktizieren, Hakan einmal ausgenommen. In jedem Fall nutzten wir die Gelegenheit, die ursprünglichen Planungsfehler auszubügeln. In der Grundkonzeption der Anlage hatten wir neben den bereits fertiggestellten Hütten noch ein größeres Gästehaus mit zehn Zimmern und einem gemeinsamen Aufenthaltsbereich geplant, ein Versammlungs- und Veranstaltungsgebäude sowie einen Zelt- und Wohnwagenbereich, den wir CampCamp nannten. Diese Einrichtungen sollten jetzt zügig fertiggestellt werden, und so diskutierten wir leidenschaftlich über die Anlage der Zuwegungen, deren Pflasterung und Begrünung, stritten ohne zu zanken, diskutierten mit gebührender Würdigung der Gegenargumente und kamen uns als Gruppe näher. Die Harmonie und gegenseitige Sympathie war unser stärkstes Pfund, ohne dass wir dies schon erkannten hätten. Schließlich waren wir gerade erst in der Findungsphase. Anderenfalls hätte wahrscheinlich wenigstens einer der anderen aufgemerkt, als Born wissen wollte, wo das Verlagsgebäude des ***New Life!*** Magazins lag. Hakan gab – wie immer, ohne darüber nachzudenken – die Information preis und lächelte Born dabei freundlich an.

Am nächsten Tag, pünktlich um 9:30 Uhr, betrat Frank Engels federnden Schrittes das Verlagsgebäude. Ein Federn dieser Art lässt sich für einen leicht korpulenten Mann in mittleren Jahren nur dann bewerkstelligen, wenn es durch Überheblichkeit und Selbstüberschätzung überreichlich genährt wird. Als er den Pförtner passierte und dessen beflissene Begrüßung mit einem unmerklichen Kopfnicken erwiderte, gönnte er sich noch die beiläufige Beleidigung: »Und kaufen Sie sich einen neuen Anzug!«

Auf dem Weg zum Fahrstuhl kicherte er immer noch über die, wie er fand, gelungene Bemerkung und fügte ganz für sich an:

»... und ein neues Gesicht und ein anderes Leben noch dazu, du Penner«.

Immer noch giggelnd wie eine Debütantin auf ihrem ersten Tanzball, betrat er das Vorzimmer seines Büros und wurde dort von seiner Sekretärin in Empfang genommen, die ihn über den unliebsamen Umstand informierte, dass in seinem Büro bereits ein Herr auf ihn warte, der sich partout nicht davon abbringen ließe, ebendies zu tun.

»Und der Werkschutz? Warum haben Sie denn nicht den Werkschutz angerufen, Sie dumme Kuh?«, bohrte Engels, der sich kaum etwas Schlimmeres vorstellen konnte als einen ungebetenen Gast am frühen Morgen, der sich unkontrolliert durch seine Unterlagen wühlte.

»Das habe ich natürlich getan. Hatte aber keinen Erfolg. Die kannten sich irgendwie. Haben sich alle total gefreut, den Typen zu sehen und sind dann wieder abgedampft.«

»Ohne das Arschloch mitzunehmen?«

»Na ja, sonst würde er ja kaum mehr in Ihrem Büro warten, oder? Außerdem wirkte er auf mich eigentlich nicht wie ein Arschloch. Der ist sogar total nett ge...«

»Interessiert mich nicht, ob Sie den Kerl nett finden. Mich interessiert nur, was der Typ in meinem Büro verloren hat und warum meine unfähige Sekretärin ihn nicht rausgeworfen hat!« Wütend stampfte Engels in sein Büro und fand sich unversehens einem milde lächelnden Mann im Anzug gegenüber, der sorgsam den Inhalt seiner Schreibtischschubladen durchwühlte. Während Engels um Luft und geeignete Beschimpfungen rang, wandte sich der Typ zu ihm um, lächelte ihm freundlich zu und wies mit lässiger Handbewegung auf den freien Besucherstuhl. »Setz dich, Frank. Ich darf doch Frank zu dir sagen?«

Engels brauchte einen Moment, um sich zu fassen und in seine angestammte Rolle zurückfinden, bevor er antwortete. »Nein, du blödes Arschloch. Du darfst noch nicht einmal ›Herr Engels‹ zu mir sagen. Das einzige, was du mir sagen darfst, ist ›Entschuldigung‹ und ›Danke‹, wenn ich dir gleich so in den Arsch trete, dass ich danach zehn Minuten brauche, um meinen Schuh wieder herauszubekommen!«

Als wäre der letzte Satz nicht gesagt worden oder wenn doch, dann in einer seltenen rumänischen Mundart, lächelte Born weiter sein liebenswürdiges Lächeln, als er sich auf Engels zu bewegte. »Heiß hier«, sprach er dabei und fächelte sich zur Bestätigung ein wenig Luft mit einem Magazin zu, das er sich scheinbar wahllos aus der Schreibtischschublade gegriffen hatte.

»Gut, wenn man dann so ein *Earfuckers Monthly-Magazin* bei sich hat, um sich ein wenig Luft zuzufächeln.«

»Leg das sofort wieder hin!«, kreischte Engels in höherer Tonlage, als für einen sendungsbewussten Manager gut ist. Born hatte ihn zwischenzeitlich mit ein paar schnellen Schritten erreicht, griff ihm von hinten mit der rechten Hand in den Nacken und schleuderte seine Stirn auf die massive Glasplatte des Schreibtisches.

»Wobei *Earfucker* schon echt schräg ist, oder Franky?«

Engels schrie auf und versuchte, sich dem immer noch festen Griff Borns zu entziehen, als dieser nun seinen Kopf an den Haaren nach hinten bog. Sie schauten sich aus kürzester Distanz in die Augen und Engels erkannte plötzlich glasklar, dass die Schreibtischplatte noch nicht alles gewesen sein würde.

»Glaub mir, ich tue das jetzt nicht gerne«, hörte er Born gerade noch sagen, als sein Gesicht mit größerer Geschwindigkeit, als er sich jemals dafür gewünscht hatte, in Richtung des Aktenschrankes geschleudert wurde. Er hörte etwas krachen und spürte eine Menge warmen Blutes in seinem Mund, als sein Kopf erneut zurückgerissen wurde und er sich wieder vis-à-vis dem Eindringling sah. Immerhin erkannte er an dessen Ausdruck, dass es mit der körperlichen Gewalt jetzt vorbei sein würde.

»Antworte jetzt nicht, Franky. Nicht, dass du deinen Anzug oder den tollen Büroteppich versaust. Es reicht, wenn du gleich, wenn ich dir meine ›Bitte‹ vorgetragen habe, mit den Augen zwinkerst. Rechts für ja und links für nein, okay?«

Engels wollte gerade »Ja« sagen, sah aber noch rechtzeitig, wie Born mit mitfühlender Geste den Finger an seinen Mund legte und mit dem Kopf schüttelte. Insofern zwinkerte er nur kurz mit dem rechten Auge.

»Okay, Franky! Super! Was ich von dir will, sind mehrere Dinge. Zuallererst aber möchte ich, dass du deine Ex-Frau mit Respekt behandelst und *nie, nie* wieder beschimpfst oder beleidigst. Verstanden?«

Engels nickte entgegen der Anweisung übereifrig und schleuderte dabei einige Blutspritzer auf Borns Anzugjacke, ehe er sich zurücknehmen konnte.

»Weiter möchte ich, dass ein fetter Bericht über unser Camp der Liebe in eurem Käseblatt erscheint. Am besten sogar eine mehrteilige Serie. Geht das klar?«

Abermals nickte Engels beflissen, wenn es auch sichtbar in ihm arbeitete, wie er das seiner Redaktion verkaufen sollte.

»Cool, dann sehen wir uns am kommenden Dienstag auf dem Campgelände um 15:00 Uhr. Deine Sekretärin hat den Termin und die Adresse bereits eingetragen. Ach ... und schlussendlich ...«, Born machte eine Pause und ruckte plötzlich mit seinen Oberkörper vorwärts, »... schlussendlich will ich dir noch mal eine verpassen, weil du so ein perverses, feiges Arschloch bist!«

Engels zuckte zusammen und riss schützend die Hände vor sein Gesicht.

»Aber das …«, sprach Born, »war natürlich nur Spaß. Um die Sache ein wenig aufzulockern, bevor wir jetzt auseinandergehen. Gemeinsames Lachen verbindet, sagt Hakan immer. Aber ich sehe schon, das wird jetzt nichts bei uns beiden.«

Erst als die Bürotür leise geschlossen wurde, wagte Engels sich aus der eingenommenen Schutzhaltung hervor und durchdachte seine Optionen. Der Werkschutz war zum Feind übergelaufen, für das Vorgefallene gab es keine Zeugen und als mutiger Kämpfer hatte er sich sowieso nie gesehen. Blieb also der gewünschte Bericht im ***New Life!*** als Weg des geringsten Widerstandes. Und wie immer würde er diesen Weg gehen. Seine Anpassungsfähigkeit hatte ihn schließlich in die Position des Chefredakteurs geführt und würde ihm auch diesmal nützlich sein.

walpurgis II

Anke sah mit hochgezogener Augenbraue an sich herunter und was sie sah, gefiel ihr nicht. Nicht das sackartige, kragenlose lila T-Shirt, nicht die ebenfalls weit geschnittene beige Leinenhose und schon gar nicht die absatzlosen, breit zulaufenden Schuhe mit echter Kautschuksohle. Warum hatte sie sich so sehr in ihre Kleiderwahl hineinreden lassen, die sie früher als ihr persönlichstes Ausdruckmittel empfunden hatte? Die anderen Mitglieder der Walpurgis-Feministinnengruppe hatten von »aufreizender Unterwürfigkeit« gefaselt, die ihre alte Kleidung symbolisieren würde, und davon, dass ihre neue Vorsitzende auf gar keinen Fall ein solches Statement zur Schau tragen könne. »Wenn du so herumläufst, sagst du nichts anderes, als: ›Hey, starker Mann, ich will dir gefallen, damit du mich vergewaltigen und benutzen kannst, wie es dir gefällt‹«, hatte Eike gesagt, die Jüngste aus der Fundamentalistinnen-Fraktion innerhalb der Gruppe und alle anderen, die zufällig dabeistanden, hatten zustimmend mit dem Kopf genickt. Anke hatte sich gefügt, auch wenn ihr die Argumentation genauso wenig gefiel, wie das Bild, das sich ihr nun bot, wenn sie an sich heruntersah. Noch weniger gefiel ihr das, was sie sah, wenn sie nicht herunter, sondern nach vorne sah. Auf der anderen Seite des Informationsstandes, den die Walpurgisgruppe ungenehmigt in der Fußgängerzone aufgebaut hatte, und in dem Anke und zwei Mitstreiterinnen Infobroschüren und Mitgliedsanträge verteilten, stand ausgerechnet der bullige weißblonde Stammkunde des ehemaligen Ambrosia, der damals von Cord seine verdiente Abreibung bekommen hatte. Verlegen versuchte Anke der Begegnung aus dem Weg zu gehen, doch einfaches Wegsehen zeigte nicht die gewünschte Wirkung. Der Typ hatte sie erkannt, stand jetzt unmittelbar vor dem Stand und wedelte anzüglich grinsend mit einer der ausliegenden Broschüren vor ihrem Gesicht herum.

»Ey, wir kennen uns doch«, sprach er das Unvermeidliche

aus und ließ durch diese Formulierung erkennen, sich nicht gänzlich sicher zu sein. Ein Hoffnungsschimmer für Anke, die sich immer noch scheute, ihm direkt ins Gesicht zu blicken.

»Nicht, dass ich wüsste«, gab sie zurück. »Trotzdem können Sie natürlich gerne Mitglied bei uns werden.«

»Du bist doch die Anke Soundso, die abgehalfterte Edelhure aus dem Ambrosia, stimmt's?«, erledigte er ihre verbliebene Hoffnung. »Und ›mit Glied‹ bin ich sowieso, wenn du weißt, was ich meine«, zwinkerte er ihr in dem Gefühl zu, einen originellen Witz gemacht zu haben.

»Ach, das ist ja komisch. Jasmin hat mir da nämlich etwas ganz anderes gesagt.«

»Hä?«

»Jasmin, Ihr damaliges Lieblingsmädchen, auf dem Sie so gerne herumgeprügelt haben. Wenn Sie am Empfang standen, sagte sie immer: ›Da ist ja wieder der Typ mit dem Minipimmel, der so übel aus dem Hals riecht – sagt ihm, ich wäre zurück nach Japan gegangen oder nach Korea oder sonst irgendwohin.‹«

Der weißblonde Bulle lief noch röter an, als es seiner ohnehin schon rotgesichtigen Natur entsprach. Eine Zeit lang sah es so aus, als würde er Anke gleich hier auf dieser belebten Einkaufsstraße schlagen wollen. Nach einem endlosen Augenblick erkannte sie, dass er sich wieder im Griff hatte.

»Pass bloß auf, verdammte Nutte. Du hast Glück, dass ich dich nicht gleich hier ein bisschen erziehe!«, zischte er sie an und nahm auch keine Rücksicht auf Ankes beiden Mitstreiterinnen, die sich schockiert und ängstlich ansahen, bevor sie sich ein wenig mehr in Ankes Windschatten drängten.

»So, wie Sie es mit Jasmin immer gemacht haben? Mir scheint, Ihr Mundwerk ist bedeutend größer, als manch anderes Körperteil.«

Der Bulle war jetzt kurz vor der Detonation und griff brutal über die Standtheke aus Sperrholz in die Knopfleiste von Ankes Bluse, bevor er sie nach vorne riss. Anke wunderte sich, wie lange es dauerte, bis die extrem gar nicht auf Figur geschnittene Bluse endlich spannte und der Ruck erfolgte. Scheiße, dachte sie, jetzt werde ich verhauen und sehe auch noch total beknackt dabei aus.

Der Bulle hatte sie nun ganz nah an sich herangezogen und sie roch seinen – tatsächlich – schlechten Atem. Wahrscheinlich stimmt dann auch das mit dem winzigen Pimmel, dachte sie. Gut, dass Cord den damals in seine Schranken gewiesen hatte. Bei diesem Gedanken riss sie sich hoch und funkelte den Kerl wütend an. Ihre Bluse war an zwei Knöpfen gerissen, schlabberte aber so weit um sie herum, dass es kaum auffiel.

»Hör mir jetzt gut zu, du mieses Schwein! Ich kenne deinen Namen und mit minimaler Recherche auch deine Adresse aus den alten Kreditkartenabrechnungen. Du legst jetzt sofort zwei Hunderter auf diesen Tresen, sagst dazu für meine beiden Begleiterinnen gut hörbar ›Dies soll Ihre tolle Sache voranbringen‹ und verpisst dich mit eingezogenem Stummelschwanz von hier. Sollte sich das Ganze nicht innerhalb der nächsten neunzig Sekunden genau so abgespielt haben, kriegst du eine Anzeige wegen Körperverletzung und Nötigung reingedrückt, die fetter ist als du selbst. Uhr läuft!«

Der Bulle ruckte zurück und wirkte umgehend weniger bedrohlich. Nach einer kurzen Weile schlich sich ein gemeines Grinsen in seine Züge, das sicherste Zeichen für den eingeleiteten Rückzug, bei dem man zumindest noch sein Gesicht zu wahren versucht.

»Wir sprechen uns noch!«, war die vorhersehbare Antwort, bevor er zwei Hunderter aus seiner Brieftasche nahm, auf den Tresen legte und sich ohne nochmaliges Umdrehen davonmachte.

Erst als er sich in einer Distanz befand, die auch ein geübter Hundertmeter-Sprintweltmeister nicht mehr überraschend schnell zurücklegen kann, wagten sich Ankes beide Begleiterinnen hinter ihr hervor. Bewundernd sah die eher kleingewachsene Eike zu ihr hoch. »Wow! Wie hast du das denn gemacht?« Und die andere ergänzte: »Du bist die stärkste Frau, die ich je gesehen habe. Ich bin stolz, dass du jetzt unsere Anführerin bist!«

Anke fühlte sich ein wenig beschämt ob dieser Verehrung, aber auch geschmeichelt und – sah sie an sich herunter – eigentlich gar nicht mehr so schlecht gekleidet wie vorher …

Am besagten Dienstag, an dem der Besuch des Redaktionschefs Frank Engels anstand, hatte sich der gesamte Vorstand im Camp eingefunden. Born hatte uns einzeln per Telefon über die neue Entwicklung unterrichtet. Mir hatte er gesagt, dass er Chefredakteur Engels im Nachgang an unsere Vorstandsversammlung getroffen und sich daraus so etwas wie eine »persönliche Beziehung« entwickelt hätte. Die Wahrheit erfuhr ich erst später und fand sie auch weniger beunruhigend als eine Fruchtfliege in einem Sternerestaurant.

Ich war jetzt sowieso beinahe täglich vor Ort, um die Bauarbeiten und die Gestaltung der Gartenanlagen zu überwachen. Das Camp war diesbezüglich kaum anders als die sonstigen Bauprojekte, die ich im Rahmen meiner Maklertätigkeit betreute, nur, dass hier sehr viel mehr Herzblut im Spiel war. Wir waren gut vorangekommen. Mittlerweile hatte sich Sylvia sogar schon um die Einrichtung der ersten Bungalows gekümmert. Wirklich überraschend für mich war aber die Anwesenheit von Natalie und Brigitte Bizarr, die ich zuletzt gesehen hatte, als das Ambrosia noch eine intakte Haustür hatte und ein gut gehendes Bordell im Besitz von Michael Born war. Mit einer Kopfbewegung deutete ich auf die beiden aufreizend bekleideten Frauen, als mir Born am Bungalow eins begegnete. »Was ist das denn?«

Er wirkte kein bisschen irritiert als er antwortete. »Du meinst die beiden Hübschen? Die kennst du doch noch, oder?«

»Klar, kenne ich die noch. Ich frage mich eigentlich nur, wie die hierher kommen?«

»Lass dich überraschen, Cord«, musste mir als Antwort genügen.

Um 14:45 Uhr traf Engels auf dem Campgelände ein. Ein wenig vor seiner Zeit, aber Born wirkte auffallend entspannt. Während der dunkelblaue, in die Jahre gekommene Jaguar des

Chefredakteurs die gewundene und erst in der letzten Woche neu gepflasterte Auffahrt entlangrollte, öffnete er bereits die erste Flasche Champagner auf der Terrasse des Bungalows eins. Kurz darauf nahm er Engels in Empfang, begrüßte ihn wie einen alten Freund und klopfte ihm jovial auf die Schulter. Ich erinnere mich noch genau, dass mir auffiel, wie Engels unter dem leichten und freundlich gemeinten Schlag zusammenzuckte. Born stellte Engels den gesamten Vorstand vor und klopfte Engels nochmals, nun aber deutlich kräftiger, auf die Schultern, als er bei Ingrid angekommen war.

»Ingrid kennst du ja schon besser, als ihr lieb ist, nicht wahr, Frank!«, ließ er sein Baritonlachen hören und störte sich nicht daran, dass keiner mitlachte. Plötzlich wieder ernst geworden, fuhr er fort:

»Du bist allerdings ein bisschen früh dran. Der andere Zeitungsfuzzi ist noch nicht da. Ich schlage vor, dass du erst einmal alleine recherchieren gehst und ich dann im Anschluss noch ein bisschen über die Idee des Camps und dessen Hintergründe referiere. Das heute ist ja eh nur so eine Art Vorrecherche, meine ich. Damit du weißt, wohin du deine Reporter schicken kannst und in welche Richtung deren Bericht gehen soll. Am besten, du siehst dich erst einmal hier im Bungalow um. Da kannst du dich vielleicht auch ein wenig mit unseren neuen Campbewohnerinnen bekannt machen. Die sind wirklich süß und entspannt und können die Philosophie des Camps bestimmt viel besser rüberbringen als ich alter Sack.«

Mit einer einladenden Geste führte Born den etwas eingeschüchtert wirkenden Chefredakteur in den Bungalow und trat nach kurzer Zeit breit grinsend wieder zu uns anderen.

»Ihr geht am besten davon aus, dass mein Plan überfunktioniert.«

»Was meinst du damit?«, wollte ich wissen.

»Wenn die Mädels mit ihm fertig sind, wird er der erste und eifrigste Jünger des Camps werden. Ich erwarte schlimmstenfalls in der übernächsten Ausgabe des ***New Life!*** einen ausführlichen Bericht über das Camp. Und da ich für den anderen Zeitungstypen ein ähnliches Programm vorbereitet habe, können wir von einem medialen Widerhall in Tsunami-Qualität ausgehen.«

Born hatte damit den Nagel auf den Kopf getroffen, zumindest was die Begeisterung der Presse betraf. Wie sehr, wurde mir klar, als ich Engels zwei Stunden später Bungalow 1 verlassen sah, mit dem breitesten Grinsen, das jemals ein Nichtfrosch in seinem Gesicht getragen hat. Gemeinsam mit Hakan hatte ich dann noch ein anderthalbstündiges Nachgespräch, in dem wir einem sichtbar euphorisierten Chefredakteur die Philosophie und Regeln des Camps auseinandersetzten. Der war dabei so aufgekratzt, dass er selbst Hakan ein freundliches Kopfnicken schenkte und ihn nicht länger als »Ziegenhirte« oder »Penner« anredete, wie es sonst seine Art gewesen war.

Mitten in den Ausführungen zu unserem Demokratiemodell, dessen selbstverpflichtendes Vertragswerk ich gerade ausarbeitete, unterbrach er mich mit den Worten »Okay, wo soll ich unterschreiben?«, und machte mir überraschend klar, dass wir darauf noch gar nicht vorbereitet waren. Wir entließen ihn deshalb mit dem Versprechen, alles Notwendige nachzusenden, damit er sich später in Ruhe und ohne Druck entscheiden könne.

»Für mich gibt es da nichts zu überlegen«, war das Letzte, was wir an diesem Tag von ihm hörten. Und natürlich stellte es uns vor die Aufgabe, Ingrid auf schonende Weise beizubringen, dass ihr Ex-Mann jetzt öfter aufkreuzen würde, als ihr lieb war.

An einem Freitagmorgen im August fand sich Claudia Pieper, Redakteurin des ***New Life!*** Magazins, in einer frustrierenden Krisensituation vor. Privat hatte sie eben tränenreich dem endgültigen Auszug ihres Ex-Verlobten aus dem gemeinsamen Reihenhaus beiwohnen müssen, beruflich hatte sie bis zum Montag eine vierseitige Reportage über alternative Lebensführung abzuliefern – ein Lieblingsthema ihres Chefredakteurs Frank Engels. Dummerweise hatte sie überhaupt keine Idee, was zu tun war. Genau genommen war Herr Engels sowohl schuld an ihrem privatem wie an ihrem beruflichen Malheur, dachte Claudia.

Bisher hatte sie hauptsächlich über gesellschaftliche Ereignisse berichtet und besonderes Talent darin bewiesen, die gediegene, ausgelassene oder hemmungslose Atmosphäre von Veranstaltungen und Festen zu beschreiben, die sie selbst nur von Fotos kannte. Da das noch junge Monatsmagazin ausschließlich über Zweitverwertungsrechte an das Bildmaterial kam und keine eigenen Fotografen für überregionale Ereignisse einsetzte, hatte Claudia bisher noch keine der Veranstaltungen besucht, über die sie so wortreich berichtete. In dieser Hinsicht stand sie ihrer Leserschaft nicht nach, teilte mit ihr auch die Idee eines besseren, als dem selbst geführten Leben und die vage Hoffnung des Aufstiegs. Gerne und häufig berichtete sie deshalb über die in der Redaktion so genannten »Society-AP's«, die Aschenputtel, die, aus dem gesellschaftlichen Nichts kommend, plötzlich – zumeist durch eheliche Erweckung – öffentliche Personen wurden. Da Claudia aus tiefster Überzeugung ein ähnliches Schicksal zustand, träumte sie sich gerne in die begleitenden Annehmlichkeiten, spürte förmlich den Respekt und die unterwürfige Höflichkeit, die man ihr entgegenbringen würde, und die in ihr selbst heranreifende Mischung aus distanziertem Unverständnis und mitleidiger Verachtung, mit der sie die sinnlosen Leben der Allerweltsbürger mit ihren kleinen Begehrlichkeiten betrachten würde. Es kann nicht überraschen, dass ihre Kolumne damit genau ins Herz einer darbenden Leserschaft traf, die der Banalität der Yellow-Press entwachsen war, dem Thema in einer höherwertigen Verpackung aber gerne treu blieb. Dass es sich hierbei um eine kaufkräftige, und damit aus Sicht der Werbeindustrie besonders interessante, Zielgruppe handelte, machte Claudias wachsenden Erfolg umso wichtiger für das ***New Life!*** Magazin. Überhaupt war es Claudias besonderes Verdienst, eine zunehmend weibliche Leserschaft für das Blatt zu gewinnen, das ansonsten thematisch eher auf Männer ausgerichtet war. In Zeiten immer stärkerer Zielgruppenorientierung war das durchaus ungewöhnlich und festigte Claudias Position in der Redaktion ebenso sehr wie ihr eigenes Selbstbewusstsein. Selbstbewusstsein aber ist der Balancezustand zwischen Minderwertigkeitsgefühl und Selbstüberschätzung und selten in der Waage zu halten. So auch bei Claudia. Als ihr Pendel in Richtung Selbstüberschätzung ausschlug, forderte sie vehement größere journalistische Aufgaben und mehr Stimmgewicht in den Redaktionssitzungen ein.

Einem erfahrenen Chefredakteur wie Frank Engels waren die Allüren aufstrebender Redakteure nicht fremd. Im Gegenteil wusste er sie, nach mittlerweile zwölfjähriger Amtszeit als Chefradakteur bei verschiedenen Verlagen, bestens für sich auszunutzen. Nach einer Sitzung mit einer erneut überengagiert wirkenden Claudia Pieper, bat Engels sie zum »bilateralen Gespräch« in sein Büro. »Claudia, seit Monaten sehe ich, dass du alles, was du in den Mund nimmst, unter Karriereaspekten abwägst und dich allgemein unter einen riesigen Beförderungsdruck setzt. Nun hat es der liebe Herrgott zufällig so eingerichtet, dass auch ich gerade unter Druck stehe – wenn auch anderer Natur – und dir tatsächlich etwas anbieten könnte, das, wenn du es in den Mund nähmest, äußerst karrierefördernd wirken würde. Verstehen wir uns?«

Claudia wusste anfangs nicht recht, ob sie verstand. War schließlich weniger schockiert als erfreut, dass sich hier endlich die Chance zum Aufstieg bot, wenngleich dieser auch erst mit

einem Abstieg verbunden war. Auf dem Weg zu eigener Macht, wirkt die an einem selbst vollzogene weniger demütigend als vielmehr verheißungsvoll. Bestätigt nicht gerade die erlebte Demonstration der Macht die Richtigkeit des angestrebten Ziels?
Ohne sonderlich schlechtes Gewissen gab sie sich der Situation und ihrem Chefredakteur hin.

Die folgenden Monate veränderten ihr Leben stärker als beabsichtigt. Engels ließ kaum eine Gelegenheit aus, Claudia in sein Büro, den Besprechungsraum oder die Herrentoilette zu zitieren, um ihre »Entwicklungsmöglichkeiten auszuloten«. Die Kontinuität ihres Verhältnisses und Claudias zunehmend resignierte Fügsamkeit enthemmten ihn dabei derart, dass er ihre von der Natur vorherbestimmte Einrichtung bald vollends außer Acht ließ, dafür aber alle anderen Möglichkeiten – inklusive Ohren – umso ausführlicher benutzte. Die Ohrenpenetration dämpfte dabei zumindest hälftig die nun auch immer öfter von ihm begleitend ausgestoßenen Beschimpfungen. Ihr wurde klar, dass jemand, den man beizeiten »dreckige Hure« oder »geiles Luder« rief, kaum einen ernstzunehmenden Ressortleiter abgeben würde und ihre Chancen auf diese Position mit jedem Tag schwanden. Trägheit, Angst vor Veränderung und Angst davor, die Situation falsch einzuschätzen – vielleicht doch kurz vor der Beförderung zu stehen – ließen sie verharren.

Situationen wie diese lösen sich meist von selbst und ohne besonderes Zutun auf. So auch hier, als Harald, Claudias zukünftiger Ex-Verlobter plötzlich unangemeldet in die Redaktion kam. Der Empfangsdame, der das Engels'sche Treiben weder verborgen blieb noch besonders gefiel – auch sie hatte sich dereinst unflätig bepöbeln lassen müssen – bereitete es großes Vergnügen, Harald den Weg zu Claudias Büro zu weisen:

»Gehen Sie nur rein. Herr Engels ist auch *gerade drinnen*!«

Das sich bietende Bild einer gänzlich unbekleideten Frau, die in ihr rechtes Ohr gevögelt und dabei als »Schlampe« beschimpft wird, ist nicht unbedingt die Wunschvorstellung desjenigen, der kurz vor Abgabe des Eheversprechens ihr gegenüber steht. Insbesondere dann, wenn nicht er selbst der schimpfende und ohrvögelnde Mann ist. Der Brutalität solcher Eindrücke verschließt sich der menschliche Geist dadurch, dass er sich anderen, nebensächlicheren Erkenntnissen zuwendet.

Er würde nun nicht mehr weiter im Internet nach den Gründen für ihre verminderte Hörfähigkeit suchen müssen, dachte Harald. »Tinnitus« hatte er ihr noch vorgestern ins rechte Ohr gebrüllt und erinnerte sich voller Erleichterung, in letzter Zeit zumindest nicht mehr an ihren Ohrläppchen herumgeknabbert zu haben. »Hörst du einen Pfeifton?«

Eine Stunde später traf Claudia Pieper im gemeinsam bewohnten Reihenhaus auf den bereits verzweifelt angetrunkenen Harald. Sie wollte sich aussprechen, alles ungeschehen machen. Aussprechen hätte aber bedeutet, die entsetzlich peinlichen Einzelheiten ihrer Demütigung nochmals aufzurollen und das wollte sie nun wirklich auf gar keinen Fall. Sie schämte sich furchtbar und wusste auch, dass in Situationen wie dieser sämtliche Erklärungsversuche versagen würden. Also stand sie einfach nur schweigend daneben und beobachtete, wie sich ihre Zukunft betrank und unwiederbringlich von ihr entfernte. Sie hatte immer noch kein Wort gesprochen, als Harald am nächsten Morgen mit zittrigen Händen anfing, seine Kleidungsstücke in den großen Rollenkoffer zu werfen. Und auch nicht, als Harald samt Koffer in den bereits auf Familienzuwachs gekauften Audi Kombi stieg und sie wortlos für immer verließ.

Zwei Stunden abgründiger Verzweiflung und unablässigen Weinens später erreichte sie ein Anruf. Monika, ihre Ressortleiterin war am Apparat. Dieselbe Monika, an deren Stuhl sie bis gestern noch so eifrig gesägt hatte. Da dieser weder Letzteres noch die genauen Umstände des sexuellen Desasters mit Herrn Engels verborgen geblieben waren, fiel die Ansprache entsprechend aus:

»Hallo Claudia, hier ist Monika. Kannst du mir für einen Moment *dein Ohr leihen*?«

»Ich ... ich kann heute nicht kommen, ich ...«

»Wie bitte? Ich glaub, ich trau meinen *Ohren* nicht! Du musst kommen, Herr Engels ist auch *bereits gekommen*. Also, äh ... Engels meint, dass du heute die Sache mit diesen Campern machen musst. Wir haben dafür eine Doppelseite fest eingeplant. Egal was los ist bei dir, komm sofort ins Büro, schnapp dir deine Kamera und mach die Story klar!«

In einer solchen Situation auch noch den Job zu verlieren, wollte Claudia nun wirklich nicht riskieren. Es war ja so schon alles schlimm genug. Natürlich lag ihre Zukunft nicht mehr beim ***New Life!*** Magazin, das war klar. Aber unmittelbar und ohne alternative Einnahmequelle wollte sie sich nicht der rauen Wirklichkeit stellen. Konsequenz muss man sich leisten können. Und das hier war eindeutig nicht die Zeit dafür.

Gegen 14:00 Uhr traf Claudia im Camp ein, einen Hightech-Fotoapparat aus der Redaktion mit sich führend. Fotografisch hatte sie bisher ausschließlich Porträtaufnahmen von Jubilarinnen gemacht, deren einzig berichtenswerte Leistung darin bestand, 90 Jahre oder älter geworden zu sein. Der heutige Job würde deshalb eine noch größere Bewährungsprobe für sie werden.

Die sich ihr bei der Ankunft präsentierende Szenerie aus Wohnwagen, Zelten und im Bau befindlichen Holzhäuschen, die sich am Ufer des kleinen Sees formierten, bereitete ihr Kopfzerbrechen. Wie, aus welchem Winkel und mit welcher Blende sollte sie dieses Zigeunerlager wohl am besten einfangen. Sollte es weich und – soweit irgend möglich – romantisch oder eher in seiner dilettantischen Schäbigkeit dargestellt werden. Wenn doch wenigstens irgendwo eine zumindest über 80 Jährige auszumachen wäre, die sie vor dem Hintergrund des Sees aufnehmen könnte, dann wäre sie wieder etwas mehr in ihrem Element. Nicht einmal auf den zweiten Blick erkannte Claudia den Plan, der hinter den baulichen Maßnahmen stand, die scheinbar wahllos an jeder Stelle des Grundstückes angefangen wurden. An der Südgrenze, der einzigen vom Feldbeziehungsweise Wanderweg einsehbaren Stelle, wurde mit einem Bagger ein gut 1 Meter hoher Wall aufgeschüttet, der später bepflanzt einen guten Sichtschutz abgeben würde. Ebenfalls ausgebaggert wurde das auf der Seite der »Siedlung« gelegene Seeufer, an dem auch bereits ein halb fertiggezimmerter Badesteg erkennbar war. Die teilweise noch im Rohbau befindlichen Holzhäuser mit ihren riesigen bodentiefen Fenstern sahen zwar nett aus, wirkten aber in der aufgerissenen Baustellenlandschaft wie Fremdköroper. Längsseits aus Richtung der Straße kommend, wurde das Grundstück hälftig durch einen ca. 2 Meter tiefen und 1 Meter breiten Schacht durchzogen, der wohl zukünftig die Versorgungsleitungen beherbergen sollte. Wasser, Abwasser, Strom, Telefon und Gas. Nein, Claudia erkannte nicht, dass hier einem durchdachten Plan gefolgt wurde. Was Claudia sah, war lediglich eine Müllhalde und genau die Art Freaks, die sie erwartet hatte. Spinner, die mal hier, mal dort mit irgendeiner überflüssigen und unkoordinierten Arbeit begonnen hatten, um sich kurz darauf einer anderen zuzuwenden, die ein größeres Maß destruktiver Umgestaltung versprach. Der nur provisorisch angelegte Weg, der die Einfahrt mit dem See verband und als Zufahrt zu den Unterkünften diente, erwies sich als unpassierbar und der Redaktionskombi hatte sich bestimmt dreißig Zentimeter tief im Schlamm festgefahren. Beim Aussteigen hatten sich Claudias hochhackige Stiefel dann ebenso tief im Schlamm versenkt wie zuvor schon das Auto, das jetzt von den umstehenden Bauarbeitern freigeschoben wurde. Jeder Schritt, den Claudia ihren zierlichen Wildlederstiefeln zumutete, wurde mit einem schmatzenden Geräusch quittiert. Der Tag wollte nicht besser werden.

Der Mann, der sich ihr als Cord vorstellte, war jemand, den

sie an normalen Tagen attraktiv gefunden hätte: schlank, groß und energiegeladen. Heute war aber kein normaler Tag und Männer hatten derzeit keinen hohen Stellenwert bei ihr.

»Das also ist das Camp?«, bedeutete sie mit einer ausladenden Geste und ließ keinen Zweifel aufkommen, dass das Areal bestenfalls als Endlagerstätte für radioaktives Material eingesetzt werden sollte.

»Yep. Schön, nicht wahr?«

Der Typ musste ein noch größerer Psychopath sein, als sie es sich auf der Herfahrt schon ausgemalt hatte – und da hielt er bereits beidseitig Kettensägen in Händen und sang Seemannslieder.

»Als Etappe der Camel-Trophy vielleicht, wenn die zukünftig ihre Hygieneansprüche zurückschrauben sollten ..., aber für ein *Camp der Liebe* ist das ja wohl eher ein Dreckloch!«

»Ein bisschen Fantasie müssen Sie natürlich mitbringen. Aber sehen Sie sich die Umgebung an und schauen Sie, was wir hier alles machen.«

Yeah, dachte Claudia. Ihr baut brasilianische Favelas nach. Der Typ erzählte, vor Aufregung zu schnell sprechend, von den vielen Umbauprojekten, die geplant oder bereits in Arbeit waren. Sie hörte nur mit halbem Ohr zu – eine Formulierung, die Monika, ihre Ressortchefin, amüsiert hätte. Dieses verdammte Männerpack, dachte sie. Und jetzt steht hier wieder so ein Spinner vor mir. Faselt von freier Liebe und meint doch nichts anderes als Sex ohne Rücksicht auf Gefühle. Am liebsten hätte sie diesem Arschloch das Nasenbein gebrochen. Am besten mit einem ihrer nun zu Beton erstarrten Ex-Wildlederstiefel. Am zweitliebsten hätte sie sich jetzt einfach umgedreht, in den Wagen gesetzt, wäre nach Hause gefahren, hätte ein heißes Bad genommen und dabei mit einer Flasche Rotwein die Erinnerungen vertrieben, die ihr spontan durch den Kopf gingen.

Flash: Harald und sie bei ihrem Lieblingsitaliener, Gänseleber auf Feldsalat in Honig-Balsamico-Dressing.

Flash: Harald im Meer auf Mauritius, wie er ihr, die am Strand zurückgeblieben ist, um den ersten Harry Potter-Band zu verschlingen, mit einer Hand zuwinkt.

Flash: Harald und sie vor dem Kamin ihres Reihenhauses, Pläne schmiedend, Kindernamen aussuchend.

Am letztliebsten, also gar nicht, mochte sie mit einem fremden Mann über Sex reden. Genau das war aber hier ihre Aufgabe. Ihre Fragen kamen deshalb halbherzig und lustlos, die Antworten erahnte sie mehr, als sie sie hörte, wusste sie doch bereits, dass es sexistisch-pubertäres Gewäsch – Männerfantasien eben – sein würden. Zuzuhören und das vorab im Kopf entstandene Bild an der Realität neu zu justieren, war keine von Claudias Stärken, lebte sie bisher ja gerade davon, sich die Dinge ohne schädlichen Anspruch auf Authentizität auszumalen. Während der junge Mann wasserfallartig, und durch ihr Desinteresse verunsichert, immer schneller vor sich hin plapperte, verlor Claudia sich in ihren Gedanken, die, einem Rehkitz auf seinem ersten Ausflug gleichend, bald hierhin, bald dorthin sprangen und mal diese, mal jene Idee aufnahmen, deren roter Faden einzig darin bestand, nichts und wieder nichts mit dem zu tun zu haben, was der Mann ihr gerade erzählte. Im Gleichklang mit ihren sprunghaften Gedanken setzte sie mal hier und mal dort die Kamera an und machte mechanisch Aufnahmen mit willkürlichen Kameraeinstellungen. Irgendwann fanden ihre Gedanken in die Realität zurück und sie hörte Cord gerade noch sagen: »... natürlich ist das eine verrückte Geschichte. Aber haben nicht alle guten Geschichten das Recht darauf, wahr zu sein?«

Für den Außenstehenden mag das philosophisch klingen, für den Philosophen banal. Aber niemand, weder Außenstehender noch Philosoph, hätte die richtige Reaktion parat auf eine Antwort wie: »Wahr ist, dass, wenn Sie einer Ihrer Camp-Schlampen ins Ohr vögeln – und das wollen Sie doch schließlich alle – und sie hinterher dafür verachten und sich eine neue

Partnerin suchen, Sie dennoch und gerade wegen der Leichtigkeit, in der es geschieht, ein Leben zerstören!«

»Verzeihung, aber ich habe gerade ›ins Ohr vögeln‹ verstanden und …«

»Aha, Sie also auch. Wusste ich es doch. Ihr seid doch alle gleich. Verdammtes Pack!«

Ohne eine weitere Reaktion abzuwarten, hatte sich Claudia Pieper umgedreht, ihren Wagen erreicht, die Stiefel ausgezogen und weggeworfen, Schlamm spritzend das Auto gewendet und sich mit durchdrehenden Reifen vom Camp entfernt. Zurück blieben der schmutzbesprengte Hakan und ich, uns gegenseitig auf die Schultern schlagend.

»Gut gelaufen, Alter!«, bewies Hakan mal wieder seinen fehlenden Sinn für Realität.

»Yep! Die hat angebissen!«, stimmte ich resigniert zu.

Zwei Tage später hatte Claudia Pieper den Rohentwurf ihres Artikels heruntergeschludert und mit einigen perspektivisch verzerrten und fehlbelichteten Aufnahmen versehen, die sie wahllos aus dem Fundus ihrer Fotostümperei herausgegriffen hatte. Wider Erwarten fand Chefredakteur Engels den ihm vorgelegten Bericht gar nicht mal schlecht. Als erfahrener Journalist erkannte er sofort den Wert dieser neuartigen Fotographie, die den Bericht durch künstlerische Anmutung adelte. Wer die tatsächliche Entstehungsgeschichte der Bilder nicht kannte, musste zwangsläufig von einem gewollten, ja geradezu inszenierten Effekt ausgehen und sah sich mit der sensationsheischenden Banalität eines solchen Camps versöhnt. Die Aufmachung des Artikels, dessen *artwork,* fand Engels' selten vorkommende kritiklose Zustimmung. Was ihm als bekehrten Anhänger und Mitglied Nr. 1 des Camps dagegen missfiel, waren Tenor und Wortwahl des Berichtes. Er beruhigte seine aufkommende Empörung mit einem Morgen-Wodka und rief seine Gesellschaftsjournalistin zum Gespräch in sein Büro. Als diese das Zimmer betrat und Engels die Tür hinter ihr schloss, war sie sich nicht sicher, ob dies der vertraute Beginn und die Neuaufnahme ihres Tête-a-Tête werden sollte und wie sie darauf reagieren wollte. Sie entschied sich, zunächst einmal gar nichts zu tun und vor allen Dingen nicht mehr zu heulen. Diese Blöße würde sie sich nicht geben.

»Frau Pieper«, begann Engels unpassend, wenn man den Grad vorangegangener Intimität zwischen ihnen bedachte. »Ihr Bericht über das Camp der Liebe ist …«, es schien, als suche er nach passenden Worten, »... scheiße!«

Claudia zuckte erschrocken zurück. Mittlerweile war ihr klar geworden, dass es sich tatsächlich um ein reines Geschäftsgespräch handelte und ihr Artikel als das gewürdigt wurde, was er war: scheiße!

»Was genau stört Sie daran?«, fragte sie und hatte sich wie selbstverständlich der formellen Ansprache angepasst, die Engels eingeleitet hatte.

»Na ja, wir könnten jetzt über einzelne Details sprechen. Zum Beispiel, dass Ausdrücke wie ›sexgeile Spinner‹, ›sexistische Machoschweine‹ oder ›Schlampen und Mistkerle‹ nicht der Diktion unseres Blattes entsprechen.«

»Das … sehe ich ein«, antwortete sie nach kurzer Bedenkzeit, »und was noch?«

»Mir gefällt die ganze Aufmachung nicht. Das ist alles so negativ. Ich meine, nehmen Sie mal die Formulierung: ›unter dem Deckmantel des Gutmenschentums wird der Gedanke des Stiftungsrechtes pervertiert‹ auf Seite 2 …«

»… das ist doch jetzt aber gut geschrieben, oder nicht?«, fiel sie ihm ins Wort.

»Schon«, gab er sich milde, »aber ich finde wirklich, dass das am Thema vorbeigeht und den Leuten nicht gerecht wird. Denken Sie doch einmal über die kleinbürgerliche Bedenkenträgerei hinweg und betrachten Sie die Sache aus der gesellschaftspolitischen Perspektive. Eine über die Jahrzehnte geschliffene Gemeinschaft, wie die unsere, lässt immer weniger Möglichkeiten für ein freies und selbstbestimmtes Leben. Ein Kreislauf, der ähnlich wie Inzucht im Körperlichen, die Leistungsfähigkeit der Gesamtheit im Geistigen reduziert.«

Er bemerkte ihren fragenden Ausdruck und fuhr erläuternd fort: »Eine angepasste Gesellschaft produziert stetig noch stärker angepasste Kinder, die wiederum ein stärkeres Maß der Anpassung von ihren Kindern erwarten. Wir müssen den Ausbruch aus dieser Bürgerlichkeit viel stärker wertschätzen, statt ihn zu belächeln oder, schlimmer noch, zu verurteilen. So wie die Mischung verschiedenster Gene unsere körperliche Gesundheit langfristig erhält, tut es die Toleranz gegenüber gelebter Andersartigkeit im Spirituellen. Verstehen Sie, was ich meine?«

»Nicht so ganz«, hörte sich Claudia sagen und war seltsam fasziniert von dieser neuen Facette im Wesen des verhassten Chefredakteurs. »Aber wenn ich es richtig verstehe, möchten Sie eine positivere Darstellung dieses Camps.«

»Wissen Sie, Claudia«, gab er sich nun jovial, »als Chefredakteur muss ich meiner gesellschaftlichen Verantwortung gerecht werden, auf der anderen Seite zukünftige Trends erkennen und da, wo es geht, sie sogar einleiten. Und genau hier sagt mir mein in langen Jahren geschärfter Instinkt, dass wir mit dem Camp, wenn wir es richtig angehen, auf eine Goldmine gestoßen sind.«

Er machte eine Pause und sah Claudia eindringlich an. Sie spürte seinen prüfenden Blick unangenehm auf sich lasten und es war ihr klar, dass er an dieser Stelle einen schlauen und irgendwie zustimmenden Kommentar von ihr erwartete. Fieberhaft arbeiteten ihre Gedanken an einer Formulierung und je mehr Zeit dabei verging, desto hektischer drehten sie sich in ihrem Kopf und verschwanden im Nebel ihrer eigenen Unsicherheit. Endlich, als ihre Resignation offensichtlich war, lehnte sich Engels seufzend zurück und bedeutete ihr mit einer wegwerfenden Handbewegung, dass sie gerade gewogen und für zu leicht befunden worden war und ihre Meinung nun nicht weiter gefragt wäre.

»Sei es drum«, fuhr Engels fort, »ich möchte die Story richtig aufbauen. Am besten als Fortsetzung mit Sommergala und allem Drum und Dran.«

Claudia Pieper war nun wirklich baff. So etwas hatte sie in ihrer bisherigen journalistischen Laufbahn nur einmal erlebt. Und da ging es um nichts anderes als die Kelly Family, die damals schon Star- und Kultstatus erreicht hatte, bevor der Verlag beschloss, endlich auch ganz groß einzusteigen. Nachdenklich kratzte sie sich am Ohr, bevor ihr bewusst wurde, dass eine solche Geste von einem Mann wie Engels missverstanden werden könnte.

»Okay, Claudia. Machen Sie mir einen neuen Entwurf und machen Sie Ihre Arbeit gut. Die Bilder können, wie gesagt, so bleiben, und wie man eine Serie initiiert, können Sie im Kollegenkreis erfragen. Morgen um Punkt 10:00 Uhr erwarte ich Ihre Vorlage«, wobei er das ›10:00 Uhr‹ als Zehnhundert aussprach und sich sichtlich in der Rolle des Oberkommandierenden gefiel.

Was für ein Arschloch!, dachte Claudia noch, bevor sie das Büro verließ. Und: dass ich wegen eines solchen Typen meine Zukunft verloren haben soll! Irgendwann werde ich es diesem Schwein schon heimzahlen …

Der Artikel erschien in der übernächsten Ausgabe des *New Life!*, ganz so, wie es Born vorhergesagt hatte. Bezüglich der Folgen hatte er sich aber getäuscht. Der Medien-Tsunami, wie er ihn nannte, war nicht über uns hereingebrochen, was sich nach kurzer Überlegung auch begründen ließ. Die Story war skurril genug, um die lokalen Berichterstatter, Fernsehsender, Radiostationen und Zeitungen für uns zu interessieren. Von Mitgliedsanträgen und Spendenzusagen ganz zu schweigen. Andererseits war es aber immens schwierig, Kontakt mit uns aufzunehmen. Man konnte uns weder im Telefonbuch finden, noch im Internet oder im aktuellen Stiftungsverzeichnis. Dafür war unsere Gründung noch zu frisch und zu unprofessionell gemanagt. Das ***New Life!*** hatte in seinem Bericht auch keine Telefonnummern genannt, was außerhalb bezahlter Anzeigen tabu war. Wer uns erreichen wollte, konnte dies also nur mit einigem Rechercheaufwand über die Namen der im Bericht genannten Gründer. Und das waren nur ich selbst und Ingrid, die bewusst erwähnt wurde, um zu zeigen, dass wir nicht allein aus einer Bande sexistischer Männer bestanden. Nimmt man dies zusammen, ist es sogar verwunderlich, dass überhaupt jemand anrief. Dass es sich dabei auch noch um den in Hamburg führenden Sender »Radio Zentral« handelte, war umso bemerkenswerter.

Ein verzweifelter Redakteur auf der Suche nach originellen kommunalen Begebenheiten, hatte im aktuellen ***New Life!*** gestöbert und den Bericht über uns gelesen. Auch wenn es sich in seinen eigenen Worten anders anhörte, erkannte ich sofort die Absicht dahinter, uns als harmlose, versponnene Hippies darzustellen. Nun bin ich grundsätzlich gern bereit, als weltfremder Spinner wahrgenommen zu werden. In diesem speziellen Fall schien es mir aber ausgesprochen schlecht für die Sache zu sein. Unsere *Arbeitsgruppe Radio Zentral* aus Sylvia, Hakan und mir hatte genau acht Tage Vorbereitungszeit, um dem entgegenzuwirken. Wir trafen uns im Wohnzimmer des Bungalows 1 und arbeiteten am ideologischen Grundgerüst des Camps.

»Wir brauchen eine ernsthafte Philosophie oder etwas, das sich zumindest danach anhört«, so Sylvias berechtigter Hinweis. »Ohne schlüssiges Konzept gewinnt man keine aktiven Mitglieder für ein Camp der Liebe. Die wollen nichts weniger als Antworten auf die Fragen des Lebens.«

»Okay, Hakan, du bist hier der Psycho. Was schlägst du vor?«, fragte ich ihn.

»Mein Vorschlag lautet darauf, unsere wahre Absicht hinter einer wohlklingenden Idee zu verstecken.«

»Was ist denn eigentlich unsere wahre Absicht?«, wollte Ingrid wissen.

Hakan brauchte nur einen kurzen Moment des Nachdenkens. »Na ja, Spaß haben, Partys feiern, Sex mit möglichst vielen …«

»Ich dachte, diese Freie-Liebe-Sache wäre mehr ein Medienaufhänger«, unterbrach Sylvia und sah mich hilfesuchend an.

»Natürlich, hauptsächlich für die Medien. Aber wenn man das einmal so aufgesetzt hat, kann man das natürlich später nicht total ignorieren. Es muss ja nicht jeder daran teilhaben«, beruhigte ich sie und versuchte mich an einem Gesichtsausdruck, der verdeutlichen sollte, dass ich kein Interesse an Ausschweifungen hätte. Ich bemerkte den mitleidigen Blick, mit dem mich Hakan betrachtete und wandte mich an Sylvia: »Was stellst du dir denn so für das Camp vor?«

»Also, ich sehe uns mehr in der Tradition von anderen Alternativgemeinden wie Christiania oder Sealand. Mit eigenen Gesetzen und einem lässigen Wirtschaftssystem.«

»Ja, so sehe ich das auch«, schlug ich mich auf Sylvias Seite. »Ein auf Tausch basiertes System, in dem es kein Gewinnstreben, kein Übervorteilen und keine egoistischen Einzelinteressen gibt!«

Sylvia strahlte mich glücklich an. »Genau! Wir errichten ein System, in dem die Menschen aneinander interessiert sind und nicht daran, was sie dem anderen abnehmen können!«

Hakan stupste mich an und flüsterte mir zu: »Ganz schön naiv, deine Kleine«, und ich tat, als hätte ich ihn nicht gehört.

Unsere *Interviewvorbereitung* ging in diesem Stil weiter und auch die nächsten Tage brachten nur geringe Geländegewinne in Sachen positiver Philosophie. Trotzdem fühlte ich mich bestens vorbereitet, als ich mich vier Tage später auf den Weg zum Funkhaus des Radiosenders begab.

Im Rundfunkstudio erwartete mich der Radiomoderator

Thomas Horn. Und wie so häufig, wenn eine lang gehegte Vorstellung durch die Realität eingeholt wird, gab es eine Überraschung. In diesem Fall diejenige, dass Horn genauso aussah, wie ich ihn mir vorgestellt hatte. Groß, schlank, dunkel und gerade so distanziert, dass er nicht unzugänglich wirkte. Horn war dafür bekannt, in seinen Sendungen ohne journalistische Neutralität auszukommen. Wenn er seinen Interviewpartner mochte, dann war er reizend bemüht, diesem in die Karten zu spielen. Abneigung oder Verachtung dagegen führten unweigerlich zum Verriss. Die Zuhörer liebten Horn natürlich am meisten für seine Auftritte der Verriss-Kategorie.

Dass ihm einige Hemdknöpfe fehlten und offen standen, solle mich nicht weiter irritieren, meinte er. Auch nicht der Umstand, dass er am linken Fuß Seidenstrumpf und einen teuer aussehenden Schuh trug, am rechten aber weder in das eine noch das andere.

»Beziehungsprobleme ...«, beantwortete er meinen fragenden Blick und hielt es für unnötig, eine umfassendere Erklärung anzufügen. Ebenso wenig, wie mir die Hand zu geben oder seine ausschließlich auf Bequemlichkeit ausgerichtete Sitzposition zu verändern. Er musterte mich aus kühlen Augen, bis er mich endlich mit einer angedeuteten Handbewegung aufforderte, auf dem Stuhl neben ihm Platz zu nehmen. Hierbei handelte es sich um ein modernes, angeblich besonders rückenschonendes Modell, bei dem man mit vornüber gebeugtem Oberkörper auf den Schienbeinen sitzt. Alles an diesem Stuhl und der erzwungenen, lächerlichen Sitzposition schien zu rufen: »Demütige mich!«

»Ich will einen anderen Stuhl ... und einen Trailer am Set, wie Mel Gibson ihn hat!«, ließ ich Horn wissen.

»Häh?«

»Okay, vergessen wir den Trailer. Aber auf den Stuhl da setz ich mich nicht!«

Horn legte sich entspannt zurück und betrachtete mich aus zusammengekniffenen Augen. »Was ist mit dem Stuhl nicht

Ordnung?«, fragte er leise und fuhr fort: »Ach so, klar, der hat bestimmt ein schlechtes Karma, hmm?«. Er machte keinen Hehl daraus, mich für einen Esoterik-Spinner zu halten.

»Gut, ich gehe jetzt fünf Minuten raus. Wenn ich wieder hereinkomme, ist ein anderer, möglichst altmodischer Stuhl da und Socken an deinen Füßen. Wenn nicht, dann such dir ein anderen Interviewpartner!«

Ich verließ das Aufnahmezimmer und wanderte ein wenig im Gebäude herum. Relativ dunkler Bürobau. Ich hatte mir eigentlich mehr Stahl und Glas vorgestellt. Hübsche, coole Leute, die geschäftig in den Gängen auf und ab rasen. Irgendwie sah es hier aber mehr nach Verwaltungsamt denn nach Radiosender aus. Ältliche Sachbearbeiter und Sekretärinnen gaben sich in den wenigen unversperrten Büroräumen zu erkennen und, wie ich vermutete, auch einander hin. Noch immer verärgert, begab ich mich auf den Rückweg in das Aufnahmestudio. Thomas Horn und ein neuer Stuhl erwarteten mich schon.

»Also, das mit dem Stuhl geht in Ordnung, aber Socken ziehe ich keine an. Du kannst unmöglich erwarten, dass ich mir hier eine Fremdsocke borge und die dann auch noch trage. Ich gebe zu, dass ich ein bisschen schlecht drauf bin heute. Dafür entschuldige ich mich. Ich hab Ärger mit meiner Frau und ...«

»... und die hat dir Socke und Schuh geklaut?«

»Häh? Nein, natürlich nicht. Was hat meine Frau damit zu tun? Das war doch meine Freundin, die ...«

»Okay, vergiss es, wir sind ja sowieso eher wegen meiner Geschichte hier.«

Horn ließ sich nicht aus der Ruhe bringen. Er nahm eine Zigarettenspitze und einen Joint aus einem Etui in seiner Hosentasche und steckte sie zusammen. »Was soll's. Lass uns eine rauchen und gut ist«, murmelte er. »Kannst mich Thomas nennen.«

»Ohne spießig sein zu wollen, aber das geht bei mir immer

so auf das Sprachzentrum. Nicht, dass ich dann nachher wie ein stammelnder Idiot rüberkomme«, wandte ich ein.

»Yeah, aber das ist doch gerade der Kick dabei. Erst baust du dir ein Hindernis auf, und wenn du es überwunden hast, fühlst du dich, wie der King! Und wenn du es nicht überwindest – tja, dann hab ich wahrscheinlich trotzdem eine geile Sendung mit einem sabbernden und stammelndem Sex-Hohepriester als Gast gemacht.«

Das leuchtete mir ein und zerstreute meine Bedenken. Sabbernder, stammelnder Sex-Hohepriester. Nicht schlecht. Das musste ich mir merken. Horn zündete den Joint an und wies auf den Sendeknopf. Er erläuterte mir, dass wir in ca. einer Minute »on air« wären. Dann drückte er den Knopf und quatschte einen albernen Begrüßungstext in das Mikrofon. Schließlich wandte er sich mir zu. »Also, neben mir sitzt Cord. Cord hat ein sogenanntes Camp der Liebe gegründet – eine Art Hippie-Kommune am Stadtrand – und stellt dafür ein wertvolles Grundstück zur Verfügung. Cord, du wirkst doch eigentlich wie ein halbwegs gesunder Mensch. Was hat dich auf diese unfassbar bekloppte Idee gebracht?«

Dass Horn so unvorbereitet von kumpelhafter Freundlichkeit auf arrogante Unhöflichkeit umschalten konnte, überraschte mich doch etwas und ließ mich ihn noch widerlicher finden als sowie schon.

»Das fragst du mich allen Ernstes, Thomas? So eine Frage, wo wir hier gerade friedlich zusammensitzen und einen Joint rauchen!«

Horn verschluckte sich heftig, hustete und presste seinen Joint aus. »Hey, du kannst doch nicht sagen, dass wir hier einen Joint rauchen!«

»Okay. Also, das fragst du mich wirklich, wo wir hier gerade so friedlich zusammen sitzen und *keinen* Joint rauchen?«, korrigierte ich mich.

»Klar frage ich dich das. War doch wohl logisch, dass ich dich das fragen würde. Ich meine, du bist hier, damit ich dir *diese Frage* stellen kann, oder? Sag nicht, du hast nicht bereits seit mindestens zwei Tagen eine genauso nichtssagende wie ausschweifende Erklärung eingeübt, mit der du uns jetzt langweilen kannst!«, ätzte Horn weiter.

»Erwischt! Tut mir leid, Thomas, aber ich fürchte, da muss ich erst einmal nachdenken. Am besten, du überbrückst die Zeit bis dahin ein wenig, indem du eine von deinen genauso nichtssagenden wie ausschweifenden Zwischenansagen in eigener Sache machst. Oder einfach mal ein bisschen Musik spielst.«

Horn stutzte nur kurz, um dann mit aufgesetzter Fröhlichkeit einen aktuell erfolgreichen Dudelsong anzusagen. Mit mühsam unterdrückter Abneigung ließ er mich danach wissen, dass ich ein Idiot sei, der sich jetzt aber ganz hurtig mit seiner esoterischen Weltanschauung lächerlich zu machen hätte. Nach erfolgter Predigt gingen wir wieder auf Sendung.

»Kommen wir nochmals auf dein Camp der freien Liebe zurück. Findest du es nicht auch ein wenig – wie soll ich sagen – absurd, in einer durchkommerzialisierten Welt wie der unseren, mit einer so leidenschaftlichen Idee daherzukommen«, schmeichelte Horn seiner Selbstgefälligkeit. Natürlich vergaß er dabei nicht, den Begriff *leidenschaftliche Idee* so zu betonen, dass jedem Kretin klar wurde, dass es nur ein Platzhalter für *idiotisch* war.

»Also, absurd finde ich, ehrlich gesagt, nur, hier im Aufnahmestudio mit einem Moderator herumzusitzen, der einseitig barfuß ist und dabei einen Joint mit Zigarettenspitze raucht«, erwiderte ich.

Horn blieb cool. Hunderte bereits durchgeführte Interviews hatten ihn zum souveränen Routinier werden lassen, den nichts aus der Fassung brachte und der jede Situation zu retten verstand. »Ha, ha, ha, gut gekontert, Cord. Aber den nicht in Ironie geübten Zuhörer wollen wir an dieser Stelle natürlich wissen lassen, dass du nur einen Scherz machst. Natürlich sitzen wir nicht mit Rauschmitteln ...«

»... und barfuß«, fügte ich hinzu.

»... ja, natürlich, Cord – also nicht barfuß und mit Rauschmitteln im Aufnahmestudio herum. Besonders möchte ich deshalb auch noch auf unsere Aktion *Keine Macht den Drogen* hinweisen, die unserem Sender und mir sehr am Herzen liegt, wie Sie ja alle wissen, und für die wir bis zum heutigen Tage genau 11.335 Euro an Spendengeldern einwerben konnten. Vielen Dank euch allen da draußen!«

Nach einer kurzen Pause setzte Horn erneut an: »Cord, kommen wir auf das Camp zurück.«

»Ja, Thomas, gerne. Also, das Camp der freien Liebe stellt sich im ersten Augenblick natürlich als eine Idee weltfremder Spinner dar. Und vielleicht stimmt das auch. Trotzdem möchte ich fragen, wie viele Leute du kennst, die sich selbst als glücklich oder zumindest zufrieden mit ihren Lebensumständen bezeichnen. Ich selbst kenne keinen einzigen. Und trotzdem hält man diejenigen, die mit neuen Lebensformen experimentieren und sich nicht einfach mit ihrer Unzufriedenheit zufriedengeben, für Ausgeflippte.«

»Das ist nun doch etwas zu trivial«, wandte Horn ein, »aber vielleicht bin ich ja auch nicht auf dem Quivive, wenn du weißt, was ich meine?«

»Eine exotische Frucht mit pelziger Schale und hohem Vitamin C Gehalt?«

»So ähnlich, ja«, suhlte sich Horn in seiner Intellektualität. »Aber gehen wir doch ein bisschen mehr ins Detail. Was, zum Beispiel, muss ich mir unter *freier Liebe* bei euch vorstellen?«

»Es war klar, dass dir diese Frage am meisten unter den Nägeln brennt. Hast du dir auch einmal überlegt, warum? Ich denke, da lauern jede Menge unterdrückter und kaum zu bändigender Triebe unter deiner zwanghaft getrimmten Oberfläche. Denen genügt schon ein Stichwort, um loszupreschen. Renn ihnen doch hinterher und komm zu uns. Aber, okay, was heißt: *freie Liebe*? Zunächst einmal stellt das Zusammenleben nach eigenen Regeln und das übergreifende Ausleben der Sexualität eine Intimität der Gruppe her, die familienähnlicher und näher ist, als die Zweckbündnisse, die man früher Freundschaftskreis nannte und heute – ehrlicher – private Netzwerke. Wir haben Verbundenheit, Nähe, Zärtlichkeit, Romantik und Poesie in unser Leben zurückgebracht. Das Camp ist unsere Familie geworden. Jeder liebt jeden, jeder hilft jedem.«

»Lass mich auf den Aspekt der erotischen Liebe zurückkommen, Cord. Es ist ja durchaus bekannt, dass der männliche Trieb auf den Beischlaf mit möglichst vielen Sexualpartnerinnen ausgelegt ist. Insofern scheint das Motiv eurer Handlung doch recht klar. Was sollte aber Frauen dazu animieren, sich euch anzuschließen?«

»Neben dem Umstand, dass Sex Spaß macht, dient er auch als Katalysator, um Nähe und Vertrautheit zu schaffen. Die Umschreibung für Sex lautet ja nicht umsonst *Liebe machen*. Liebe kann man machen. Nicht nur zwischen zwei Partnern. Man muss nicht darauf warten, dass sie einen aus heiterem Himmel trifft. Bei uns muss man es nur zulassen und erlebt dann die Liebe einer großen Familie. Im Übrigen sind unsere Vorstellungen weniger konservativ als die deinen und lassen auch Raum für gleichgeschlechtliche Liebe.«

»Cord, ein letztes kurzes Statement: Warum soll man sich euch anschließen? Bitte nur einen Satz!«

»Wenn es deine einseitige Barfüßigkeit erlaubt, könntest du vielleicht einmal zum Fenster gehen. Guck heraus und zähle die Leute in der Fußgängerzone, die einen fröhlichen Eindruck machen. Zählst du mehr als fünf, dann löse ich das Camp auf und lasse einen weiteren Gewerbekomplex auf dem Grundstück errichten.«

»Vielen Dank für das Gespräch, Cord. Kontaktinformationen gibt es wo?«, beendete Horn das Interview.

»Guckt einfach im Internet unter …

www.camp-der-freien-liebe.de

… meldet euch und feiert mit uns!«

Ich brauchte eine Dreiviertelstunde vom Funkhaus zurück in das Camp. Eine Dreiviertelstunde, in der das Chaos über die zurückgebliebene Mannschaft hereinbrach. Schlussendlich hatte Born recht behalten und unsere größten Erwartungen wurden übertroffen. Durchgängig läutete das Telefon, zwischendurch trafen Faxnachrichten und E-Mails ein und sogar unsere privaten Mobiltelefonanschlüsse wurden gnadenlos abtelefoniert. Zeitungen, Zeitschriften, andere Radiostationen und sogar lokale Fernsehsender bedrängten uns mit ihren Wünschen und Terminvorschlägen. Dazwischen jede Menge zukünftige Mitglieder und Unterstützer. Und für alle fanden Ingrid und Born die richtigen Worte und passende Termine, die sie unaufgeregt in unser Notizbuch aus schwarzem Kunstleder eintrugen. Unsere neue Website erwies sich als Volltreffer und nahm uns zumindest einen Teil der Arbeiten ab. Viele der Interessenten hatten sich bereits über unsere Philosophie und Ziele, wenn man sie so großspurig nennen will, informiert und die Antrags- und Spendenformulare online ausgefüllt, die wir in Ruhe später abarbeiten konnten. Die Resonanz der Öffentlichkeit war so überwältigend, dass wir die nächsten Tage nicht einmal dazu kamen, uns richtig zu freuen. Das lässige Freizeitprojekt wurde zum Vollzeitjob für uns. Unser Glück, dass Ingrid, die einzig abhängig Beschäftigte, ein paar Tage im Bauamt freinehmen konnte.

Unter den Interessenten waren gefestigt wirkende Leute mit ehrenwerten Motiven, genauso wie Dumpfbacken, die dem *geilen Bumsverein* beitreten wollten. Am Ende dieser ersten Woche hatten wir Spendenzusagen in Höhe von 40.000 Euro vorliegen, drei der Bungalows und fünf Appartements in der Anlage dauerhaft vergeben und eine dreißigprozentige Ausbuchung des Campingbereiches über die Sommermonate vorzuweisen. Die interessanteste Mail in dieser Woche nach dem Interview erhielten wir aber von einer Dame, die sich als Bewohnerin der Freistadt Christiania ausgab und uns alles Gute im gemeinsamen Kampf gegen das Establishment wünschte.

Ich schrieb ihr zurück, bedankte mich artig und versprach, sie und die Bewohner Christianias auf dem Laufenden zu halten. Zusätzlich regte ich eine gegenseitige Mitgliederverschickung an, was ich eigentlich nur als Worthülse gebrauchte, weil es sich gut anhörte und als zukünftige Möglichkeit ruhmreich über dem Camp schweben könnte. *Interkulturelle Zusammenarbeit zwischen den Alternativgemeinden Europas.* Das hatte Klang. Und Arbeit war damit ja nicht verbunden. Gerade einmal vier Wochen später sollte ich mein Urteil darüber revidiert haben.

Aber bleiben wir bei den Anfängen. Als Ingrid merkte, dass der Zustrom an Anfragen nicht abriss, machte sie einen bemerkenswerten Vorschlag, dem wir anderen begeistert zustimmten. Sie schlug vor, eine Einweihungsparty zu organisieren, zu der wir unsere aktiven Unterstützer und auch alle anderen Interessierten einladen sollten. Eine große Open Air Party auf dem Campgelände, angekündigt auf unserer Website und in dem Fernsehbeitrag am kommenden Freitag, dessen Dreh wir schon zugestimmt hatten.

»Die Idee ist toll«, sagte Sylvia. »Ich bin mir nur nicht ganz sicher, ob wir das auch hinbekommen. Da ist jede Menge Organisation erforderlich. Getränke, Essen, Musik, Toiletten ...«

»Stimmt«, ergänzte Hakan. »Erschwerend kommt hinzu, dass wir nicht wissen, mit wie vielen Leuten wir überhaupt rechnen müssen.«

Born meldete sich zu Wort: »Das ist absolut kein Problem. Wisst ihr, bevor ich das Ambrosia gemacht habe, verdiente ich mein erstes Geld mit Partyevents. Themennächte in Clubs, alten Fabrikgebäuden, auf Messen und Veranstaltungen. Ist zwar schon ein bisschen her, aber das würde ich bestimmt noch hinkriegen.«

Wir sahen ihn überrascht an, ehe Ingrid für uns alle sprach: »Partys in anderen Clubs. Was soll denn das sein?«

»Na ja, die Clubs sind halt froh, wenn sie zuweilen eine Abwechslung anbieten können, die sie selbst nicht organisieren müssen. *Bayerische Nacht, Opernball* oder irgendein anderes

Motto, das ich auf die Beine stellen musste. Ich hab dann die Gestaltung des Ladens gemacht, die Werbung, den DJ einfliegen lassen …«

»… den DJ einfliegen lassen?«, unterbrach Sylvia.

»Ja, natürlich. Du kannst doch nicht einen Wald- und Wiesen-DJ nehmen. Die sind heutzutage selber Stars und wollen hofiert werden. Die Gäste reisen denen teilweise hinterher wie ausgeflippte Groupies.«

»Ja klar, und als nächstes gibt es in der »Bravo« einen Starschnitt vom Tiefbauer des Monats!«, ätzte Sylvia.

»Hey, ich kann nichts dafür, dass die Welt so ist, wie sie ist. Nützt ja auch nichts, sich dagegen zu wehren. Alles was ich sagen will ist, dass ich mich gerne um die Organisation kümmere, wenn ihr wirklich eine Party wollt.«

Mittlerweile kannten wir Born und seine Fähigkeiten und deshalb zweifelten wir keine Sekunde daran, dass er genau der Richtige für den Job war. Wir legten noch kurz den geplanten Kostenrahmen fest und gaben alles Weitere dankbar in seine Hände.

»Und du kriegst das ganz alleine hin?«, fragte Ingrid besorgt nach.

»Alleine nicht. Aber alleinverantwortlich. Meine Stärke ist die Organisation komplexer Aufgabenstellungen, vor denen die meisten im ersten Moment zurückschrecken würden. Man muss die Sache aber nur in möglichst viele Teilaufgaben zerlegen und schon verliert sie ihren Schrecken. Salamitaktik nennt man das!«

»Wenn man es zerlegt, dann klappt es?«, fragte Hakan wieder mal völlig unnötig.

»Genau«, antwortete Born und verfiel dann in ein bösartiges Grinsen. »Da brauchst du dir nur die miesen Erfolgsquoten der Selbstmordattentäter anzusehen. Die wollen zu viel auf einmal und scheitern dann daran. Mangelnde Zerlegung der Aufgabe!«

»Du meinst, sie sollten zunächst den Selbstmord üben und

erst wenn der sitzt, langsam Richtung Attentat weitermachen?«, führte Hakan den Gedanken zu Ende.

Born lachte ein böses Lachen und wir anderen sahen uns betreten an. Er würde das schon hinbringen ...

Und er brachte. Als am folgenden Freitag das Fernsehteam des Norddeutschen Rundfunks bei uns eintraf, hatte Born mal wieder jede Menge Vorarbeit geleistet. Er hatte Plakate drucken und auf dem Camp einen bewässerten Schlammgarten anlegen lassen, der Woodstock wie eine *Weißer Riese Gedächtnisveranstaltung* aussehen ließ. Auch einen DJ hatte er schon besorgt und den Auftritt einer Band organisiert, bei deren Namensnennung sich die Fernsehleute überrascht ansahen. Als ich ihn später darauf ansprach, erklärte er mir, dass die *bribable hangmen* eine lokale Größe der Hamburger Indi-Szene wären und er mit einem Mitglied der Gruppe seit ihrer gemeinsamen U-Haftzeit befreundet sei. Ich solle mir aber keine Sorgen machen, weil nicht alles, was die Zeitungen über sie schrieben, stimmen würde.

»Was meinst du damit?«, fragte ich besorgt.

»Na ja, zum Beispiel, dass sie auf jedem Konzert eine Massenschlägerei anzetteln oder dass Dave – also mein Knastkumpel David – wegen Vergewaltigung seiner damaligen Frau eingesessen hat.«

Ich musterte sein Gesicht auf Anzeichen darauf, mich auf den Arm zu nehmen, fand aber keine. » Hat er aber nicht, der Dave?«

»Nein, es war seine Schwiegermutter und die hat ihn auch nur deshalb angezeigt, damit ihre Tochter, also Daves damalige Frau, nicht sauer auf sie war. Eigentlich hat sie Dave nämlich verführt und ...«

Ich unterbrach seinen plötzlichen Redefluss. »Scheiß drauf, Michael, lass uns einfach einen Bodka trinken, okay?«

Die Fernsehleute waren begeistert von der Fülle tauglichen Sendematerials, das Born ihnen präsentierte. Auch die beiden *Bedienungen* aus dem ehemaligen Ambrosia hatte er wieder kommen und in Szene setzen lassen. Daneben präsentierte er die baulichen Anlagen, die Gärten und einen ersten Entwurf der Camp-Verfassung, die wir in einer nächtlichen Sitzung zusammengeschludert hatten, um ein Mindestmaß an Ernsthaftigkeit zu demonstrieren. In ihr hatten wir die organisatorischen und administrativen Gremien festgelegt, die die Verfassung überwachen sollten. Kopf, Hand und Schwert der Camp-Verfassung sollte der Rat sein, der in jährlicher geheimer Wahl aus fünfzehn Mitgliedern gebildet wurde. Ein einmal gewähltes Mitglied konnte ohne Angabe von Gründen unterjährig abgewählt werden, wenn mindestens zwölf andere Ratsmitglieder sich dafür aussprachen. Jedes Campmitglied sowie jeder besuchsweise Camper sollte die gleichen Rechte und Pflichten haben und sich an der Wahl des Rates beteiligen können. Alle Einrichtungen und Versorgungsmöglichkeiten sollten gleichmäßig geteilt und genutzt werden dürfen und jeder für den anderen einstehen. Dass dem Ganzen ein möglicherweise zu idealistisches Menschenbild zugrunde lag war uns klar, aber als Pragmatiker und Realist wird man Vorstand einer Bank und nicht Gründer eines Camps der Liebe. Die halbe Fernsehcrew, der niemand, der halbwegs bei Sinnen war, einen bürgerlichen Lebensstil unterstellen würde, ließ sich sofort auf unsere Interessenten- und Spenderliste setzen und der am nächsten Vorabend ausgestrahlte Bericht fiel entsprechend positiv aus. Natürlich gab es ein paar Seitenhiebe und Mutmaßungen darüber, wie lange wir unser Konzept durchhalten würden, aber alles in allem hätte der Bericht kaum besser sein können, wenn wir ihn selbst produziert hätten. Und dass jetzt auch unsere Einweihungsfeier auf kostengünstige und reichweitenstarke Weise angekündigt wurde, war ein echtes Geschenk. Ich will Sie nicht mit den Details darüber langweilen, was alles funktionierte und was schiefging bei der Organisation unserer ersten Großparty. Klar lief nicht jedes Detail so, wie wir es uns gewünscht hätten. In den ersten zwei Stunden gab es zum Beispiel keinen Strom und alle frühen

Gäste schrien den gemieteten Elektriker an. Danach war der Strom plötzlich da, aber nun war es der Aushilfselektriker der schrie, während er die Kraft von 220 V in seiner rechten Hand spürte, als er endlich den Kabelbruch ertastet hatte. Irgendwann war dann alle Nervosität verflogen, der frische Wind einer abendlichen Sommermilde gewichen und zufriedene Entspanntheit ergriff die geschätzt fünfhundert Gäste, die unserem Aufruf gefolgt waren. Junge Leute, ältere Leute, In- und Ausländer, Bankangestellte wie Arbeitslose genossen das kurzlebige Gefühl von Gemeinschaft und Toleranz.

An diesem sonderbar bewegenden Abend gab es keine Abgrenzungen mehr. Ich kann nicht erklären, woran es lag oder warum es dazu kam, aber doch war es so, dass wir Gäste aufgesogen wurden von einer Atmosphäre gegenseitigen Wohlwollens und Verständnisses. Eventuell war es die lockere Grundstimmung, die man dem Fest einer selbsterklärten Alternativgemeinde entgegenbringt, vielleicht der laue Sommerabend, der DJ oder eine seltene astrologische Konstellation. In jedem Fall war es ein einmaliges Erlebnis, das mich meinen sonst so gesichtslosen Mitmenschen näherkommen ließ als jemals davor oder jemals danach.

Am Morgen nach der Feier hatte ich große Schwierigkeiten, auf die Beine zu kommen und noch größere Schwierigkeiten, auf den Beinen zu bleiben. Der Blick aus dem Fenster haute mich um. Müll, Matsch, Igluzelte und dazwischen Gruppen übriggebliebener Gäste, denen in diesem Chaos kein langer Schlaf vergönnt gewesen war. Ich war nach wie vor überwältigt von der Selbstverständlichkeit, mit der so vollkommen verschieden wirkende Menschen friedlich miteinander umgingen und spürte großen Stolz, hier im Kleinen einen Hort der Toleranz geschaffen zu haben, der Israelis und Palästinensern peinlich sein musste. Nicht lange, und der Stolz wich alkoholbedingter Übelkeit. Ich übergab mich in die Toilette, duschte ausgiebig warm und kalt und weckte Sylvia mit einer Tasse

Kaffee, die ich ihr ans Bett brachte. Danach machte ich mich auf die Suche nach Hakan und Michael Born. Nach dem, was ich gestern auf der Party beobachtet hatte, musste ich Ingrid nicht extra suchen, sondern würde sie gefunden haben, sobald ich Born fand.

Es dauerte eine ganze Weile, bis ich mich durch die Menge der Übriggebliebenen und ihren Wunsch nach Umarmung und Schulterklopfen durchgearbeitet hatte. Jeden, der es anbot, herzte ich freundlich und war nach der dritten Umarmung so beseelt von Liebe zu meinen Mitmenschen, dass ich es kaum erwarten konnte, einem weiteren zu begegnen. Ich bin sonst eher der nüchterne und unterkühlte Typ und instinktiv um Distanz bemüht, aber heute genoss auch ich die menschliche Wärme und Verbundenheit. So irrte ich einige Minuten durch das Camp beziehungsweise das, was davon übrig war, als ich in einem der Zeltlager Hakan ausmachte. Er stand vor einem der Zelte und hatte seinen Arm um die Schulter eines jungen Mannes mit auffälliger Tätowierung gelegt, der sich seinerseits gegen einen anderen, ähnlich gestylten Mann anlehnte. Aus dem Nachbarzelt krabbelten gerade zwei weitere Männer mit kahlgeschorenen Köpfen, Ohrringen und enggeschnittenen Hosen, die so offensichtlich homosexuell waren, wie ich verkatert. Ich gesellte mich zu ihnen und sofort wurde mir ein Glas Prosecco in die Hand gedrückt.

»Hi Hakan, Hi Mädels«, hob ich mein Glas und sah die Männer höflich kichern. »Wie geht's euch heute. Party überlebt?«

Der tätowierte Kerl neben Hakan grinste zurück und antwortete als Erster: »Yep, uns geht's gut, soweit. Aber ich hätte nicht gedacht, dass Haki überleben würde. Der war so was von dicht gestern Abend, dass wir auf dem Weg zum Zelt an jeder offenen Flamme Angst um ihn hatten.«

Ich zögerte mit der naheliegenden Erklärung, wo Hakan die Nacht verbracht hatte und entschloss mich dann doch für die offene Variante: »Das heißt, du hast hier im Zelt übernachtet?«

»Ich denke schon«, grinste er. »Und eigentlich fühle ich mich ganz prima. Null Kater. Nur noch ein bisschen tumb und gefühllos. Das geht aber vorbei, während du dein gesamtes Restleben damit zubringen musst.«

Er stieß mir den Ellbogen in die Rippen und war alles in allem kaum einen Deut anders als sonst. Stellen Sie sich die Menge aller *Deuts* vor und ziehen Sie einen davon ab, dann wissen Sie, was ich meine. Ich fand das etwas unfair, wenn ich den Maßstab meines eigenen Katers zugrunde legte und mit den geschilderten Trinkmengen verglich. Allerdings war ich zuallererst neugierig, ob es etwas in Hakans Sexualleben gab, das mir bisher entgangen war. Möglichst unschuldig fragte ich ihn deshalb: »Und du hast also hier im Zelt übernachtet?«

Die anderen Jungs schnitten eine Grimasse und grinsten mich an. Auch Hakan lächelte noch breiter. »Ja, hab ich. Und wenn du nun wissen willst, ob ich mit dem Süßen hier noch etwas anderes angestellt habe, dann lass dir gesagt sein, dass ich mich nicht erinnern kann …« Er legte eine kurze Pause ein und mimte ein nachdenkliches Gesicht, ehe er fortfuhr: »Insofern denke ich, dass entweder nichts war oder der Typ so ein Pfuscher im Bett, dass es keiner Erinnerung wert ist!« Damit kniff er dem jungen Mann neben sich in die Wange.

»Scheiße, da nehme ich mir eine korrekt abgefüllte Langhaarschwuchtel mit ins Zelt und dann schläft der Typ sofort ein, als er auf die Matratze schlägt. Wenn du nicht so niedlich wärest, hätte ich dir jetzt die Augen ausgekratzt, Süßer!«

Wir schenkten nochmals nach und warfen dann die leere Flasche gegen eines der anderen Zelte, aus dem ein lautes Stöhnen klang.

»Das muss der Typ sein, dem mein Kater zugelaufen ist!«, flachste Hakan und als die nächste Flasche Prosecco geöffnet war, spürte ich Rhythmus und Balance zurückkehren und erkannte die Wahrheit des alten Spruches, dass man mit dem weitermachen soll, womit man am Abend vorher aufgehört hat. Ein Blick über das Schlachtfeld dämpfte meine ansteigende

Laune. »Meinst du, wir kriegen das jemals wieder aufgeräumt?«, richtete ich mich an Hakan und wies auf das Chaos um uns herum.

»Da mach ich mir gar keine Sorgen. Michael hat gesagt, er hätte das im Griff und für heute Nachmittag bereits ein Profi-Reinigungsteam und einen Gartenfachbetrieb engagiert. Wir können uns also hier in aller Ruhe volllaufen lassen und 'ne Runde Frauen diskriminieren, während um uns herum alles wieder hergerichtet wird.«

»Nee, da mach ich nicht mit«, entrüstete sich einer aus unserer Runde, »eine meiner besten Freundinnen ist eine Frau!«

»Bei mir sogar die Mutter«, sagte der Tätowierte und wir lachten ein bisschen zusammen.

Um 1:00 Uhr mittags waren wir noch immer ziellos auf der Anlage unterwegs. Mittlerweile waren auch Sylvia und Ingrid zu uns gestoßen und genauso aufgekratzt wie wir. Wie versprochen, wuselten seit Kurzem auch einige mit orangefarbenen Warnwesten ausgestattete Männer umher und sammelten den Müll und die Aufstelltoiletten ein. Ich empfand große Dankbarkeit gegenüber diesen hilfreichen, freundlichen Menschen, ihrer professionellen Einstellung, Michael, dem lieben Gott und wem immer, der uns das Leben ermöglichte, das wir führten. Alles war großartig!

lässig

Bald hatte jeder von uns seinen Platz in der Camp-Organisation gefunden. Hakan fügte sich bereitwillig in die Rolle des Empfangschefs, wann immer dies sein berufliches Engagement zuließ. Wir waren ihm dankbar, diese eher unbeliebte Arbeit zu übernehmen. Sogar dann noch, als wir herausfanden, dass sein niederes Motiv die Möglichkeit des ersten Zugriffes auf die neuen Gäste war. Wir nahmen ihm das nicht übel, weil sowieso nur er der freien Liebe ernsthaft zugeneigt war. Seinen Pförtnerjob erledigte er zuverlässig und gelassen und so schreckte ich alarmiert hoch, als er jetzt aufgeregt in den Büroraum hereinplatzte und Neuankömmlinge ankündigte. Ein älterer VW-Bus mit genauso vielen Löchern im Blech wie Dänen an Bord stünde am Eingangstor und wolle hinein, erklärte er atemlos.

»Wieso Dänen?«, fragte ich überrascht.

»Woher soll ich das wissen! Ich kann kein Dänisch.«

»Dafür sprechen die meisten Dänen aber hervorragend Deutsch! Hast du das nicht versucht?«

»Logisch, aber die sind so was von zugekifft, dass selbst andere Dänen sie nicht verstehen würden.«

»Und sonst hast du nichts Verwertbares herausgefunden?«

Hakan überlegte kurz und antwortete dann nachdenklich: »Vielleicht doch. Einer von denen hat gesagt, ich soll dich von Christian grüßen oder so ähnlich. Sagt dir das etwas?«

Ich überlegte, ob mir jüngst ein Christian über den Weg gelaufen war und fand nichts Passendes in meinem Gedächtnis. »Nö, kein Stück. Aber was soll's. Finden wir es heraus!«

Wir machten uns auf den Weg zum Tor und schon von Weitem sah ich den altersschwachen braunen VW-Bus mit dem riesigen beigefarbenen Peace-Zeichen auf der Seite, der direkt hinter dem Eingang parkte. Da wir niemanden in der Fahrerkabine sitzen sahen, traten wir an eines der Seitenfenster und blickten durch die offenen Vorhänge in das Innere des Wohnmobils. Wie vom Blitz getroffen zuckte ich zurück. »Verdammt, Hakan. Die sind ja total nackt!«

»Stimmt. Hatte ich vergessen zu sagen.«

»Du erzählst mir lauter uninteressantes Zeug über deren unverständliche Sprache und einen Christian und *vergisst* dabei den Umstand, dass sie absolut nackt sind?«

»Nö, vergessen habe ich es eigentlich nicht. Ich hab nur versucht, nicht dauernd daran zu denken. Es wäre ja keinem geholfen, wenn ich mit einer Erektion durchs Camp gelaufen wäre, oder?«

Ich wandte mich resigniert ab und klopfte gegen die Scheibe des Busses. Den Blick hielt ich zwanghaft in die andere Richtung, um nicht für einen Spanner gehalten zu werden, wie mir in diesem Moment seltsam wichtig war. Irgendwann ging die seitliche Schiebetür auf und ein nackter Mann sowie zwei ebenfalls nackte Frauen purzelten heraus. Hakan zuckte mit den Schultern und bedeutete mir, genauso ratlos zu sein wie ich.

»Hi«, sagte ich verlegen und versuchte immer noch krampfhaft, nicht auf die sich sortierenden Körper zu blicken.

»Ah … Hi,«, sagte endlich eine der jungen Frauen und ich musste mich unglaublich konzentrieren, ihr ausschließlich ins Gesicht zu schauen. Sie war brünett, hatte grüne Augen, war außerordentlich hübsch und sprach hervorragendes Deutsch mit dänischem Akzent.

»Was führt euch zu uns?«, fragte ich stocksteif.

»Wir kommen aus der Freistadt Christiania«, antwortete die junge Frau. »Wir sind die offizielle Gesandtschaft Christianias und sollen mit euch den Partnerstatus beschließen und auch sonst ein wenig Schützenhilfe leisten.«

»Siehst du«, sagte Hakan und stieß mir den Ellbogen in die Seite. »Hab ich doch gesagt: Christian!«

Ich schob ihn beiseite und fragte die hübsche Dänin: »Ihr sollt was?«

»Na ja, wir sollen euch unterstützen. Den Brückenkopf zu uns in Kopenhagen herstellen und so Sachen.«

»›Schützenhilfe‹ und ›Brückenkopf‹ hört sich jetzt aber sehr militärisch an«, gab ich zu bedenken.

»Na ja, dann eben Schulterschluss und Kooperative. Ist uns egal, solange wir uns auf Sex, Drogen und Toleranz einigen können.«

Bevor ich antworteten konnte, hatte mich Hakan wieder zur Seite gedrängt. »Also, für uns geht das klar!«, antwortete er begeistert und schob sich noch etwas näher an das Mädchen heran.

»Wie heißt du eigentlich?«, fragte ich.

»Merete. Und die beiden neben mir heißen Annegret und Flemming. Von den anderen im Bus habe ich die Namen vergessen. Aber die sind alle total niedlich.«

»Ist ja auch nicht so wichtig«, meinte Hakan. »Am besten, ich bringe euch jetzt zu Ingrid in den CampCamp Bereich und ihr macht euch ein bisschen stadtfein.«

»Was bedeutet stadtfein?«, fragte Merete erstaunt.

»Na ja, Klamotten anziehen und so«, erläuterte Hakan.

Merete sah erstaunt aus. »Wir haben aber gar keine Klamotten mit. Braucht ihr hier so was?«

Eingeschüchtert machten wir uns schließlich auf den Weg zu Ingrid, wobei Hakan und ich vorausgingen, während die verrückten Dänen im Bus hinterherfuhren. Hakan fand als Erster seine Sprache wieder: »Was hältst du von denen?«

»Was soll ich sagen? Ein bisschen merkwürdig, oder? Wenn auch cool und abgefahren.«

»Im Grunde genommen haben wir ja genau solche Typen angesprochen.«

»In der Theorie, ja. Aber jetzt macht es mir Angst«, gab ich zu, »die meinen die Sache wirklich ernst, während es für mich die ganze Zeit nur Spielerei war. Ich weiß wirklich nicht, ob ich locker genug dafür bin.«

»Wieso das denn nicht?«, entrüstete sich Hakan. »Entspann

dich einfach!«

»Tja, würde ich gerne. Aber eigentlich bin ich nun einmal eher der Spießertyp.«

»Quatsch, bist du gar nicht!«, widersprach Hakan.

»Doch, wirklich. Gestern zum Beispiel hab ich mich dabei erwischt, wie ich über ein Schild nachdachte.«

»Schild ist doch total cool. Jetzt, wo du es gesagt hast, kann ich es richtig vor mir sehen. *Camp der freien Liebe*, weiße Schrift auf rotem Grund. Jeder Buchstabe mindestens einen Meter hoch. Und darunter in etwas kleinerer Schrift: *Koitus Outlet*. Geile Idee, Alter!«

Ich dachte darüber nach, ehe ich antwortete: »Stimmt, Hakan, das wäre es. Dumm ist nur, dass ich an ein Schild dachte, auf dem *Betreten der Rasenfläche verboten* steht und das ist ja wohl alles andere als cool.«

Hakan sah mich kritisch von der Seite an und prüfte, ob ich ihn auf den Arm nahm. Als er sich versichert hatte, dass es mir ernst war, hielt er sich mit Spott zurück und klopfte mir stattdessen auf die Schulter. »Hey Mann, das kriegen wir schon hin. Bestimmt wirst du nicht so cool wie Merete oder ihre Crew werden. Aber glaub mir, diese Hausmeisterattitüde kriegen wir mit ein paar Bodkas aus dir rausgespült.«

Nachdem ich mich von meiner Rührung erholt hatte, wies ich mit den Daumen hinter mich auf den uns folgenden Bus: »Hat dir gefallen, diese Merete, oder?«

»Wem könnte die nicht gefallen. Die ist ja wohl extrem süß!«

»Warum hast du dich dann nicht mehr um sie bemüht?«

»Ey, zunächst einmal bin auch ich noch nicht so geübt darin, einer nackt aus einem VW Bus herauskugelnden hübschen Frau mit charmantem Smalltalk zu begegnen.«

»Und zweitens?«

»Und zweitens kann ich noch immer kein Dänisch.«

»Meine Güte, Hakan, du hast doch gehört, dass sie hervorragend Deutsch spricht. Du musst kein Dänisch können.«

»Das ist es nicht. Aber so, wie sie Deutsch spricht und so, wie sie sich ausgedrückt hat, ist sie nicht nur hübsch und nackt, sondern auch noch schlau und lässig dazu. Da brauch ich erst einmal eine halbe Stunde Motivationsvorlauf, um meine Unsicherheit zu überwinden.«

»Und dann kannst du mit ihr reden?«

»Dann kann ich zumindest auf ihre Fragen mit ›Ja‹, ›Hm‹, ›Okay‹ oder ›Weiß nicht‹ antworten, statt nur sabbernd daneben zu stehen.«

Am CampCamp angekommen, gaben wir die Dänen bei Ingrid mit dem kurzen Hinweis ab, dass sie von der Freistadt Christiania kämen und einen Platz für ihren Bus benötigten. Ich übernahm mühelos Hakans Taktik, wesentliche Informationen für mich zu behalten, und entfernte mich rasch vom Ort des Geschehens.

Das wird noch Ärger geben, dachte ich mir, während ich Ingrids spitzen Schrei hörte und in den Laufschritt überging. Und dass die Dinge anfingen, mir aus den Händen zu gleiten. Doch was einmal ins Laufen gekommen ist, hält man nicht mehr einfach auf. Und warum auch. Teufel noch mal, ich musste halt ein bisschen lässiger werden ...

nachlässig

Zwei Tage später war es mit der Lässigkeit vorbei. Ich meine: *ganz vorbei*. Wenn man nicht selbst in der Verantwortung steht, ist es schwer zu ermessen, wie sehr einem der an sich einfache Satz »Ich glaube, da stimmt etwas mit den Toiletten nicht« den Tag versauen kann. Ich fragte Ingrid – denn von ihr kam der verheerende Satz – wo das der Fall wäre, und hoffte auf eine Antwort im Sinne von »Im Stuttgarter Hauptbahnhof«, war aber nicht verwundert, als sie sagte: »Im CampCamp! Die stehen da schon alle mit zusammengekniffenen Beinen.«

»Für ein Camp der freien Liebe eine schwer zu ertragende Vorstellung, nicht wahr?«, versuchte ich die Sache locker zu nehmen. Gemeinsam gingen Ingrid und ich zum Campingplatz auf der Anlage und sahen schon von Weitem den Auflauf, der sich vor dem großen Toilettenhaus gebildet hatte. Einige der Wartenden erkannten mich und öffneten eine Gasse, um uns durchzulassen. Zwei junge Männer aus der Gruppe klopften mir mitleidig auf die Schulter, während ich sie passierte und spätestens jetzt wurde mir klar, wie blöd der Tag wirklich werden würde.

»Wir wollen uns endlich waschen!«, meckerte eine Frau in Jogginganzug. Ich zuckte mit den Schultern und zwängte mich an ihr vorbei. Der uns entgegenschlagende Geruch war jetzt atemberaubend und noch vor Erreichen des Einganges erkannte ich das ganze Ausmaß der Katastrophe. Der Boden stand ca. zehn Zentimeter hoch voll Wasser, wobei *Wasser* nur ein Teil dessen war, was da vor uns aufschwamm. Die üble Brühe lief schon aus dem Eingang auf die gepflasterte Zuwegung und es war klar, dass jetzt kein weiser Rat, sondern zupackende Tatkraft gefragt war.

»Scheiße!«, brüllte ich meinen Frust heraus.

»Nicht nur«, antwortete Ingrid mit starrem Blick auf das Debakel vor uns.

»Hä?«

»Nicht nur Scheiße, meinte ich. Da ist auch jede Menge Urin dabei und natürlich auch ein wenig Wasser«, erläuterte sie und löste ihren starren Blick, um in meinem Gesicht nichts als Hilflosigkeit zu erkennen.

Aus verschiedenen Richtungen kamen jetzt auch Hakan und Michael Born auf das Toilettenhaus zugelaufen, Hakan mit einem aufgerollten Gartenschlauch über der Schulter. Anerkennend nickte ich ihm zu. »Klasse Vorbereitung, Haki. Aber hast du auch eine Pumpe dabei?«

»Nee, wieso?«

»Weil du sonst ansaugen musst!«

Entgeistert starrte er mich an. »Das mach ich nicht. Da müssen wir einen anderen finden.«

»Und wie willst du das machen? Laut in die Runde fragen, ob jemand gerne Scheiße ansaugen möchte? Was glaubst du, wie viele sich melden werden?«

Hakan überlegte angestrengt, während wir anderen ihn kritisch musterten. Born schüttelte müde den Kopf.

»Wir müssen nur positiv beginnen«, sagte Hakan endlich, »und dann zum Kern unseres wahren Anliegens kommen. Dann können sie sich nicht mehr entziehen!« Mit diesen Worten schritt er auf einen jungen Mann neben uns zu, klopfte ihm auf die Schulter und zwinkerte uns zu.

»Du magst doch auch gerne Sex?«, fragte er den Mann, der erst überrascht wirkte, dann aber eifrig nickte. »Und Fußball magst du auch, nicht wahr – wenn auch die blöden Bayern …na ja, egal. Aber schön, mal so ein bisschen zu quatschen. Macht man viel zu selten. Ständig hetzt man aneinander vorbei, grüßt kurz und das war es dann auch schon.«

Der junge Mann lächelte misstrauisch, während Hakan fortfuhr: »Na ja, ich fand's toll.« Damit wendete er sich ab, um sich nach einem Schritt in unsere Richtung nochmals umzudrehen. »Ach ja«, lächelte er den jungen Mann an, »gerade fällt mir ein … vielleicht kannst du mir einen Gefallen tun. Ich gehe da jetzt rein und du könntest den Schlauch an diesem Ende hier festhalten.« Damit reichte er dem jungen Mann das Schlauchende. »Und wenn ich rufe, dann saugst du einmal kräftig am Ende und …«

Der Angesprochene stieß Hakan empört von sich. »Spinnst du, Alter? Lass mich in Ruhe mit dem Mist!«

Achselzuckend trottete Hakan zu uns zurück. »Hätte auch gutgehen können«.

»Nein«, antwortete Ingrid lakonisch, »das hätte es nicht.«

»Dann brauchen wir einen Plan B«, stellte Hakan mal wieder das Naheliegende fest.

»Sprengen«, schlug Born vor, »oder einen Fachbetrieb rufen.«

»Und unter was soll ich den im Telefonbuch finden? *Fäkalienunfallgroßanlagenabsaugung* wird wohl keine eigene Rubrik sein, oder?«

»Wohl nicht«, stimmte Hakan zu. »Ich würde trotzdem mal nachsehen. Ist zumindest ein hübsches Wort.«

Wie so oft, übernahm Michael die Initiative. »Wir können hier noch ewig herumquatschen, aber am Ende bleibt uns sowieso nichts anderes übrig, als den Mist auszuschöpfen. Ich werde jetzt ein paar Eimer holen und dann machen wir eine Schöpfkette.«

Das hatte er wohl etwas zu laut gesagt, denn schon begann die umstehende Gruppe auszufransen und sich allmählich aufzulösen. Unaufhaltsam verbreitete sich die Kunde, dass gleich der unangenehme Teil der Veranstaltung anstünde und man dann besser unbeteiligt und weit weg war. Als Michael nach gut fünf Minuten mit mehreren Eimern wieder angetrabt kam, konnte von Menschenauflauf keine Rede mehr sein. Eher von einem erweiterten Vorstandstreffen. Den Frauen – auch Sylvia war zwischenzeitlich bei uns eingetroffen – mochten wir die unangenehme Arbeit aus Höflichkeit nicht zumuten, und so blieben letztendlich wir drei Männer und zwei weitere Typen übrig, die genügend Anstand oder zu wenig Hirn hatten, nicht weggelaufen zu sein. Wir hatten zwar Eimer zum Schöpfen, aber keine Gummistiefel zum Schützen parat. Schließlich war es Sommer und wer schleppt da Gummistiefel in ein Camp der Liebe?

Michael machte uns vor, was jetzt zu tun war, und zog sich Schuhe und Socken aus, krempelte seine Hosenbeine hoch und schritt mit unbewegter Miene in den Fäkalienpool. Die beiden Freiwilligen sahen sich überrascht an, nickten kurz und stellten die Eimer auf den Boden zurück. Der etwas größere schlug mir freundschaftlich auf die Schulter. »Ich wollte sowieso gerade austreten aus dem Camp. Ich hab ja eigentlich eine feste Freundin und weiß gar nicht, was ich hier soll. Tut mir leid, Jungs!«

Ich räusperte mich kurz und ließ ihn dann ziehen, als auch der andere Typ zu seiner Abschiedsrede ansetzte:

»Ich bin eigentlich auch ...«

Mit ein paar schnellen Schritten war Hakan bei ihm und tippte ihm zornesrot mit dem Finger gegen seine Brust. »Du wirst nicht abhauen, Kumpel! Du nicht! Dieses Camp ist eine Gemeinschaft, die zusammensteht, auch wenn es einmal eng wird. Ein Hort der Solidarität, ein ... Auaaaa!«

Der junge Mann hatte die kurze Unkonzentriertheit Hakans genutzt und war ihm beherzt auf den linken Fuß getreten. Als Hakan schmerzverzerrt von ihm abließ, rannte er wieselflink seinem Kameraden hinterher und war bald aus unserem Sichtfeld verschwunden. Resigniert sahen wir uns an. Dann wandte ich mich an die Restgruppe, den reinen Campvorstand.

»In Anbetracht der Umstände denke ich, dass wir ausnahmsweise einmal keine Rücksicht auf das Geschlecht nehmen – und auch die Damen ihren Teil zur Schadensbehebung beitragen sollten ...«

»Ich geh Kaffee kochen«, erwiderte Sylvia und drehte sich auf dem Absatz um.

»Und ich ruf den Sanitärnotdienst an«, entgegnete Ingrid und war daraufhin ebenso schnell verschwunden.

Wir verbliebenen drei Camper sahen uns betrübt an. Doch

hier würde keiner mehr gehen. Wir würden zusammenhalten, komme was wolle. Bei aller an diesem Tag erfahrenen Frustration war das ein warmes und weiches Gefühl und damit absolut identisch mit demjenigen, als ich eine Minute später barfuß und mit aufgekrempelten Hosen in die Plörre stieg und den ersten *Feindkontakt* hatte, wie Hakan bald darauf das Aufeinandertreffen von Mensch und Unrat nennen sollte.

»Achtung Cord, Peilung auf dreizehnhundert. Feindkontakt in 3 … 2 … 1 ... zu spät!«, sollte ich noch öfter hören, bis wir die Sanitärräume restlos trockengelegt hatten.

Natürlich konnten wir die Rückstände in unseren Eimern nicht einfach vor die Tür kippen, sondern hoben auf Michaels Kommando hin mehrere Gruben aus und füllten diese dann reihum auf. Am unangenehmsten war das ständige Rein- und Rauslaufen. Während ich in der Brühe arbeitete, fühlte ich nach kürzester Zeit gar nichts mehr. Mein Geruchs- und Hygieneempfinden wurde komplett ausgeblendet. Doch jeder Weg nach draußen verdeutlichte mir umso mehr, wie schön und blumig die Welt außerhalb dieser Prüfung sein konnte.

Kurz nachdem wir endlich fertig waren, trafen die Jungs vom Rohrreinigungsnotdienst ein, die Ingrid inzwischen erreicht hatte. Sie waren zu zweit, wobei der eine groß und schlau und der andere klein und dumm aussah. Der dumm Aussehende begrüßte uns mit einem Kopfnicken.

»Falsche Kleidung, Jungs«, wobei er auf seine ultralang ausgeführten Gummistiefel klopfte. »Schade, dass ihr die Drecksarbeit schon erledigt habt. Das hätten wir mit unserer Spezialpumpe zur *Fäkalienunfallgroßanlagenabsaugung* leichter haben können.«

Hakan boxte mich in die Seite. »Siehst du, du hättest doch im Telefonbuch nachsehen sollen!«

Der schlauer aussehende Rohrreiniger sagte: »Hä?«, worauf der dümmer Aussehende zutreffend erläuterte: »Nun, ich denke, die Herrschaften waren sich nicht sicher, unter welchem Begriff sie unsere Dienstleistung im Telefonbuch oder im Internet finden sollten und haben deshalb beschlossen, die Sache selbst in die Hand zu nehmen, richtig?«.

Born nickte stumm und schenkte mir einen grimmigen Seitenblick.

»Insofern werden wir uns jetzt nur noch um die Ursache des Störfalles kümmern«, sagte der Kleine.

»Hä?«, ergänzte der schlau Aussehende.

Hakan, Michael und ich trotteten mit hängenden Köpfen davon, bis ich nach ein paar Metern anhielt und meine Freunde bei den Schultern packte. »Hey, Jungs, was soll die Leichenbittermiene. Wir haben es geschafft, zusammengehalten und die Mission erfüllt! Also, gebt mir fünf!« Die anderen schlugen ein und als wir an unserem See vorbeikamen, rannte Michael plötzlich los und sprang laut schreiend und voll angezogen über den Badesteg hinein. Hakan und ich stimmten in sein Gebrüll ein und machten es ihm nach. Es war uns egal, was die anderen Badenden oder faul am Ufer herumliegenden Camper dachten. Wir tollten bestimmt zehn Minuten im Wasser herum, ehe wir uns am Ufer bis auf die Unterhosen auszogen und uns zurück zum Wasch- und Toilettenhaus begaben. Schon vom Weitem starrte uns der große, schlau aussehende Rohrreiniger an und veränderte seine Position nicht, bis wir direkt vor ihm standen.

»Ihr nur Unterhose an!«, brummelte er aus intellektuell zusammengepressten Lippen und zog nachdenklich seine Stirn in Falten.

»Das ist, weil die Herrschaften nach der unangenehmen Arbeit das Bedürfnis nach einer vollumfänglichen Reinigung verspürten«, erläuterte der dumm Aussehende.

Ich nickte ihm zu und fragte nach dem Stand der Arbeiten, worauf er mir erklärte, dass die Rohre vollkommen vollgestopft gewesen wären mit Papptellern, Plastikbesteck, Servietten und Essensresten. Born reagierte überrascht: »Verdammt, ich hatte mich schon gewundert, wieso der Reinigungsdienst nach der Feier nur so wenige Müllsäcke aus dem Camp geschleppt hat. Die Mistkerle haben einfach alles die Toilette runter gejagt!«

»Nicht ganz«, fiel ihm der kleine Rohrreiniger ins Wort. »Die haben vielleicht *versucht,* es runter zu jagen. Tatsächlich haben sie es aber nur in die Toilette und in die Rohre gejagt, da gesammelt, verdichtet und schlussendlich ...«

»Okay«, unterbrach ich ihn, »ich denke, wir haben es verstanden. Wichtiger ist allerdings, was wir jetzt machen.«

»Nö, das ist schon erledigt«, antwortete der dumm Aussehende.

»Jau, 'ledigt!«, stimmte der schlau Aussehende zu.

»Wir haben ...«, hob der Dumme an, »... die Rohrfräse angesetzt und die Rohre wieder freigemacht.«

»Jau, F'ääse und bumm! – frei!«, stimmte der Schlaue zu und nickte mir mit großer Ernsthaftigkeit zu.

»Kannst dich wieder anziehen!«

»Kartoffelpest oder so was …«, faselte Hakan und stand mit beiden Händen in den Taschen neben mir im Kartoffelbeet, in dem ich mich auf den Knien liegend bis zu den Ellbogen in schwarzer Scholle vergraben hatte. »In jedem Fall schrecklich!«

»Quatsch nicht rum, du Depp«, antwortete ich mürrisch. »Das hier ist nicht natürlichen Ursprungs.« Ich hielt ihm eine geschredderte Kartoffelpflanze entgegen. »Jemand hat unser Feld umgepflügt und dabei ganze Arbeit geleistet.«

»Wer sollte so etwas tun?«, fragte Hakan zweifelnd.

»Was weiß ich. Der allmächtige Gott des Reises, die internationale Vereinigung professioneller Brotbäcker, wer auch immer Kartoffeln nicht wohlgesonnen ist.«

Hakan grübelte darüber nach. »Das kann ich mir jetzt gar nicht vorstellen …«

»Häh?«

»… dass der Gott des Reises sich hier extra die Finger dreckig macht, nur, um unsere paar Kartoffeln aus dem Weg zu räumen. Götter sind nicht gerade für ihre Überaktivität im Kleinen bekannt.«

»Verdammt, Hakan, es gibt keinen Gott des Reises! Das hab ich doch nur so dahergesagt.«

Er schüttelte pikiert den Kopf. »Das solltest du nicht tun. Kann doch immerhin sein, dass es in irgendeiner exotischen Indianerreligion einen Reisgott gibt, den du damit ernsthaft auf die Palme bringst.«

»Ist ja auch egal! Wichtig ist jetzt nur, herauszufinden, wer und warum jemand unsere Kartoffeln gekillt hat.«

»Tja, ich tippe mal auf Merete und ihre Christiania-Typen«, sagte Hakan mit nachdenklicher Miene.

Ich wies mit der Hand auf eine Stelle im ehemaligen Kartoffelfeld, die offensichtlich mit Spaten und Harke bearbeitet worden war. »Wieso denn ausgerechnet die? Die haben ja noch nicht einmal ernsthaft Klamotten, da werden sie ja wohl erst recht keine Gartengeräte haben, um so was hier anzurichten.«

»Keine *eigenen* Gartengeräte zumindest, da hast du recht. Die waren aber gestern bei mir und haben mich gefragt, ob sie sich unsere Sachen ausleihen könnten, um hier irgendwo ihr Dope anzubauen.«

Entsetzt starrte ich Hakan an. »Und du hast es ihnen einfach so gegeben?«

»Natürlich nicht! Was denkst du? Erst habe ich ihnen erklärt, wo sie die Planen zum Bau eines provisorischen Gewächshauses herbekommen können und wo sie am ehesten einen Stromanschluss für die Lampen und ausreichend Wasser finden.«

Wortlos forderte ich ihn auf weiterzureden.

»Tja, und wenn ich es mir recht überlege, müsste unser Kartoffelfeld ...«

»Ex-Kartoffelfeld«, korrigierte ich ihn.

»… also unser Ex-Kartoffelfeld müsste genau die Stelle sein, wo optimal Strom- und Bewässerungsanschlüsse vorhanden sind.«

Ich dachte über das Gesagte nach, bevor ich mich sanft tadelnd an meinen osmanischen Freund wandte: »Ey, Alter, die können hier doch kein Dope anbauen!«

»Nee, natürlich nicht. Das Klima ist scheiße, kein richtiges Gebäude vorhanden und schließlich ist das ja auch unser Kartoffelfeld«, stimmte er mir zu.

»Okay, deswegen auch. Aber in erster Linie geht das nicht, weil es *verboten* ist, du Pfeife!«, brüllte ich ihn jetzt an. »Damit können die uns das ganze Camp kaputtmachen!«

Hakan funkelte wütend zurück. »Ich hab denen das ja nicht erlaubt. Wir haben mehr so theoretisch gesprochen. Dachte ich zumindest. Was kann ich denn dafür, dass die sofort damit anfangen, ohne weiter nachzufragen.«

Da hatte er natürlich recht. Ich nahm drei tiefe Atemzüge und entschuldigte mich bei ihm. Trotzdem musste ich etwas unternehmen gegen die Dänen. Vorher musste ich mich aber vergewissern, wie weit ich mich in dieser Sache auf meinen Freund verlassen konnte.

»Wenn du gewusst hättest, was die vorhatten ...«

»Ja?«

»... hättest du dann etwas anders gemacht?«

Ein versonnenes Strahlen verirrte sich in Hakans Gesicht. »Oh ja. Ich wäre auf jeden Fall hergekommen und hätte mir die Sache angesehen.«

»Um sie aufzuhalten?«

»Nein, wo denkst du hin? Aber Merete, nackt bei der Feldarbeit ... das wäre schon echt was Besonderes gewesen!«

In dem Moment wurde mir klar, dass ich allein war. Total allein. Und das Camp erwies sich mehr und mehr als Prüfung, die ich bestehen musste.

Auf der nächsten Sitzung unseres Camp-Rates brachte ich die Marihuana-Plantage in großer Runde zur Sprache. Ich ließ mir das Wort von Sylvia, der Versammlungsleiterin, erteilen und trat mit großer Würde in die Mitte des Kreises, den wir auf unserem Festplatz gebildet hatten. Die anderen Räte saßen auf Wolldecken um mich herum, während ich meine Ausführungen voller Pathos begann:

»Freunde, Räte, Camper! Heute will ich zu euch sprechen, weil ich mir Sorgen mache. Große Sorgen! Unser geliebtes Camp der Liebe, das wir als Rückzugsort für die Freiheitsliebenden, für die Querdenker, Außenseiter und Veränderer in unserer Gesellschaft geschaffen haben, dieser Ort des harmonischen Miteinanders und der Tolerierung unkonventioneller Lebensweisen ist nun in Gefahr geraten. Einer Gefahr, die ...«

Ich wurde durch einen Zwischenruf des Ratsmitgliedes für Hygieneangelegenheiten unterbrochen: »Merete, kannst du mal bitte deine Beine über Kreuz schlagen? Ich kann mich sonst echt nicht darauf konzentrieren, was Cord sagt.«

Merete setzte den Wunsch aufreizend langsam um, während ihr fünfzehn Augenpaare gebannt folgten. Endlich konnte ich fortfahren, hatte aber den Faden verloren. »Tja, also ...«, stammelte ich, »jedenfalls kriegen wir dicke Probleme, wenn wir uns nicht zumindest grob an die Gesetze halten, die in dem Staat gelten, der uns umgibt.«

An dieser Stelle prasselten einige Zwischenrufe auf mich ein: »Was meinst du denn damit?«, »Das hört sich jetzt aber richtig spießig an!«, »Was soll der Mist?«..

Unbeirrt fuhr ich fort: »Das heißt, egal, ob es mir selbst gefällt oder nicht, sollten wir uns verpflichten, einander nicht die Köpfe einzuschlagen, uns nicht zu beklauen und vor allen Dingen zukünftig kein Dope mehr anzubauen!«

Der einsetzende Widerspruch erreichte eine neue Stärke, die ich in der bisherigen Camp-Historie noch nicht erlebt hatte. Flemming, Meretes Gefährte aus Christiania, ergriff das Wort gegen mich: »Cord, bei allem Respekt, den ich dir gegenüber empfinde, weil du das Camp ermöglicht und gegründet hast, bei all dem finde ich doch, dass du anfängst, ein richtiges Arschloch zu werden! Ein autonomes Camp ohne Drogen? Was soll denn das sein? Und dass wir die Gesetze dieses Scheiß-Kapitalisten-Nazistaates einhalten sollen, kannst du ja wohl nicht wirklich ernst meinen! Wir in Christiania ...«

»... ihr in Christiania«, unterbrach ich ihn, »müsst mittlerweile reichlich kleine Brötchen backen, weil ihr kurz vor der Räumung steht. Seit Neuestem habt ihr doch selbst keinen offenen Drogenverkauf mehr bei euch. Von offenem Anbau ganz zu schweigen. Und hier spuckt ihr große Töne ...«

Zu meinem Erstaunen ergriff nun auch noch Ingrid die Partei der Christianiten. Noch mehr überraschte mich, dass sie den Namen des Aufwieglers kannte. »Trotzdem hat Flemming recht. Das Camp funktioniert ohne Dope nicht so, wie es sein soll.«

Born nickte zustimmend und zwinkerte mir mit einem Auge zu, während er an einer riesigen Tüte zog, die er danach an

Ingrid und die Runde weiterreichte. Ich fühlte mich auf verlorenem Posten und schaute meine Sylvia in der Hoffnung auf Zustimmung an. Just in dem Moment erreichte sie die gegenläufig gestartete Tüte, die sie ohne zu zögern annahm. Ich wurde nervös.

»Stopp, Stopp! Ich will doch gar nicht das Dope verbieten. Ich will nur, dass es hier nicht angebaut wird. Und außerdem fordere ich euch auf, zukünftig auf alle Drogen außer Dope, Tabak und Alkohol zu verzichten, solange ihr euch im Camp aufhaltet. Mehr nicht. Ich will den Bullen schließlich keinen Vorwand liefern, unser Camp einzudampfen, jetzt, wo die uns sowieso auf dem Kieker haben nach all den Berichten in den Medien. Um es also ganz konkret zu sagen, erwarte ich, dass die Plantage bis morgen Mittag Geschichte ist!«

Im Rat setzte Gemurmel ein, jeder unterhielt sich mit jedem, aber keiner mehr mit mir. Ich sah zustimmendes Kopfnicken genauso wie empörtes Schulterzucken, bis sich endlich eine Mehrheitsmeinung herausgebildet hatte.

Als wieder etwas Ruhe eingekehrt war, erhob sich Flemming erneut und verkündete, dass er, Merete und die anderen Christianiten sich meiner Forderung beugen und ihre Plantage aufgeben würden. Die anderen nickten ihm wohlwollend zu, dankbar, dass es aufgrund seiner Besonnenheit nicht zu einer offenen Konfrontation gekommen war.

Als Flemming aus dem Kreis trat, wurde er mit sichtbarer Anerkennung belohnt, mich aber erwarteten Schweigen und eisige Blicke. Immer mehr spürte ich die Entfremdung von dem Projekt und von Sylvia, die sich nun neben Flemming gesetzt hatte und ihm ihren Joint anbot.

Trotzdem kann man mit Fug und Recht sagen, dass es zwischen uns – also Sylvia und mir – jetzt wieder besser lief. Das Camp hatte uns zusammenrücken lassen und verhalf uns zu Gesprächen, in denen wir versponnene Pläne über die weitere Entwicklung schmiedeten. So etwas schweißt zusammen, zumindest solange die Dinge laufen. Ich hätte mich gut fühlen müssen, jetzt, wo alles funktionierte, und doch schwebte mir maliziös die Erkenntnis im Kopf, Sylvias widergewonnene Zuneigung gälte nicht mir, sondern nur dem gemeinsamen Erlebnis. Und wenn es das war, was uns zusammenhielt, was müsste dann kommen, wenn die aktuelle Euphorie erst verflogen wäre. Mich hielt die deutsche Bitternis im Griff, Momente des Glücks mit Überlegungen über womöglich nachfolgendes Ungemach zu versauen, statt sie zu genießen. Als kleiner Junge glaubte ich noch daran, Belastendes schnell und einfach klären zu können. Es bedurfte ein wenig nüchterner Analyse oder eines klärenden Gespräches und schwupp – wäre alles wieder in Ordnung. Im Alter von elf Jahren stimmte das auch noch und ich erinnere mich, wie mir damals ein Schulfreund sein neues Fahrrad für eine Testfahrt auslieh und ich zwei Straßen weiter – gerade außer Sichtweite – gegen einen zwanzig Zentimeter hohen Kantstein dengelte. Bis ich das nicht mehr freidrehende Rad zu meinem Freund zurückgeschleppt hatte, war ich mit dem Analyseprozess weit fortgeschritten. Ich übergab meinem fassungslosen Freund die Fahrradruine, drückte mein aufrichtiges Bedauern aus und bot ihm an, er dürfe mir zum Ausgleich eine Ohrfeige geben. Aus der Ohrfeige wurden dann ein Fausthieb und eine wüste Rangelei, aber das Problem war aus der Welt, ohne dass daraus eine Dauerbaustelle wurde. Jetzt und mit den Jahren hatte ich gelernt, dass Erwachsene ihre Probleme nicht so einfach loswurden. Fahrbahnverengungen auf dem Weg zum Glück, der, je mehr hinzukamen, immer unpassierbarer wurde, bis man schließlich feststeckte. Nun will ich nicht den Eindruck erwecken, ich wäre in der Zeit, als sich das Camp einrichtete, ein grüblerischer Trauerkloß gewesen. Natürlich genoss ich die spielerische Stimmung und ich wurde mitgerissen von dem ungewöhnlich schönen Sommer, der unser Projekt begleitete. Immerhin war meine Grübelei aber so sichtbar, dass Sylvia mich eines Tages darauf ansprach.

»Cord, was ist los mit dir?«

Überrascht sah ich sie an. »Was meinst du?«

Wir saßen auf der umlaufenden Holzveranda unseres Bungalows. Sylvia rollte sich in ihrem Liegestuhl auf die Seite, mir zugewandt. »Ich sehe doch, dass dich etwas betrübt. Hat es mit mir zu tun?«

»Quatsch!«, gab ich zurück und hoffte, schnell genug gewesen zu sein, dass sie mir glauben würde. Was hätte ich schließlich zu erwarten gehabt, wenn ich ihr den wahren Grund meiner Grübelei verraten hätte. Selbstverständlich hätte sie mir widersprochen und meine Befürchtungen zu widerlegen versucht: »Nein, natürlich liebe ich dich um deiner selbst willen« und »Ja, das Camp ist nur eine bedeutungslose Kulisse unserer untrennbaren Zweisamkeit«.

Was sonst sollte sie sagen. Und dann würde sie in aller Stille und ganz für sich über das Gesagte nachdenken. Und vielleicht würde sie dann erkennen, dass ich recht hatte, dass wir uns zukünftig von Aufregung zu Aufregung hangeln müssten, um von den Unzulänglichkeiten des gemeinsamen Lebens abzulenken. Und vielleicht würde sie sagen: »Ich geh dann mal, bevor das, was wir beide schon wissen, plötzlich wahr geworden ist«. Und das wiederum hieße, *sie* ginge, bevor *ich* soweit war. Nein, die Wahrheit konnte ich ihr nicht sagen. Aber schließlich gab es auch andere Gedanken, die mich umtrieben, und die konnte ich vielleicht mit ihr teilen.

»Was ist es dann?«, fragte sie gerade.

»Weiß nicht. Ist halt alles ein bisschen schnell gegangen, mit dem Camp.«

»Aber genau so wolltest du es doch haben?«

»Ja, schon, aber ich hatte mir nicht klar gemacht, dass ich dann auch so schnell die Kontrolle darüber verlieren würde. Wir kommen ja kaum mehr hinterher damit, neue Regeln zu erlassen, Baufehler zu beseitigen und Behördenauflagen zu erfüllen. Mittlerweile werden auch die Abstimmungsprozesse immer länger und von lässiger Entspanntheit ist kaum mehr was zu spüren«, eröffnete ich den Nebenkriegsschauplatz.

Sylvia zog ihre Stirn kraus und blinzelte mich durch die Sonnenstrahlen an, die durch das Fenster fielen. »Auf mich wirkt es so, als würdest du immer dann Seitenwind bekommen, je mehr du dich deinen Zielen näherst. Natürlich ist viel für das Camp zu machen. Aber letzthin ist das doch eine Arbeit, die Spaß macht. Die Erfüllung eines Lebenstraumes, so, als wenn man sich ein Haus baut oder einen Gemüsegarten bestellt oder ein Kind aufzieht.«

Bei dem Wort *Kind* zwinkerte sie mir zu und ließ mich damit wissen, worum es sich bei dem nächsten Projekt, der nächsten großen Ablenkung handeln sollte. »Was du brauchst, sind einfach nur ein, zwei Tage Urlaub vom Camp!«

»Was meinst du mit Urlaub?«

»Ich meine, wir sollten uns zwei Tage an der Ostsee gönnen und dabei weder an das Camp noch an die Firma oder irgendeine Aufgabe sonst denken. Ich hätte da auch schon ein tolles Plätzchen für uns im Auge.«

»Okay, klingt toll. Aber meinst du, wir kriegen da jetzt noch eine Unterkunft, so mitten in der Hochsaison?«

»Yep«, strahlte sie mich an, »ich kenne die Eigentümerin eines gaaanz tollen Cafés in Timmendorfer Strand. Und die haben auch super schnuckelige Ferienwohnungen. Das klappt bestimmt!«

Unnötig zu sagen, dass Sylvia in ihrer zupackenden Art auch dieses Versprechen einlöste und wir uns am folgenden Wochenende in den Schwarm Hamburger Sommerfrischler einreihten, die sich mühsam über die dreispurige Autobahn Richtung Lübeck kämpften, um siebzig Kilometer später in Timmendorfer Strand, der selbsternannten Côte d'Azur des Nordens, angekommen zu sein. Im Sommer zog es nicht nur die Hamburger hierher, sondern genauso Rheinländer, Berliner und Hessen. Menschen, die die Atmosphäre des Seebades genossen, das mit einer Vielzahl von Cafés und Restaurants, einer Landschaft aus Kiefernwäldchen und weißem Sandstrand aufwartete. Sylvia und ich waren – wie jeder Hamburger – schon oft hier gewesen, hatten aber noch nie den urigen Hafen besucht, der zum Ortsteil Niendorf gehört und in dem alte Fischerboote einträchtig neben Luxusyachten liegen. In kleinen Buden wurde fangfrischer Fisch von den Kuttern an uns Touristen verkauft. Und genau in diesem Hafen, noch genauer, auf einer umschließenden Landzunge, befand sich das Café Strandvilla, das Sylvia für uns ausgesucht hatte, in das ich mich sofort verliebte. Das Café erwartete uns mit einer erhöhten Terrasse mit Blick auf den Fischereihafen und mit einer zweiten Terrasse mit Blick auf den Strand und die Ostsee. Zwischen beiden lag das stuckverzierte Haus aus der Jahrhundertwende und beeindruckte auch im Inneren mit unterschiedlich gestalteten Räumen, Pitchpineböden, Kronleuchtern, französischen Türen und Plüschsofas.

Es dauerte nicht lange, bis uns die nette Inhaberin unser Appartement gezeigt hatte. Zur Seeseite gelegen, elegant und mit einem Riesenbalkon ausgestattet, glich es auf angenehme Weise seiner Eigentümerin, die uns stolz in den zwei Zimmern herumführte. Sylvia kannte sie aus ihrer Schulzeit, hatte damals sogar ein Jahr lang neben ihr gesessen, bevor ein kindischer Disput um einen Jungen namens Andreas sie auseinander trieb. Kichernd nahmen sie sich in den Arm, als sie sich – eine Stunde später beim gemeinsamen Kaffee in den Gasträumen – an ihn zurückerinnerten und Sylvia erzählte, dass Andreas, den sie neulich in Hamburg getroffen hatte, nicht Schauspieler geworden war, wie es ihm aufgrund seines damaligen Charismas vorbestimmt gewesen schien, sondern lediglich Steuerberatergehilfe. Spröder geht es wohl kaum. Und die

Haare wären ihm auch fast ganz ausgefallen.

So ging es dann noch mit einer Reihe anderer Leute weiter, die sie aus ihrer gemeinsamen Schulzeit kannten, und ich entschloss mich leichten Herzens, allein schwimmen zu gehen. So verabschiedete ich mich von den beiden, und versuchte dabei dem Eindruck entgegenzuwirken, ihr mitleidloser Tratsch wäre etwas anderes als eben dieses. Da hätte ich mir allerdings keine Sorgen machen müssen, beachteten sie mich doch kaum, als ich leise aufstand, über die Außentreppe in unser Appartement schlich, mir die Badehose anzog und über die vordere Terrasse zum Strand spazierte. Man musste nur einen winzigen Dünendurchgang passieren, um ihn zu erreichen und diese strategisch günstige Stelle hatte sich der Strandkorbvermieter ausgesucht, um die kanalisierten Touristen an ihre Kurtaxabgabe und den unnachahmlichen Komfort eines Strandkorbes zu erinnern, den man für ein Drittel des Betrages, den ich als Schüler für einen kompletten Bulgarienurlaub ausgegeben hatte, wochenweise mieten konnte. Über genau diesen obszönen Mietzins hörte ich ihn gerade mit einer jungen Frau streiten, von der ich nur die irgendwie vertraute Rückansicht sah. Ich blickte auf lange brünette Haare, einen nicht mehr blutjungen, aber lebensfrohen Körper, der in einem vollkommen unattraktiven Badeanzug klemmte und überhaupt nicht zu ihr passte. Wie vom Blitz getroffen blieb ich stehen und versank in diesen Anblick allergrößten Widerspruchs, den zu erklären ich Ihnen schuldig bleiben muss. Es gibt keine Worte, die diesen Antichristen der Bademode beschreiben könnten. Die Stichworte *Übergröße, Raffärmchen* und *mittelgrau* müssen reichen, um ein Bild entstehen zu lassen. Was ich von meinem Beobachtungsposten aus sah, war eine wunderschöne Frau voller Energie und Körperspannung in einem clownesken Kostüm. Ich verfolgte die Szene, auf widersprüchliche Weise hoffend, die Frau würde sich umdrehen, um mir ihr Gesicht zu zeigen oder es eben gerade nicht zu tun, so den Zauber erhaltend, den sie damit ausgelöst hatte. Zwei Minuten Herumstehen in einem engen, stark besuchten Strandabgang sind eine längere Zeit, als es sich vielleicht anhört und wäre ich noch jünger an Jahren und weniger lebenserfahren als heute, wo ich diese Erinnerungen aufschreibe, würde ich sagen, ich stand mindestens ein halbe Stunde einfach so da und schaute den beiden zu. Irgendwann berührte die Frau den Strandkorbvermieter mit einem freundlichen Klaps auf den Unterarm und gab ihm dann einen Geldschein, der, wenn ich ihre Geste richtig deutete, ein Bruchteil dessen ausmachte, was er ursprünglich gefordert hatte. Endlich drehte sie sich in meine Richtung, als sie ihre am Boden stehende Tasche aufhob und gleich darauf wieder fallen ließ. Mir wäre es in diesem Moment genauso gegangen, wenn ich eine Tasche gehabt hätte, und so ließ ich stattdessen mein Handtuch fallen. Das Gesicht der Frau war schön, konturiert, erfahren, wissend und lebensfroh. Es war ein Gesicht, das ich gut kannte und eine Frau, die ich einmal sehr mochte.

»Immer, wenn wir uns sehen, lässt du etwas fallen«, sagte Anke Buschkamp und strahlte mich dabei an.

»Wie bitte?«, presste ich heraus.

»Erinnerst du dich nicht mehr an deine ersten Tage im Ambrosia, Cord. Als wir uns damals das erste Mal gesehen haben, hast du dein Sandwich fallen lassen.«

»Ich erinnere mich«, antwortete ich und dachte an die beschämende Situation von damals zurück, die am Anfang unserer Freundschaft stand. »Du siehst fantastisch aus!«

Anke strahlte jetzt noch eine Nuance mehr, was ihr einiges abverlangte. Ich wusste, wie sich ihre Züge gleich entspannen würden, wie es aussähe, wenn die Mundwinkel ein wenig nachgaben, das verklingende Lächeln die Zähne abdecken würde und wie schön sie auch mit dem dann ernsthafteren Ausdruck wäre. Ich wusste es, weil ich es schon oft und voller staunender Bewunderung beobachtet hatte.

»Wie geht es dir?«, fragte ich, um das einsetzende Schweigen zu überbrücken, schob dann nach: »Aber das ist eine dumme Frage, wenn ich dich ansehe. Man kann unmöglich so gut aussehen, wenn man – sagen wir – Magen-Darm-Grippe hat oder gerade seinen Freund verlassen hat. Ich denke also, es geht dir super, oder?«

Anke dachte nach und schaute mich dabei mit schief gelegtem Kopf an. Es war schon immer so, dass sie Floskeln nicht mit Floskeln beantwortete, sondern sich ernsthaft Gedanken über ihre Antworten auf die banalsten Fragen machte. »Tja, den letzten Freund habe ich nicht dadurch verloren, dass ich ihn verlassen habe, sondern anders herum. Aber sonst hast du recht, es geht mir gut. Sehr gut sogar.«

Ich fragte sie nicht, was sie damit meinte, dafür blieb noch Zeit. Stattdessen schlug ich vor, gemeinsam schwimmen zu gehen und uns dabei auf den Stand zu bringen. Anke erklärte, dass sie das gerne machen würde, sie aber nicht alleine in Timmendorf wäre und sich vorher bei ihrer Begleitung abmelden müsse. Als sie *Begleitung* sagte, spürte ich einen Stich in der Brust, eine Reaktion, die nicht nur innerlich gewesen sein kann.

»Nein, kein Gedanke«, schlug sie mir lächelnd auf den Oberarm. »Kein Mann. Aber irgendwie denke ich, dass du dir wünschen würdest, es wäre einer, wenn du sie erst kennengelernt hast!«

Mit dieser verwirrenden Botschaft hakte sie sich bei mir unter und führte mich zu einer Gruppe Frauen, die um sich herum eine Schutzburg aus Zeltmuscheln gebaut hatte. Ein Blick genügte, um festzustellen, wohin sich die unförmigsten und unattraktivsten Badeanzüge der Welt zum Sterben zurückzogen, wenn ihre Zeit gekommen war. Als wir die äußeren Wallanlagen des Selbstbau-Forts erreichten, dem sich ohnehin niemand zu nähern gewagt oder gewünscht hätte, erwartete uns dort eine aggressiv auftretende Rothaarige.

»Wo warst du denn die ganze Zeit? Und was will der Typ hier?«, fuhr sie uns ohne Begrüßung an.

»Ist okay, Eike«, antwortete Sylvia beschwichtigend. »Das ist Cord, ein alter Freund, den ich zufällig getroffen habe, und mit dem ich mich über alte Zeiten unterhalten will. Ich wollte mich nur abmelden, damit ihr Bescheid wisst.«

Eike musterte mich mit unverhohlener Abscheu. »Wenn dir der Typ an die Wäsche geht oder sonst etwas anstellt, brauchst du nur kurz zu rufen und wir nehmen ihn auseinander!«, richtete sie die Botschaft zweifelsohne an mich, ohne mit mir zu reden. »Du brauchst dir keine Sorgen zu machen. Jemand von uns anderen wird sich ständig in deiner Nähe aufhalten.«

»Ich bin mir nicht sicher, ob das kein Widerspruch ist«, gab ich zu bedenken.

»Ich hab aber nicht mit dir gesprochen, Mann«, fauchte sie zurück.

»Jetzt bin ich mir sicher!«

Anke nahm mich erneut am Arm und führte mich von dem Ort des Hexensabbats fort, bevor es zu einer ernsthaften Auseinandersetzung kam. Als wir weit genug entfernt waren, wandte ich mich zu ihr um.

»Was waren das für Gestalten?«

»Diese Gestalten, wie du sie nennst, sind meine neuen Freundinnen von der Walpurgis-Feministinnengruppe.«

Ich starrte sie überrascht an. »Nein, das glaube ich dir nicht. Dafür bist du viel zu schlau. Auf Bauernfänger und Extremisten bist du noch nie hereingefallen. Eher schon auf Tagediebe wie mich.«

»Was meinst du mit Extremisten?«

»Na ja, Terror-Feministinnen, die ihr eigenes Lebensglück hintanstellen, um einer verbohrten Idee mit unterwürfiger Demut zu dienen. Einer Unterwürfigkeit, die ausgeprägter ist als die der Frauen, die sie befreien wollen.«

»Mein Gott, du ereiferst dich ja richtig.«

»Ja, nein ... ich finde nur, dass man Gleichberechtigung auch auf andere Art erreichen kann und dass hier ein Kampf mit brutaler Härte gefochten wird, der eigentlich lange gewonnen ist. Man schlägt nicht weiter, wenn der Gegner längst am Boden liegt!«

»Und du meinst, die Männer würden schon am Boden liegen, es gäbe keine Unterdrückung mehr?«

»Doch, sicher gibt es die. Aber genauso gibt es auch Fälle von unterdrückten Männern. Wir reden aber über Einzelfälle und keinesfalls über vom Gesetzgeber gebilligte Unterdrückung. Ich stimme ja total zu, dass es früher nötig war, gegen ungerechte und absurde Gesetze vorzugehen. Aber heute gibt es kein einziges benachteiligendes Gesetz mehr und Diskriminierung aufgrund des Geschlechtes ist sogar *ausdrücklich* verboten! Warum also dieser Karneval?«

»Wir schießen also über das Ziel hinaus?«, fragte sie mit einem süffisanten Lächeln.

»Ich finde ja! Wie sympathisch ist es, wenn ein 1000 Meter-Läufer nach dem siegreichen Zieleinlauf noch eine Extrarunde läuft, um allen Gegnern zu zeigen, wie überlegen seine Vorstellung ist?«

»Ich verstehe, was du meinst, aber ich bin anderer Meinung. Gleichberechtigung gibt es erst dann, wenn Frauen *wirklich* die gleichen Chancen haben wie Männer und nicht nur Papierrechte.«

»Nicht im Wortsinne«, gab ich zu bedenken. »Gleich*berechtigung* heißt doch nur, dass man die gleichen Rechte hat, aber nicht, dass man gleich *ist*. Sonst müsst ihr eure Ziele neu formulieren und zukünftig für das *Gleichsein* eintreten. Dann wiederum solltet ihr das aber nicht mehr von uns Männern einfordern, sondern von Gott oder der Natur, je nach innerer Einstellung.«

»Sei es drum, Cord. Ich finde auch manches übertrieben. Und dennoch war es für mich die einzige Möglichkeit, aus dem alten Umfeld herauszukommen. Alleine hätte ich das nie geschafft. Und schon deshalb braucht man diese Frauen. Um anderen wie mir zu helfen!«

Damit war das Thema abgehakt, auch wenn ich immer noch den bohrenden Blick der Rothaarigen in meinem Rücken spürte. Um den missgünstigen Hyänen zu entkommen, schlug ich einen gemeinsamen Spaziergang vor und so gingen wir bald darauf mit zügig ausschreitenden Schritten in Richtung des Brodtener Ufers, einem Steilküstenabschnitt mit atemberaubender Aussicht über die Bucht. Wir unterhielten uns ohne Anlaufschwierigkeiten, so, als hätte es keine Trennung gegeben. Wir berichteten uns die Entwicklungen der letzten Zeit, wobei ich ihren Erzählungen mehr Raum zubilligte als meinen eigenen. Ich konnte zwar mit großer Leichtigkeit über meinen Beruf und meine neue Familie sprechen, traute mich aber nicht, ihr von der beherrschenden Veränderung des letzten Jahres, der Gründung des Camps, zu erzählen. Ich konnte mir nicht vorstellen, dass ihr als Mitglied – und wie ich gerade erfuhr – Vorsitzenden einer Feministinnengruppe, der Gedanke an ein Camp der freien Liebe gefallen würde. Langatmige Erklärungen wären nötig, um ihr die Motive und wahren Hintergründe zu erläutern und so ließ ich es einfach sein. Es würde sich schon noch eine Gelegenheit dafür ergeben.

Wir trennten uns mit einem Wangenkuss, als wir wieder am Ausgangspunkt unser Wanderung angekommen waren, und ich lenkte meine Schritte traurig zurück zum Café. Dort angekommen, fand ich Sylvia und die Inhaberin noch immer tuschelnd vor. Anscheinend hatten sie die Dauer meiner Abwesenheit gar nicht registriert. Sylvia begrüßte mich aufgeregt, sprang auf und deutete auf eines der farbenfrohen Bilder an der Wand, die allesamt mit kleinen Preisschildern ausgezeichnet waren.

»Guck mal, das habe ich gerade gekauft! Ist das nicht süüüß?« Mit dem ausgestreckten Zeigefinger deutete sie auf ein mit kräftigen Pinselstrichen gemaltes, an einem Strand stehendes Schwein in Badehose und Sonnenbrille.

»Es heißt Masseltow, Herr Hasselhoff. Supercool, oder?«

Das fand ich allerdings auch.

»Ich hab es für dreihundert Euro bekommen und es würde gut ins Spielzimmer im Camp passen«, erläuterte Sylvia.

»Saugut sogar«, antwortete ich und ärgerte mich, wieder einmal an das Camp erinnert worden zu sein, das mir mit jeder Woche seines Bestehens ein wenig mehr auf die Nerven gehen sollte …

Das Campbüro wirkte immer mehr wie seine Brüder und Schwestern in der freien Wirtschaft. Während Mitarbeiter in businessgemäßem Dresscode lautlos und effektiv vor sich hinwerkelten, zog draußen das sommerliche Leben mit den typischen Geräuschen fröhlicher Paare, singender Vögel und sanftem Blätterrascheln an ihnen vorbei. Einer dieser Mitarbeiter war ich und ich konnte immer weniger sagen, worin der eigentliche Unterschied zu meinem Job im Immobilienbüro bestand. Vielleicht darin, dass es noch mehr unerwarteten Ärger gab. Eben erst hatte sich ein ernst aussehendes junges Mädchen bei uns gemeldet und verlangte ein Gespräch unter vier Augen. Ich hatte sie vorher noch nie gesehen und auch das war ein Ausdruck dafür, wie sehr sich das Camp in der kurzen Zeit schon verändert hatte. Ich bat sie in einen der Nebenräume und fühlte mich dabei wie ein Bankberater, der mit seriöser Geste einen Kunden für einen lukrativen Fonds-Sparvertrag aus der lärmigen Schalterhalle in ein ruhigeres Wabenbüro führt, um seinem Opfer ein Gefühl von Wichtigkeit zu bescheren, das die unvermeidlichen Verluste der Zukunft erträglich machen soll. Ich fühlte mich unbehaglich und dachte darüber nach, ob ich demnächst ein Namensschild tragen und meine Besucher einen Fragebogen zur Kundenzufriedenheit ausfüllen lassen würde. Das Mädchen setzte sich auf das vorderste Ende der angebotenen Sitzfläche, wo sie unruhig hin und her rutschte.

»Ich finde das wirklich unmöglich«, sagte das Mädchen und mir fiel auf, dass ich einen wichtigen Teil der Botschaft überhört haben musste, während ich mich auf mich selbst konzentriert hatte.

»Was genau bitte?«

Sie sah mich überrascht an und legte ihre Stirn in Falten, als würde sie nach Anzeichen für einen Gehirnschlag suchen. »Ich meine es so, wie ich es sagte. Meretes Permanent-Nacktheit ist eine unerhörte Provokation für alle, die die Idee des Camps als freiheitliche, linke Lebensweise begreifen, ohne sich für Obszönität und Reizüberflutung zu interessieren. Wir finden, dass der Geist des Camps durch Meretes aufreizendes Benehmen beschädigt wird.«

»Wir?«

»Ja, ich und mein Freund Flemming.«

»Doch nicht der Christianite Flemming? Flemming, der Däne, der selbst immer nackt herumläuft?«

»Doch, genau der. Aber das macht er jetzt nicht mehr. Wir haben uns im Camp kennen- und lieben gelernt.«

»Und Flemming will auch nicht mehr, dass Merete nackt herumläuft?«

»Genau! Flemming fühlt sich auf erotische Art überreizt und zur Auseinandersetzung mit dem weiblichen Körper genötigt.«

»Dauererektion?«

Die Wangen des Mädchens verfärbten sich zu einem unregelmäßig rötlichen Muster. »Eher das Gegenteil, würde ich sagen. Es ...«, sie räusperte sich unbehaglich, »... es klappt deshalb nicht mehr zwischen uns. Nicht mehr so, wie es zwischen Mann und Frau in unserem Alter klappen sollte. Und Flemming sagt, es läge an Merete.« Das Mädchen weinte nun beinahe und unterdrückte mühsam ihr Schluchzen.

»Weißt du, ich finde das auch ein wenig befremdlich, wie ich offen zugebe. Auf der anderen Seite besteht der Geist des Camps doch gerade darin, einander zu tolerieren und Freiräume zuzubilligen, die die Welt draußen nicht zulässt. Keine Repression von Gedanken, Ausdruck und sexueller Orientierung. Ich sehe ein, dass auch wir ein Grundgerüst an Regeln brauchen, aber wo anfangen und wo aufhören?«

Das Mädchen sah mich hoffnungsvoll an. »Anfangen könnte man bei Merete!«

»Nur weil sie nackt ist? Und nur, weil es Flemming ein wenig an Manneskraft fehlt? Nein, das muss ich ablehnen und denke, dass auch du, wenn du in dich gehst …«

Das Mädchen sprang von seinem Stuhl auf und unterbrach mich mit einem unerwarteten Ausbruch aus Wut und Verzweiflung: »Dieses elende Camp ist nichts als eine Illusion. Ich bin hierhergekommen, um mich von meiner letzten unglücklichen Beziehung zu lösen. Um mich zu erproben, neuen Lebensmut und Selbstvertrauen zu finden. Und alles, was ich hier bekomme, ist ein Freund, der nicht mit mir schlafen kann und eine Campführung, die sich in Banalitäten und leeren Sprüchen genügt. Ihr seid Verwaltungsfuzzis, denen die Menschen im Camp total egal geworden sind!«

Schluchzend, aber mit erhobenem Haupt, verließ sie das Büro und ließ mich alleine zurück. Sie hatte recht, erkannte ich. Das Camp sollte für die Menschen da sein. Für seine Bewohner und nicht als Bastelbude und Spielprojekt für ein paar Spinner auf Selbstverwirklichungstrip. Ich hatte mich zu sehr auf das bloße Funktionieren der Organisation konzentriert, so, wie man es in der Immobilienwirtschaft bei der Hausverwaltung macht. Reibungslos und ohne Reklamationen, aber eben auch ohne die Bewohner und deren Befindlichkeiten zu sehen. Und jetzt war da auf einmal ein Mensch, der mir zeigte, dass das Camp ihn unglücklich machte. Wenn mir etwas an der Ursprungsidee gelegen war, dann musste ich diese Seele retten. Welchen Sinn und welche Zukunft hätte das Camp, wenn es uns nicht einmal im Kleinen gelang, friedlich und rücksichtsvoll miteinander zu leben und uns gegenseitig Glück und Zuversicht zu schenken? Entschlossen nahm ich meine Jacke, verließ das Bürozimmer und machte mich auf die Suche nach Merete. Als erstes stieß ich auf Hakan, der mit einem Buch und einer Flasche Wein neben sich auf einem mobilen Klappstuhl am oberen Rand des Obstgartens saß.

»Was machst du hier?«, fragte ich ihn.

Ohne ein Zeichen von Unbehagen sah er zu mir auf und deutete mit der rechten Hand auf das tiefer gelegene und wieder angelegte Kartoffelfeld, das man von hier aus gut im Blick hatte. »Ich wusste, dass ich meine Chance bekommen würde.«

Erst jetzt sah ich, was er meinte. Merete und zwei andere Christianiten mühten sich im Kartoffelfeld. Merete nackt, der andere Kerl zumindest mit einem Gürtel um den Leib, in dem er seine Gartengeräte stecken hatte und der das Gröbste verdeckte. Entrüstet fuhr ich meinen Freund an: »Hakan, du kannst unmöglich ein solcher Spanner sein!«

Erstaunt guckte er mich an, bevor er den Blick wieder gefesselt über die Szenerie auf dem Kartoffelfeld schweifen ließ. »So sehe ich mich auch ganz und gar nicht. Eher als Naturliebhaber, der die Fähigkeit der Schöpfung würdigt, solche Bilder existieren zu lassen. Das macht mich dankbar und ergriffen.«

Kopfschüttelnd wandte ich mich ab. Aber immerhin hatte ich Merete gefunden. Schon von Weitem rief ich sie an, da mich größere Nähe zu nackten Frauen seit jeher nervös machte. Sie stand gebückt über dem Feld, mit beiden Händen in der dunklen Erde arbeitend, und schreckte bei meinem scharfen Ton hoch. Ich bat sie, mich im Büro zu treffen und machte mich schnell wieder davon. Die sterile Atmosphäre zwischen Schreibtisch, Computer und Bildschirm würde mir mehr Sicherheit geben.

Sie traf fünf Minuten nach mir ein und wirkte mit ihren schmutzigen Händen und Füßen und ihrem nackten Körper wie der Fremdkörper in diesem Büro, als der ich mich fühlte. Merete wiederum war ganz bei sich und völlig entspannt, als sie mich anlächelte. Ich räusperte mich und Merete nutzte die Pause, um ihre Beine überzuschlagen. Ich musste mich nochmals räuspern und Merete brach in kindliches Gelächter aus. »Es ist dir unangenehm, mich nackt zu sehen, stimmt's?«

Mir schoss die Röte ins Gesicht und ich ärgerte mich darüber.

»Unangenehm trifft es nicht wirklich.«

Sie legte den Kopf schief und lächelte im Bewusstsein um ihre Wirkung. »Sondern?«

Ich erinnerte mich daran, warum ich mit ihr reden wollte. An meine Botschaft, meine Mission, das junge Mädchen und das Camp. Ich musste jetzt sehr ehrlich und bestimmt sein und auf Meretes Einsicht und Rücksichtnahme hoffen.

»Okay, es ist mir unangenehm, dich so nackt zu sehen. Aber es ist nicht, weil mir deine Nacktheit oder dein Körper zuwider wären, sondern weil das Gegenteil der Fall ist. Das macht mich irgendwie alt und verzweifelt und so fühle ich mich sonst ganz und gar nicht.«

Merete schaute mich erstaunt an. »Du meinst, du magst meinen Körper und fühlst dich deswegen schlecht?«

»Ja, ich mag deinen Körper und denke gleichzeitig, ich sollte nicht schauen, weil sich das nicht gehört.«

Ich wusste nicht, wie ich ihren Blick deuten sollte. War er frech und auffordernd oder einfach nur intellektuell interessiert? Ich wünschte mir ersteres, obwohl ich nichts damit anfangen konnte, wenn es so wäre.

»Du kannst ihn haben.«

»Was?«

»Meinen Körper. Du kannst in haben, wenn du willst. Vielleicht fällt es dir danach nicht mehr so schwer, ihn nackt zu sehen.«

Das kam überraschend, obwohl man bei jemandem wie Merete auf alles gefasst sein musste. Ich fühlte mich geschmeichelt und eingeschüchtert ob der Möglichkeit und riss mich dann endlich zusammen. Hier ging es nicht um eine Cord Andreesen-Therapie, sondern um das Camp als Ganzes.

»Das würde mir wahrscheinlich wirklich helfen, allen anderen aber nicht. Das Problem bin nicht alleine ich ...«

»... dann schlafe ich eben mit allen anderen auch noch«, unterbrach sie mich beflissen, »also mit denen, mit denen ich es nicht sowieso schon getan habe ...«

»Es sind nicht nur die Männer«, warf ich stammelnd ein.

»Mir egal, dann schlafe ich eben auch noch mit den Frauen!«

Ich räusperte mich und rutschte auf meinem Stuhl herum. Merete setzte sich jetzt im Schneidersitz auf ihre Stuhlfläche. Himmel noch mal!

»Das ist – glaube ich – keine so gute Idee. Vielleicht wäre es doch gar nicht so schlimm, einfach ein kleines bisschen mehr anzuziehen, oder?«

In Meretes Gesicht ging eine merkwürdige Veränderung vor sich, die ich nicht deuten konnte. Es formte sich zu einer Grimasse und ich dachte, sie würde gleich losprusten und mich als verklemmten Spießer auslachen. Erst als ich die Tränen sah, die ihre Wangen hinabliefen, erkannte ich, was vor sich ging. »Mein Körper ist doch das Einzige, was ich habe!«, brachte sie unter Tränen hervor. »Das Einzige, was jemals jemanden an mir interessiert ...«

Ich war paralysiert, hätte aufstehen und sie trösten sollen. Hätte die richtigen Worte finden müssen und war doch nur still. Irgendwann hatte ich mich gefangen. »Das ist nicht wahr, Merete.«

Sie hob den Kopf und blickte mich aus ebenso hoffnungsvollen wie desillusionierten Augen an, eine schöne, schlaue Frau, die doch alles zu haben schien. Mir wurde klar, dass wir hier im Camp die gleiche Sammlung erschöpfter, trauriger Menschen waren wie außerhalb und uns nur so verkleideten, als wären wir es nicht. Und einige von uns verkleideten sich, indem sie sich eben gar nicht kleideten. Ich würde weder dem jungen Mädchen, der Freundin von Flemming, helfen können noch Merete. Und so betete ich am Ende ein paar nutzlose Phrasen herunter und Merete tat so, als würden meine Banalitäten die erlösende Befreiung für sie sein, die goldenen Worte, auf die sie so lange gewartet hatte. Souverän brachte sie uns durch die Peinlichkeit einer überraschenden Intimität, die von

Anfang an nichts als Zufall und ohne Hoffnung gewesen war. Als sie gegangen war, saß ich noch lange im Büro und versuchte an nichts zu denken. Nicht an meine Zweifel am Camp und nicht an meine Zweifel an mir selbst.

das buch der vollärsche

Ich saß gerade ultraentspannt auf der Veranda unseres Bungalows Nr. 2, desjenigen, den Sylvia für uns geplant und eingerichtet hatte, als Hakan wieder einmal Meldung über einen Neuankömmling machte: »Da ist so ein Typ für dich im Bungalow 1, mit recht auffälligen Iglesien«, brachte er nach kurzer Atempause hervor.

»Iglesien?«

»Na ja, du weißt schon ... Schuhe, wie dieser spanische Barde sie trug, um zwanzig oder dreißig Zentimeter größer zu erscheinen.«

»Plateauschuhe, wie die der Glam-Rock-Gruppe Kiss aus den Spätsiebzigern?«

»Yep, genau die. Aber zumindest ist er ungeschminkt.«

»Was will der Typ von mir? Und hat er seinen Namen genannt?«

»Nö, hat er nicht. Will mit dir sprechen, und nur mit dir, hat er gesagt. Ich habe ihn erst einmal im 1er geparkt.«

Unmotiviert machte ich mich auf den Weg zum Bungalow 1 und war kurz darauf erstaunt, Juan, dem Liebhaber meiner Schwiegermutter, gegenüberzustehen. Er sah aus wie der Idiot, der er war. Weit aufgeknöpftes schwarzes Hemd, auffällige Kette, Armreifen und die von Hakan erwähnten hochhackigen Schuhe. Was er nicht gesagt hatte war, dass es sich um die ferrarirote Ludenedition handelte. Ein Arsch, wie er im Buche stünde, gäbe es das *Buch der Vollärsche*. Ganz vorne wäre er dabei, sicher im ersten Viertel, fettgedruckt und doppelt unterstrichen. Neu an ihm waren die rotgefärbte Gesichtsfarbe und ein Bataillon Stresspickel, das sich darauf eingerichtet hatte. Insgesamt wirkte er total übermotiviert und aufgeregt, während er vor mir herumtänzelte.

Als spirituellem Führer einer im Fokus der öffentlichen Meinung stehenden Alternativgemeinde stand es mir natürlich nicht zu, jemanden aufgrund optischer Mängel oder persönlicher Abneigung zu verurteilen, zumal viele Frauen ihn trotz dieser Mängel sicher attraktiv fanden. In letzter Zeit hatte ich mir eine versöhnliche und tolerante Grundstimmung angeeignet und war bereit ihn anzuhören, ohne handgreiflich zu werden. Ich musste ja nur mit ihm reden und nicht mit ihm schlafen. Stolz über die Nonchalance, mit der ich seit Neuestem auch größere Überraschungen wegstecken konnte, forderte ich ihn zum Sprechen auf.

»Isss möchte in deine Campe aufgenomme werde. Und isss möchte mit dir schlafe!«, sagte Juan.

Ich versuchte meiner Verblüffung Herr zu werden und ließ ihn weiterreden.

»Isss denke, dass iss immer wollte und mich erst heute traue ssu sage. Du hasse mich gesseigt Weg aus meine Spiesserssein!«

Endlich hatte ich meine Schockstarre überwunden. »Juan, ich wusste nicht, dass du bisse swul!«, verfiel ich automatisch in seinen Akzent.

»Häh?«

»Entschuldige. Ich sagte, ich hätte nicht gewusst, dass du schwul bist.«

Erstaunt schüttelte Juan den Kopf. »Bin isss gar niss. Bin iss bisexuell! Höre in Radio, du mache Campo Amoroso, eh?«

»Si … äh … ja.«

»Si. Und isss miss denke, Juan, eh, da isse mi distinguido amigo Cord und mach tolle Sssache mit die Campo. Und iss behandel mi amigo wie maricón stupido. Sieh misse an, eh. Iss fass mache weine!«

Ich war durchaus gerührt von dieser Offenbarung, war mir aber nicht sicher, wie ernst die Sache zu nehmen war. Soweit es sein Angebot betraf, war das schon klarer. Ich habe wahrlich nichts gegen schwule oder lesbische Liebe, beneidete Juan sogar um seine doppelgleisige Ausrichtung, hatte aber selbst leider nichts davon mit auf den Weg bekommen. Salbungsvoll, wie es sich für den spirituellen Führer einer im Fokus … blabla …, hob ich an:

»Das finde ich total in Ordnung, Juan. Freie Liebe bedeutet für uns sexuelle Verwirklichung außerhalb der Normen der bürgerlichen Gesellschaft. Frei, ungebunden, jeder mit jedem, so oft und auf die Art, wie er es gerne mag. Ohne erhobenen Zeigefinger und ohne Eifersüchteleien. Ob Männer mit Männern, Frauen mit Frauen oder Frauen mit Männern – egal – wichtig sind nur der Spaß und die Gemeinschaft. Dein Angebot schmeichelt mir. Aber ehrlich, Juan, ich stehe eben nur auf Frauen. Tut mir leid …«

Sein Gesicht verzog sich in einer Weise, die mich an den gestrigen Fernsehbericht über Martin Grotekopp, den sadistischen Parkmörder denken ließ. Einfühlsam wurde in dem Bericht der Bogen gespannt über die frühen Zurückweisungen Grotekopps (»Ich wollte doch nur zur Mannschaft gehören!«), die sexuelle Ablehnung (»Wie kann sie behaupten, ich wäre abartig, nur weil ich …?«) bis zu den brutalen Verstümmelungen und Morden (Grotekopp, mit den herausgeschnittenen Augen seiner Opfer in den Händen, brüllend: »Sieh nur, sieh genau hin! Das hast du jetzt davon, Schlampe!«). Wenn die Reportage eine zusätzliche Botschaft neben *Gewalt-ist-geil-sofern-sie-anderen-zugefügt-wird* haben sollte, dann die, dass man mit direkten Zurückweisungen sparsam umgehen muss, besonders dann, wenn einem etwas an seinen Augen liegt. Und auch wenn es ein wenig ungerecht erscheinen mag, Juan mit Grotekopp zu vergleichen, fiel es mir schwer zu sagen, wem gegenüber. Während ich Juans sichtbar aufflackernden Hass mit einigen beruhigenden Phrasen einzudämmen suchte, wanderte mein Blick unruhig über ihn, bemüht, nicht zu offensichtlich an einer einzelnen Pickel, Talgablagerung oder schorfig, schrundigen Stelle hängenzubleiben. Etwas, das ich für eine weitere neue Unwucht in Juans Physiognomie hielt, erwies sich als Anstecknadel, die im Revers seines Jacketts steckte.

»Mensch Juan, ist doch kein Grund miteinander Stress zu haben, oder? Coole Anstecknadel übrigens. Was ist denn da drauf? Das ist doch eine Taube, die von dem Euter einer Kuh erschlagen wird, oder?«

Er sah mich empört an. »Das isse eine Anstecknadel der CDU Hamburg. Dass oben issse Reichsadler, der …«

»… Scheiße Juan, tut mir echt leid!«, unterbrach ich seine zweifellos langweilige Erklärung. Das Kind war eh in den Brunnen gefallen und wenn es sein Kind war, war das wahrscheinlich auch ganz gut so. Dieser Typ war wirklich kaum auszuhalten. »Aber wie kommst du zu so einer Nadel?«

»Na ja, isse Mitglied Bessirkeverband Südwest. Bin isse im Vorstand!«

»… okay, Juan, wir beide werden hier nicht mehr warm miteinander, oder? Na ja, du vielleicht, aber das ist halt naturellbedingt. Ich hab jetzt überhaupt keine Lust, mich mit dir über Mittelstandsförderung zu unterhalten und dabei von Eruptionen deiner Gesichtsunreinheiten umspült zu werden. Juan, glaub mir, wenn es eine höflichere Formulierung für *Hau ab!* gäbe, die in gleicher Weise elegant, wie mir in Erinnerung wäre, ich würde sie verwenden. Und jetzt muss ich mich meiner Frau widmen, die mir beweisen wird, dass Gott bei der Gestaltung der menschlichen Hülle zumindest nicht immer so geschludert hat wie bei dir.«

Unglücklich sah er mir in die Augen. »Und Mitgliedsssaft?«

»Ich frag die anderen und lass es dich wissen, okay?«

Wir trennten uns im Einvernehmen unumkehrbarer Feindschaft, wobei mich das Gefühl beschlich, nicht hundertprozentig professionell gehandelt zu haben. Warum musste ich die arme Sau so fertig machen?

Am nächsten Morgen informierte ich die anderen über Juans Aufnahmewunsch. So fair wollte ich sein, da mich noch immer Gewissensbisse wegen meines gestrigen Verhaltens quälten. Sylvia reagierte entsetzt: »Du meinst *unseren* Juan?«

»Ich meine den spanischen Speichelspucker, der deiner Mutter vertikale und horizontale Tanzschritte beibringt.«

»Igitt, sei doch nicht so widerlich!«

»Ich bin nicht widerlich, ich mag ihn nur nicht besonders.«

Hakan sah uns verwundert an. »Ähm, das ist dann also der neue Mann von Corinna Rehberg, Sylvias Mutter, deiner Schwiegermutter und meiner Ex-Patientin, oder?«

»Yep«, antworteten Sylvia und ich gemeinsam.

»Und was würde die dazu sagen, wenn wir ihren Liebhaber in ein Camp der freien Liebe aufnähmen? Würde sie sich dann nicht sofort von ihm trennen?«, forschte Hakan nach.

Sylvia und ich sahen uns überrascht an und lasen im jeweils anderen Gesicht den gleichen Gedanken. Ich sprach ihn als Erster aus: »Ja, das würde sie wohl. Und ich will ehrlich sein: meine Stimme hat er.«

Sylvia nickte mir zu. »Meine auch.«

Ingrid und Born, die sich bisher gar nicht geäußert hatten, nickten ebenfalls. »Ich weiß zwar nicht, was hier abgeht, aber wenn ihr das wollt, dann habe ich natürlich auch nichts dagegen«, ergänzte Born.

Auch Hakan hatte seine Bedenken abgelegt. »Warum keinen Spanier? Vielleicht kann er uns mit Flamencotänzen und Paellas erfreuen. Also, was soll's? Ich bin auch dafür!«

So wurde auch Juan ein Camper und neben allen anderen Problemen hatte ich mir nun selbst den Feind ins Haus geholt.

wirrköpfe

Doch nicht nur im Camp kamen die Dinge ins Rollen. Auch in einem Hamburger *Problembezirk* waren die Bewohner einer ungepflegten Klein-WG aus ihren Betten gekrochen und hatten sich zum mittäglichen Briefing zusammengefunden.

»Der Deutsche Arbeitnehmer hat ein Recht auf Arbeitnehmen! Nein, das ist schlecht. Hmm. Also: Das Deutsche Volk ...«

»Bravo Wolf, sehr gut!«

»Ich hab doch noch gar nichts gesagt, du Spinner!«

»Ja, aber wie du es gesagt hast. Also, das war schon echt super!«

»Mensch, Hans, das soll doch ein Flugblatt werden. Wen interessiert es da, wie ich es sage. Um die Botschaft geht es.«

»Ja, und die ist, dass uns die Ausländer die Jobs und die Frauen wegnehmen, alles dreckig machen, nach Knoblauch riechen und unser Land kaputt machen«

»Klar, aber wenn wir das so schreiben, dann erreichen wir damit nicht die Masse der Menschen, die durch die Drecks-Presse ...«

»… Drecks-Auslandspresse!«

»... ja, Hans, … die durch die Drecks-Auslandspresse verweichlichten Deutschen Männer.«

»So könnten wir es doch schreiben, Wolf. Müsste nur noch irgendwie mehr *Deutsch* und *Deutschland* mit rein.«

»Also, noch mal: Das Deutsche Volk hat lange genug unter dem Joch des ausländischen Politikdiktats gelitten. Aber jetzt, wo unsere Frauen nicht mehr einkaufen können, ohne beklaut oder vergewaltigt zu werden, unsere Kinder in der Schule nichts mehr lernen, da sie von Kollaborateuren im Lehrergewand auf das natürlich unterlegene ausländische Leistungsniveau zurückgestuft werden, und unsere Deutsche Wirtschaft mittlerweile sogar vom Italiener belächelt wird ... Hast du das bis dahin?«

»Ich hab es bis ›Das Deutsche Volk‹, kannst du den Rest noch mal sagen? Das war echt toll, Wolf!«

»Scheiße, Mann. Das gibt es doch nicht. Du Versager. Ich schick dich an die Ostfront, wenn wir die wiedereröffnet haben!«

»Jetzt reg dich wieder ab, Wolf! Warum gehen wir nicht erst einmal los und treffen die anderen. Bisschen Deutsches Bier trinken und hören, was es so Neues gibt. Vielleicht sind ja neue Kanaken in die Gegend gezogen, die wir aufmischen können.«

»Moral und Anstand. Das ist es, was uns abhandengekommen ist. Deutsche Aufrichtigkeit, Tapferkeit, Mut, Treue und Gehorsam. Also, los Hans, wo ist mein Mantel?«

»Der hängt über dem Regal mit den Porno-Kassetten, Wolf. Soll ich ihn holen?«

Der Wind aus östlicher Richtung brachte so gut wie immer schönes Wetter mit sich. Immer öfter aber auch einen fiesen ammoniakhaltigen Fäulnisgeruch. Wir hatten uns für ein Leben auf dem Land entschieden und dafür ist die Fähigkeit des Ertragens eine unabdingbare Voraussetzung. Nichtsdestotrotz waren wir aber auch Städter, lebten am Rande einer Metropolenregion und hatten die verwöhnten Näschen der bourgeoisen Wohlstandsbürger. Als der Wind jetzt wieder östlich stand und seinen Gülleatem über unserem Camp aushauchte, machten Hakan und ich uns auf den Weg zur Quelle des Übels. Dass wir bisweilen das leichte Brummen aktiver Landmaschinen hörten, bestärkte unsere Hoffnung, den verantwortlichen Bauern zu finden und vielleicht auch klären zu können, auf welcher Grundlage er Flächen bewirtschaftete, die eindeutig uns gehörten.

Wir hatten Glück, sofern man es Glück nennt, einem Trecker mit güllespritzendem Tankanhänger hinterherzujagen. Der Treckerfahrer machte keine Anstalten anzuhalten und wir brauchten zwanzig Minuten, ihn so zu stellen, dass nur noch die Möglichkeit blieb, uns zu überfahren oder anzuhalten. Der Trecker rollte bedrohlich auf uns zu und hielt erst im letzten Moment. Eine Minute später bequemte sich der Fahrer, die bestimmt einen Meter höher liegende Fahrertür aufzustoßen, zeigte aber noch immer keine Bereitschaft, zu uns hinabzusteigen. Hakan zuckte mit den Achseln und kletterte auf den Antritt zum Fahrerhaus und blieb in ungefähr halber Höhe hängen. »Wir würden gerne mit Ihnen reden«, schrie er in die offene Kabine.

Der Bauer sah Hakan gleichgültig ins Gesicht und zuckte mit den Schultern.

»Wenn Sie vielleicht den Motor kurz ausstellen könnten …?«

Der Bauer hielt seinen Blick ausdruckslos auf Hakan gerichtet und schüttelte nach einer Weile mit einer angedeuteten Bewegung den Kopf. Nichts in seiner Haltung drückte Entgegenkommen aus und in mir stieg das wohlbekannte brodelnde Gefühl der Wut auf. Ich drängte Hakan beiseite und stieg selbst auf die Trittstufe.

»Es geht um *unser Feld,* das Sie illegal bewirtschaften, und Sie steigen jetzt, verdammt noch mal, aus und reden mit uns!«

Der Bauer starrte mich lange reglos an, schüttelte dann in einer Geste der Resignation erneut den Kopf und schob mich beiseite, um mit dem Abstieg aus den höheren Gefilden des Produzentendaseins in die Niederungen des Konsumentenlebens zu beginnen. Den Motor seines Treckers ließ er laufen, so wie es jeder Landwirt tut, der nur kurz die Arbeit unterbricht, um Mittag zu essen, eine Landwirtschaftsmesse zu besuchen oder eine Weltreise zu unternehmen.

»Was'n?«, richtete der Mann seine ersten Worte an uns, als er endlich den Boden erreicht und sich sorgfältig die Arme seiner grünen Leinenjacke abgestrichen hatte, auf der vorher wie hinterher nichts als Rotzflecken zu sehen waren.

»Wir sind Nachbarn«, erklärte ich ihm. »Mir gehört das Grundstück, auf dem das Camp da hinten steht. Sie haben bestimmt schon davon gehört, oder?«

Der Bauer zuckte mit den Schultern, ehe er sich zu einer Antwort herabließ: »Das Lager der Mallbüdels? Die nackten Ökofreaks?«

»Yep, das sind wir!«, wies Hakan stolz auf uns beide. Darauf erklärte ich ihm die Sachlage, die Eigentumsverhältnisse und den Verlauf des Grundstückes, das er sich unter den Nagel gerissen hatte. Der Bauer sah mir lange in die Augen, bevor er sich erneut äußerte:

»Wir sollten hier nicht stehen und das Zeug einatmen.«

»Die Gülle?«, fragte ich ihn.

»Das ist keine Gülle! Das ist Schwemmmist mit einem Trockensubstanzgehalt von über neun Prozent.« Es war ihm anzusehen, welchen Stolz ihm die gute Qualität seiner Gülle bereitete, während er fortfuhr: »Und die Trockensubstanz enthält locker über dreizehn Prozent Ammonium, zwölf Prozent Stickstoff und neun Prozent Phosphor. Das ist 'ne richtig ordentliche Ladung!«

»Und der Rest?«

»Pisse!«

»Kann man schon geruchlich merken, was da für Qualität drin steckt«, nickte Hakan anerkennend und brach damit das Eis zwischen uns.

»Stimmt genau, Junge. Meine Gülle kann ich unter Hunderten erkennen.«

»... Schwemmmist«, wagte ich einzuwenden.

»Nee, Bauern dürfen beides sagen.«

»Sie sollten sich bei *Wetten, dass ...?* bewerben mit Ihrer Gülleerkennungsnummer«, ritt Hakan weiter auf dem ihn faszinierenden Thema herum.

»Hab ich längst gemacht, Junge. Haben mich aber nicht genommen, weil das ›unstetig‹ wäre, haben die gesagt.«

»Unästhetisch?«, versuchte ich zu übersetzen.

»Oder so. Auf jeden Fall haben sie abgelehnt, die Städter ...«, setzte er das vermutlich schärfste Schimpfwort ein, das er kannte.

»Was nun das Feld betrifft ...«, begann er und sprach nicht weiter.

Ich nickte ihm zu und forderte ihn zum Weiterreden auf, ohne dass dies irgendeine Wirkung zeigte. Offenbar gab es zu dem Thema seinerseits nicht mehr zu sagen, als ›Was nun das Feld betrifft ...‹. Doch so einfach wollte ich es ihm nicht machen und sah ihn einfach die zwei Minuten starr an, die erforderlich waren, bis es auch ihm unangenehm wurde.

»Na ja, vielleicht sollten wir das in Ruhe bei mir besprechen. Ohne die ganzen Dämpfe hier. Macht einen ja ganz rammdösig ...«

Ich sah ihn immer noch starr an und ignorierte auch Hakan, der neben mir unruhig hin und her hüpfte.

»Vielleicht kommst du einfach heute Abend zu mir auf den Hof und wir besprechen das dann in Ruhe?«

Ich nickte ihm kurz zu und hatte mich schon umgedreht, als ich ihn noch sagen hörte: »Ist der Hof hinter dem Wald, direkt an der Alster, und Abendessen ist um 18:00 Uhr.«

Schweigsam gingen Hakan und ich zum Camp zurück. Ich in Gedanken versunken und Hakan – tja, keine Ahnung, was Hakan machte. Der Bauer hatte mich verärgert, wobei es eigentlich mehr unser eigener Auftritt war, der mich in Wut versetzte. Der dreiste Typ hatte uns vorgeführt wie Deppen, obwohl er eindeutig im Unrecht war. Heute Abend würde ich nicht Hakan mitnehmen, der einen soliden Auftritt eher erschwerte, sondern Sylvia. Eine schöne Frau hat stets befriedende Wirkung, da sich kein Mann in ihrem Beisein zu heftigen Ausbrüchen hinreißen lässt und so womöglich eine Chance auf mehr vergibt.

Pünktlich um 18:00 Uhr trafen Sylvia und ich in der Hofanlage ein, bei der sogar jeder Makler gezögert hätte, sie ›repräsentativ‹ zu nennen. ›Bastelbude‹ oder ›Abenteuerspielplatz‹ traf es weit besser, und wenn man ›unaufgeräumt‹ und ›schmuddelig‹ hinzufügte, gäbe es den Sonderpreis für Ehrlichkeit dazu. Es gab einen Kuhstall am Haus, wobei die Trennung zwischen den beiden nicht ganz eindeutig war. Sylvia unterdrückte giggelnd ihr Lachen und flüsterte mir zu: »Ich hoffe, du hast abgekochtes Wasser dabei.«

Ich punktete mit einem Paket Durchfalltabletten, das ich aus der Jackentasche zog und Sylvia stolz präsentierte. Im gleichen Moment trat der Bauer aus der Tür, um uns in Empfang zu nehmen.

»Ah, du hast deine Kondome mitgebracht!«, deutete er gelöst auf die Packung in meiner Hand. »Hatte ich mir schon gedacht, dass das bei euch Typen vom Camp der Liebe so durchgeplant ist. Herein, herein, ihr Lieben. Und ganz besonders du, meine Hübsche.« Damit legte er den Arm um Sylvias Hüften und bugsierte sie in Richtung Haustür.

»Das sind keine Kondome!«, brüllte ich den beiden hinterher, als ich mich endlich wieder gefasst hatte.

Der Bauer hielt abrupt an und drehte sich zu mir um. Tiefernst sah er mich an und schüttelte bedauernd den Kopf. »Nee, Junge, ohne Kondome wird das bei mir nichts, das will ich dir sagen. Ich will mir doch nichts wegholen von so mallbüdeligen Campers.«

»Ich fürchte, Herr … Herr …?«

»Havemann, Manfred Havemann. Aber ihr könnt Manni sagen.«

»Also, Manfred, ich fürchte, da liegt ein Missverständnis vor. Wir sind nicht gekommen, um erotische Spielchen mit dir …«

»… und mit meiner Frau!«, unterbrach er mich.

»… nein, wir sind ganz und gar nicht gekommen, um Sex mit dir und deiner Frau zu haben, oder Sylvia?«, gab ich den Ball weiter.

»Nein«, antwortete sie knapp und der Bauer legte die Stirn in Falten. Nach einer Weile verfiel er in ein herzhaftes Baritonlachen.

»Hab ich euch erwischt«, wedelte er mit dem Zeigefinger vor unserer Nase herum. »Voll auf den Arm genommen!« Sylvia und ich sahen uns an und stimmten dann gleichzeitig befreit in sein Lachen ein.

»Ihr habt doch nicht im Ernst geglaubt, dass ich …«, prustete der Bauer erneut los, »also, dass wir …«

»Natürlich nicht«, schloss Sylvia das Thema ab, als wir uns alle wieder beruhigt hatten. »Aber das hast du schon so glaubwürdig rübergebracht, dass ich einen kleinen Moment nicht ganz sicher war, Manfred. An dir ist echt ein kleiner Schauspieler verloren gegangen.«

Manfred lächelte verlegen, lief dann rot an und sah zu Boden.

»Und trotzdem wollten die mich nicht bei *Wetten, dass …?*«

»Wie bitte?«, fragte Sylvia.

Ich nahm sie am Arm und flüsterte ihr zu: »Erklär ich dir

später!«.

Manfred führte uns in die *Gute Stube,* für die ich sofort die Raumbezeichnung *Kellerverlies* im gedanklichen Grundrissplan notierte. Die wenigen kleinen Fenster waren zusätzlich mit Gegenständen vollgestellt und ließen kaum Licht herein. Bauer Havemann bugsierte uns an einen mittig in der Stube stehenden großen Eichentisch, der gedeckt war mit jeder Menge Aufschnitt und verschiedenen Sorten Brot.

»Fast alles aus eigener Produktion«, wies Havemann stolz auf die Leckereien. »Fehlen nur noch der Kaffee und das Bier.« Damit drehte er sich in Richtung der einzigen Tür, die nicht nach draußen führte, und brüllte aus Leibeskräften: »Helma, unsere Gäste sind da. Bring Bier!«

Sylvia und ich sahen uns betreten an ob dieses überwunden geglaubten Rollenverständnisses, als sich mit schnellen Trippelschritten und Gläserklirren die Frau des Hauses ankündigte. Die Tür öffnete sich und bot freien Blick auf die rosige Nacktheit der ca. 120 Kilogramm schweren Helma Havemann, die nur mit einem roten String-Tanga und roten, überbreiten Pumps bekleidet war und ihre üppige Oberweite auf dem Tablett mit den Getränken balancierte.

Bauer Havemann sprang mit hochrotem Kopf von seinem Stuhl. »Nicht Helmchen! War alles ein Irrtum!«, womit er seine verwirrt um sich blickende Frau aus dem Zimmer schob und uns alleine zurückließ. Aus dem Nebenzimmer hörten wir die Geräusche eines anschwellenden Streites mit lauter werdenden Vorwürfen.

Irgendwann sah ich in Sylvias bleiches Gesicht und nickte ihr zu. »So wichtig ist mir der Acker eigentlich gar nicht.«

Sylvia zuckte mit den Achseln. »Mir schon überhaupt gar nicht. Und die Typen da haben echt genug andere Probleme, als dass wir ihnen jetzt auch noch mit so etwas kommen sollten.«

Ich schrieb noch schnell einen Zettel mit der Botschaft

Nächstes Mal vielleicht ein bisschen weniger oder zumindest weniger stinkenden Dünger nehmen – Danke! und flüchtete mit Sylvia am Arm vom Hof. Der Bauer hatte recht, man durfte die Gülle nicht zu tief einatmen, sonst konnte alles passieren …

Auf dem Weg zu Hakans Unterkunft im Camp ging mir eine Vielzahl von Gedanken durch den Kopf: Der Weg müsste mit Rasenbordkanten versehen werden, damit die aufgeschütteten Kieselsteine nicht dauernd auf die Liegeflächen daneben kullerten, einen Mülleimer müssten wir aufstellen und außerdem bräuchten wir eine bessere Beleuchtung, die weniger die Atmosphäre eines gerichtsmedizinischen Labors nachstellen würde.

Weit ausschreitend ging ich am Seeufer und dem Badestrand vorbei und betrachtete die im Wasser herumtobenden Campbewohner, die sich sorglos vergnügten, während ich mich wie ein Verwaltungsbeamter um die Infrastruktur des Camps kümmerte. Ich durchschritt den kleinen Obstgarten mit seinen noch unreifen Früchten und gelangte endlich zu Hakans Bungalow. Spätestens als ich anklopfte und keine weibliche Stimme antworten hörte, wusste ich, dass etwas nicht stimmte. Nach dem dritten Klopfen hörte ich Hakan mit einer bisher nicht gekannten zittrigen Stimme »Herein« sagen. Mit untergeschlagenen Beinen saß er an seinem Küchentisch und hielt sich an einem Glas Rotwein fest, das er nachdenklich anstarrte, wobei seine Haare über den Glasrand hingen.

»Was ist denn mit dir los?«, stellte ich ihn zur Rede.

»Mir geht es nicht gut«, huldigte er dem Gott des Offensichtlichen.

»Das sehe ich. Die Frage zielte auch mehr auf den Grund dafür.«

Endlich sah er von seinem Glas auf. »Warum stellst du sie dann nicht so?«

»Kulturelle Gepflogenheit? Vermeidung einer möglicherweise ungewollten Indiskretion? Was weiß ich? Man sagt so etwas einfach, wie du als Psychologe sehr wohl weißt. Erkläre es doch selbst!«

Resigniert wandte er sich wieder seinem Glas zu. »Nee, da

hab ich noch weniger Lust zu. Aber bevor du weiter herumnervst, helfe ich dir mit den Stichworten *Juan, Merete, nackt* und *mein Bett* auf die Sprünge.«

Das konnte mich nun wirklich nicht schockieren. »Du meinst, Juan hat sich deine Hütte und dein Bett gekrallt, um sich mit Merete zu vergnügen? Was ist denn daran so schlimm? Außer natürlich Meretes Geschmack.«

»Du warst nicht dabei«, fiel mal wieder etwas für Hakans Lieblingsgott ab.

»Natürlich nicht.«

»Und dir hat er auch nicht das Angebot gemacht, sein ›Schwanzlurch zu sein‹ und dabei die Decke aufgeklappt und sein Ding präsentiert.«

Jetzt war ich doch schockiert. Ich nahm mir ein Glas aus dem Schrank und setzte mich neben ihn an den Tisch. Nachdem ich mir ein großes Glas Wein eingeschenkt hatte, fragte ich ihn:

»Und?«

»Na ja, einigermaßen groß, etwas krumm und …«

»Verdammt, ich will nicht wissen, wie sein Ding aussieht!«

»Sondern?«

»Ich wollte wissen, ob du sein Angebot angenommen hast. Ach ja, und auch noch, was Merete dazu gesagt hat.«

Hakan starrte mich lange an, bevor er vehement den Kopf schüttelte. »Du weißt doch, dass ich den Kerl nicht leiden kann. Also hab ich ihm gesagt, er solle verschwinden. Und das hat er dann auch gemacht. Vorher hat er aber noch ein bisschen herumgenervt und geflucht.«

»Und Merete? Was sagt die dazu?«

Mit dem Zeigefinger der rechten Hand wies Hakan über die Schulter in Richtung seines Schlafzimmers. »Warum fragst du sie nicht selbst?«

Verwirrt schüttelte nun ich mit dem Kopf. »Du hast Juan rausgeworfen und mit Merete …?« Ich konnte mich nicht überwinden, den Satz zu beenden.

»Du weißt doch, ich bin *leicht zu haben*. Warum sollen wir den ganzen Spaß ausfallen lassen, nur weil der Holzkopf schlechte Laune bekommen hat. War ja an sich eine prima Idee und längst überfällig.«

»Das wird Ärger geben, Hakan«, sprach ich meine Befürchtung aus. »Ich werde versuchen, mit Juan zu reden und ihn zu beschwichtigen.«

»Das ist vielleicht keine so gute Idee«, entgegnete er. »Lass ihn doch erst einmal seine gebrochene Nase kurieren. Dann kannst du immer noch …«

»Gebrochene Nase?«, fiel ich ihm ins Wort. »Du hast ihm die Nase gebrochen?«

»Ich denke schon«, antwortete er und zuckte mit den Schultern. »Erst wollte er partout nicht gehen und dann wollte er unbedingt Merete mitnehmen, obwohl die doch auch keinen Bock mehr auf ihn hatte.«

»Und mit den Mitteln des Profipsychologen hast du ihm dann …«

»… eine reingehauen, ja. Glaub mir, Quasseln hatte da echt keinen Sinn mehr.«

Ich musste mit Juan sprechen, bevor die Sache völlig aus dem Ruder lief, und machte mich auf ins Campotel, wie Ingrid unsere Sammelunterkunft inzwischen getauft hatte. Hier hoffte ich Juan zu finden. Vor dem Eingang dieses größten aller Gebäude traf ich statt Juan Cornelia Pieper, die Redakteurin des ***New Life!*** Magazins und frühere Gespielin ihres merkwürdig veranlagten Chefredakteurs. Auch wenn sie einen auffallend verzerrten Gesichtsausdruck zur Schau trug, begrüßte ich sie freudig. Schließlich war sie es, die den ersten Bericht über uns geschrieben und die Sache ins Rollen gebracht hatte. Erstaunt blickte ich ihr ins Gesicht, als sie meine ausgestreckte Hand ausschlug.

»Mit Ihnen rede ich nicht!«, giftete sie mich an. Verblüfft

starrte ich zurück und wartete auf die fällige Erklärung.

»Mit Drogen handeln, Schwule diskriminieren und unter dem Deckmantel der Gemeinnützigkeit ein Terrorregime aufziehen! Sie sollten sich schämen!«

»Was zum Teufel meinen Sie damit?«, antwortete ich verblüfft.

»Das wissen Sie doch ganz genau. Juan hat mir alles erzählt. Von der Drogenplantage, die Sie die armen Campbewohner anlegen und bewirtschaften lassen, von der Art und Weise, wie Homosexuelle ausgegrenzt und gedemütigt werden und von den Mädchen, die hierher verschleppt wurden und zur Belustigung von euch perversen Machos nackt durch das Camp laufen müssen.«

Ich versuchte, den Ärger herunterzuschlucken, während ich ihr mit ehrlichem Entsetzen gegenüberstand und nach einer möglichst guten Antwort suchte. »Wussten Sie, dass er in der CDU ist?«

»Nein, warum?«

»Na ja, es geht hier ja um Glaubwürdigkeit, oder? Nebenher gesagt, ist er sogar im Vorstand einer Bezirks-Luschen-Gau-Gruppe, oder so. Wollen Sie also allen Ernstes glauben, was Ihnen so ein Penner erzählt?«

»Lassen Sie mich überlegen und alle Argumente sorgfältig gegeneinander abwägen: Ja, ich glaube Juan, und ich werde Sie und Ihr Nazicamp in Grund und Boden schreiben. Und bevor Sie jetzt weiter den Ahnungslosen geben, weise ich Sie darauf hin, dass Juan mir Ihre Plantage gezeigt hat und ich Aufnahmen davon machen konnte.«

»Sie haben ... *meine* Plantage?«

Verkniffen lächelnd klopfte die Reporterin gegen die Kameratasche, die sie um den Hals trug.

»Diese verdammte Marihuana-Plantage gehört mir nicht!«, schrie ich sie verzweifelt an.

»Ja klar, erst leugnen, und wenn das einfach gar nicht mehr geht, dann anderen die Schuld geben. Juan hatte mich schon gewarnt, dass Sie so reagieren würden. Und damit Sie es wissen, er hat mir auch erzählt, wie Sie und Ihr türkischer Bodyguard ihn verprügelt haben, nur weil er Ihnen seine Homosexualität gestanden hat.«

»Aber Juan ist nicht schwul. Er ist nur …«

»Genau das meine ich«, brüllte sie mich jetzt an. »Sie meinen, Sie könnten nach Gutdünken darüber entscheiden, welche sexuelle Orientierung für einen anderen Menschen gut ist. ›Juan ist nicht schwul.‹ Wenn ich das schon höre, Sie anmaßendes Arschloch. Wer glauben Sie, wer Sie sind? Gott?«

Wütend stieß sie mich zur Seite und stapfte durch mich hindurch in Richtung des Parkplatzes, wo vermutlich ihr Auto stand. Ich war kurz versucht, sie am Arm zu packen und zurückzuhalten, wollte ihr die Wahrheit ins Gesicht schreien und ihre Borniertheit niederbrüllen. Benebelt von der Wut auf die Ungerechtigkeit, die mir widerfahren war, überlegte ich meine Optionen. Es war eindeutig notwendig, die Dame zu stoppen, bevor sie ihren Artikel schrieb oder gar veröffentlichte. Und mit Frank Engels als Verbündetem sollte das doch kein Problem sein …

Am nächsten Morgen hatte ich meinen Ärger soweit unter Kontrolle, dass ich mir ein souveränes Gespräch unter *Freunden* vorstellen konnte, ohne mit brechender Stimme herumzuschreien. Beherzt griff ich zum Hörer und rief Chefredakteur Engels an.

»Du, Frank, hier ist Cord vom CdfL.«

»Häh?«

»Cord vom Camp der freien Liebe. Guten Morgen, Frank, wie geht's dir?«

»Was willst du?«

»Wissen, wie es dir geht. Ein bisschen Quatschen und so Zeug.«

»Lass den Scheiß. Ich hab mich nicht um den Titel *Leicht zu verarschendes Opfer eines Telefonstreiches* beworben und keine Zeit für blödes Herumgequatsche. Ich kann mir denken, warum du anrufst und die Antwort ist: *nein*!«

»Es geht um einen Artikel, den deine Frau Pieper schreiben will.«

»Ich weiß, und die Antwort ist *nein*«, kam die gelangweilt klingende Antwort durch den Hörer.

»Genau genommen geht es darum, was sie über das Camp schreiben will.«

»Wie gesagt, ich weiß und die Antwort ist *nein*«

»Du weißt, dass sie verrückte Lügen über Drogenanbau und angebliche sexuelle Diskriminierungen im Camp schreiben will?«

»Yep, weiß ich. Sie *will* nämlich nicht nur, sie *hat* bereits. Allerdings hast du die Sache mit der Verschleppung und sexuellen Ausbeutung der Nackt-Camperin aus Kopenhagen in deiner Aufzählung vergessen.«

»Und du willst die Veröffentlichung von diesem Dreck nicht stoppen?«

»Wie gesagt, die Antwort ist *nein*.«

»Frank, du bist Camper. Du gehörst zu uns und willst uns doch nicht mit irgendwelchen Lügengeschichten in den Rücken fallen, oder? Das kann doch unmöglich dein Ernst sein?«

»Cord, wir können die Sache abkürzen, indem ich dir erkläre, wie das bei mir läuft. Hätte ich zum Beispiel einen guten Freund, einen Freund mit dem ich seit Kindertagen durch dick und dünn gehe und dem ich alles anvertraue, so wie auch er mir alles anvertraut. Ein Freund, der mir einmal mit der Spende einer Niere das Leben rettete und der nun selbst in ernsten Schwierigkeiten als Entführungsopfer eines afghanischen Terrorkommandos steckt. Stell dir vor, das Leben dieses meines besten Freundes hinge nun davon ab, ob ich einen geplanten reißerischen Artikel über die Taliban veröffentliche, der uns möglicherweise eine Handvoll neue Abonnenten verspricht oder es zu seinem Besten bleiben ließe. Du errätst es sicher schon: Ich würde mich bedenkenlos für die Veröffentlichung entscheiden.«

»Und was soll mir das jetzt sagen?«

»Du, Cord, bist nicht mein Freund, geschweige denn mein bester. Du bist irgendein Typ, der mich kurzzeitig amüsiert hat und der jetzt total im Arsch ist und mich nicht weiterbringt. Cornelias Artikel ist toll geschrieben, gut fotografiert und mit einer Zeugenaussage unterfüttert. Ach, und … «

»Ja?«

»… soweit es die angesprochene Mitgliedschaft betrifft: Wenn ihr brav regelmäßig eure Post aufmacht, solltet ihr meine Kündigung und meinen Mitgliedsausweis heute Morgen auf dem Tisch haben. Ein wohlmeinender Rat am Schluss: verlass das …«

Blöder Dummschwätzer, dachte ich, während ich den Telefonhörer auflegte, um mir den Rest des selbstverliebten Geschwafels zu ersparen. Jetzt wurde es wirklich brenzlig.

Am nächsten Tag trat der Camp-Rat turnusgemäß zusammen. Eine der wenigen glücklichen Fügungen der letzten Zeit, konnte ich dadurch doch meine Juan-Probleme bei den anderen abladen. Ich hatte mein Thema unter dem Titel »Verrat in der Familie« vorgestellt und drehte mich gerade zufrieden im Kreis um mein Publikum, als ich merkte, dass die Reaktion nicht so ausfiel, wie erwartet. Genau genommen blickte ich in extrem mürrische Gesichter, deren Ausdruck man ohne Umschweife feindselig nennen konnte. Es war einmal mehr der Christianite Flemming, der das Wort gegen mich ergriff: »Ich weiß nicht, was das hier soll, Cord. Aber ich finde dich einfach erbärmlich in der Verdrehung der Umstände und bin – so wie wir anderen auch – total enttäuscht von dir.«

Ich dachte an einen Scherz und zuckte grinsend mit den Schultern, ihm signalisierend, dass ich für die Pointe bereit war.

»Da kannst du hier noch so albern herummachen, Cord, aber so weitermachen wie bisher wird nichts!«, fuhr er stattdessen fort und ich bemühte mich, den versteckten Witz zu erkennen. Konnte ich aber nicht und so dämmerte mir langsam, dass irgendetwas schiefgelaufen war. Mindestens dreißig Grad und definitiv abwärts.

»Was laberst du da, Blödmann?«, ging ich die Situation diplomatisch an.

Flemming drehte sich theatralisch im Kreis herum, wobei er die Handflächen zu seinem Publikum öffnete. *Seht, was ich meine* drückte seine Haltung aus und es war klar, dass er mich meinte. »Tja, Cord, du selbst hast dich hier ins Abseits manövriert. Juan hat uns schon gestern informiert. Wir wissen also, dass du ihn beschimpft und geschlagen hast und wir wissen, dass er sich in seiner Not und Verletztheit der ***New Life!*** Redaktion gegenüber geöffnet hat. Er selbst könnte nicht trauriger über diesen Fehler sein. Aber – und da wollen wir doch auch einmal die Dinge beim Namen nennen – Schuld daran bist einzig und alleine *du*!« Worauf er theatralisch mit dem Zeigefinger der ausgestreckten rechten Hand auf mich wies und seine gesamte Körpersprache nichts als Anklage war.

»Was zum Geier soll das heißen? Ich habe Juan nicht geschlagen! Fragt Hakan!«

Während alle anderen Augen sich jetzt auf Hakan richteten, starrte ich mit hasserfülltem Blick auf Juans gekrümmte Silhouette, die ich neben Sylvia ausmachte. Entsetzt sah ich, wie sie ihn tröstend umarmte, während sein Körper von Weinkrämpfen geschüttelt wurde. Irgendwann spürte er meinen auf ihm lastenden Blick, drehte sich mir zu, prüfte in der Runde, ob andere ihn ebenfalls ansahen und zwinkerte mir dann triumphierend zu. Mitten in meine aufsteigenden Wut hörte ich Hakan antworten:

»Woher soll ich wissen, ob du ihn geschlagen hast, Cord? Ich zumindest habe es getan und würde es jeder Zeit wieder tun.«

Das half natürlich nicht weiter und wirkte eher be- als entlastend.

»Wir wissen auch«, fuhr Flemming fort »dass du schwulenfeindliche Parolen gebrüllt hast und finden das und auch dich als Person – ekelhaft und untragbar!«

Das war genau das Stichwort, das ich gebraucht hatte. Mit schief gelegtem Kopf und der rechten Hand zur Entschuldigung ausgestreckt, ging ich auf ihn zu und versetzte ihm im letzten Moment, bevor er die Hand nehmen oder wegschlagen konnte, mit meiner starken linken Faust einen Magenschwinger, der es in sich hatte. Danach riss ich den zitternden und wimmernden Juan auf die Füße und verpasste ihm eine Ohrfeige. Schließlich ging ich wieder in die Mitte des Kreises, der sich vor mir zurückzog. »Okay, ich habe Juan geschlagen, jetzt stimmt es. Nicht, weil er schwul ist und nicht, weil er Ausländer ist. Auch nicht, weil er blöd und hässlich ist und mich dauernd anspuckt, wenn ich mit ihm rede. Nein, geschlagen habe ich ihn, weil er ein intrigantes Arschloch ist. Und wenn sonst noch jemand etwas anzumerken oder Kritik zu äußern hat ...«, ich sah, wie sich Michael Born um Aufmerksamkeit bemühte, »... ja, Michael?«

»Also, ich hätte da etwas.«

»Okay, und was?«

»Das war technisch ganz okay. Gerader Schwung, stabiles Handgelenk und so. Aber eben doch ohne die Dynamik der Rotation aus Rumpf und Hüfte mitzunehmen. Außerdem sollten wir möglicherweise versuchen, unsere Probleme mit dem Wort und nicht mit der Faust zu lösen.«

Zustimmendes Raunen ging durch die Runde, als Michael sich wieder setzte.

»Okay, danke für den Hinweis. Machen wir nun weiter mit dem nächsten Punkt der Tagesordnung.« Ich hoffte, die Sache damit beendet zu haben und meinen Quälgeist Juan endlich losgeworden zu sein. Ein Blick auf Sylvia, die Juan immer noch tröstend streichelte, genügte, um mich eines Besseren zu belehren.

Den Abend und die Nacht verbrachten wir im Camp und ich musste lange warten, bis Sylvia unseren Bungalow betrat. Ich wartete lange und ich wartete allein, was in dieser Zeit total untypisch war. Normalerweise hingen jeden Abend irgendwelche Leute bei uns herum, mindestens aber Hakan, Ingrid oder Michael. Diesen Abend nicht und ich wusste, dass man mir mein heutiges Verhalten länger vorwerfen würde. Immerhin hatte ich bei Sylvia auf größeres Verständnis und vor allem größere Fairness gehofft. Sie stürmte herein, wie ein unerwünschter Wintersturm durch undichte Fenster, knallte die Tür von innen zu und stapfte mit wütenden Schritten geradewegs ins Schlafzimmer. Ich hörte auch diese Tür knallen und kämpfte mit mir, ob ich die Mühen der Rechtfertigung auf mich nehmen oder einfach hier sitzen bleiben sollte. Irgendwann klopfte ich an die Schlafzimmertür und fragte, ob wir reden wollten.

»Was soll ich mit einem Zuhälter besprechen, der sich nur mit Gewalt zu helfen weiß!«

Das ließ sich nicht so einfach wegwischen. »Ich weiß, dass das falsch war«, gab ich zu. »Aber der Typ hat es echt darauf angelegt. Wahrscheinlich hast du es nicht bemerkt, aber als ihr nicht hingesehen habt, hat er ...«

»Lass es!«, fuhr sie wie eine Furie in meine Erklärung hinein. »Du bist so ein verdammtes Schwein, dass ich dich am liebsten selbst schlagen würde. Und wenn du jetzt noch die Schuld bei deinen Opfern suchst, dann werde ich es – bei Gott – auch tun!«

Ihr Ausbruch war so stark und frei von Zweifeln, dass es mir die Sprache verschlug. Was sollte ich sagen? Die einzige Chance bestand darin, mich demütig zu zeigen, meinen Fehler einzugestehen und die Zeit für mich arbeiten zu lassen. Doch dazu war ich nicht bereit. Wenn meine eigene Frau den verlogenen Worten Juans glauben wollte und nicht mir, dann würde ich nicht zu Kreuze kriechen.

Nachdem sich Sylvia im Schlafzimmer eingeschlossen hatte,

wartete ich noch ein paar Minuten unschlüssig, bevor ich das Haus verließ. Hakan würde Rat wissen ...

Zehn Minuten später saßen wir uns in zwei Korbstühlen auf seiner Veranda gegenüber. Hakan hatte zwei Bodkas zubereitet und auf den kleinen Tisch zwischen uns gestellt. Die Nacht war mild und windstill und außer dem Gezirpe der Grillen war nur das entfernte Geräusch im Wasser tollender Schwimmer zu hören. Ich atmete tief ein und entspannte mich, bevor ich Hakan von meinem Streit mit Sylvia berichtete. Als ich geendet hatte schaute ich ihn erwartungsvoll an und glaubte Anspruch auf eine professionelle Analyse zu haben. Wozu hat man schließlich einen Freund, der Psychologe ist. Hakan setzte sich aufrecht hin, presste einen Rülpser heraus und ließ sich wieder gegen seine Stuhllehne sinken. »Ja, ist scheiße so was ...«, war alles, was er dazu zu sagen hatte.

»Und?«

»Wie und? Ist scheiße, sagte ich ja schon. Kann man nix machen.«

»Und das soll alles sein? Keine Ratschläge zur Gesprächsführung, kein Angebot zur Moderation und noch nicht einmal irgendwelche Pillen, die sie wieder gefügig machen? Ich soll diese Ungerechtigkeit einfach hinnehmen und meine Ehe zum Teufel gehen lassen wegen dieses miesen Schweins namens Juan?«

»Das hab ich nicht gesagt«, bremste mich Hakan.

»Sondern?«

»Das es scheiße ist. Und das stimmt ja auch. Ich kann dir jetzt natürlich ein paar wohlklingende Phrasen aus der professionellen Konfliktberatung um die Ohren hauen und euch eine kostenfreie Paartherapie anbieten. Auf der anderen Seite kenne ich aber auch die Erfolgsaussichten solcher Maßnahmen. Und die stehen, wenn der Psychologe nicht sofort bei dem betroffenen Paar als Untermieter einzieht, äußerst schlecht. Wenn die Störung im Sexuellen liegt, okay, dann steigt die Quote, aber sonst ...«

»Sonst was?«

»Tja, Cord. Du und Sylvia, ihr seid ein attraktives Paar, seid beide cool und willensstark. Aber das war es dann auch. Ich mag euch beide. Du bist mein bester Freund und Sylvia liebe ich wie eine Schwester. Aber Juan hat einen tieferen Keil zwischen euch getrieben, als du glaubst.«

Hakan betrachte mich mit einem merkwürdigen Gesichtsausdruck, den ich nicht deuten konnte. Plötzlich hatte ich aber auch keine Lust mehr, mich mit ihm über Sylvia zu unterhalten. Es würde sowieso keine rettende Lösung von ihm kommen, die mir die Zuversicht zurückbrächte. Wir tranken noch einen Bodka und unterhielten uns stattdessen über die anstehende Landtagswahl, bei der sich ein bekennender Homosexueller und eine Gegenkandidatin mit Migrationshintergrund als Rivalen um das Ministerpräsidentenamt gegenüberstanden.

»Da fragt man sich schon ein bisschen, wozu man unser Camp noch braucht, oder?«, folgerte Hakan grinsend.

»Kann man schon denken. Die Menschen tolerieren und akzeptieren sich in ihrer Unterschiedlichkeit, Ziel erreicht. Und trotzdem ist das nur die Spitze des Eisberges, den man nur mit ständigen Sticheleien zum Bersten bringen muss. Und dafür sind wir da!«

»Dafür, für den Spaß und für die Idee, Einfluss nehmen zu können, verändern zu können, die Welt ein kleines bisschen besser zu machen.«

Wir prosteten uns zu. »Scheiß auf Juan!«

»Scheiß auf Juan ...«, antwortete Hakan und sah mich dabei prüfend an.

kampf ums camp

Wenn es einen Wochentag gibt, der eher schlecht für mich läuft, dann ist das der Donnerstag. Donnerstage stülpen dem Tag eine selektive Membran über, die ausschließlich schlechte Meldungen und Ereignisse durchlässt, während die guten weggefiltert und zu anderen Personen umgeleitet werden. Da das zugleich Schöne wie Hassenswerte am Leben ist, dass es keine Gleichförmigkeit oder Berechenbarkeit kennt, hat es sich für meine Donnerstage relative Abstufungen innerhalb des Schlechtseins ausgedacht. So gibt es *relativ gute* schlechte Donnerstage, genauso wie *normal schlechte* und *schlechte* schlechte Donnerstage. Manchmal aber – und an dieser Stelle rede ich über Donnerstage, für deren Schlechtigkeit keine angemessene Beschreibung gefunden werden kann – gelingt es ihnen nicht, die ihnen innewohnende Boshaftigkeit komplett loszuwerden. Der Tag reicht dem Donnerstag dann einfach nicht aus. Klar, könnte er jetzt versuchen, den Freitag zu infizieren. Geht aber nicht, da der nämlich grundgut und vollkommen unempfänglich für die Avancen des bösen Donnerstags ist. Da der Donnerstag am Mittwoch noch nicht geboren ist, ist ihm der Vorgriff auf diesen auch nicht möglich. Wohin also mit all der Schlechtigkeit, fragt sich der Donnerstag. Und seine Antwortet lautet: *Steck ich die anderen Typen, die Cords Wege kreuzen, halt mit an, dann wird's schon gehen ...*

An diesem schlechtesten schlechten Donnerstag hatte sich am Brennacher Brunnen der übliche resigniert unproduktive Teil der Bevölkerung eingefunden. Jugendliche ohne Interesse oder Aussicht auf Ausbildung und Arbeit, die sich selbst als Nazis bezeichneten, aber deren geschichtliche Einordnung flexibel handhabten. Unter ihnen befanden sich Wolf, der eigentlich Dorian hieß, und Hans. Wolf sah sich als Anführer des *Wandsbeker Sturmbataillons* und legitimen Nachfolger Adolf Hitlers. Dass er als Einziger der dreizehn Mann starken Truppe eine Berufsausbildung, wenn auch nicht absolviert, so doch zumindest begonnen hatte, und nicht nur auf einen Schulabschluss, sondern gar auf ein Fachabitur verweisen konnte, machte ihn zwangsläufig zur ihrer intellektuellen Keimzelle und ihrem Oberhaupt. Genauso flexibel, wie Wolf die Geschichte des Nationalsozialismus umdeutete, ging er auch mit den wunden Punkten seiner eigenen Vergangenheit um. Der Name Dorian schien ihm kein hundertprozentiger Match mit den aggressiven Parolen seiner politischen Orientierung zu sein und so nannte er sich kurzerhand um. Gleiches galt für seine begonnene und nach reichlich neun Monaten vorzeitig beendete Berufsausbildung zum Groß- und Einzelhandelskaufmann, von der er gerne behauptete, es hätte sich um eine Schlosserlehre gehandelt und der Betrieb hätte aufgrund unsportlichen Lohndumpings durch die »Kanakenbude« eines Mitbewerbers Konkurs anmelden müssen. Neben Dorian und Hans lungerten fünf andere Mitglieder des *Sturmbataillons* herum. Stefan, ein 17-jähriger Arbeitsloser, hatte wie üblich eine »Bild-Zeitung« dabei, die er aufmerksam auf den Grad ihrer »semitischen Durchsetzung« und das Vorhandensein von Nacktbildern durchsuchte. Trotz seiner Jugend galt Stefan als intellektueller Widerpart Dorians, da er auch schwierige Worte, wie Truppenübungsplatz so schreiben konnte, dass Außenstehende nicht Tupperwareplätzchenbox darin lasen.

Just in dem Moment war Stefan im Bereich »Lokales« angelangt, den die Zeitung *Hamburg Szene* nannte und damit ihre zeitgeistige Aufgeschlossenheit bewies. Zu Stefans Freude bestand die Hamburger Szene derzeit zu einer Hälfte aus massivbrüstigen Partyludern, die um den Titel der *Miss Wet-T-Shirt* wetteiferten und zur anderen aus Mädchen, die sich auf den *Miss Weg-T-Shirt* Gegenwettbewerb konzentrierten. Stefans nur durch einzelne Grunzlaute unterbrochene Ausrufe der Art »Guck dir mal die Riesentitten an!« oder »Die Glocken möchte Papa schon mal läuten« gingen Dorian schwer auf die Nerven. »Kannst du nicht endlich mal damit aufhören, du Kleinkind? Ne Braut wie die spuckt dir doch mitten ins Gesicht. Wenn du Glocken läuten willst, dann lass dich von der Kirche als Quasimodo einstellen!«

»Erstens sehe ich dazu viel zu gut aus und zweitens solltest du wissen, dass Kirchen heutzutage nicht mehr manuell geläutet werden. Quasimodo brauchen die gar nicht mehr.«

Nun wurde auch Manuel Neukamp, die picklige Dumpfbacke, Bier- und Dönervernichtungsmaschine, auf den Plan gerufen. »Ey Alter. Ich hab aber echt noch nie so 'ne Glocke geläutet. Was soll'n der Scheiß?«

»Manuell, Manuel, manuell!« Dorian, der sich häufig als Führer einer von der restlichen Gesellschaft verkannten Elite verstand, wurde sich seiner realen Situation bewusst. Diese Gruppe von Verlierern, deren innerer Zusammenhalt einzig auf der gemeinsamen Erkenntnis beruhte, irgendwie auf der falschen Seite des Lebens zu stehen, war schwerer zu führen, als eine umherziehende Gruppe Fliegen, die gerade einen frischen Haufen Scheiße entdeckt hatte. Nebenher wurde Stefan zu einer zunehmenden Bedrohung seiner Führungsposition in der Gruppe – des einzigen Erfolges, den Dorian sich in seinem Leben je erarbeitet hatte. Eine Aktion musste her. Etwas, das die Machtstrukturen wieder ins rechte Lot rücken würde. Etwas, das in ständiger Rückschau zu etwas immer Größerem aufgebauscht werden konnte und in der Erinnerung als wohliger Schauer aus Stolz und verschworener Kumpelhaftigkeit weiterleben würde. Einen Türken vermöbeln und nackt aussetzen, so grübelte Dorian, war vielleicht nicht heroisch genug für eine Langzeitwirkung, wie sie ihm vorschwebte. Zwei Türken wiederum wären zu gefährlich. Außerdem würde die Gruppe dann von ihrem Anführer erwarten, dass er sich in das Kampfgeschehen einbrächte, womit er die Idee wieder verwarf.

Wenn schon eine gewaltsame Aktion, dann sollte der Gegner zumindest harmlos sein. Während Dorian in dumpfes und zunehmend deprimiertes Brüten verfiel, ergab sich die Lösung von allein.

»Mensch Leute, hört euch diesen Mist mal an«, platzte Stefan mit der frohen Nachricht heraus, die in diesem Moment noch keiner als frohe Nachricht erkannte, sondern eher als unwillkommene, irgendwie überaktive Unterbrechung des kollektiven Herumdösens:

»Die Freie und Hansestadt Hamburg, die seit jeher Wert auf ihre Weltoffenheit und Toleranz legt, bringt immer wieder menschliche Gruppierungen von besonderer Exzentrik hervor. Seit Kurzem haben die Hamburger eine neue Attraktion, die dieser Tradition folgt und sich das Camp der freien Liebe nennt. Was dieses Camp zu etwas Besonderem macht, ist die weltliche Klarheit seiner Macher. Sie predigen freie Liebe und unterlegen ihr alternatives Lebenskonzept mit der Ernsthaftigkeit eines millionenschweren Baugrundstückes aus dem Privateigentum ihres Gründers Cord Andreesen. Gleichzeitig vermeiden sie die Verwendung von Begriffen wie ›Kommune‹ oder ›Weltordnung‹ und verweigern sich so einer politischen Einordnung oder dem Vergleich mit möglichen Vorgängern, wie dem dänischen Christiania, dem gesellschaftlichen Experiment in Kopenhagen, das ebenfalls ambitioniert begann und sich über Jahrzehnte bis zur heutigen Touristenattraktion ohne spirituelle Relevanz zurückentwickelte. Ein erstes Opfer seiner herablassenden Einschätzung der neuen Gruppe fand sich gestern in dem für seinen Zynismus bekannten Hamburger Radiomoderator Thomas Horn, der in einem Interview mit Andreesen von diesem des Drogenmissbrauches bezichtigt wurde. Den üblichen Dementis dürfte jetzt eine juristische Aufarbeitung folgen.«

»Häääh?«, entfuhr es Hans.

»Also, ich hab nix von dem da verstanden«, ergänzte Manuel.

»Was ist daran so schwer zu verstehen«, brachte sich nun auch Dorian ein. »Außer vielleicht, dass ein Beitrag dieser Diktion in der »Bild-Zeitung« zu finden ist.«

»Häääh?«, sagte Hans erneut.

»Also, ich hab nix von dem da verstanden«, ergänzte Manuel zum wiederholten Mal.

»Mann, was gibt es da nicht zu verstehen? Die Typen haben ein Camp der freien Liebe aufgemacht!« Stefan verfiel in einen Tonfall höchsten Genervtseins. »Freie Liebe, das heißt, die poppen den ganzen Tag kreuz und quer alles und jeden, der sich auf das Grundstück verirrt!«

Das *Wandsbeker Sturmbataillon* verfiel in einen seltenen Augenblick nachdenklichen Schweigens, wobei die Nachdenklichkeit im Rahmen der unterschiedlichen Möglichkeiten mal mehr, mal weniger Zeit benötigte und unterschiedliche Früchte trug. Als Erster meldete sich einer der Kerle zu Wort, deren Namen sich Dorian immer so schlecht merken konnte: »Nur mal als Zusammenfassung: Diese Typen in dem Camp da, also die rennen nackt herum und greifen sich irgendwelche Tussis und …«

»Hab ich auch mal gemacht. Bringt nix. Musste ein Jahr in den Bau dafür!«, unterbrach Hans.

»Hans, du verdammter Schwachkopf! Die Tussi, die du dir gegriffen hast, die wollte das nicht. Das nennt sich dann Vergewaltigung und ist total undeutsch. Außer natürlich an der Ostfront, zur Demoralisierung des Feindes. Die in dem Camp machen das freiwillig!«, erläuterte Stefan.

In Hans arbeitete es sichtbar. »Poppen ohne Geld und ohne Knast? Also, für mich hört sich das total geil an!«

In diesem Moment leise erregter Grübelei, in der jeder in der Gruppe seiner Fantasie freien Lauf ließ, wurde Dorian bewusst, dass sich hier vielleicht die Chance bot, etwas Großes und Erinnerungswürdiges für die Gruppe und seinen Anführerposten zu bewirken.

»Bevor ihr weiter schmutzige Gedanken hegt, erinnert euch eurer selbst und eurer Vorfahren, unserer tapferen deutschen

Soldaten, die bereitwillig und stolz ihr Blut gegeben haben, um unser herrliches Vaterland vor der undeutschen Verführung zu retten. Ein solches Camp der freien Liebe aber bedeutet Anarchie und Zügellosigkeit. Nachlassende Moral und Schwächung der Kampfbereitschaft. Dieses Camp ist undeutsch! Eine hintertriebene Schwächung der natürlichen deutschen Verteidigungskräfte mit dem Ziel, unsere naturgegebene Herrschaft über die Völker der Welt zu verhindern. Dieses Camp ist der Feind! Ein Feind, der in provozierender Aufgereiztheit sein wahres Gesicht offenbart. Bei allem, was uns Deutschen recht und heilig ist, frage ich euch jetzt: Was machen wir mit unseren Feinden? Lassen wir sie gewähren? Nein, das tun wir nicht! Unsere Feinde, Feinde des Deutschen Vaterlandes, werden ausradiert!«

Während Manuel und Hans sich noch bemühten, den Sinn hinter Dorians Worten zu entschlüsseln, preschte Stefan bereits vor:

»Was genau schlägst du vor?«

»Was ich vorschlage?« Dorian hatte sein Publikum nun in der Hand und gewann an Sicherheit. Jetzt galt es, jede Sekunde auszukosten. »Ihr wollt wissen, was ich vorschlage?«

»Mein Gott, Dorian, musst du jetzt gleich so 'ne Show abziehen? Spuck's einfach aus, okay?«

»Nun, meine Freunde, Mitstreiter, Soldaten. Ich bin enttäuscht. Ja, ich bin zutiefst enttäuscht. Liegt es denn nicht auf der Hand? Fühlt ihr denn nicht selbst den Impuls, eure Heimat zu schützen? Ihr fragt, was ich euch vorschlage? Das, was eure Deutsche Seele euch selbst vorschlagen sollte, das, was in einer Gruppe Deutscher Soldaten keiner Erklärung bedarf: Ich schlage euch vor – nein – ich fordere von euch die totale Zerstörung dieses lasterhaften Camps!«

Dorian genoss das einsetzende hilflose Schweigen seiner Kameraden, während er den Blick in einer Art, die er für feldherrenmäßig hielt – ein unbeteiligter Dritter für schwachsinnig

– über sie schweifen ließ.

»Heißt das, wir fahren da hin?«, wollte Hans wissen.

»Ja, wir fahren da hin, beobachten und nehmen es dann auseinander. Zelt für Zelt, Hütte für Hütte und Haus für Haus!«, erläuterte Dorian seinen Plan.

»Sollten wir sie dann nicht auch demoralisieren und destabilisieren, wie in den ehemaligen Ost-Gebieten? Natürlich nur, um zu verhindern, dass da jemals wieder so ein Sündenpfuhl entsteht …«, schlug Stefan vor.

»Natürlich. Nur aus strategischen Überlegungen heraus. Natürlich, natürlich. Gute Idee, Stefan!«

Am gleichen, wirklich schlechten Donnerstag saß Kommissar Stanitzki in seinem Büro im Polizeikommissariat 35 und las die Zeitung zum zweiten Mal, auf der Suche nach Artikeln, die ihm vielleicht im ersten Anlauf durchgerutscht waren. Er empfand seine berufliche Beschäftigungslosigkeit nicht etwa langweilig, sondern freute sich über den ruhigen Ausklang seiner mehr als dreißigjährigen Polizistenkarriere. Man hatte ihn zur Belohnung für die tolle Verhandlungsführung, mit der er mich nach der Bordellsprengung im Krankenhaus um weitere fünfzigtausend Euro Entschädigungssumme gebracht hatte, in das *Referat für Anerkennungen und Beschwerden* versetzt, wobei er sich schwerpunktmäßig dem Teilbereich *Anerkennungen* widmen sollte. Seine Arbeitstage zogen seitdem entsprechend träge dahin und wurden nur selten durch Anrufe gestört. Umso erstaunter war er, als jetzt das Telefon klingelte. Er brauchte bis zum fünften Läuten, ehe er sich zum Abnehmen des Hörers durchrang. »Referat für Anerkennungen und Beschwerden, Stanitzki, was kann ich für Sie tun?«

Am Telefon war die Vermittlungsstelle der Polizei, wie er mit einem Blick auf das Display des Telefons selbst hätte erkennen können. Der Mann am Telefon, den er sogar kannte, wie die meisten seiner Kollegen aber nicht mochte, erzählte ihm, dass ein Herr Andreesen in der Leitung sei, der unbedingt ihn, Stanitzki, sprechen wolle. Nach kurzer Bedenkzeit teilte Stanitzki dem Mann aus der Vermittlungsstelle mit, dass er eigentlich gar nicht da sei. Auf einer Fortbildung oder Besprechung oder so. Auf jeden Fall sei er für Andreesen nicht zu sprechen. Der Mann aus der Vermittlung kannte diese Reaktion bereits von der Mehrzahl seiner Kollegen und nahm den Auftrag teilnahmslos entgegen. Stanitzki atmete erleichtert auf und widmete sich wieder seiner Zeitung.

Es dauerte genau drei Minuten, bis das Telefon erneut klingelte und wieder versäumte es Stanitzki, sich mit einem Blick auf das Display vorab zu informieren. Erneut war der Mann aus der Vermittlung dran, den er nicht besonders mochte.

»Ich bin es noch mal.«

»Das höre ich! Was gibt es denn schon wieder?«, bellte der Kommissar in den Hörer.

»Ich habe hier einen Herrn Andreesen in der Leitung, der will …«

Stanitzki unterbrach den Mann aus der Vermittlungsstelle: »Ich habe Ihnen doch schon gesagt, dass ich für den Kerl nicht zu sprechen bin!«

»Das will er ja auch gar nicht mehr – also zumindest nicht Sie persönlich.«

»Was soll das heißen?«

»Na ja, als dieser Andreesen vorhin anrief, da wollte er *Sie* sprechen. Aber als ich ihm sagte, Sie wären für ihn nicht zu sprechen, hat er von mir verlangt, mit der Beschwerdestelle verbunden zu werden. Und da Sie im Moment der einzig anwesende Kollege in der Beschwerdestelle sind …«

Stanitzki brauchte eine Weile, um das Gehörte zu verarbeiten. »Ich bin in dem Referat für Anerkennungen und Beschwerden aber eigentlich mehr für die *Anerkennungen* zuständig«, jammerte er kläglich.

Der Mann aus der Vermittlung gab zu bedenken, dass man jemandem, der die Beschwerdestelle anrufen wolle, kaum sagen könne, dass das aufgrund mangelnder Besetzung nicht ginge. Da könne er dann eigentlich gleich weiter zum Polizeidirektor durchstellen, der seine Behörde erst im letzten Monat mit einem Rundbrief zum Thema ›Mehr Bürgernähe‹ amüsiert hatte. Zähneknirschend fügte sich Stanitzki dieser Argumentation und ließ sich verbinden, einen letzten sehnsüchtigen Blick auf die offene Zeitung werfend. Er würde das verdammte Gespräch so kurz wie möglich halten und sich dann wieder wichtigeren Themen zuwenden. »Hallo, Herr Andreesen. Schön, mal wieder von Ihnen zu hören«, log er. »Ich hoffe es geht Ihnen gut?«

»Lassen wir das Geseier, Stanitzki. Ich habe nicht so viel Zeit und Sie sind mir noch einen Gefallen schuldig, den ich jetzt einfordern muss.«

»Was?«

»Sie wissen schon. Ich habe Ihnen damals, als Ihr Verein das Ambrosia gesprengt hatte, nur die Hälfte der Entschädigung aus dem Kreuz geleiert und Sie später auch nicht wegen des Verstoßes gegen den Datenschutz angezeigt, als Sie dem alten Rehberg alles über mich und die Ermittlungsergebnisse erzählt haben.«

Stanitzki wich alles Blut aus dem Gesicht und er fühlte sich einer Ohnmacht nahe. So eine Aufregung war nicht geplant, nur wenige Jahre vor seiner Pensionierung. Mühsam presste er hervor:

»Was wollen Sie, Andreesen?«.

»Ich will, dass Sie sich so schnell wie möglich hierher bewegen und nach dem Rechten sehen. Irgendetwas geht hier vor und ich weiß nicht was.«

»Wohin bewegen?«

»Mein Gott, Stanitzki, lesen Sie keine Zeitung? In das Camp natürlich. Das Camp der Liebe. Verdammt, machen Sie Ihren Computer an und gucken Sie unter meinem Namen, Sie weltfremder Bürokrat.«

Ausgerechnet ihm vorzuwerfen, er würde keine Zeitung

lesen, schmerzte Stanitzki. Irgendetwas musste aber dran sein, wenn Andreesen so aufgebracht war. Schuldbewusst glitt sein Blick auf die Plastikhaube, die immer noch auf dem Bildschirm seines Computers ruhte. Von dort würde es keine Unterstützung geben. Als das Ding vor vier Monaten in sein Büro geschoben wurde und er nach halbstündiger Suche immer noch nicht in der Lage gewesen war, es auch nur einzuschalten, hatte er begriffen, dass diese Technik eher für nachfolgende Generationen bestimmt war. Resigniert hatte er das Thema nicht weiterverfolgt. Trotzdem blitzte eine vage Erinnerung an das Camp der Liebe in seinem Hinterkopf auf. Das war doch sogar im Fernsehen gewesen, erinnerte er sich. Und dass dieser Schwachkopf Andreesen darin verwickelt war, konnte ihn eigentlich auch nicht überraschen.

»Was genau wollen Sie von mir?«, fragte er mit wiedergewonnener Sicherheit.

»Ich will, dass Sie hierher kommen und mir helfen, die Sache diskret in den Griff zu kriegen …was immer diese Sache auch ist!«, forderte ich und trug damit wenig zu seiner Beruhigung bei.

»Welche Formulare muss ich mitbringen?«

»Vergessen Sie Ihre Formulare, Stanitzki. Kommen Sie einfach her und bringen Sie Ihre Dienstwaffe mit!«

Zur selben Zeit, als Stanitzki seinen Anruf erhielt, saß Claudia Pieper, die gedemütigte Redakteurin des *New Life!* Magazins an ihrem Schreibtisch und hatte die Fotos vor sich ausgebreitet, die bisher in der Reportage-Reihe über das Camp veröffentlicht worden waren. Die Bilder waren allesamt von ihr gemacht und sie waren allesamt Müll. Unscharf, blass, verwackelt und total unspektakulär. Auch fehlte es ihnen am künstlerischen Anspruch, der manchmal durch technische Unfertigkeit umso deutlicher unterstrichen wird. Alles in allem handelte es sich um eine bodenlose Stümperei, die jeder Erstklässler mit einer Unterwasserkamera besser ausgeführt hätte, wie sie mit wiedergewonnener Klarheit erkannte. Zum ersten Mal machte sich auch ein neues Gefühl in ihr breit. Eine ungekannte Verkrampfung im Oberbauch kündete von nichts anderem, als ihrer ersten journalistischen Intuition, einem Zweifel und Verdacht, den sie nicht in Worte fassen konnte und den sie dennoch körperlich spürte.

Ein weiteres Zeichen ihrer journalistischen Erweckung war es, dass sie sich nicht damit zufriedengeben wollte, die Magenprobleme mit einem Alka-Seltzer zu vertreiben, sondern sie als das zu akzeptierte, was sie waren: die körperlichen Begleiter einer guten Story!

Chefredakteur Engel hatte ihr, und womöglich dem gesamten Verlag, etwas verheimlicht. Etwas Gewaltiges, das es wert war, den Tausenden Lesern diesen Schund an Bildmaterial und Reportagen zuzumuten. Sicher würde es nicht gleich die Dimension von Watergate haben, aber es wäre auf jeden Fall eine Story und in jedem Fall etwas, mit dem sie Engel, diesen Dreckskerl, drankriegen könnte. Sie guckte in ihren Kalender und vergewisserte sich, dass für diesen Donnerstagnachmittag keine weiteren Termine eingetragen waren, schnappte sich ihre Fotoausrüstung und verließ die Redaktion in Richtung des Camps der Liebe.

Auch bei den Rehbergs überschlugen sich am bewussten Donnerstag die Ereignisse. Heinrich Rehberg war gerade dabei, ein verspätetes Frühstück einzunehmen, als ihn der Anruf seiner Ex-Frau aufschreckte. Corinna Rehberg hatte sich bei ihrem geschiedenen Mann zuletzt ausschließlich zur Klärung finanzieller Aspekte der Scheidung gemeldet. Auch weil sie wusste, wie sehr Heinrich unter ihrer Trennung litt, wollte sie keine offenen Wunden aufreißen und kein Gespräch mit gegenseitigen Vorwürfen oder emotionalen Attacken provozieren, das das gegenseitige Ansehen beschädigte.

Als sie jetzt anrief, war Emotionalität allerdings unvermeidlich.

»Er hat mich verlassen…«, heulte sie ins Telefon.

»Corinna?« Rehberg war verdutzt. »Jetzt beruhige dich doch erst einmal. Wer hat dich verlassen?«

»Juaaaannnn«, plärrte sie in den Hörer.

»Das war ja zu erwarten«, sprudelte er ungewollt heraus.

»Buaaaah … Du meinst also auch, dass ich zu alt für ihn bin. Eine alte, hässliche Schachtel, die von allen Männern verlassen wird.«

»Soweit ich mir erinnere, habe nicht ich dich, sondern du mich verlassen«, erwiderte Rehberg und blieb ungehört.

»Er hat mich verlassen, weil ich alt, hässlich und dumm bin – Buaaahhhhh.«

Die nächsten fünf Minuten beeindruckte Corinna Heinrich mit ihrer großen sprachlichen Variationsbreite, mit der sie die immer gleiche Botschaft in ständig neue Vokabeln zu kleiden verstand. Irgendwann war es Heinrich genug. »Corinna, ich will dir in dieser schweren Angelegenheit gewiss nicht blöd kommen, aber findest du nicht auch, dass es a) ein wenig unfair und b) unfassbar unpassend ist, ausgerechnet *mir* die Ohren voll zu heulen, weil Juan *dich* verlassen hat?«

»Ich wüsste nicht, wem sonst …«, gab sie verärgert zurück, »immerhin bist du ja schließlich auch schuld daran!«

»Wie bitte? Wieso denn das, in Herrgotts Namen?«

»Schließlich ist sie ja auch deine Tochter!«

»Wer?«

Corinnas Schmerz hatte nun endlich ein Ventil gefunden. Sie fühlte sich bereits besser, als sie antwortete: »Soweit ich mich erinnere, haben wir nur eine Tochter! Zumindest, was mich betrifft!«

»Du meinst Sylvia?«

»Na, du bist mir ja ein echter Blitzmerker, Heinrich. Früher warst du nicht so begriffsstutzig!«

Auch Heinrich wurde jetzt ärgerlich, bemühte sich aber um Kontrolle: »Was zum Teufel hat unsere Sylvia mit deinem Juan zu tun?«

»Genau!«, pflichtete Corinna ihm bei.

»Bitte?«

»Genau! Das frage ich mich auch. Wie konnte sie mir das nur antun? Ihrer eigenen Mutter den Mann auszuspannen und mit ihm in dieses entsetzliche Camp zu ziehen!«

»Welches Camp?«

»Das Camp der Liebe natürlich. Das Camp von deinem – ach so tollen – Schwiegersohn und Nachfolger.«

»Heißt das, Cord und Sylvia sind nicht mehr zusammen?«, fragte Heinrich entsetzt.

»Mein Gott, Heinrich, wo lebst du eigentlich. Ja, Cord und Sylvia sind nicht mehr zusammen, Juan und ich sind nicht mehr zusammen, nicht einmal mehr Charles und Diana sind noch zusammen. Kriegst du eigentlich gar nicht mehr mit, was um dich herum passiert?«

Heinrich klemmte sich das Telefon ans Ohr, goss sich ein Glas Cognac ein und kämpfte gegen das Gefühl, eine massive Unterströmung zöge an seinen Beinen. »Und was willst du jetzt tun?«, fragte er seine Ex-Frau, die im gleichen Maße, in dem Heinrichs Welt zersprang, wieder zu sich gefunden hatte und damit eindrucksvoll bewies, dass geteiltes Leid halbes Leid ist.

»Was ich tun werde? Ich werde jetzt zwei Flaschen Grillanzünder ins Auto packen und dann den Burschen so einheizen, wie sie es verdienen!«

Heinrich benötigte einen weiteren Cognac, bevor er auch diese Nachricht verarbeitet hatte und erneut in den Telefonhörer sprechen konnte. »Corinna?« Er versuchte es noch ein wenig lauter. »Corinna?« Am anderen Ende war nichts mehr. Kein Freizeichen, kein Trennzeichen, nichts. Corinna hatte den Hörer fallen gelassen und war davongestürzt.

»Da stehen so ein paar Typen mit Kopf- und Haarproblemen auf der Versammlungswiese und wollen dich sprechen«, fiel Hakan mit der Tür ins Haus und unterbrach mich mitten im Telefonat mit einem Reporter vom Abendblatt. Ich entschuldigte mich und versprach einen späteren Rückruf, bevor ich mich Hakan zuwandte.

»Was für Typen und was für Haarprobleme?«

»Nazi-Gesocks. Und die wollen unbedingt den Chef sprechen.«

»Und wieso sollte das ausgerechnet ich sein? Ich möchte doch ernsthaft daran erinnern, dass wir hier keine Diktatur haben und ich für jede noch so kleine Entscheidung die Meinung des Rates einholen muss während es …«

Ein kleiner, fast runder Feldstein krachte durch die geschlossene Fensterscheibe und rollte vor meinen Schreibtisch. Von draußen drang johlendes Gelächter zu uns herein. »Komm raus, perverse Schwuchtel!«, hörte ich die blöde Bande rufen und spürte Panik in mir aufsteigen.

»Siehst du, sie wollen dich sprechen«, kommentierte Hakan achselzuckend.

Ich spähte durch das zerbrochene Fenster und sah eine Rotte von ungefähr zehn abgerissenen *Herrenmenschen* in Camouflage- und Jogginghosen, Springerstiefeln und Bomberjacken, die sich den gleichen Friseur teilten.

»Komm raus oder wir holen dich!«, brüllte mir ein kleingewachsener Dürrer mit Rattengesicht zu, der außerhalb der Gruppe so bedrohlich wie ein Kaninchen auf der Autobahn gewirkt hätte. Hier und jetzt jagte er mir mehr Angst ein als der stämmige Bulle von einem Nazi, der hinter ihm stand und orientierungslos in die Gegend starrte.

»Was wollen die?«, wandte ich mich mit einer halben Drehung an Hakan.

»Hab ich doch schon gesagt: Die wollen mit dir reden …«

»Wir holen dich und dann grillen wir dich, schwule Sau …«, klang es jetzt von draußen.

»… und dich grillen«, fügte Hakan, wie immer nutzlos, hinzu.

»Und was soll ich jetzt deiner Meinung nach machen?«

»Polizei anrufen oder dich mit Grillgewürz einreiben, würde ich sagen.«

Endlich mal ein sinnvoller Vorschlag meines osmanischen Freundes. Dennoch wollte ich die Situation nicht überbewerten und später einen unnötigen Noteinsatz rechtfertigen müssen. Wir standen schon mehr als genug im Rampenlicht. Ein halboffizieller Einsatz käme gerade recht, und zum Glück erinnerte ich mich an meine Kontakte, als ich hektisch in meinem Telefonbuch nach Kommissar Stanitzkis Nummer suchte. Nachdem ich endlich durchgestellt worden war und Stanitzki zum Kommen aufgefordert hatte, fügte ich mich ins Unvermeidliche. Ich versuchte mich an einem optimistischen Lächeln, während ich mich von Hakan und Ingrid, die schockstarr an ihrem Schreibtisch saß, verabschiedete. »Wir sehen uns!«, presste ich im Gehen hervor, öffnete die Tür und trat vor meine Henker, deren Gepöbel augenblicklich verstummte.

»Was wollt ihr hier, Wichser?«, eröffnete ich das Gespräch.

Erstaunt sahen sich die Wirrköpfe an. »Hast du eben Wichser gesagt?«, wollte das um Fassung bemühte Rattengesicht wissen.

Ich gab mich erstaunt: »Natürlich nicht. Ich sagte: ›Was wollt ihr hier, Hitler?‹ Ich füge gern ein Hitler an meine Sätze an, wenn ich mit Arschlöchern rede. Um die Situation aufzulockern ...«

Ratlos sahen sich die Penner an, bevor das Rattengesicht vortrat und an meinem Hemd zerrte. »Willst du hier frech werden, oder was?«

Von hinten fiel ihm ein anderer Idiot ins Wort: »Lass ihn, Stefan! Wir wollen ihn erst verhören, bevor wir ihn fertigmachen!«

Das beruhigte mich ein bisschen. Zumindest gab es etwas Aufschub und vielleicht würde Stanitzki ja rechtzeitig kommen. Die Ratte trübte meinen Optimismus. »Scheiße, Wolf, der Typ hat uns beleidigt. Der fängt jetzt erst einmal eine!« Sprach es und wies mit befehlsgewohnter Geste auf den unbeholfenen Dicken, der die bewährte Exekutive der Gruppe darstellte. Als auch derjenige, den sie »Wolf« nannten, mit knapper Geste nickte, setzte sich die Tötungsmaschine in Bewegung und rollte den verbleibenden Meter auf mich zu, dabei ekelhafte Grunzlaute ausstoßend. Ich durchlebte eine bewegende Zehntelsekunde, in der aus Abscheu Angst und aus Angst Panik wurde, bevor sich die Situation vollständig änderte. Hakan und Michael Born waren unbemerkt hinter mich getreten, als Born einen überraschenden Ausfallschritt machte, den dumpfen Dicken mit einer Hand am Nacken packte und einen fiesen Trick anwendete, der ihn zum Aufheulen brachte. Mit eisernem Griff hielt Born den kreischenden, um sich schlagenden Dicken so fest, dass dieser seine Gegenwehr aufgab und mit gesenktem Kopf dastand. Hakan drängte sich neben mich, bereit die Initiative zu ergreifen. Meine Angst kehrte zurück.

»Wer von euch ist der Anführer?«, fragte er den etwas eingeschüchtert wirkenden Haufen, dessen Augenpaare sich erwartungsvoll auf den Typen in ihrer Mitte richteten, den sie vorher mit Wolf angeredet hatten.

»Du?«, fragte Hakan und nickte Wolf, der eigentlich Dorian hieß, mit dem Kopf zu.

»Ich rede nicht mit Kanaken!«, spie der seine Worte heraus.

»Tust du doch! Oder hast du zumindest jetzt gerade gemacht«, triumphierte Hakan.

»Häh?«

»Du hast mir gesagt, du redest nicht mit Kanaken. Also, hast du mit mir gesprochen, oder?«

»Bist du krank oder was, Kanake«, mischte sich das Rattengesicht ein. »Wolf hat allgemein gesprochen. An alle adressiert.«

»Also auch an mich!«

»Nee, alle außer dich, Kanakenschwein!«

Born verabschiedete sich von dem Dicken und griff nun ebenso schnell und präzise wie zuvor der Ratte in den Nacken. In das aufkommende hysterische Geschrei hinein zischte er der Ratte zu: »Ich bin selbst Kanake, du Mistkäfer!«

Überrascht starte Hakan Michael an. »Du bist Kanake? Das hätte ich nicht gedacht, mein Bruder.«

»War mehr symbolisch gemeint«, antwortete Born. »Du bist Kanake, also bin auch ich Kanake und so!«

»Aaah«, antwortete Hakan, und es war ihm anzusehen, dass er nichts verstand.

»Ich bin auch Kanake«, mischte ich mich jetzt ein. »Und Jude, nur damit wir das auch gleich geklärt haben.«

Hakan schaute jetzt auch mich verwirrt an, bevor ihm endlich aufging, was gespielt wurde. »Wusstet ihr, dass ich Moslem bin?«

»Irgendwie schon«, hörte ich Born sagen, während die Nazi-Wirrköpfe sich unentschlossen ansahen. »Ich meine, das ist doch recht naheliegend für einen Türken, oder? Aber was bist du?«, wandte er sich an das Rattengesicht, das er noch immer mit einer Hand fest gepackt hielt. »Was, außer einem schweißnassen und schlecht riechenden Bündel Angst, das ich mit einer Hand Schachmatt setzen kann?«

Der Anführer, Wolf, der eigentlich Dorian hieß, kam jetzt aus der Deckung. »Stefan ist ein wehrhafter Deutscher Soldat, der nur zu gerne mit Kanakengeschmeiß wie euch ein Tänzchen im Ring austrägt, nicht wahr, Stefan?«

Das Rattengesicht sah mit großen Augen auf seinen Anführer, bevor er hektisch den Kopf schüttelte. Mit unfassbarer Beiläufigkeit entledigte sich Michael Born des wehrhaften Deutschen Soldaten, wie zuvor schon des Dicken, der sich immer noch am Boden krümmte, bevor er sich der Restgruppe der Wirrköpfe zuwendete. Diese sahen sich nur kurz an und suchten dann in den Augen ihres Anführers nach einem Anzeichen dafür, dass der noch eine German Wunderwaffe in petto hatte, eine V2 des Nahkampfes. Da sie nichts anderes als Grauen und Verzweiflung fanden, stoben sie in verschiedenen Richtungen davon.

»Das hat ein Nachspiel!«, vernahmen wir Verbliebenen die brechende Stimme des Anführers, bevor auch er sich zur Flucht anschickte.

»Nee, lass mal«, hörten wir Born sagen, als er mit dem uns nun schon vertrauten Griff den Nacken des Flüchtenden packte. »Ihr drei Helden kommt jetzt erst einmal schön mit und wartet, bis die Polizei eintrifft. Dann sehen wir weiter.«

Bevor wir unsere Plauderstunde in dieser Runde weiterführen konnten oder eine sinnvolle Lösung für die verbliebenen Deppen gefunden hatten, klingelte mein Mobiltelefon mit seinem nervenden Rufton, den zu verändern ich mir jedes Mal aufs Neue vornahm und es doch nie tat. Am anderen Ende der Leitung hörte ich Ingrid, deren panische Stimme auf Schlimmeres einstimmte. »Da sind noch mehr am Tor«, kam es schrill aus dem Hörer.

»Noch mehr haarlose Idioten?«

»Nee, oder vielleicht. Weiß nicht. Die haben Flemming am Tor angegriffen und wollen den Chef sprechen.«

»Und das bin selbstverständlich ich, richtig?«, fügte ich mich genervt in mein Schicksal. »Okay, ich geh dann mal los«, sprach ich in das Gerät und wollte gerade auflegen, als sie noch sagte: »Aber pass auf dich auf, Cord. Flemming hat sich ganz komisch angehört und total rumgejammert.«

Immerhin hatte ich mich mittlerweile an das, was man schlechtes bis sehr schlechtes Gefühl nennt, gewöhnt, als ich mich in Richtung des Haupttores aufmachte. »Was sollen wir mit den Pennern hier machen?«, hörte ich Born hinter mir herrufen und drehte mich noch einmal zu ihnen um. »Was weiß ich? Erschießen, Vergraben oder Wegsperren. Genau, Wegsperren! Am besten in die neue Hütte am Großglockner!« So nannten wir den Bereich um den Minihügel an der Obstwiese. Die Nazis sahen sich überrascht an, während Hakan nur mit den Achseln zuckte und sprach: »Okay, Cord, du bist hier der Boss.«

»Nee, bin ich nicht! Und jetzt lass das endlich mal!«, fluchte ich vor mich hin, während ich davonstapfte, um dem nächsten Krisenherd seine Verderben bringende Mahlzeit abzuringen. Es trennten mich vielleicht noch einhundertfünfzig Meter und eine Baumreihe von meinem Ziel, als ich die kreischende Stimme Flemmings vernahm, die bereits Ingrid so erschreckt hatte. »Lasst mich, ich will das nicht!«, hörte ich ihn mehr weinen als fordern und musste kein Psychologe sein, um mir die Bedrohung auszumalen, die einen sonst so souveränen Freigeist zu einem Jammerlappen werden ließ. Ohne die Worte verstehen zu können, erkannte ich am vielstimmig einsetzenden Gezeter, dass es sich um eine Rotte aufgebrachter Frauen handelte, die Flemming in die Mangel nahm. Mich fröstelte trotz der spätsommerlichen Milde, als ich um die Ecke bog und Flemming von der Walpurgis-Feministinnengruppe umringt sah. Sie stießen ihn im Kreis herum, um ihn bei jedem Auftreffen auf einen der in Sackleinen gehüllten Feministinnenkörper niederzubrüllen. Dem armen Kerl liefen mittlerweile unkontrolliert die Tränen über die Wangen.

»Hallo Flemming! Hi Jungs!«, begrüßte ich die Gruppe mit aller mir möglichen Freundlichkeit. Zwölf feindliche Augenpaare richteten sich auf mich, was insofern überraschte, als es sich eigentlich um dreizehn anwesende Feministinnen handelte. Das verbleibende Augenpaar zeigte einen Ausdruck wohlwollenden Erstaunens und gehörte natürlich Anke. Die hysterischen Eiferinnen ließen jetzt von Flemming ab und schrien gemeinsam auf mich ein.

Flemming nutzte die Gunst der Stunde, um gebückt und mit eingezogenem Kopf davonzuflitzen. Tiefer, ehrlicher Neid durchfuhr mich, als ich mich über die schnatternden Missionarinnen hinweg an Anke wandte.

»Was zum Teufel machst *du* hier?«

»Das wäre dann auch genau meine Frage an dich gewesen«, antwortete sie und ignorierte die keifenden Nebengeräusche so gut es ging.

Ich hatte jetzt alle Hände voll zu tun, die an mir zerrenden Hände wegzuschlagen, und konnte mich nicht um Anke kümmern, wie sie es verdiente. Und wie immer konnte ich mich nicht zurückhalten, wenn ich mich provoziert fühlte. »Okay, Mädels, wenn ihr mich unbedingt ausziehen wollt, dann lasst mich doch wenigstens vorher die Reihenfolge festlegen, in der wir uns vergnügen.« Damit deutete ich einzeln auf sie und zählte ab. »Okay, du kommst später, du auch, du gar nicht, du überhaupt gar nicht, du ... hmmm ... nein, du vielleicht, wenn auch eher später ...«

Jetzt brach der Sturm erst richtig über mich herein und ich spürte Schläge in Gesicht und Magen. Blödes, humorloses Volk!

Unverhofft durchdrang der schrille Klang einer Trillerpfeife das Gezeter in einer Aufdringlichkeit, die selbst die blutberauschten Weiber mit beiden Händen an ihre Ohren greifen ließ. Hinter mir standen Ingrid, Hakan und die Christianiten. Ingrid hatte sich auf diese kluge Weise Gehör verschafft und erneut hatte das Camp-Rescue-Team mein Leben gerettet.

»Was soll der Scheiß?«, brüllte Ingrid die verdatterten Eiferinnen an.

Nach einer kurzen Schweigephase fand die kleine Raspelkurze, die ich schon am Timmendorfer Strand kennenlernen musste die Worte: »Wir sind hier, um das sexistische Chauvicamp zu vernichten. Dieses sogenannte Camp der Liebe, das einzig dazu dient, fetten Chauvischweinen Macht über frau zu geben und frau zu unterdrücken.«

»Unterdrücken? Welche Unterdrückung? Wir sind hier, weil wir uns nicht von der Gesellschaft um uns herum unser Lebensmodell vorschreiben lassen wollen. Weil wir Freiheit unter Gleichgesinnten suchen, so wir ihr ja wohl auch. Ihr habt euch den falschen Gegner ausgesucht!«, antwortete Ingrid bravourös.

»Tolle Freiheit, wenn Männer euch als Lustobjekte missbrauchen!«, spie die Raspelkurze aus.

»Hmm«, gab sich Ingrid nachdenklich und musterte Michael anzüglich. »Das hatte ich immer andersherum gesehen und schon ein schlechtes Gewissen meinem Freund gegenüber. Schätze, wir sind da schon ein oder zwei Stufen weiter als ihr!«

»Häh?«

»Hier macht jeder was er will, ohne dass andere die Stirn runzeln. Blöd, wenn dann solche stockkonservativen, bierernsten Moralisten wie ihr auflaufen und dozieren, wie guter Spaß auszusehen hat.«

Die Eiferinnen sahen sich indigniert an. Einige räusperten sich oder wandten den Blick zu Boden, gefangen im unbehaglichen Gefühl, auf verlorenem Posten zu stehen. Natürlich hatte keine von ihnen über Toleranz nachgedacht, sondern sich im sicheren Bewusstsein gewähnt, als willkommene Befreierin begrüßt zu werden.

»Wir – und übrigens auch das Strafgesetzbuch – nennen das, was ihr abzieht, Hausfriedensbruch, Nötigung und Körperverletzung«, versetzte Ingrid der Gruppe den Gnadenstoß. Wer eben noch um den besten Platz an der Front gerungen hatte, drängte sich nun in den Hintergrund, bemüht, nicht aufzufallen. Da Ingrid die Situation so souverän befriedet hatte, wollte ich die einsetzende Stille für ein ausgleichendes Wort nutzen.

»Vielleicht möchten die Damen sich ja ein wenig ausruhen und dann im Camp umsehen.. Anschließend würde ich Ihnen auch gerne im Detail die Philosophie unseres Camps erläutern. Vielleicht können wir Sie ja sogar ohne weiteres Blutvergießen von unseren guten Absichten überzeugen. Wie sieht es aus, Herrschaften?«

Die gezähmten Furien nickten verlegen und voller Entsetzen bemerkte ich, dass sich Hakan in den Vordergrund schob. »Ich kann sie bringen«, meldete er sich mit erhobener Hand wie ein Schuljunge zu Wort und schnippte dabei mit den Fingern. »Ich bringe euch zu eurer Unterkunft!«

Mit einem Gefühl äußersten Unbehagens sah ich Hakan mit der folgsamen Gruppe davonziehen und ohne Pause auf die hängenden Köpfe einreden. Am Ende standen Anke, Ingrid und ich alleine und Ingrid erkannte auch ohne Worte, dass es zwischen Anke und mir Dinge zu besprechen gab, die man ihr gegenüber vielleicht später oder nie aufklären würde. Sie nickte uns zu, drehte sich um und ließ uns allein. Nach gut zwanzig Metern wandte sie sich noch einmal um. »Ach, und Cord …«

»Ja?«

»… im Büro wartet schon neue Arbeit auf dich. Frank Engels ist aufgelaufen und will dringend mit dir reden. Ich denke, du beeilst dich besser ein bisschen …«

Musste ich mein Geständnis gegenüber Anke halt ein wenig abkürzen. Die Dinge lagen ja sowieso schon ausgebreitet vor ihr. Ingrid hatte die Philosophie des Camps bereits in kurzen Worten umrissen und meine leitende Funktion hatte sich situativ dargestellt. Ich betonte deshalb auch nur noch den wahren Schwerpunkt unseres Projektes, der eben nicht im rein Triebhaften lag. Anke kannte mich gut genug, um Verständnis zu entwickeln. Sie strich mir mit beruhigender Geste über die Haare, hakte sich unter und führte mich in die Richtung, in der Ingrid verschwunden war.

»Du bist doch wirklich ein totaler Spinner, Cord«. Ich blieb stehen und sah ihr traurig ins Gesicht, bevor sie fortfuhr: »Aber genau dafür hab ich dich so gerne. Komm, du hast einen Termin!«

Wir betraten das Büro gemeinsam und ich hatte damit gerechnet einen tobenden, drohenden oder zumindest süffisanten Frank Engels vorzufinden. Der Engels, der jetzt aus seinem

Stuhl aufsprang und auf uns zulief, war aber nichts dergleichen. Mit ausgesuchter Höflichkeit ergriff er Ankes Hand. Mir gegenüber gab er sich jovial und schlug mir kumpelhaft auf die Schulter. Es fühlte sich falsch und unnatürlich an und schrie nach einer Dusche – am besten mit Klamotten. Ich ignorierte die ausgestreckte Hand und sah ihn mit unbewegter Miene an. »Was willst du hier?«

»Was ist denn das für eine Frage, mein lieber Freund. Als Camper mit Herz und Seele, versuche ich so viel Zeit wie möglich hier zu verbringen, das weißt du doch.«

»Ex-Camper, wenn ich dir unser letztes Gespräch in Erinnerung rufen darf.«

Mit wegwerfender Handbewegung ging er darüber hinweg. »Darfst du, klar. War eine Kinderei und nicht ernst gemeint. Blödsinn!«

Was zum Teufel war mit dem Burschen los, fragte ich mich. Dass er ein Rohr im Wind war, wusste ich, aber nie, woher der Wind gerade wehte. Anke hielt sich still im Hintergrund und beobachtete uns. Ich erinnerte mich daran, dass Sylvia die Sache mit dem Lügenbericht im ***New Life!*** Magazin einem Anwalt übergeben wollte und dass das die einzig logische Erklärung für Engels' Besuch war. »Könnte dein heutiges Erscheinen in irgendeiner Beziehung zu dem Schreiben unseres Anwaltes stehen?«

»Sicher nicht. Aber, wo du die Sache gerade ansprichst, können wir das vielleicht gleich aufgreifen.«

»Ich höre.«

Er breitete entschuldigend die Arme aus. »Tja, was soll ich sagen. Ist halt ein bisschen blöd gelaufen. Gute Story, gutes Timing, gute Insiderquelle …«

»Aber?«

»… aber möglicherweise hätten wir die Quelle etwas besser abklopfen sollen«, gab sich Engels zerknirscht.

»Das hat Hakan ja bereits für dich erledigt.«

»Wie bitte?«

Ich dachte an Hakans zufriedenes Lächeln, als er mir von der Schlägerei mit Juan berichtete, während ich antwortete: »Das mit dem Abklopfen. Aber das ist jetzt nicht so wichtig. Was genau hast du herausgefunden?«

Engels verdrehte gequält die Augen bevor er sich zögernd äußerte: »Ich will meine Hosen jetzt nicht zu weit herunterlassen, aber Juan hat nach Aussage unseres Rechercheteams ein Vorstrafenregister, das Bonnie & Clyde vor Neid erblassen ließe. Darunter auch so illustre Dinge wie Körperverletzung und meineidliche Falschaussage.«

»Ein Topzeuge also. Einer, den man gerne an seiner Seite weiß, wenn man um – sagen wir – fünfhunderttausend Euro verklagt wird?«

Engels erblasste. »Verklagt, verklagen. Immer dieses Klagen. Man muss ja nicht immer gleich ...«

»... rücksichtslos ungeprüften Unsinn schreiben!«, fuhr ich dazwischen.

»Nee. Man muss nicht immer gleich jammern und klagen. Viele Sachen kann man anders regeln. Zumal unter Freunden.«

Fassungslos musterte ich dieses opportunistische Wiesel, das sich nun, wo die Dinge gesagt waren, entspannt auf seinem Stuhl räkelte. »Man mag mich einen Elefanten nennen, dass ich wenige Tage nachdem du mir erklärt hast, warum ich nicht dein Freund bin, immer noch dieser Idee anhänge. Aber, Frank, wir können die Sache vielleicht ein wenig abkürzen, indem ich dir erkläre, wie das bei mir so läuft.«

»Okay!«

»Stell dir einmal vor, Frank, ich hätte einen besten Freund, einen Pfundskerl, den ich seit Kindertagen kenne und der mich dereinst – als ich in einem nur leicht zugefrorenen See einbrach – unter Einsatz seines eigenen Lebens herauszog ...«

»Was hat das mit mir zu tun?«, unterbrach Engels ruppig.

»Lass mich zu Ende erzählen, dann wird's klar. Also, stell dir weiter vor, am Rande des Sees stand am Tag meiner Rettung ein kleines Arschloch mit seinen Händen in den Taschen, das neben seinem warmen Pullover auch eine Jacke und eine Wolldecke bei sich hatte. Das kleine Arschloch beobachtete süffisant grinsend die Rettungsaktion, ohne uns zu helfen oder mir seine Sachen anzubieten. Was, Frank, glaubst du, würden mein bester Freund und ich mit einem solchen Arschloch getan haben?«

Er zuckte gelangweilt mit den Schultern. »Keine Ahnung. Nichts Gutes, nehme ich an.«

»Genau! Wir hätten gesagt ›Toll, dass du vorbeischauen konntest, Frank!‹, hätten dir eine reingehauen und dich dann in den See geworfen. So läuft das bei mir, wenn du verstehst, was ich meine.«

»Aha«, antwortete Engels müde.

»Und du, Frank, bist noch nicht einmal ein kleines Arschloch, sondern ein dahergelaufenes Superarschloch, das glaubt, sich auf unsere Kosten amüsieren zu können und jetzt total im Eimer und demnächst ohne Job ist. Wenn ich dir einen Rat geben darf …?«

»Eigentlich nicht, nein«, entgegnete Engels, ohne mich damit stoppen zu können.

»Verlass das Land möglichst noch bevor … pfffffffmmm …«, und da hatte ich die goldene Regel außer Acht gelassen, niemals Gleiches mit Gleichem zu vergelten. Oder die Regel, seinen Gegner nicht aus den Augen zu lassen. Oder diejenige, in einem Triumph nicht die Bodenhaftung zu verlieren. In jedem Fall setzte mich Engels' platzierter Schwinger umgehend außer Gefecht, bevor Hakan eingreifen konnte. Ich wälzte mich vor Schmerz am Boden und erlangte erst wieder einen klaren Moment, als Hakan bereits Engels am Kragen gepackt hatte und nach draußen zog.

»Du kommst jetzt schön mit in die Hütte zu den anderen, bis die Polizei eintrifft«, hörte ich ihn gerade noch sagen und wollte schreien, dass das keine gute Idee sei. Aber wenn einem so die Luft aus dem Zwerchfell geschlagen wird, wie es Engels bei mir getan hatte, dann wird ein gewolltes Schreien eher ein

Flüstern und auch als solches gerne überhört. Zumindest von Hakan. Als ich mich mit Ankes Unterstützung mühsam aufgerappelt hatte, sah ich die beiden durch das Fenster, wie sie um den kurvigen Gartenweg in Richtung der Gefangenenhütte am Großglockner davonzogen. Hoffentlich würde Stanitzki einen Mannschaftsbus mitbringen, um das ganze Volk abtransportieren zu können.

»Das ist wohl heute nicht dein Tag, oder?«, sprach Anke und streichelte mir über den Kopf. »Wobei ich deine Wortwahl auch nicht so toll fand.«

Dabei sah sie mich sehr ernst an und ich konnte nicht anders, als die fehlenden zwanzig Zentimeter zu überbrücken und ihr einen überraschenden Kuss auf den Mund zu geben.

»Du bist verheiratet!«, sagte Anke, nachdem sich ihre Verblüffung gelegt hatte.

»Ich weiß und es tut mir leid.«

»Es tut dir leid, dass du verheiratet bist?«

»Nein, dass ich dich in eine solche Situation gebracht habe. Und dass ich mich in eine solche Situation gebracht habe auch. Und Sylvia – dass ich Sylvia auf diese Art enttäusche, das tut mir auch leid.«

»Hey Cord, es war nur ein Kuss, okay? Nicht in Ordnung, aber auch kein Grund für einen Vatikanbesuch, denke ich. Also, komm wieder runter!«

»Nein, das nicht, da hast du recht. Aber für mich war das mehr als ein Kuss. Und wenn ich diese ganze *Leid-tun-Sache* mal außen vor lasse, würde ich es eigentlich gerne noch mal machen.«

Anke legte den Kopf schief und grinste mich an. »Hmm. Das ist wirklich süß von dir, aber manchmal glaube ich, dass das Gewissen einer Ex-Hure stärker ist als das einer Pfarrerstochter. Es gibt ja sonst nicht so viele Dinge, auf die wir stolz sein können. Es war schön, Cord und ...«

»... und wir bleiben ewig Freunde, stimmt's?«

»Stimmt!«

arme engel

Engels war in Hochstimmung, als er von Hakan in Richtung der Gefangenenhütte dirigiert wurde. Endlich hatte er sich wie ein Mann verhalten, als er dem arroganten Mistkerl gezeigt hatte, dass man ihn nicht auf die Schippe nehmen durfte. Kompromisslos war er gewesen, hart wie Stahl. Wham-Bam! – und schon lag der Typ am Boden. Klar könnte das Konsequenzen für ihn haben. Und dumm auch, dass es Zeugen gab. Die blöde Kuh, die nur stumm in der Ecke gesessen hatte, und den langhaarigen Ziegenhirten, der ihn mit grimmiger Miene am Kragen gepackt hielt und mit dem er sich besser nicht anlegen wollte. Man wusste ja nie, was diese Krummsäbeltypen so an Messerausstattung mit sich herumtrugen. Ja, er war ein ganzer Kerl, sprach er sich vor, aber eben auch kein Idiot. Guck ich mir halt diese blöde Hütte von innen an und hab dann eine Freiheitsberaubungs-Gegenklage gegen die Schwachköpfe in der Hand. Wollen doch mal sehen wer, hier am Ende lacht!

In diesem Hochgefühl betrat er die Hütte und war überrascht, im großen Wohnzimmer auf eine Gruppe bärbeißiger Kerle in Wikingerkostümen zu stoßen. »Amüsiert euch!«, hörte er den Osmanen sagen, als der ihn in das Zimmer stieß und eilig das Haus verließ. Schnell bemerkte Engels seinen Irrtum. Die Wikinger waren maskulin herausgeputzte Frauen in Leinensackkleidung, die sich im lautstarken Streitgespräch mit drei als Neonazis verkleideten Schwachköpfen befanden.

»Moin Jungs, verrott Hitler!«, richtete er seinen Gruß an die streitenden Fraktionen, wobei er den Mittelfinger der rechten, zum Hitlergruß erhobenen Hand zum Fuck-off-Zeichen ausfuhr. Damit erzielte er genau die Aufmerksamkeit, die ein Mann in seinem momentanen Adrenalinrausch gerne auf sich zieht. Und das Beste daran war, dachte Engels vergnügt, dass er für jede der beiden Gruppen noch mindestens eine Handvoll Beleidigungen in petto hatte, die sie garantiert so richtig auf die Palme bringen würden …

Claudia Pieper, die frustrierte Reporterin vom *New Life!* Magazin war bis eben durch das Camp geirrt. Natürlich kannte sie sich aus, daran lag es nicht. Es war eher ihre innere Unruhe, ihr neu entdeckter Jagdinstinkt, der sie spüren ließ, dass es die beste Geschichte nicht dadurch gab, dass man nachfragte, sondern dadurch, dass man die Dinge vorhersah und erwartete. Man musste seinem Instinkt folgen und genau dieser Instinkt sagte ihr, dass sie nicht einfach an der Rezeption nach dem Verbleib von Frank Engels fragen sollte oder danach, wo zu dieser Uhrzeit womöglich etwas los sei im Camp. Nein, sie musste sich treiben lassen und ihren Ahnungen folgen.

War es also journalistischer Spürsinn oder einfach nur Zufall, der sie in Richtung des Großglockners trieb und sie just in dem Moment die Gefangenenhütte erreichen ließ, als Engels von Hakan hineingeführt wurde?

Claudia reagierte schnell und beherzt, so wie es ihre neue Rolle verlangte. Innerhalb weniger Augenblicke hatte sie ihre Kameraausrüstung vorbereitet, sich an die Hütte herangeschlichen und in aussichtsreicher Position an der Wohnzimmerfensterfront postiert. Sie war da und bereit, als Engels seiner Gefolgschaft mit zum Hitlergruß erhobenen Arm entgegentrat und weder sie noch die Kamera sahen aus ihrer Position den dabei ausgestreckten Mittelfinger. Was Claudia und bald darauf die Welt außerhalb des Camps sahen, war der *Führer* einer Nazitruppe vor einer aufgepeitschten Anhängerschaft, die ihn nach einem kurzen Wortwechsel hochleben ließ.

ein sturm namens corinna

Ich war bereits bedroht, beschimpft, geschlagen und geküsst worden an diesem Tag und man sollte meinen, dass es damit auch genug wäre. *Versuche nicht, dein Leben an einem Tag zu leben* lautet ein Sprichwort und leuchtet ein, wenn man berücksichtigt, dass einem durchschnittlich mehr als siebenundzwanzigtausend davon zur Verfügung stehen. Ziehen wir die Phasen geminderten Bewusstseins aus Kleinkinddasein, Demenz und Alkoholexzessen ab, verbleiben immer noch locker zwanzigtausend Tage. Es gibt also überhaupt keinen Grund, zu viel in einen Tag zu pressen. Außer vielleicht, dass man es nicht immer selbst in der Hand hat und das Schicksal seine ganz eigenen Pläne verfolgt.

Es war noch früher Nachmittag, als Anke und ich in unserem Gespräch vom Tiefdruckgebiet Corinna unterbrochen wurden. Meteorologen sind als Wissenschaftler deutlich weniger um Präzision bemüht als wir normalen Menschen und halten sich mit Nebensächlichkeiten wie Nachnamen nicht auf. Das sollte uns misstrauisch gegenüber ihren sonstigen Berechnungsmodellen machen. Mein Sturm hatte nicht nur einen Vornamen, was ihn verwechselbar und beliebig gemacht hätte, meiner hatte auch einen Nachnamen, und der lautete Rehberg. Mein Sturm brach mit atemberaubender Geschwindigkeit über uns herein, hatte eine verängstigende Präsenz und ging einher mit klirrenden Scheiben. In tobender Lautstärke schrie mein Sturm seine Fragen nach dem Wo und Warum heraus, kümmerte sich nicht um seine überraschten Opfer und rauschte mit einer Wirbelschleppe davon, die mein Seelenheil knickte wie eine Reihe Kokosnussbäume im Tropensturm. Das Wo bezog sich auf unsere Hütte, das Warum auf Juan und warum ich *es* zugelassen hätte. Und auch, wenn sich mein Bewusstsein noch weigerte, die notwendigen Schlüsse zu ziehen, wusste ich in diesem Moment doch, dass meine Welt nach dem heutigen Tag nicht mehr so sein würde wie vorher.

Ich rannte Corinna hinterher, wiederum verfolgt von Anke und meinem Freund Hakan, der just am Bungalow 1 eingetroffen war, als ich hinausstürzte. Er rief mir nach und folgte uns in gemäßigtem Lauftempo. Ich war jung, fit und nicht stärker konsterniert als mein Sturm, und hatte Corinna noch vor der besagten Hütte – meiner Hütte – eingeholt.

Ich zog sie unsanft an der Schulter und zwang sie, mich anzusehen, bevor sie die umlaufende Veranda erreichte. Keuchend vor Atemlosigkeit starrten wir uns an, bis ich endlich herausbrachte: »Du erklärst mir sofort, was du damit meinst, mit Juan und Sylvia! Vorher lasse ich dich nicht hinein.« Corinnas Blick wurde für einen kurzen Moment weich und voller Anteilnahme. »Ich schlage vor, wir ändern die Reihenfolge und gehen erst hinein. Dann muss ich nichts mehr erklären«, brachte sie keuchend hervor, riss sich los und setzte die Stufen zum Eingang hinauf. Sie stürmte durch die unverschlossene Haustür und ich folgte ihr wie in Trance. Auch wenn Corinna das erste Mal im Camp und in unserem Haus war, fand sie das Schlafzimmer auf Anhieb. Sie riss die Tür mit dem gleichen Schwung auf wie zuvor die Haustür und ich stolperte hinterher.

Der sich bietende Anblick stoppte uns beide abrupt und ließ uns einen Schritt rückwärts taumeln, ohne einander zu berühren. Eine Narretei, die sich die Natur für uns ausgesucht hatte und für die jedes Synchronturmspringerpaar Jahre üben muss, um sie in so ausgesuchter Präzision zu vollführen. Das Bild war erwartet und doch wieder nicht. Befürchtet wie geahnt und in seiner Realität jede Fantasie in den Schatten stellend. Ich sah Sylvias nackte Füße und ihre Brüste beziehungsweise das, was ich im ersten Moment für ihre Brüste hielt und innerhalb einer Zehntelsekunde als Juans Hintern erkannte. Keine große Leistung, da Sylvias Originalbrüste ein bisschen weniger groß und deutlich weniger behaart waren. Warum sein Hintern an der Stelle platziert war, wo eigentlich ihre Brüste hätten sein sollen, und was dann auf der anderen Seite des Hinterns vor sich ging, musste ich nicht mehr sehen. Mein Sturm der nunmehr zu einer lauen Sommerbrise zusammengeschrumpft war, hatte noch Klärungsbedarf und drängte sich weiter ins Zimmer, während ich mich umdrehte und auf den nächstbesten Stuhl im Wohnzimmer fallen ließ. Anke und Hakan trafen zeitgleich ein, als ich mich gerade gesetzt und meinen Kopf in den Händen vergraben hatte. Anke verstand sofort und setzte sich zu mir, während Hakan unbeirrt in Richtung des einsetzenden Geschreis vorbeirannte.

Der Sturm hatte sich wieder zur vollen Stärke erholt und seine zwischenzeitliche Stille war nur das Auge des Orkans gewesen, bevor er sich mit voller Wucht auf seine neuen und wahren Opfer stürzte. Hakan blieb im Flur zwischen dem offenen Wohnzimmer und dem Tatort stehen und moderierte, was ich bereits wusste. »Scheiße, Cord. Das sind Juan und Sylvia. Beide nackt und mit rotem Kopf ... verdammt großes Gerät, wenn ich es bei diesem Licht betrachte ... jetzt hat Sylvia eine Ohrfeige bekommen ... ich glaub, Corinna bringt ihn jetzt um ...«

Irgendwann, als ich dachte, es könnte nicht mehr schlimmer werden, stürzte Juan nackt an uns vorbei, gefolgt von der immer noch schreienden Corinna, die auf einmal einen funkensprühenden Elektroschocker in der Hand hielt und damit ihrem ehemaligen Liebhaber nachsetzte. Vielleicht hätte mich der hysterische Schrei Juans, der wohl auf der Veranda ausgerutscht und von Corinna eingeholt worden war, mit der Situation versöhnen sollen. Tat er aber nicht. Und als Hakan und Anke mich erwartungsvoll ansahen, so als müsste ausgerechnet ich derjenige sein, der die Situation rettete, platzte mir endgültig der Kragen. Ich sprang auf und schrie die beiden an, sofort aus meiner Hütte zu verschwinden und schob sie kraftvoll zur Tür hinaus. Genau so plötzlich, wie der Anflug von Tatkraft gekommen war, verließ er mich auch wieder, als ich erneut auf meinen Stuhl fiel und die Wand anstarrte. Zehn Minuten später kam Sylvia ins Wohnzimmer und setzte sich auf den Stuhl neben mir. Wir redeten nicht und sahen uns nicht an. Dass sie jetzt angezogen war, sah ich aus den Augenwinkeln und doch konnte ich sie mir jetzt nicht mehr angezogen vorstellen. Nicht mehr, wo ich sie nackt mit Juan gesehen hatte. Irgendwann brach sie das Schweigen: »Es ist nicht so, wie du denkst.«

Das hätte jetzt auch von Hakan kommen können. Es ist ja nie so, wie man denkt. Als Sylvia merkte, dass ich nicht nachfragen würde, fuhr sie fort: »Ich meine, ich will nicht versuchen zu sagen, dass wir keinen Sex hatten. Das hatten wir, wie du selbst gesehen hast.«

»Und dann so!«, schrie ich sie an.

Sie ließ dies angemessen verklingen, bevor sie fortfuhr: »Ja, du hast recht und es tut mir sehr, sehr leid. Mehr als du ahnst. Aber es ist nicht so, dass es aus Liebe oder Verlangen passiert wäre. Das meinte ich damit.«

»Sondern?«, fuhr ich sie schroff an. »Als Dienstleistung gegen Bezahlung? Als Ausdruck von Toleranz gegenüber Schwachköpfen? Als Botschaft an die Welt für mehr Offenheit und Entgegenkommen? Lass mich bloß mit diesem Schwachsinn in Ruhe!«

Sie wartete erneut bis auch dieser Ausbruch nur noch als Überreaktion eines angeschossenen Verlierers im Raum stand.

»Nenn es Mitleid, nenn es Neugier, ja, aber auf keinen Fall Liebe. Lieben tue ich dich, auch wenn du es mir nicht wirklich leicht machst!«

»Und das erklärt es jetzt?«, ätzte ich. »Ich weiß nicht, warum es passiert ist, aber es ist ja auch nicht so schlimm. War einfach ein einmaliger Ausrutscher!«

Ich sah, wie sie verlegen den Blick senkte und schlagartig erkannte ich meinen Irrtum. Natürlich war es kein einmaliger Ausrutscher, sondern etwas, das schon einige Zeit vor sich ging. Immerhin wusste sogar Corinna davon, egal ob durch Sylvia oder Juan gebeichtet oder versehentlich angedeutet. Wer weiß, wie oft und welche Bilder sich meine Fantasie nun noch ausdenken musste. »Du miese Verräterin!«, schrie ich sie erneut an. »Wie kannst du es wagen!«

»Es ist das Camp der freien Liebe, Cord, hast du das schon vergessen? Du warst es doch, der dieses Camp der lockeren Moral unbedingt wollte. Dieses Camp mit seiner aufreizenden Stimmung«, schrie sie zurück. »Dieser Ort, an dem man an jeder Stelle irgendwelchen nackten Menschen begegnet, die das alles so natürlich finden, dass man sich selbst irgendwann für total verklemmt hält.«

»Ach so, richtig, dann bin natürlich *ich* an allem schuld. Allerdings vergisst du dabei, dass ich dir vorher auch gesagt habe, wie ich zu dem Camp stehe. Dass ich mich an unser Ehegelübde gehalten habe, ich Idiot. Und jetzt soll ich mir solchen Mist anhören?«

»Ja, musst du! Wenn nicht jetzt, wann dann? Wir lieben uns doch! Wir haben die gleichen Interessen, die gleichen Einstellungen, hören die gleiche Musik, lesen die gleichen Bücher ...«

Diesmal ließ ich ihre Worte ins Leere laufen, bevor ich traurig antwortete: »Das stimmt, Sylvia. Das und noch ein paar Dinge mehr, die wir jetzt zusammen aufzählen könnten.« Ich machte eine Pause, in der ich darüber nachdachte, wie endgültig meine gerade getroffene Entscheidung sein sollte. »Und doch ist das ein kleines bisschen herzlich wenig, wenn es alles sein soll, was unsere Ehe ausmacht.«

Ich erhob mich aus meinem Stuhl. Sylvia sprang auf und versuchte mich aufzuhalten, doch als sie mir gegenüberstand und in meinen Augen las, wusste sie das Gleiche wie ich. Der Tag hatte ein weiteres Opfer gefunden. Unsere Ehe war beendet.

Ich hatte mich gerade auf den Weg zurück ins Hauptquartier gemacht, als ich auf Anke und Hakan stieß, die unschlüssig vor unserem Bungalow warteten. Ich entschuldigte mich bei den beiden und war froh und gerührt, als Hakan mir auf den Rücken schlug.

»Pfeif drauf, Alter. Wer wäre nicht ausgerastet, wenn er gerade seine Frau mit seinem größten Widersacher im Bett vorgefunden hat? Ich hätte die beiden umgebracht und alle anderen, die gerade anwesend wären, noch dazu.«

»Mit einem Therapiegespräch?«, überging ich seine Taktlosigkeit und es dauerte nicht lange, bis wir uns lachend in den Armen lagen. Immerhin eine kurzzeitige Befreiung. Aber so etwas sollte am heutigen Tage nicht lange dauern und so wurden wir nach ein paar weiteren Schritten durch schlurfende Laufgeräusche aufgescheucht, denen hochtönende Klagelaute folgten. Als wir uns umdrehten, sahen wir den Anführer der Nazitruppe auf uns zu humpeln.

»Die verdammten Weiber sind total ausgeflippt!«, jammerte er. Ich zuckte mit den Schultern, unschlüssig, ob ich mehr hören wollte. Er war jetzt nahe genug herangekommen, dass ich das blaue Auge und die Kratzer in seinem Gesicht sehen konnte. »Waren das die Feministinnen?«, fragte ich und musste ihn ein paar Mal an den Schultern rütteln, um ihn wieder in die Gegenwart zurückzuholen, aus der er sich mit glasigen Augen verabschiedet hatte. Statt mich zurückzudrängen oder zu schlagen, wie ich befürchtete, klammerte er sich plötzlich an mir fest, vergrub sein demoliertes Gesicht an meiner Schulter und schluchzte laut. Ich sah unbehaglich zu meinen Begleitern, bemerkte Ankes hochgezogene Augenbraue und Hakans hochgezogene Augenbraue und entschied mich, die Dinge einfach laufen zu lassen. Irgendwann würde der Führer-Azubi sich beruhigen und weitererzählen. Lange dreißig Sekunden später tat er einen letzten Schluchzer, zog die Nase hoch, streifte einen Rest Rotz an meinem Hemd ab und begab sich wieder in eine aufrechte Position, wie man es von einem Herrenmenschen erwarten durfte.

»Was ist los, Heulsuse? Krieg verpasst, ohne gemordet, vergewaltigt oder gebrandschatzt zu haben?«

Dorian, der jetzt nicht länger Wolf sein wollte, sah mich aus unverständigen Augen an. »Sie sind verrückt geworden, total verrückt!«

Anke, die aufgrund ihrer beruflichen Erfahrungen mehr Verständnis für orientierungslose Männer aufbrachte, verhielt sich einfühlsam. Sie legte einen Arm um den Zinnsoldaten und sprach in beruhigender Tonlage auf ihn ein. Auf diese Weise schaffte sie es, ihm die Geschichte zu entlocken und die Schluchzattacken einzudämmen. Er berichtete uns, wie in der Hütte zuerst die Frauen und die bald gar nicht mehr so herrischen Herrenmenschen aufeinander losgegangen waren. Zum Warmwerden, sozusagen. Da hätte er dann auch sein Veilchen eingefangen. Und dann erzählte er von dem Hass, der sich blitzartig auf den Neuankömmling richtete, der, kaum angekommen, mit Beleidigungen um sich warf wie ein Zirkusclown mit Konfetti. Und wie die Frauen den frechen Kerl überrollt, geschlagen, getreten, ausgezogen und an seinem klein und kleiner werdenden Schwanz an die Haustür angebunden hatten.

»Woher hatten sie denn das Band«, wollte Hakan wissen und war damit als Erster über das eigentlich Unfassbare hinweggekommen. Als Psychologe war er natürlich ein bisschen mehr gewohnt als wir.

»Keine Ahnung«, jammerte der Nazi. »Das war so eine Rolle rotes Maurerband, wie es Handwerker benutzen, um lotrecht zu bauen.«

»Wow, der kennt aber tolle Wörter«, pfiff Anke zwischen den Zähnen hindurch.

»Okay, damit wäre das dann auch geklärt. Geschieht ihm aber eigentlich ganz recht, dem feinen Herrn Engels, wenn er mal ein wenig ausgebremst wird.«

»Ausgebremst ist womöglich das falsche Wort«, strömte es aus dem Deppen heraus, bevor der entsetzte Gesichtsausdruck zurückkehrte. Erneut musste ich an ihm herumrütteln, bevor er weitersprach und uns berichtete, dass der an Händen und Gemächt gefesselte Engels in dieser Art an der Haustürklinke hing, als die rasenden Weiber ihren Spott auf ihn niederprasseln ließen. Verhöhnt hätten sie ihn und damit gedroht, die Tür aufzustoßen und ihn hinaus zu treten, wenn er nicht endgültig aller Machomanieren abschwören und die Überlegenheit der Frau anerkennen würde.

»Und dann?«

»Und dann brauchten sie das nicht mehr zu machen, weil plötzlich ein anderer nackter Typ die Haustür aufgerissen hat und über den schreienden anderen Kerl gefallen ist.«

»Juan?«, staunte Anke.

»Was weiß ich. Irgend so ein Typ. Kanake, ja. Auf jeden Fall hatte der so viel Schwung drauf ...«, Dorian stockte vor Schauder der Atem. »Der hat dem anderen Typen damit fast den Schwanz abgerissen. Oh, mein Gott, hat der geschrien!«

Anke erbleichte und wir anderen sahen uns unbehaglich an.

»Und hat ihn dann wenigstens jemand versorgt?«, wollte sie wissen.

»Ja und Nein.«

»Wie sollen wir das denn verstehen?«, erhob ich zunehmend genervt die Stimme.

»Na ja, kurz nach dem nackten Levantiner fiel dann noch so eine hysterische Alte mit Elektroschocker in der Hand bei uns ein, und als sie den Typen, der wohl vor ihr weggelaufen war – was ich auch total verstehen kann – am Boden liegen sah, hat sie den Schocker voll auf ihn draufgehalten.«

»Oh Gott«, jammerte jetzt auch ich.

»Wie hat das nun aber dem armen Herrn Engels geholfen?«, bohrte Hakan nach und war als Einziger immer noch Herr über sich selbst.

Der verängstigte Nazi guckte verdutzt, so als müsste doch eigentlich alles klar sein. »Na, der lag doch immer noch unter dem anderen und hat natürlich auch die volle Ladung abbekommen! Danach war aber zumindest Schluss mit dem furchtbaren Geschrei. Ich hab dann die schreckliche Alte weggeschubst, bin über die beiden Nackten gesprungen und abgehauen. Alter, so etwas Schreckliches hab ich noch nie gesehen. Echt nicht! Erst dieses Schreien und dann das Zucken, als sie voll am Strom hingen. So, als hätten sie Sex miteinander. Nur, dass der eine wahrscheinlich nie wieder Sex haben wird ...«

Ich sah betreten zu Boden, bevor ich unschlüssig in Richtung der Gefangenenhütte blickte. Irgendwie fühlte ich mich kaum mehr verantwortlich für das, was mit und in dem Camp passierte. Zumindest dafür war Sylvias Verrat gut gewesen.

Wir standen noch immer unschlüssig zusammen, als ich den Rauch registrierte, der über der Hütte aufstieg. Ich brauchte eine Weile, um die Dinge zu sortieren. Rauch löst bei mir zuallererst Hungergefühle aus. Danach denke ich an behagliche, im Kamin kontrollierte Wärme und erst ganz zum Schluss kommt mir die Gefährlichkeit von Rauch und Feuer in den Sinn. Dieses Feuer war aber kein Grillfeuer, sondern Bote eines neuerlichen Unglücks. Und er kam aus der Gefangenenhütte.

»Die können doch unmöglich so doof sein, die Hütte anzuzünden, in der sie selbst eingesperrt sind!«, hörte ich Hakan sagen.

»Eingesperrt trifft es nicht«, wies ich meinen Freund mechanisch zurecht. »Wenn die Türen, obwohl sie mit Männerpimmeln beschwert sind, aufgerissen und zugeknallt werden, wie es gerade kommt, dann kann man eigentlich nicht von *eingesperrt* reden, oder?«

Hakan gab sich nonchalant, wie immer. »Also, ich hätte schwören können, dass ich abgeschlossen habe. «

Es vergingen weitere Sekunden, in denen ich einen inneren Kampf mit mir ausfocht, ob ich lieber weglaufen oder handeln sollte. Die anderen sahen mich prüfend an, ein Signal von ihrem Anführer erwartend, zu dem ich an diesem Krisentag berufen worden war. Ich erhielt einen weiteren Aufschub, als wir zwei ältere Männer im Laufschritt auf uns zukommen sahen. Heinrich Rehberg und der ersehnte Kommissar Stanitzki trabten uns entgegen und ließen mich erleichtert aufatmen, da ich nun das Zepter der Verantwortung an die Polizei übergeben konnte. Rehberg war kurz angebunden.

»Wo ist Corinna?«, herrschte er uns mit rasselndem Atem an.

Hakan wies mit einer Hand über seine Schulter. »Da, wo's brennt!«

Während Rehberg in die angezeigte Richtung weiterhetzte, verharrte Stanitzki in unserer Mitte.

»Welche Rettungsmaßnahmen haben sie getroffen?«

Peinlich wurde mir meine kurzzeitige Unschlüssigkeit bewusst, ehe ich wahrheitsgemäß antwortete: »Keine ...«

Stanitzki zog sein Funkgerät aus der Tasche und drehte sich angewidert weg, um die nötigen Hilfsmaßnahmen einzuleiten. Geringschätzig schaute er während einer Funkbestätigung über die Schulter und blickte mir böse in die Augen. »Wir sprechen uns später!«

Mit gesetzten Schritten folgte er Heinrich Rehberg, unerschütterlich, Herr der Lage.

Claudia Pieper konnte ihr Glück kaum fassen. Erst dieses widerliche Naziritual mit einem *Führer* in der Hauptrolle, der kaum länger Chefredakteur eines angesehenen Lifestyle-Magazins bleiben würde. Und danach die S/M-Orgie, bei der zwei nackte Typen – unterstützt von einer ältlichen Dame mit einem Riesendildo – schreiend übereinander herfielen und dabei von Nazisoldaten angefeuert wurden. Ja, das zeigte die wahre Gesinnung dieses verdammten Camps: verroht, pervers und zügellos. Ohne ihre neu gewonnene Professionalität, die sie die Dinge aus einer quasi emotionslosen Distanz betrachten ließ, hätte sie sich angewidert abgewendet, als sie den unten liegenden, nackten Engels zucken sah, während der andere Mann auf ihm lag. Und auch jetzt musste etwas ihrer Aufmerksamkeit entgangen sein, stellte sie fest und drehte hektisch an der Zoomeinstellung ihrer Kamera. Engels' ganzer Stolz war auf einmal schockierend rot und groß. Größer, als sie es in Erinnerung hatte oder als es gesund für einen normalen Menschen war. Blöd nur, dass sie dieses weitere Spektakel, wie immer die Mistkerle das auch hinbekommen hatten, aus Anstandsgründen aus dem Bericht heraushalten musste. Trotzdem hielt Claudia weiter drauf und schoss Foto um Foto. Auch dann noch, als die verrückte Alte mit dem funkensprühenden Dildo in der Hand alle anderen aus der Hütte jagte, die Haustür verschloss und mit einem entrückten Gesichtsausdruck den weißen Gardinenschal vor dem bodentiefen Wohnzimmerfenster in Brand setzte. Claudia war jetzt durch und durch Reporterin, und für eine solche war es ausgeschlossen, ihren Logenplatz aufzugeben, um Leben zu retten. Es kam ihr nicht einmal in den Sinn, dass sie die Möglichkeit hatte und womöglich die Einzige war, die helfen konnte. Sie war nicht da. Nicht vor Ort, nicht als Mensch, sondern nur als Erfüllungsgehilfin ihrer Kamera, die sie antrieb und drängte, nichts zu verpassen. Claudias ganze Sorge galt der Kamera und ihrem verbliebenen Speicherplatz. Aber die hielt locker durch bis zum Eintreffen des graumelierten Retters in seinem Sportsakko. Sie hielt durch, als der Held ein Fenster des lichterloh brennenden Hauses einschlug und sich dabei den Arm aufschnitt. Und sie hielt durch, als der entschlossene Mann die bewusstlose Frau heraustrug und vorsichtig im Gras vor dem Haus ablegte. Auch das letzte Bild, das fehlende Puzzlestück einer großen Story, die berüchtigte *Blume im Asphalt*, die *Zigaretten tauschenden Kriegsgegner*, die Hoffnung auf einen Rest Menschlichkeit im herrschenden Chaos, fing das genügsame Stück Hightech ein: Den Kuss, den der Held vorsichtig auf die Lippen der Geretteten drückte und der von ihr erwidert wurde, bevor sie in unkontrolliertes Husten verfiel. Das war sie: die Story ihres Lebens, die Rache an Engels, die Fahrkarte in eine Chefredakteursstelle und die Entschädigung für alle Unzulänglichkeiten ihres Privatlebens. Sorgfältig packte Claudia ihre Ausrüstung zusammen. Nun würde nichts mehr kommen, was es rechtfertigte, die Story später zu Papier zu bringen. Mögen noch weitere Häuser brennen, andere, unpassende Paarungspartner obszöne Darbietungen bereithalten oder militärische Verschwörungen ausgeheckt werden, soweit es Claudia betraf, war die Sache erledigt, der Artikel im Kopf ausgearbeitet und das Erscheinungsdatum sowie die Zweitverwertungsrechte ausgehandelt. Sie verließ das Camp und unsere Wege sollten sich nicht wieder kreuzen. Nur ihr Artikel blieb als dauerhaftes Band zwischen uns und sollte mich so bekannt machen, dass später der Fürst des Flakturms, Roy Yates, meinen Namen kannte.

Muss ich mich bei ihr bedanken? Nicht, wenn es nach mir geht. Aber man kann ja nie wissen, was noch kommt.
Danke, Claudia!

aufgeräumt bis heiter

Mit Einbruch der Dämmerung hatte Stanitzki die Situation befriedet. Cool und abgeklärt hatte er das Notwendige veranlasst. Er hatte die Feuerwehr gerufen und dafür gesorgt, dass die Verletzten behandelt und wieder angezogen wurden, soweit es daran mangelte. Die vor Schuldbewusstsein demütig auf ihre Festnahme wartenden Feministinnen hatte er erkennungsdienstlich behandeln und heimschicken, die angebrannte, aber wenigstens noch angezogene Alte wiederbeleben lassen und ein paar verschreckte Neonazis eingesammelt, die betreten neben ihm her marschierten und sich damit wieder auf sicherem Terrain wähnten. Die Koordination des Gleichschrittes konnte als therapeutische Begleitmaßnahme die gröbsten Stresssymptome dieser Typen mildern, erkannte der alte Profi und Menschenkenner Stanitzki.

Mittlerweile war auch der Krankenwagen eingetroffen und hatte den verletzten Engels und die alte Rehberg mitgenommen. Der junge Spanier hatte sich schon wieder so gut von seinen Elektroschocks erholt, dass er sich mit aller Macht gegen die Fahrt ins Krankenhaus wehrte. »Isse bin gesunde. Isss niss fahre mit alte Hexe, loca!«, schrie er immer wieder und spuckte dabei die Sanitäter an, die es irgendwann leid waren, an einem so herrlichen Sommertag im Sprühregen zu stehen. Sie drehten sich wortlos um und ließen den verhinderten Casanova stehen.

Stanitzki schaute den kleiner werdenden Lichtern des Krankenwagens nach, als er eine unsanfte Berührung an seinem Arm spürte.

»Isse will mache ssseige an, Senhora loca. Sssreibe auf: …«

Stanitzki musterte Juan geringschätzig, bevor er ihn lässig beiseiteschob und stehen ließ. Ohne anzuhalten oder sich nochmals umzudrehen, zog er seinen zur polizeilichen Grundausstattung gehörenden Elektroschocker aus der Gürtelschlaufe, riss ihn nach oben und ließ ihn mit einem brummenden Geräusch Funken schlagen. Und obwohl er sich noch immer nicht umdrehte, wusste er doch, was hinter ihm geschah, als er das Geräusch des Rinnsales hörte, das sich seinen Weg von Juans Hose auf den Boden bahnte und dabei mild plätschernd den Absprung vom unteren Ende des Hosenbeines auf den gepflasterten Steinweg vollführte. Angewidert steckte Stanitzki den Elektroschocker ein und beschleunigte seine Schritte, die ihn zielgerichtet zum Hauptquartier, dem Bungalow 1, führten, in dem ich zusammen mit Anke und Hakan auf ihn wartete. Wortlos öffnete Stanitzki die Tür, setzte sich mit übergeschlagenen Beinen auf einen der Besucherstühle und kramte ein Zigarillo hervor. Nur das Aufklappen seines hochwertig aussehenden Sturmfeuerzeuges durchdrang die Stille, bevor er sich endlich zum Reden bequemte. Er stieß eine erste Rauchwolke aus und nagelte mich mit einem harten Ausdruck fest. »Damit sind wir quitt, Andreesen!«

Ich sagte nichts. Die alte Taktik, die ich dieses Mal besser einsetzen wollte. Wir fixierten uns zwei wortlose Minuten, ehe Stanitzki das übergeschlagene Bein herunternahm und sich von seinem Stuhl erhob. Er war hier fertig.

»Nicht ganz, Stanitzki«, sagte ich ruhig.

Er unterbrach seine angefangene Aufwärtsbewegung und ließ sich wieder in den Stuhl fallen. »Was meinst du damit, Junge? Reicht dir der Mist nicht, den du hier angezettelt hast?«

Ich ließ es abermals zu einer unbehaglichen Pause kommen, bevor ich antwortete: »Wir sind quitt, wenn die Angelegenheit – soweit es die Justiz betrifft – geräuschlos aus dem Weg geschafft ist.«

»Was soll das heißen?«, blaffte er zurück und ließ mit einer begleitenden unwirschen Armbewegung einen Ascheregen auf den Fußboden fallen.

»Das heißt, dass weder Anke, Ingrid, Sylvia, Michael, Hakan noch ich für irgendetwas, das hier heute passiert ist, belangt oder belästigt werden. Was hier geschehen ist, haben sich die Typen – deren Personalien sie zweifellos aufgenommen haben – ausschließlich selbst zuzuschreiben. Keine Anklage und kein Verlassen-Sie-vorerst-nicht-die-Stadt-Zeug.«

Stanitzki zwinkerte mehr, als dass er nickte. »Okay. Gib mir eine Liste mit den Namen, die *nichts* damit zu tun haben sollen. Vor- und Nachname. Danach sind wir quitt und ich will nie wieder von dir hören, außer vielleicht, dass du den Planeten verlassen hast!«

Dieses Mal stimmte ich zu, fertigte die gewünschte Liste an und überreichte sie ihm feierlich. Stanitzki erhob sich, riss mir den Zettel förmlich aus der Hand und drehte sich auf dem Absatz um. Als er die Tür bereits geöffnete hatte, rief ich ihm hinterher: »Ach, und, Stanitzki ...«

Er hielt nochmals inne und drehte den Kopf in unsere Richtung.

»Danke!«

Vielleicht war ich der Einzige, der es sah, aber es war da. Ein Lächeln, nur ganz kurz und halb verborgen unter dem Oberlippenbart. Ein Lächeln, das nach dem Bruchteil einer Sekunde von Kopfschütteln abgelöst wurde. Mir wurde klar, dass ich diesen aufrichtigen Bürokraten auf seine Weise mochte.

Nachdem Stanitzki gegangen war, kamen Ingrid und Michael ins Hauptquartier und setzten sich zu uns. Bis auf Sylvia, mit der heute nicht mehr zu rechnen war, waren der vollständige Vorstand und Anke anwesend. Ich wusste schon seit einiger Zeit, genauer seit dem Gespräch mit Sylvia, was ich zu tun hatte. Ich setzte mich auf die Schreibtischplatte und hatte die anderen, meine besten Freunde, um mich herum versammelt, als ich zu ihnen sprach: »Ich werde das Camp verlassen. Für immer!«

Die anderen sahen mich aufmerksam an und wirkten nicht übermäßig überrascht. Also wandte ich mich an Ingrid und Michael Born: »Und ich möchte, dass ihr beiden das aufräumt, was die Behörden nach dem heutigen Tage noch von dem Camp übrig lassen.«

»Wie meinst du das?«, fragte Hakan.

Michael antworte an meiner statt: »Er meint, dass Stanitzki lediglich strafrechtliche Konsequenzen für uns verhindern wird. Trotzdem werden in den nächsten Wochen alle Behörden und Ämter hier Schlange stehen, um Gründe für eine Schließung zu finden. Da wird es neue Brandschutzauflagen geben, genauso wie verschärfte Hygienevorschriften, Beleuchtungsvorgaben usw. Die werden nicht lockerlassen, bis das Camp geschlossen ist.«

»So ist es«, stimmte ich zu. »Das, was heute passiert ist, macht uns zum Appetithäppchen der Medien. Kein Blatt wird es sich leisten können, nicht darüber zu schreiben. Und jeder Law & Order-Politiker dieser Stadt wird uns zu seinem Lieblingsgegner erklären. Wenn du so ein Projekt aufziehen willst, musst du die Herzen der Bevölkerung erreichen, bevor die ersten, zwangsläufigen Skandale an den Grundfesten rütteln. Aber welche Bevölkerung soll mit einem Camp sympathisieren, in dem Nazitruppen frei herumlaufen, perverse Fesselspiele mit Schwerverletzten enden und dann auch noch die Feuerwehr auf Staatskosten selbstgelegte Brände löschen muss?«

Die anderen sahen mich betreten an, während Michael Born seinen gesenkten Kopf schüttelte. Ich erhob mich von meiner Schreibtischplatte, umarmte meine Freunde einzeln und versprach mich zu melden, sobald ich wüsste, wie es mit mir weiterginge. Hakan strich mit der rechten Hand über seine Augen und schüttelte immer wieder den Kopf.

»Mensch, Alter, was soll denn das? Zwei, drei Bodka und die Welt sieht wieder anders aus!«

Ich grinste und schlug ihm auf die Schulter. »Ich nehme das als ärztlichen Rat, mein Lieber.«

Danach verabschiedete ich mich von Anke.

»Wird das wieder so ein Cord-Abschied, eine Reise ins Unverbindliche?«

Ich hielt sie umarmt und sah ihr direkt in die Augen und zwinkerte ihr zu. »Ich melde mich in spätestens acht Wochen bei dir. Und nicht, dass mir Äußerlichkeiten übermäßig wichtig wären, aber das gibt dir genug Zeit, deinen Schlesischer-Flüchtlingstrekk-Look zu überdenken.«

Mit gespielter Empörung wich sie zurück. »Du kriegst mich so, wie ich bin, oder gar nicht. Ich verbiege mich für niemanden mehr. Auch nicht für dich!«

Ich lächelte ihr noch einmal zu, bevor ich ging und als die Tür hinter mir zufiel, überkam mich ein Gefühl totaler Freiheit. Ich atmete die frische Luft ein, spürte das Prickeln des ersten herbstlichen Abends an meiner Haut und beschleunigte meine Schritte bis ich schließlich rannte. Ich war frei, ungebunden und wieder am Anfang. Ich hatte Freunde, Perspektiven und ich war … GLÜCKLICH!

Meinen Job musste ich nicht extra kündigen. Ich brachte einfach meine Aktenordner und alle sonstigen zu Hause aufbewahrten Unterlagen ins Büro zurück, umarmte Heinrich und wünschte ihm und seiner Corinna Glück für ihren Neuanfang.

»Ich wette, du kommst zurück«, waren die einzigen Worte, die er sagte und sich damit treu blieb. Ich schüttelte lächelnd den Kopf und verließ das Büro. Sylvia war nicht zu Hause, als ich die wenigen Sachen einpackte, die ich mitnehmen wollte. Mir war es recht, auch wenn ich einen Stich bei dem Gedanken spürte, wo und bei wem sie stattdessen sein mochte. Das würde sicher noch einige Zeit so gehen und schlimmer sein, je näher ich ihr war. Ich nahm meinen Reisepass, Bargeld und Kreditkarten, legte meinen Haustürschlüssel auf den Wohnzimmertisch und ging. Als ich die Tür des Hauses hinter mir schloss war es schon nicht mehr meines …

Am Flughafen angekommen, betrat ich eines der Reisebüros in der Haupthalle. Ich nahm einfach das bunteste und hielt mich gar nicht damit auf, die Auslage nach in Frage kommenden Angeboten zu durchsuchen. Das Reisebüro war leer und so wandte ich mich an die ernsthafter aussehende der beiden Mitarbeiterinnen. Die junge Frau strahlte mich freundlich an.

»Ich möchte irgendwohin, wo es warm, aber nicht heiß ist, wo Essen und Getränke mindestens angenehm sind und ich keine langen, strapaziösen Flugreisen ertragen muss. Ach ja, und die Reise muss sofort losgehen!«

Die junge Frau blickte argwöhnisch auf meinen kleinen Rollkoffer und war jetzt wieder ganz ernst. »Sie wollen gleich los?«

»Aye, Ma'am!«

ganz vorbei

Und nun stehe ich mit Herrn Yates, dem ehemaligen Fürsten des Flakturmes, auf einem Strandabschnitt vor der Küste Englands. Und auch heute ist unser Blick starr auf ein Boot gerichtet. Dieses Mal ist es aber nicht der Strand bei Antibes, wo mich meine erste Reise hinführte und ich Herrn Yates kennenlernte, sondern der Strand an der Küste Suffolks. Und das beobachtete Boot ist dieses Mal auch kein Frachter in Not, sondern ein schwarzes, ca. sechs Meter langes Zodiac Schlauchboot mit Festkörperrumpf. Zodiac ist der Name des Herstellers und klingt so aggressiv, wie das Boot aussieht. Ich nehme an, dass dies zum Teil auf das Konto der schwarzen Farbe und der um das Boot stehenden, mit Sturmgewehren bewaffneten Männer in Tarnanzügen geht. Möglicherweise gibt es das Boot auch in der Variante *Family* in quittegelb und mit integriertem Kindersitz und es sieht dann überhaupt nicht mehr böse aus. Hier aber hatte es seine dunkle Seite ausgepackt. Und es hatte einen Kumpel mitgebracht, an dem sich ebenfalls bewaffnete Söldner befanden, die nur auf unser Zeichen zum Aufbruch warteten. Sealand sollte wieder einen Fürsten bekommen und das Camp der Liebe eine neue Heimat. Am liebsten wäre uns natürlich, wenn die Besatzer von Sealand schon von Weitem erkennen würden, dass man ein schwarzes Zodiac besser nicht reizt und zwei schwarze Zodiacs schon mal überhaupt gar nicht. Nichtsdestotrotz sind wir bereit, unsere Träume mit Gewalt zurückzuholen. Drücken Sie uns die Daumen dafür, auch wenn Sie Waffen genauso verabscheuen wie ich. Und denken Sie daran: Wäre jeder Traum von Träumern geboren, wäre die Realität weniger lebenswert …